# 戰地春夢

*A Farewell to Arms*

海明威
陳榮彬 譯

科技部人文社會科學研究中心
Research Institute for the Humanities and Social Sciences, Ministry of Science and Technology
本著作獲科技部人文社會科學研究中心補助出版

# 目錄

# 新譯導讀——世界的海明威，海明威的世界

陳榮彬

總結海明威不算太長的六十二年人生歲月，除了留下幾百篇新聞報導之外，[1]總計有十本小說與五本非虛構作品（non-fiction——不過海明威本人並不那麼在意虛構與非虛構之間的界線，就連他的自傳《流動的饗宴》〔*A Moveable Feast*〕裡面也不乏大量虛構成分），另外還有一〇九篇短篇小說。[2]

海明威畢生可說是四海為家，離開美國中西部的家鄉後，雖說也曾在佛羅里達州西礁島（Key West）與古巴哈瓦那郊區兩處置產定居，但卻常常前往世界各國，甚至報導過西班牙內戰與第二次世界大戰。這些生活經歷對他的寫作來講都是不可或缺的：在義大利的體驗讓他寫出《戰地春夢》（*A Farewell to Arms*）與《渡河入林》（*Across the River and into the Trees*）兩部戰爭小說，幾次的非洲之行促使他寫出《非洲的青山》（*Green Hills of Africa*）與《吉利馬札羅火山下》（*Under Kilimanjaro*）兩本狩獵散文集，以及小說《曙光示真》（*True at First Light*）；至於西班牙更可以說是海明威的第二個故鄉了，自從一九二三年七月六日初次到潘普洛納（Pamplona）參加奔牛節（San Fermin），他就無可救藥地愛上了這個最熱情浪漫

的拉丁國度，因此他的第一本長篇小說代表作《太陽依舊升起》（*The Sun Also Rises*）、最暢銷小說《戰地鐘聲》（*For Whom the Bell Tolls*）、第一本鬥牛專論《午後之死》（*Death in the Afternoon*）等作品都是以西班牙為背景。

海明威能夠成為這世界上家喻戶曉的作家，許多作品都被翻譯成各國文字，很大的程度上都必須歸因於他作品中的「普世主義」（cosmopolitanism）。

# 一、作者介紹

## 早年生涯

一九一六年二月，芝加哥郊區橡樹園鎮高中（Oak Park High School）的文學期刊《白板》（*Tabula*）上刊登了一篇名為〈天神的審判〉（"The Judgment of Manitou"）[3]的短篇小說，故事以兩位獵人為主角，風格頗具契柯夫式的轉折：獵人皮耶懷疑同伴迪克偷了自己的東西，設下陷阱要害迪克，後來發現是一場誤會時已經太晚了，沒想到自己也踩到迪克生前要用來捕獵物的陷阱。被困住的皮耶怕自己遭野狼囓咬而死，也覺得自己是遭受了「天神的審判」，在故事最後說了一句「我就幫野狼省點麻煩吧」，於是伸出手去拿獵槍……這篇故事顯示出作者具有一般青少年罕見的成熟與世故，小小年紀寫出的作品就聚焦在死亡、背叛、人性衝突等激烈的主題上。

這短篇小說的作者是橡樹園鎮高中的十七歲學生厄內斯特・海明威（Ernest Hemingway）。他高中畢業後並沒有去讀大學，而是決定離家工作，在叔叔泰勒（Tyler Hemingway）的介紹之下，到密蘇里州的《堪薩斯市星報》（*Kansas City Star*）報社當菜鳥記者（cub reporter），負責報導該市聯合車站、總醫院與第十五分局等地點的社會新聞。時值第一次世界大戰期間，十九歲（一九一八年）的他辭職遠赴義大利戰場的前線擔任救護車駕駛，沒多久就在義大利東北的皮亞韋河（Piave River）河畔遭到奧匈帝國部隊的迫擊砲攻擊負傷，光榮退伍。回國後海明威早早結婚，並在一九二一年年底獲派為《多倫多星報》旗下《多倫多星報週刊》的海外特派員，負責報導歐洲各國新聞，於是帶著新婚妻子，大他八歲的海德莉（Hadley Richardson）前往巴黎定居，但為了專心寫作而在一九二四年一月初辭去《多倫多星報》的工作，在不到六年的時間裡成為全美國家喻戶曉的作家。

## 從記者變為新生代暢銷作家

一九二〇年十月，家住聖路易的富家小姐海德莉・理查遜（Hadley Richardson）到芝加哥去拜訪大學時代摯友凱蒂・史密斯（Katy Smith），結識了凱蒂的年輕友人海明威。海德莉曾是知名女子大學布林茅爾學院（Bryn Mawr College）的學生，因為身體健康欠佳而輟學，其後大多在家裡過著深居簡出的生活，只靠讀書與彈鋼琴打發時間。海德莉的家庭背景與海明威家極像，都有一個強勢的母親與懦弱的父親，而且父親在她十二歲時自殺身亡（海明威的父親則是在他二十九歲時自殺）。她的家庭富裕，但卻身世多舛，先是父親自殺，姊姊因為火災燒傷未癒而死，接著母親也因為腎臟疾病，在她照顧多年後去世。因為要照顧母親，海德莉涉世未深，初遇小她八歲但已經人生閱歷豐富的海明威，兩人一拍即合，從相識到結婚不到一年。結婚後，兩人在小說家舍伍德・安德森（Sherwood Anderson）的推薦下去了巴黎，一開始有海德莉每年兩千美元信託基金的收入，再加上美元對法郎的匯兌優勢（一美元可換得十元以上法郎），生活過得相當不錯，讓海明威可以專心幫《多倫多星報》寫稿。

一九二〇年代初期，許多英美的作家與文化界人士都長期僑居花都巴黎，海明威在那小圈子裡非常活躍，年輕活潑的他特別受作家朋友歡迎。於是，一九二三年八月，他朋友羅伯・麥克阿蒙（Robert McAlmon）在巴黎開設的接觸出版社（Contact Publishing Company）就幫他出版了《三個故事與十首詩》（*Three Stories and Ten Poems*）。為了專心成為全職作家，他在一九二四年一月辭去《星報》的工作，到了三月中他的另一位友人威廉・伯德（William Bird）的三山出版社（Three Mountains Press）幫他出版了故事集《在我們的時代：極短篇》（*in our time*）。不過，海明威文學生涯的真正轉捩點，應該是在這一年的十月二十四日：人在南法的美國知名小說家史考特・費茲傑羅（F. Scott Fitzgerald）寫信給他的編輯麥斯威爾・

柏金斯（Maxwell Perkins），介紹一位住在巴黎，正在幫《大西洋兩岸評論》（*Transatlantic Review*）寫稿子，名叫海明威的年輕人，是個「有真材實料的傢伙」（"real thing"），他非常看好海明威的前途[4]。柏金斯設法弄到一本《在我們的時代：極短篇》來看，一讀之下果然大為驚豔，於是趕緊將海明威延攬到他任職的紐約史氏出版社（Scribner's）。

於是，在一九二五年四月底的某天，費茲傑羅走進巴黎的「瘋子美國酒吧」（Dingo American Bar），向海明威自我介紹。針對這段軼事，海明威在晚年寫成的回憶錄《流動的饗宴》裡面是這樣記錄的：

> 我第一次與史考特・費茲傑羅見面時，發生了一件很奇怪的事。史考特身上常有怪事發生，但這一件真令人難忘。他走進德朗伯赫街（rue Delambre）的「瘋子酒吧」，當時我正跟幾個完全不值得一提的人坐在一起喝酒，他介紹了自己，然後又介紹了他身邊那個討人喜歡的高個兒，說他是個名投手，叫做鄧克・查普林（Dunc Chaplin）。我沒有留意普林斯頓的棒球賽，也沒聽過鄧克・查普林這個人，但他是個大好人，看來一副無憂無慮、輕輕鬆鬆的模樣，而且很友善，我喜歡他遠遠多過喜歡史考特。[5]

讀過《流動的饗宴》的人都知道，海明威在書裡面對費茲傑羅沒有幾句好話，從他所陳述的那些軼事看來，費茲傑羅不但是個冒失的酒鬼，而且跟朋友約好在車站見面還可以隨意放人鴿子。[6]但這初次邂逅促成了海明威在隔年二月與柏金斯見面，確認了《春潮》（*The Torrents of Spring*）與《太陽依舊升起》兩本小說的合約。

## 婚變與《戰地春夢》

《太陽依舊升起》出版後，雖不算特別暢銷，但佳評如潮，而且小說中許多的名句讓美國中西部的一些青年男女朗朗上口，一時之間海明威成為所謂「失落的一代」（the Lost Generation）的代言人——就像他的好友費茲傑羅四年前推出短篇小說集《爵士時代的故事》（*Tales of the Jazz Age*）時，也成為「爵士時代」青年男女的偶像。海明威事業得意，婚姻卻已經來到了分崩離析的邊緣。主要的原因是他與海德莉於一九二五年一月在巴黎的一場宴會上認識了《時尚》雜誌（*Vogue*）的編輯寶琳・菲佛（Pauline Pfeiffer）。寶琳出身愛荷華州的大地主世家，成長於聖路易，畢業於密蘇里大學新聞學院，後來被《時尚》（*Vogue*）雜誌社派往巴黎工作。三人結識後，一開始寶琳以他們倆的家庭友人自居，還跟他們一起到奧地利去度假滑雪，前往西班牙欣賞鬥牛比賽；寶琳與海明威兩人大約是在一九二六年春天時互生情愫，同年夏天從西班牙回巴黎後終於紙包不住火，兩人私情被海德莉掀了出來，於九月發出最後通牒：要求他們倆分離一百天，如果一百天後仍然彼此相愛，她就願意簽字離婚。

到了十一月，雖然還不到百日，海德莉終於想通，答應離婚，而海明威則是把《太陽依舊升起》的美國版與英國版版稅當作贍養費給了海德莉，後來小說在一九五七年改編成電影《妾似朝陽又照君》，版稅也是她的。

到了晚年，海明威甚至還發揮想像力，把他、海德莉與寶琳那段「三人行」關係改寫成小說《伊甸園》（*The Garden of Eden*，本書一九四六年便開始創作，卻在一九八六年才由其遺孀瑪莉〔Mary Welsh〕幫忙編輯並刪減大半後出版，二〇〇八年翻拍成同名電影），故事描述作家大衛．伯恩與新婚妻子凱薩琳（David and Catherine Bourne）於蜜月期間結識了富家女瑪莉妲（Marita），結果兩人都被她迷倒，先是凱薩琳與瑪莉妲發展出同性戀關係，後來大衛也愛上了瑪莉妲，三人進而變成是同性戀也是異性戀的三角戀，最後瑪莉妲鳩佔鵲巢，小三變正宮，把凱薩琳給趕走，凱薩琳為了報復大衛，把他的創作材料與作品全都燒掉，離開兩人。這一段撲朔迷離的三角戀在文學史上非常引人入勝，後來還有兩位女性小說家從海德莉的觀點發揮，寫成故事。[7]

寶琳於海明威離婚一個月後，就在一九二七年五月嫁給他，隔年三月四日海明威在巴黎家中發生天窗玻璃砸落頭上的意外，額頭傷口很深，大量出血，但這件事啟發了他將已經寫了二十章的新小說擱在一旁，先把自己一次大戰期間在義大利受傷的經歷發展成小說[8]。當年他在義大利前線受傷後被送往米蘭醫治，與大他七歲，來自費城的紅十字會護士艾格妮絲・馮・庫洛斯基（Agnes von Kurowsky）談起戀愛，還論及婚嫁，可惜他在一九一九年一月回到美國，才過兩個月艾格妮絲就寫信說自己已經與一位義大利軍官訂婚了。這一段短暫而不快樂的戀情曾被海明威寫成了短篇小說集《在我們的時代》（*In Our Time*）裡面的〈一則很短的故事〉（"A Very Short Story"）。這次海明威決定把十年前的往事寫成一本長篇小說，而且從一九二八年三月初動筆後，如他自己所說：「寫得沒完沒了，不亦樂乎」。[9]

這本小說就是《戰地春夢》，故事描寫一次世界大戰期間（一九一七年）的義大利前線，負責管理救護車車隊的美籍中尉亨利・佛德列克（Frederic Henry）結識英籍護士助手凱薩琳・巴克利（Catherine Barkley），後來亨利在戰地受傷，兩人於米蘭的美國醫院重逢，戀愛正值濃情密意佛德列克卻不得不回到前線。重返前線的佛德列克剛好遇上了卡波雷托大撤退（the Caporetto Retreat），他帶領著救護車車隊離開前線，路上收留了兩個逃逸的工兵士官，沒想到後來他們兩個想要再度脫逃，他不得已槍殺了其中一個。佛德列克盡忠職守，但他的外國口音卻引來義大利憲兵的猜疑，打算要以間諜罪槍斃他，多虧他在千鈞一髮之際跳河逃走。在小說的第三十八章，亨利與凱薩琳這對苦命鴛鴦好不容易逃到阿爾卑斯山麓的日內瓦湖湖畔，希望能永遠擺脫戰爭的陰霾，並讓凱薩琳生下腹中胎兒。跟大多數現代主義戰爭小說一樣，《戰地春夢》帶有強烈反戰色彩，對戰爭的諸多荒謬與殘暴之處提出控訴。

海明威在這時一方面積極撰寫《戰地春夢》，另一方面也帶著寶琳離開巴黎，經過古巴後來到西礁島。寶琳的富豪叔叔葛斯・菲佛（Gus Pfeiffer）膝下無子無女，將寶琳視如己出，同樣也很喜愛海明威，不但花八千美元幫他們買了西礁島的房子當作結婚賀禮，一九三三年十一月到隔年二月間，因為海明威喜歡狩獵，為了送夫婦倆到肯亞參加狩獵旅行（Safari），大手筆砸下兩萬五千美元旅費，海明威也才能寫出《非洲的青山》。豈料這段時間海明威雖然生活無虞，但內心深處卻有不小的傷口：他覺得自己是有錢的菲佛家族的寵物，菲佛家的錢讓他墮落，讓他寫完《戰地春夢》之後就寫不出受到好評的小說，只是用妻家的錢過著安逸的日子——這種心態也反映在他於一九三六年發表於《君子》（*Esquire*）雜誌的名篇〈吉力馬札羅火山之雪〉（"The Snows of Kilimanjaro"，後來被改拍為電影《雪山盟》），故事裡的作家哈利被荊棘刺傷膝蓋，得了壞疽，於彌留之際回顧自己與有錢妻子海倫的婚姻生活，充滿悔恨，雖然內心知道自己沒有發揮才能實在怪不得海倫，但嘴裡卻不放過她，說她有的都是「髒錢」（bloody money）、「臭錢」（damned money），說她是「有錢的婊子」（rich bitch）。

## 新任繆思女神瑪莎與《戰地鐘聲》

一九二九年，海明威以《戰地春夢》奠定了他在美國文壇的地位。整個一九三〇年代，除了在三三年推出故事集《勝利者一無所獲》（*Winner Take Nothing*），三七年推出小說《雖有猶無》（*To Have and Have Not*）之外，還在三三與三五年出版了《午後之死》與《非洲的青山》這兩本分別以鬥牛與狩獵為主題的散文集，可說是創作不輟。相當特別的是，在一九三〇年有四本短篇小說選集收錄了他的作品，可以充分說明他已經是當代最具代表性的美國小說家之一。[10]但是這些三〇年代的作品都沒有辦法與《戰地春夢》相提並論，或許是因為生活無虞（當時美國經濟大蕭條，許多美國作家都要自謀生路，像福克納與費茲傑羅等人都曾去好萊塢當編劇，打工賺錢），反而欠缺創作靈感。這次，他文學生涯的轉機發生在一九三六年的聖誕假期期間。

定居西礁島後，海明威成為島上邋遢喬酒吧（Sloppy Joe's Bar）的常客。一九三六年聖誕節期間，知名記者瑪莎．葛宏（Martha Gellhorn）與母親、弟弟一起到西礁島度假，在酒吧裡巧遇海明威——據她後來回憶，高大的海明威看來邋邋遢遢，穿著骯髒而不整齊的襯衫短褲，很難讓人想像他是曾在一九二七年登上《時代》雜誌封面的知名美國小說家。當時瑪莎雖然年僅二十八歲，但已經是個有名的記者，曾經出版過一本短篇小說集，先後任職於《時尚》雜誌與知名新聞通訊社美聯社，後來受雇於美國聯邦緊急救濟署（Federal Emergency Relief Administration），到全美各地去調查經濟大蕭條在民間造成的種種慘況，提出報告，因而成為羅斯福總統夫人的好友，根據報告而撰寫的中篇小說集《社會問題見聞》（*The Trouble I've Seen*）[11]也備受各界好評。

他們倆一見如故，相談甚歡，但真正把兩人的生命湊在一起的，是早於他們相識以前，於一九三六年七月爆發的西班牙內戰。同年十一月北美報業聯盟（NANA）在聘請海明威撰寫西班牙內戰的報導。十一月底到十二月初之間，海明威前往古巴，幫兩位志願到西班牙從軍的人士支付交通費，並且捐了一千五百美金，讓西班牙共和政府購買兩輛救護車。[12] 瑪莎也獲聘為《科利爾》週刊（*Collier's*）的戰地記者，負責採訪西班牙內戰。瑪莎年輕貌美，好強的個性深深吸引著海明威（但兩人結婚後這個性卻讓他痛恨不已）。為了報導，也為了佳人，海明威不顧妻子寶琳反對，遠渡重洋前往西班牙戰場。

他們倆選擇與西班牙的普羅大眾站在一起，向國際發聲，而且海明威為了這場內戰出錢出力，不只是報導新聞那麼簡單，他還參與了荷蘭導演尤里斯·伊文思（Joris Ivens）所提出的紀錄片《西班牙大地》（*The Spanish Earth*）拍攝計畫。這部全長五十二分鐘的影片於一九三七年七月上映，堪稱西班牙共和政府的最佳宣傳利器。跟法國小說家卡謬（Albert Camus）與英國小說家歐威爾（George Orwell）一樣，海明威也是共和陣營所屬國際縱隊（the International Brigades）成員，包括他們在內的三萬多個縱隊成員與西班牙人民並肩作戰兩年。

到了一九三八年十月，在國際形勢的逼迫下，共和政府不得不主動將這支外援勁旅解散，十月二十八日當天國際縱隊最後一次在巴塞隆納街頭行軍，海明威也在瑪莎面前流下了悲傷的男兒淚。一九三九年三月二十七日，佛朗哥將軍率領的法西斯叛軍攻入馬德里。英法承認法西斯政權，教廷也於隔日跟進。四月一日，西班牙共和政府的部隊投降，佛朗哥宣布內戰結束，美國也正式承認法西斯政府。[13]仗雖然打輸了，但海明威在西班牙的兩年畢竟沒有白費，有了瑪莎這位女神的陪伴，海明威的靈感源源不絕，先於一九三八年推出劇作《第五縱隊》（*The Fifth Column*）；一九三九年他在古巴、西礁島和愛達荷州太陽谷（Sun Valley）等地撰寫《戰地鐘聲》，於一九四〇年七月完工，十月出版。《戰地鐘聲》推出後深獲各界好評，銷量驚人，因此時隔十一年後海明威再度藉由戰爭小說攀上巔峰。

## 遷居古巴，《老人與海》誕生

其實，早在《戰地鐘聲》出版以前，海明威的第二次婚姻已經分崩離析。一九三九年十二月十九日，他回到西礁島卻發現寶琳已經關閉宅邸，把三個兒子都帶往紐約。於是海明威開始打包個人物品、書籍、稿件，運往古巴。一九四〇年十一月與瑪莎結婚後，海明威買下哈瓦那城外的瞭望山莊（Finca Vigia），就此開啟他十年的古巴僑居生涯。但是，瑪莎與海德莉、寶琳截然不同，是個充滿雄心壯志的女記者，特別是在當時歐洲戰雲密布的情況下，她怎願安居於古巴？一開始，兩人在這方面還算有默契，海明威甚至陪她在一九四一年二月從夏威夷前往香港，在香港等待進入與日本抗戰的中國。三月二十四日與瑪莎一起飛往粵北小鎮南雄，在中國各地參訪數週，四月中旬還曾在重慶與中共領導人周恩來密會。[14]

到了二次世界大戰戰況愈發激烈之際，瑪莎頻頻前往歐洲各國採訪，令海明威怒火中燒。在與瑪莎漸行漸遠之際，他認識了另一位女記者：瑪莉・威爾許（Mary Welsh）。瑪莉與瑪莎同年，都是小海明威八歲，是明尼蘇達州伐木工之女，就讀新聞學名校西北大學時雖因結婚而輟學，但離婚後還是憑藉過去接受的新聞專業訓練而成為職業婦女，曾經在《芝加哥每日新聞報》（*Chicago Daily News*）與《倫敦每日快報》（*London Daily Express*）工作，二次大戰期間擔任《時代》與《生活》周刊（*Life*）的歐洲特派員。認識海明威時，瑪莉也是名花有主，丈夫是英國《每日郵報》（*Daily Mail*）戰地記者諾爾・孟克斯（Noel Monks），獲派南太平洋報導世界大戰，但婚姻已經名存實亡。

二次大戰後，海明威與瑪莉先回到古巴的瞭望山莊定居，和瑪莎離婚後便在一九四六年三月於哈瓦那完婚。婚後十幾年，卡斯楚（Fidel Castro）的古巴革命政府於一九五九年開始當家，於是兩人選擇在一九六〇年離開，在好山好水的愛達荷州凱泉鎮（Ketchum）定居。瑪莉陪海明威度過文學生涯的頂峰：他的《老人與海》（*The Old Man and the Sea*）在一九五二年出版，備受各界好評，成為美國文學史上與梅爾維爾（Herman Melville）的《白鯨記》（*Moby Dick*，一八五一年出版）、傑克・倫敦的《海狼》（*The Sea-Wolf*，一九〇四年出版）齊名的海洋文學經典，讓他在一九五三年第一次榮獲普立茲小說獎的肯定，到了一九五四年更因為終身的文學成就而成為諾貝爾文學獎得主，其頒獎頌辭盛讚海明威「堪稱敘述藝術的大師，最佳佐證就是《老人與海》，而且他對當代的文學風格影響深遠」。

其實，《老人與海》的故事在海明威腦海裡醞釀已久。也許是因為多年來常常開著他的「琵拉號」（*Pilar*）遊艇前往哈瓦那，古巴給了海明威很多寫作靈感，早在一九三九年二月七日就寫信給編輯柏金斯表示他想要寫一個故事，描述一位老漁夫與一尾劍魚搏鬥四天四夜，結果劍魚被鯊魚群吃掉的故事。[15] 十多年後，《老人與海》敘述的是老漁夫桑提亞哥（Santiago）已經八十四天沒有捕到魚，在第八十五天終於有一條大馬林魚上鉤，牠把小船拖往外海，一人一魚僵持了三天三夜，過程中老人為了幫自己打氣，特別回想自己年輕時曾經與一個魁梧的黑人比腕力，比了一整晚，中間換了好幾個裁判，最後才在早上大家都去上工時由他獲勝，因此有一段時間他的綽號叫「冠軍」。最後，漁夫擊敗了馬林魚，把牠綁在船邊，可惜在回程時魚被鯊魚群吃光，只剩一副巨大骨架。小說除了桑提亞哥之外，另一個主角是叫做馬諾林（Manolin）的小男孩，儘管爸媽叫他不要上老人的船，但他還是非常喜歡且敬重桑提亞哥。《老人與海》充分展現海明威文風的最大特色：說一是一，一加一絕對等於二。他不喜歡用文字耍花槍，不喜歡別人以過度技術性的角度去討論他的作品，所以他曾說：

> 另外還有一個祕密。沒有象徵作用那回事。海是海。老人是老人。男孩是男孩，魚是魚。鯊魚也都是鯊魚，沒更多，也沒更少。人們所說的全部象徵作用都是狗屁。[16]

他在接受《巴黎評論》的訪問時表示，他大可以把《老人與海》一書寫成一千多頁（但實際只有一百多頁，實為「冰山理論」的最佳範例），寫出漁村裡其他村民如何謀生、受過什麼教育，甚至生了幾個孩子，但這種做法已經有其他優秀作家做過了。所以他另闢蹊徑，把沒必要的東西都刪掉，即便如此，還是能夠把小說主角的經驗傳達給讀者，這可是一件困難的事。他還說，「海洋跟老人一樣值得描寫」，他曾看過馬林魚如何交配，知道那是怎麼一回事，他看過五十多條的抹香鯨群，也曾用魚叉叉過一條幾乎長達六十英尺的巨鯨，但又給牠逃掉了，但這一切全都被他刪掉，只因他非常了解那些細節。而刪掉的那些東西，都彷彿是海面下的寒冰：雖然讀者只見得到海面上的八分之一冰山，但冰山之所以壯闊都是因為看不到的部分。[17]

## 人生的終章：海明威家族的噩運

海明威跟他的許多家族成員一樣，最後以自殺了結一生。在他們家，首先是他父親於一九二八年拿手槍自殺，後來他的妹妹烏蘇拉與弟弟萊瑟斯特也是，甚至他的孫女瑪格．海明威（Margaux Hemingway，長子約翰的二女兒）在一九九六年七月一日也是自殺身亡。無論是巧合或者模仿效應，還是遺傳，總之自殺是海明威家族的不幸傳統。另一個問題是，海明威曾經多次歷經車禍與空難，再加上長年酗酒，到了他寫完《老人與海》之後，在他自殺的前幾年，他的寫作障礙問題愈來愈嚴重（他之所以能寫出回憶錄《流動的饗宴》，是因為幸運地在一九五六年十一月取回了自一九二八年存放在巴黎麗池飯店地下室的筆記與手稿）。

一九五四年海明威噩運連連，數次與死神擦身而過，先是一月二十三日搭機前往烏干達的默奇森瀑布（Murchison Falls）時，飛機勾到電報電線後墜毀，所有人員離開飛機到一片山脊上過夜。有飛機經過目睹殘骸，但沒見到海明威與其他人，因此報上出現海明威夫婦墜機身亡的頭條新聞。一月二十四日海明威一行人獲救後，搭機前往恩德培市（Entebe），但飛機在起飛時墜毀，雖然所有人順利逃出，海明威卻多處受傷。緊接著二月二日在營地休養時又遇上灌木叢大火，海明威遭二級燒傷。下半年否極泰來，十月二十八日海明威得知獲得了諾貝爾文學獎。他把受獎講稿寄給美國大使，請他於十二月十一日代為致詞與受獎。十二月十三日再度登上《時代》雜誌封面，該雜誌讚許海明威是「美國的故事大師」（A American Storyteller）。

一九五九年一月古巴革命後，海明威決定返鄉定居，還在愛達荷州凱泉鎮（Ketchum）買了間房子，[18]因為這小鎮的東北方不到兩公里處就是他跟好友賈利・古柏（Gary Cooper，好萊塢明星）一起去打獵的太陽谷。但海明威無福消受新居凱泉鎮的好山好水，從一九六〇年八、九月間，就開始擔心自己會精神崩潰，而且常常做噩夢，後來到十一月底終於在妻子瑪莉的安排下，用假名入住明尼蘇達州羅徹斯特市（Rochester）的知名醫學中心梅奧診所（Mayo Clinic），治療高血壓、肝腫大、偏執症、憂鬱症等多重身心症狀。醫生選擇以電擊療法治療，療程從十二月持續到隔年一月。許多海明威的傳記作者都認為，持續的電擊治療對於海明威的病況根本沒有任何幫助，只是讓他變得更為憂鬱，而且梅奧診所如果想幫他保命，根本就不該放他出院，讓他有機會自殺。最後，海明威在一九六一年六月三十日最後一次出院返家，瑪莉忘記把槍櫃的鑰匙收起來，讓丈夫有機會在七月二日凌晨取槍輕生，結束六十二歲的人生。

瑪莉發現丈夫死後，報案時聲稱他是因為意外槍擊而死掉，但她的說法隨後馬上遭到警方與法醫推翻，推定海明威是自殺身亡。瑪莉是因為一時驚慌而說謊，抑或是想要維護丈夫的最後尊嚴與名聲，這一切都沒有定論。瑪莉不只是海明威的最後一任繆思女神，她在兩人十幾年的婚姻生活中負責打理自家莊園的所有家務，同時也幫海明威打字與整理手稿。海明威死後一個月，她重返古巴，把瞭望山莊捐給古巴政府，卡斯楚讓它成為海明威博物館（Museo Hemingway）。隨後瑪莉也負責主持許多海明威遺作的出版計畫，包括文學傳記《流動的饗宴》、第二本鬥牛散文集《危險之夏》（*The Dangerous Summer*）、小說《灣流中的島嶼》（*Islands in the Stream*）與《伊甸園》。一九八六年十一月二十六日，在《伊甸園》出版的半年後，彷彿是完成階段性任務似的，瑪莉病逝紐約市，享壽七十八歲，歸葬於愛達荷州凱泉鎮，[19]與丈夫一樣長眠太陽谷旁。

## 二、著作發表之時代意義

一九二八年三月十七日，海明威從巴黎寫信給他的編輯麥斯威爾．柏金斯，信中提及他從兩週前開始動筆寫一則故事，本以為會是個短篇小說，沒想到他持續寫了下去，寫得欲罷不能。[20]這故事後來發展成長篇小說《戰地春夢》，於一九二九年九月二十七日出版後，在頭四個月就賣出七萬九千多本，幫海明威賺進三萬美金版稅，等到他去世那一年（一九六一年），總銷量已經高達一百四十萬本，[21]可說是讓海明威名利雙收的重要作品。雖說出版於一九二九年，但這小說的歷史背景必須回推十幾年，從第一次世界大戰開始談起。

一九一七年四月六日，美國政府宣布投入第一次世界大戰，加入協約國，對德國、奧匈帝國等同盟國作戰。宣戰後，許多美國年輕作家都到歐洲戰場上當志工，包括哈佛畢業的小說家約翰．多斯．帕索斯（John Dos Passos）[22]與詩人康明斯（E. E. Cummings；但他自己通常署名為 e. e. cummings）——他們都跟海明威一樣，在歐洲戰場上負責駕駛救護車，而且三個人都在戰後成為美國現代主義文學的要角。但也有一些人積極備戰，卻終究沒能上戰場，包括小說家史考特．費茲傑羅與威廉．福克納（William Faulkner）：前者從普林斯頓大學肄業，加入了美國陸軍接受軍官訓練，後者甚至大老遠跑到加拿大去加入皇家空軍，但兩人的境遇都一樣：還來不及上戰場，世界大戰就結束了。

這批現代主義文學家對於第一次世界大戰沒什麼戰功可言，但戰後的十年之間，戰爭成為「現代主義小說」這個國際性文學運動的普世題旨。率先「發難」的[23]當屬多斯．帕索斯，他的小說《三個士兵》（*Three Soldiers*）描繪族裔背景、職業與出生地各異的三個美國大兵（分別是來自舊金山的商店店員、來自印地安納州的年輕農夫，和來自紐約，頗有音樂天賦的哈佛畢業生），如何在戰場上體驗了戰爭的殘酷、恐怖，與人性的崇高、懦弱。知名的文學評論家孟肯（Henry Louis Mencken）曾表示，多斯．帕索斯大膽的寫實描述讓美國人對於戰爭的看法全盤改觀，不再用一種濫情的基調來看待戰爭，甚至促使大戰老兵重拾過往的種種回憶。[24]不過，一九二九年才是現代主義戰爭文學最精采的一年，除了英國詩人兼小說家羅伯．葛瑞夫斯（Robert Graves，曾於一戰期間擔任軍官）的自傳《告別那一切》（*Good-Bye to All That*），詳述了他親眼見識的可怕壕溝戰與毒氣戰以外，好幾本反戰經典紛紛問世，像是德國小說家雷馬克（Erich Maria Remarque）的小說《西線無戰事》（*Im Westen nichts Neues*）；福克納的第三本小說《沙多里斯》（*Sartoris*），描繪退役飛行員貝雅德．沙托里斯無法擺脫雙胞胎兄弟約翰戰死的陰影，返鄉後染上飆車惡習，最後引發一場車禍，害死同車的祖父，而他自己則離開了家鄉，幾個月後死於一次試飛任務，那天剛好是他兒子出生的日子；在西部戰線當過軍官的英國詩人小說家理查・奧丁頓（Richard Aldington）也於這一年推出小說處女作《英雄之死》（*Death of a Hero*），因為反映戰爭的諸多問題而遭英國政府查禁。海明威的《戰地春夢》亦是在如此背景下出版。

除了上述幾位以外，海明威早年好友費茲傑羅於一戰期間的人生經歷也與文學創作密不可分。第一次世界大戰於一九一四年七月開打，一九一八年十一月十一日終戰，美國於一九一七年參戰，費茲傑羅在升大四那一年從普林斯頓大學輟學，前往堪薩斯州的李文渥斯堡（Fort Leavenworth）受訓。根據當時的統計數字顯示，基層的英國士兵上戰場後，平均每個人只能夠活二十一天，當戰事吃緊時，美軍一個月內會有兩千名軍官陣亡。所以費茲傑羅在上戰場前的確很擔心自己無法倖存，甚至在一九一七年十二月給朋友的信裡寫道：「如果你想祈禱，就為我的靈魂祈禱，而不是祈禱我不要陣亡——我會不會陣亡無關緊要，如果你是個虔誠天主教徒，就該幫我的靈魂祈禱。對於我這種人生態度極度悲觀的人而言，冒險並不令人難過。我從來沒有那麼快活過。」[25] 豈料費茲傑羅終究只能待在美國國內，在戰後以中尉官階除役。不過，死亡的陰影似乎變成他的寫作動力，在軍中研讀訓練手冊之餘，他也拿著筆記本認真寫小說，唯恐自己沒有辦法在死前留下一部作品。三年後（一九二〇年）他的小說處女作《塵世樂園》（*This Side of Paradise*）出版，讓他一夕成名，在美國變得家喻戶曉。

至於海明威，戰爭甚至可說是他的「家族事業」。海明威的祖父與外祖父都是南北戰爭期間的北軍成員，祖父安森・海明威（Anson Tyler Hemingway）還曾在一八六四年獲林肯總統授階為尉官，並被派往密西西比州籌建黑人步兵兵團。他自己在七、八歲時特別喜歡讀《聖經》，理由是裡面有許多關於戰爭的故事。美國參加歐戰時，海明威正在就讀高三，他跟許多同學一樣想從軍，但父親克萊倫斯・海明威（Clarence Hemingway）持反對態度。高中畢業後，海明威沒有繼續升學，先到《堪薩斯星報》當菜鳥記者，後來嘗試申請入伍二十幾次，始終因為視力太差而被驗退。不過他不死心，甚至在一九一七年寫信跟姊姊瑪瑟琳（Marcelline Hemingway）說：「我不能就這樣看著這場好戲從我眼前溜過，完全置身事外」。[26]於是，一九一八年四月底，他跟美國紅十字會簽了六年合約，隨後從紐約搭船前往巴黎，於六月初搭火車抵達義大利北部，駐紮於一個叫做斯基奧（Schio）的小鎮。海明威上前線不久後就因為嚴重受傷而無法繼續待在戰場上，且待在義大利的時間也不過區區七個多月，但這經驗彷彿是他的「文學成年禮」，讓他得以寫出短篇小說集《在我們的時代》與長篇戰爭小說《戰地春夢》。

《在我們的時代》裡的〈軍人之家〉（"Soldier's Home"）就述說著返鄉士兵的精神困境：他們不被別人了解，同時也不再了解這個世界，更嚴重的是失去了原有的信仰。歐戰於一九一八年十一月十一日結束，但故事主人公哈洛德・克列布斯（Harold Krebs）一直到隔年夏天才返回奧克拉荷馬州的老家，而經過半年多的士兵返鄉潮之後，鄉親父老早已對解甲歸田的年輕人感到厭煩，不再新鮮，戰場上那些可怕悲慘的故事令他們感到麻木，甚至連哈洛德說謊，把自己聽見的種種傳聞軼事拿出來吹噓，也無法在撞球間裡引起騷動。說了兩次謊之後，他甚至開始對自己的行為感到噁心厭煩，讓他對自己在戰時所經歷的一切也開始厭煩起來。母親要他去找工作，對他說「在祂（上帝）的國度裡，沒有人可以遊手好閒。」但他回了母親一句：「我不在祂的王國裡。」當母親問他還愛不愛她時，他甚至說不，他不愛任何人，但是說完後他就後悔了，因為「這樣一點用也沒有。他無法跟她說，他無法讓她親眼看見。這麼說實在太蠢。他只是傷害了她而已。」[27] 由此可見，戰爭的傷痛無可言喻，戰爭的殘酷只有親眼看到才能了解，哈洛德知道他不能讓母親了解他，任何人都無法了解他所受到的傷害。

總結這個時代的精神，第一次世界大戰爆發後，世人對於戰爭的本質有了更為透徹的認識。化學武器、坦克車與飛機等最新科技開始出現在戰場上，為期四年多的戰事，導致三千八百萬人陣亡，「上帝已死」不再只是德國哲學家尼采（Friedrich Nietzsche）的思想宣言，而是許多倖存者以及捐軀將士遺族的共同心聲：「當戰爭發生時，祢在哪裡？」。西方文明將近兩千年的價值基礎遭受質疑，西方世界的精神淪喪，於是詩人艾略特（T.S. Eliot）以倫敦市為背景，在一九二二年以《荒原》（*The Waste Land*）這首長詩，把整個西方世界的精神危機用這樣的句子表達出來：

虛幻的城市，
冬晨的棕色煙霧下，
人群湧過倫敦橋，
那麼多人，
我想不到死神毀了那麼多人。[28]

這當然不是指光天化日下倫敦街頭遊魂充斥，而是暗指西方人的精神淪喪，生活失去目的性，猶如四處遊蕩的孤魂野鬼。詩句所描繪的不只是一種都市地景，也是一九二〇年代西方文明在經過第一次世界大戰摧殘後的破敗精神與文化景象。戰爭改變了一切，瓦解人們過去所熟悉的世界，令許多跟海明威一樣的年輕人感到迷惘、悲傷又憤怒。

## 三、《戰地春夢》如何成為經典？——作品的典範意義

一九二九年九月二十七日《戰地春夢》出版，著名文學批評家兼編輯馬爾康・考利（Malcolm Cowley）隨即於十月六日在《紐約先驅論壇報》（*New York Herald Tribune*）發表

書評，盛讚海明威的《戰地春夢》已經超越他的上一部長篇小說《太陽依舊升起》，這不但是他第一部長篇戰爭小說，也是他最重要的作品。[29]重量級政論與文藝批評期刊《新共和》（*New Republic*）於十月九日刊登的書評也給予正面評價，並且認為海明威的小說藝術相較於《太陽依舊升起》，在《戰地春夢》裡面更有進步。[30]海明威的作家朋友多斯．帕索斯也在十二月號的左派月刊《新群眾》（*New Masses*）上面發表專論，給予《戰地春夢》高度評價，他認為美國文壇已經很久沒有這麼好的佳作出現，海明威在這小說裡完美結合了藝術性與歷史性，文風簡潔精煉，字字珠璣，每一句話都蘊含著龐大的情感，而且沒有任何一本書比《戰地春夢》的前面三卷更能幫助讀者了解歐戰的歷史。[31]十年後，海明威透過費茲傑羅結識的重量級文評家艾德蒙．威爾遜（Edmund Wilson）在一九三九年七月號的《大西洋月刊》（*Atlantic Monthly*）上發表評論表示，《戰地春夢》是個動人的愛情故事，而且海明威生動地描寫了第一次世界大戰期間一位美國人在義大利部隊裡的生活。此外，威爾遜最重要的觀點是把《戰地春夢》提升到悲劇經典的地位，是現代版的《羅密歐與茱麗葉》（*Romeo and Juliet*）。[32]

不過，《戰地春夢》真正在學術界歷經典律化（canonization）的過程，還是從一九五〇年代初期開始。[33]一九五一年一月十二日，海明威拒絕幫助耶魯大學講師查爾斯．芬頓（Charles A. Fenton）針對自己的早年寫作生涯寫書。不過，這本定名為《海明威早年寫作生涯養成》（*The Apprenticeship of Ernest Hemingway: The Early Years*）的書還是於一九五四年三月出版，並在《大西洋月刊》（*Atlantic Monthly*）上連載。[34]二月十七日，他拒絕幫助普林斯頓大學英語系教授卡洛斯・貝克（Carlos Baker）撰寫自己的傳記，但是鼓勵貝克可以針對他的小說進行學術性研究。因此貝克的海明威專書《海明威：如同藝術家的作家》（*Hemingway: The Writer as Artist*）才會於一九五二年十月出版。[35]十二月九日，賓州大學菲利浦・楊恩（Philip Young）教授預計寫一本關於海明威的心理分析專書，但海明威拒絕他引用小說內文。不過，楊恩仍於一九五二年一月出版了《厄內斯特・海明威》（*Ernest Hemingway*）[36]。

會在同一年內受到三位一流大學英文系教師的關注，想必並非偶然，這意味著海明威已經不只是全美國（甚或全世界）最有名的作家之一，也能說明他已經成為學界關注焦點。不過，並不是所有這一類關注海明威都照單全收。他非常認同貝克透過文本分析而闡述的種種小說主題與象徵要素，但是芬頓因為試圖訪問海明威的姊妹與弟弟而惹惱了他。不過，最讓海明威感到憤怒的非楊恩莫屬，因為楊恩的心理分析式研究把重點擺在海明威於一九一八年受到的創傷，認為他很多寫作成果都源自於那一次經驗。[37]這種詮釋當然是太過簡單，難怪海明威會感到生氣，不過他終究還是允許他們引用他作品的內文。

單就《戰地春夢》的小說藝術層次而論，卡洛斯・貝克的觀察或許是最重要的。貝克從一九三七年就開始在普林斯頓大學英語系擔任教授，是知名的學者，而且在他出版《海明威：如同藝術家的作家》這本結合文學傳記與小說批評的重量級作品的同一年（一九五二年），他也就任了該系系主任，在學界聲望如日中天。在這本專書裡面，貝克幫《戰地春夢》的文學地位定調：它的地位僅次於《戰地鐘聲》，是可以在海明威文學生涯中排行第二名的小說。[38]貝克的評價至少反映出兩個事實。首先，貝克似乎隱約認為海明威是靠這本出版於一九二九年九月的小說確立了小說大師的地位，或至少可以說這是海明威的第一本長篇小說代表作——因為貝克在書中前一章評論海明威前一本長篇小說《太陽依舊升起》時，並未做出如此直接了當的評價。其次，海明威是個「戰爭小說大師」，因為他的最佳與次佳小說作品《戰地鐘聲》與《戰地春夢》都是戰爭小說——而且都是以「戰爭＋愛情」為公式的浪漫悲劇。

海明威的確是「戰爭小說大師」，而這也是學界與讀者對於他的共同認知，因為從他在美國推出的第一本作品，也就是短篇小說集《在我們的時代》開始，他就不斷推出以戰爭（主要為第一、二次世界大戰、西班牙內戰）為題材的長篇與短篇小說，而且在這方面備受推崇。但如果把戰爭小說限縮在狹義的範圍內，也就是說直接論及戰爭本身，聚焦在前線戰地故事的作品才是戰爭小說，而不是像《在我們的時代》與海明威第一本長篇小說《太陽依舊升起》那樣，主要是處理戰爭的悲慘後果（aftermath，以士兵身心受傷、返家後受到歧視為主題），那麼《戰地春夢》無疑是海明威的第一本戰爭小說。不過，我們可以追問的是，《戰地春夢》何以能夠成為戰爭小說經典？為什麼其餘跟他有過類似戰地經驗的小說家也寫戰爭小說，卻無法達到與海明威相同的成就？（例如，多斯．帕索斯於戰後沒幾年就出版了《三個士兵》，但成績與《戰地春夢》完全不能相提並論。）就這方面而言，費茲傑羅也許講出了重點：在收到海明威寄給他的《戰地鐘聲》之後，儘管他知道這本小說一定會大賣，深受閱讀大眾喜愛，但卻缺少了海明威早期在《戰地春夢》裡面的「張力、新鮮感，字裡行間靈感盈滿」。[39]換言之，他不認為《戰地春夢》是海明威的次佳作品，而是巔峰之作才對。

同樣有這種感覺的人不只是費茲傑羅。學者傑佛瑞．哈特（Jeffrey Hart）在《活生生的時刻：殘破世界裡的現代主義》（*The Living Moment: Modernism in a Broken World*）一書裡討論「海明威的最佳小說是哪一本？」這個問題時，主張《戰地春夢》不但是海明威自己最愛的小說，也實踐了海明威所謂的「冰山理論」，尤其是最後一章能夠以最簡單的文字描繪最為抒情、悲輓的場景與心緒，但那些簡單的文字卻又像詩歌一樣令人難忘。哈特認為，如果說《戰地春夢》忠實體現「只用八分之一的文字來表達故事內容」的「冰山理論」，那麼《戰地鐘聲》卻是反其道而行，只刪去了八分之一的文字，把其餘八分之七都寫了出來。[40]因此他的看法與貝克截然不同，把《戰地春夢》當成海明威最棒的一本小說。

什麼是「冰山理論」？費茲傑羅與海明威都是第一次世界大戰後的新生代作家，前者在出版《塵世樂園》之後可說一夕爆紅，不但因而得以娶到美嬌娘，夫妻倆也變成記者追逐的對象與一般民眾茶餘飯後的話題；反觀海明威，他在一九二四年一月辭掉《多倫多星報》的海外特派員工作，重返巴黎，熬了好多年才靠費茲傑羅的介紹而出頭，這段期間他在海德莉與寶琳的照顧之下才有辦法持續實現作家夢，父親去世後他曾驚慌失措，跟人借錢辦後事，到了一九三〇年代才真正站穩了職業作家的地位。海明威當記者的時間雖然只有短短兩、三年，但卻也因而鍛鍊出精簡的文字風格。作家喬治·普林普頓（George Plimpton）曾於一九五四年五月在馬德里某家咖啡館幫《巴黎評論》（*Paris Review*）雜誌採訪海明威，當普林普頓問他說《堪薩斯星報》那份工作對他有何影響時，他說：

> 在《星報》工作時我們被迫利用簡單的敘述句來寫稿。這對任何人都有幫助。報社的工作不會讓年輕作家有所損害，甚至可能有所助益，只要他不待太久的話。[41]

此外，根據某些學者研究，海明威的小說文句有百分之七十都是沒有連接詞的簡單句（愈早期愈明顯），而且喜歡以"and"來替代逗點，因此文字被稱為電報體。從海明威早期的作品看來，《堪薩斯星報》報社提供給菜鳥記者的「編輯指南」（style sheet）形塑出他的特有文字風格，指南裡面的規則多達一百一十個，但是第一段所說的就的確被海明威奉為圭臬：「句子寫短一點。第一段寫短一點。用生動的英文寫文章。多用肯定句，避免否定句。」[42]指南裡面的規則還包括建議不要使用俚語（除非是新鮮的），以及慎用形容詞。直到一九四〇年，海明威仍然強調那些規則是他學到的最佳規則，而且任何有天分的人只要能把自己想說的東西寫出來，並且遵守那些規則，就不會寫出爛東西。海明威不像費茲傑羅能一夕爆紅，但是，所幸他也找到了巴黎與報社這兩個跳板，取得進入文學界的入場券。

但這種讓《戰地春夢》獲得極高小說藝術成就的「冰山理論」到底為何？事實上，海明威是在《戰地春夢》出版三年後，才在以西班牙鬥牛為主題的散文集《午後之死》裡面提出來的：

> 散文就像建築，不是室內裝潢，而巴洛克時代已經結束了……冰山之所以壯麗，是因為它在水面上的部分只有八分之一，其餘八分之七都潛藏在水面下——因此，小說家若對自己描寫的事物有足夠的了解，而且寫得夠好，即使只寫出八分之一的文字，也能讓讀者充分掌握他想表達的場景、情節與角色描寫。[43]

身為美國文學中極簡主義文學傳統的重要代表人物之一，遵守這種風格的句子在《戰地春夢》裡面比比皆是，以第一章最後兩句話為例：

At the start of the winter came the permanent rain and with the rain came the cholera. But it was checked and in the end only seven thousand died of it in the army.[44]

這句話充分反映出海明威的「冰山理論」寫作風格：只把整件事的八分之一寫出來，只讓讀者知道「霍亂疫情導致七千人死亡」。至於其他八分之七，也就是這件事的其他相關細節，就像冰山一樣潛藏在海水的表面之下。看到這段文字後讀者不禁會在心裡追問：為什麼說「只死了七千人」？是因為以前死過更多人嗎？還是因為平民的死亡人數更多，才會說部隊「只死了七千人」？而且這兩句話也完全遵守海明威所接受的新聞書寫訓練：完全不用副詞，只有一個形容詞"permanent"用來修飾"rain"，表達一種霪雨霏霏的感覺。海明威以這種被他用冰山來妙喻的精鍊文字來進行創作，整本小說無論是場景、情節或角色描寫，寫來都給人一種爽朗清新的感受，這是《戰地春夢》能夠成為二十世紀現代主義戰爭小說經典的最主要原因。

事實上，早在寫出《戰地春夢》的多年前，海明威的「冰山理論」就已非常普遍地應用在他那些令人印象最深刻的戰爭故事裡。像是《在我們的時代》故事集的第一篇，〈士麥那碼頭上〉（"On the Quai at Smyrna"）。故事以第一次世界大戰結束後接踵而來的希臘土耳其戰爭（一九一九—一九二二年）為歷史背景，敘述者是土耳其陣營的軍官，戰爭時的種種混亂景象由他娓娓道來，平淡無奇的口吻反而令人心驚，就像他說的：「你記得那海港吧。水面漂著各式各樣的好東西。我生平唯一遇上的一次，大概因為如此讓我老做夢。」這軍官沒有提到那些東西是什麼，但我們可以想像會讓他做噩夢的，不外乎是一具具屍體，而且可能都是殘缺不全，甚或還有婦孺的屍體。軍官還說，希臘人把無法帶走的牲口全都打斷腿，丟進淺灘裡，他說：「看了真爽（It was all a pleasant business）。我說啊這看了真的很爽。」[45]並不是這名軍官生性變態才會說這種話，而是海明威試著去揣測他那震驚到了極點，幾乎超過負荷極限的混亂心理狀態，而這一切都是戰爭害的。而且透過這種反諷的口吻，讀者更能了解戰爭有多可怕，而且從文字風格看來，這些話只是海面上八分之一的浮冰，軍官的心理狀態是海底八分之七的龐大冰山。

## 四、《戰地春夢》的版本

前面曾論及，一九二八年三月初，海明威在家中浴室受傷後開始動筆寫《戰地春夢》的初稿，中間歷經了從巴黎遷居西礁島、妻子寶琳前往堪薩斯市待產、剖腹產後次子派崔克誕生，然後前往懷俄明州蟄居二十天左右，終於在八月二十二日完成初稿。[46]隔年初，《戰地春夢》的打字稿完成，二月一日至八日之間，在海明威的邀請之下，他的編輯柏金斯親自前往西礁島取稿，順便釣魚。柏金斯在北返的火車上看稿看得愛不釋手，返回紐約後隨即於二月十三日發電報給海明威，提出一萬六千美金的連載稿費，他也馬上接受了。五月，《戰地春夢》開始在《史氏雜誌》（*Scribner's Magazine*）月刊上連載，分六期刊出。[47]六月二十一日，因為連載《戰地春夢》，《史氏雜誌》在波士頓遭禁，理由是小說的用字與情節淫穢不堪。但這成為禁書的插曲並未妨礙《戰地春夢》的出版與暢銷，九月二十七日《戰地春夢》在紐約出版，到十月二十二日累計已賣出三萬三千本。十月二十四日，「黑色星期四」降臨，華爾街股市交易總計損失四十億美元，為美國的經濟大蕭條拉開序幕，但《戰地春夢》的買氣沒有受到影響，到十一月十二日累計賣出四萬五千本，[48]正式成為海明威的第一本暢銷小說。禁書風波影響不了美國讀者對於《戰地春夢》的好評，甚至還有劇作家勞倫斯·史多林（Laurence Stallings）把小說改編成舞台劇，隔年九月十五日在費城舒伯特劇院（Shubert Theatre）開演，一週後於九月二十二日在紐約國家劇院（National Theatre）登台演出。儘管觀眾反應熱烈，但劇評反應不佳，只演了三週。史多林的劇本並未出版，因此後世對其改編後的結果無從了解。此外，除了一九三二年、五八年各有一個改編電影推出（分別由派拉蒙與二十世紀福斯公司拍攝製作），從一九三八到五〇年之間，NBC與CBS兩家美國的廣播公司總計製作了五部廣播劇。[49]

五月、六月、七月的《史氏雜誌》都因為連載《戰地春夢》而遭波士頓市警局局長麥可・克羅利（Michael H. Crowley）下令沒收，但警方動作太慢，每個月都要等到雜誌上架兩、三週之後才到書店、書報攤執行禁令，因此禁令傳開後反而讓雜誌銷量變得更好。這禁令讓海明威感到意外，同時也抱怨連連。因為哈佛大學畢業的柏金斯本身就是個一絲不苟的人，也怕用詞不雅影響明星級作家海明威的形象，於是在出版前就已經將"balls"、"shit"、"fuck"、"cocksucker"等不雅字眼用長破折號（"——"）取代，沒想到居然還是被貼上了「淫穢不堪」（salacious）的標籤。而令他忿忿不平的是，德國暢銷小說《西線無戰事》的英譯本（*All Quiet on the Western Front*）當時即將在美國出版，他已經先看過，內容也是髒話連篇，但完全不用被刪字。[50]英國版《戰地春夢》於一九二九年十一月十一日由 Jonathan Cape 出版社出版，[51]內文大致相同，忌諱字眼也是以長破折號替代，但因為重新編排過，因此內文為三百五十頁而非美國版的三百五十四頁。[52]

法國是世界上最早出現《戰地春夢》譯本的國家之一，海明威的用字在該國完全不成問題。一九二九年秋天《戰地春夢》出版不久後，當時在普林斯頓大學任教的法國譯者莫里斯-艾德加・寬德（Maurice-Edgar Coindreau）就展開了《戰地春夢》的法文翻譯工作，而且海明威還親自將那些破折號所代表的髒話加回去。例如原文二一一頁的"any —— cavalry"在翻譯後變成"*ces bougres de cavaliers*"[53]（意思是「那些混蛋騎兵」），[54]因此如果參閱寬德翻譯的《戰地春夢》法文譯本（*L'adieu aus armes*）就可以知道英文版遭刪去的字眼。當然，有與趣的讀者也可以參考謝爾頓．葛伯斯坦（Sheldon Norman Grebstein）教授《海明威的小說技藝》（*Hemingway's Craft*）一書的附錄，他以十七頁的篇幅討論了《戰地春夢》與《戰地鐘聲》的手稿，展現出小說修改前後的差異，極具參考價值。[55]

前面提及，德國小說《西線無戰事》英譯本跟《戰地春夢》同樣在一九二九年出版，雖然後者的銷售數字極為亮眼，但《西線無戰事》英譯本賣出了三十萬本，是年度暢銷冠軍。相反的，《戰地春夢》的銷售數字在該年其實排不進暢銷榜，但還是能在一九六五年累計賣出一百八十萬冊，主要是因為後來出版社在一九三二、一九四八年又分別再版重出。[56]值得注意的是，一九四八年版有其特別的出版背景：誠如知名海明威學者琳達．華格納-馬丁教授（Linda Wagner-Martin）指出的，當時海明威已經有七年沒有推出暢銷作，因此史氏出版社才會把《太陽依舊升起》、《戰地春夢》與《戰地鐘聲》綁在一起出售，而且隔年又有一個專門賣給大學生的版本，由耶魯大學教授羅伯．潘恩．華倫（Robert Penn Warren）撰寫導讀。[57]此外，一九四八年版還請作者海明威寫了一篇導讀，為當年的創作背景、動機提出說明，他甚至表示自己在寫作的當下儘管知道故事是個悲劇，但並沒有不快樂，因為他深知人生本身就是悲劇——相反的，他為自己能那樣源源不絕地創作感到很快樂。[58]另外，海明威曾幫紐約的王冠出版社（Crown Publishers）的戰爭小說集《戰爭中的人：史上最佳的戰爭故事集》（*Men at War: The Best War Stories of All Time*）親自編選故事、撰寫序言，於一九四二年十月出版，選集篇幅長達一千餘頁，獲選作家包括俄國大文豪托爾斯泰（Leo Tolstoy）、英國首相邱吉爾（Winston Churchill）、福克納（William Faulkner），史帝芬・克萊恩的《紅色英勇勳章》（*Red Badge of Courage*）都完整地收錄了進去。至於他自己的作品，則是完整收錄了《戰地春夢》第三卷（卡波雷托大撤退），[59]這也顯示雖然《戰地鐘聲》也是他的戰爭小說代表作，而且出版時間更接近（兩年前才剛剛出版），可能《戰地春夢》對他自己來講有更重要的意義。

二〇一二年七月十日，紐約史氏出版社推出《戰地春夢：海明威圖書館版》（*A Farewell to Arms: The Hemingway Library Edition*），除了收錄了一九四八年版的海明威導讀、二子派崔克的前言，也由孫子西恩（Seán Hemingway，三子葛雷哥萊的兒子）親自擔任編輯，並且也寫了一篇導讀。《戰地春夢：海明威圖書館版》最特別之處，在於書末收錄了三個附錄，分別是「小說初稿」（"Early Drafts"）、「四十七種結局」（"The Alternative Endings"）與「書名清單」（"List of Titles"），篇幅長達三十九頁。[60]其實，首先披露這些資料的並非這個版本，而是南康乃狄克州大學的教授伯納・歐爾西（Bernard Oldsey）在一九七九年推出《隱密的海明威寫作手法：論〈戰地春夢〉的創作》（*Hemingway's Hidden Craft: The Writing of A Farewell to Arms*）一書，這是他在麻州波士頓的甘迺迪圖書館開放外界查閱海明威的手稿後（一九七五年開放），進行仔細研究的成果，第四章專門討論小說的各種結局（"The Sense of an Ending in *A Farewell to Arms*”），附錄也列出初稿與不同版本的結局。[61]

一九五八年四月，知名文學雜誌《巴黎評論》（*Paris Review*）春季號刊登了作家喬治．普林普頓（George Plimpton）採訪海明威的訪問稿，當時他曾說自己幫《戰地春夢》寫了三十九個結局，[62]但若從《戰地春夢：海明威圖書館版》的附錄看來，結局居然高達四十七個，藉此我們也可以看出海明威是個非常認真的小說家，在創作時往往反覆推敲，最在意的莫過於他跟普林普頓說的：「把字用對。」（“Getting the words right.”）從附錄二我們可以看出，前面幾個結局都有特殊稱號，例如「宗教性的結局」（“The Religious Ending”）、「嬰兒活下來的結局」（“The Live-baby Ending”）、「舉辦葬禮的結局」（“The Funeral Ending”）等等。[63]至於海明威所預想的書名，從附錄三看來也有四十幾個，其中很多都跟義大利有關，像是「撤離義大利」（“The Retreat from Italy”）、「義大利旅程」（“The Italian Journey”）、「義大利體驗」、（“The Italian Experience”）、「義大利紀事」（“The Italian Chronicle”）、「愛在義大利」（“Love in Italy”），而且前三者都被海明威畫了底線。另外也有一些書名聚焦在男主角身上，像是「愛國者的歷程」（“Patriots Progress”）、「肉身教育」（“Education of the Flesh”）、「情感教育」（“The Sentimental Education”）[64]與「佛德列克．亨利的情感教育」（“The Sentimental Education of Frederick Henry”）[65]。而且，從「小說初稿」看來，海明威原先的想法竟然是要讓故事從亨利受傷後被救護車送抵米蘭的美國醫院開始。不過，最讓人耳目一新的發現，莫過於琳達·華格納-馬丁指出的，初稿裡面有大量段落用來描繪主角所承受的恐懼與身體上的痛苦，還有戰場上的可怕場景，但這些最後不是被完全刪除，就是大幅修改。[66]如此看來，與原稿相較，出版的小說的確比較符合海明威所謂的「冰山理論」。

## 五、譯本介紹：兼論重要術語的翻譯[67]

一九二九年出版的 *A Farewell to Arms* 因為當時美國文學在中國的影響力不大，所以一直要到一九三三年，香港詩人兼翻譯家李育中在《天南日報》連載他的譯本，書名《訣別武器》。從現有的資料看來，李育中應該就是中文翻譯 *A Farewell to Arms* 的第一人，[68]可惜《訣別武器》並未單獨以書籍形式出版。到了一九三九年一月才有節譯本問世，譯者為余犀，譯文只有小說的第一、二卷，[69]書名為《退伍》。（本人在兩位香港學者唐文博士與宋子江博士的指點之下，於上海外國語大學圖書館尋獲此書，特此致謝。）值得推敲的是，這位「余犀」到底是誰？根據香港學者樊善標指出，其實就是中國知名散文家兼翻譯家徐遲，而「余犀」是他滯留香港時期在報上發表香港郊外遊記時使用的筆名。[70]另外，學者李歐梵關於一九三〇上海文學與出版文化的名著《上海摩登》也指出徐遲曾翻譯過 *A Farewell to Arms*[71]。不過，最直接的證據莫過於徐遲自己在傳記《我的文學生涯》裡曾指出他在一九三六年秋天的翻譯工作：

> 我譯了英國劇作家諾艾爾．考華德的一個傷感的話劇《苦盡甘來》。接著，我還在辦公室裡譯著恩斯特．海明威的《永別了戰爭》。當時海明威在國外已經享有大名，但是在中國卻還沒有。寫介紹和讚揚他的文章的，只施蟄存和葉靈鳳等較少的幾人。他的短篇小說譯過來的也不多，所以我是第一個翻譯海明威這部名著的人，多少有點兒爆一個冷門的意思。我一著手翻譯，便感到他的散文語言具有獨特的風格。
>
> 不幸的是我這兩本翻譯書都給到那個進了啟明書店當編輯的錢公俠手上。啟明書店出了一批一折八扣的廉價書，無恥地盜印了一些有名譯本，只稍稍改了幾個字就算新譯本，啟明的名聲太壞了。[72]

而且，這段話與《退伍》譯者寫的〈小引〉相吻合：「譯者在一九三六年夏天讀到了這部書……一九三六年的秋天……動手譯了起來。」[73]因此，雖然過往在大多數的中國現代翻譯史研究中完全沒有提及徐遲翻譯 *A Farewell to Arms* 一事，但他的確就是「余犀」無誤。

到了一九四〇年，知名翻譯家林疑今（林語堂之姪）將 *A Farewell to Arms* 翻譯成《戰地春夢》，由上海西風社出版（林語堂即此出版社的創辦人之一）。據悉當時林疑今剛從美國哥倫比亞大學取得國際公法的碩士學位，[74]尚未找到工作，因此選擇翻譯工作來餬口。看過從《戰地春夢》的〈譯者序〉看來，林疑今本來對於海明威的評價不高，認為他筆下的角色都來自於「小資產階級」背景，無所謂激進的思想（由此也可以看出林疑今的思想左傾），但從當時海明威刊登在美國左派知名期刊《新群眾》（*New Masses*）的文章看來，在目睹西班牙內戰的殘酷之後，他終於變成了一位反法西斯鬥士。[75]值得一提的是，這個譯名後來被台港兩地採用，各個譯本的書名就固定翻為《戰地春夢》，反而是在一九四九年之後大陸的譯本都改用《永別了，武器》的譯法，就連林疑今自己的譯本也被改了書名。其中緣由為何？根據林疑今自己的說法，這與中共政府的反資本主義思想傾向不無關係，在為《海明威研究在中國》一書寫的序言中他表示：

> 由於我曾經翻譯過西方一些有關第一次世界大戰的小說，如雷馬克的《西部前線平靜無事》等。所以在海明威的作品中也就選譯了《永別了，武器》。譯文起初的譯名叫做《戰地春夢》，不無頹廢主義的色彩，常遭非議。全國解放後，在上海重印時，改名《永別了，武器》，想不到在國內一個不大不小的重點大學，又遭到了圖書館的「內部控制，禁止流通」，理由是書名宣傳無原則的和平主義。由此可見，一部外國文學作品，不管作者是誰，需被另一個國家的人民所理解和接受，確非易事，因為文化傳統不同，

社會風俗制度差異，難免有些抵觸，格格不入。[76]

由此可見不只當初林疑今選譯 *A Farewell to Arms* 跟政治意識形態密切相關，他首創的經典書名「戰地春夢」會被改掉，也是因為受到政治因素干擾。

一九四九年三月，上海晨光出版社一口氣出版了三本全由馬彥祥翻譯的海明威小說譯本：除了《在我們的時代裡》與《沒有女人的男人》（*Men without Women*）之外，還有 *A Farewell to Arms* 的節譯本《康波勒托》，因為卡波雷托戰役（Battle of Caporetto）是小說第三卷的主要故事背景，才有這個譯名，目前上海復旦大學圖書館藏這三本譯本，且《康波勒托》也可以由台灣國家圖書館創設的「台灣華文電子書庫」網站在線上閱覽。[77] 這三本書隸屬於該出版社的「晨光世界文學叢書」，據該社負責人趙家璧詳述當年的出版背景，主要是思想左傾的美國駐華官員費正清（John K. Fairbank）向中共方面提議出版一套美國文學的經典，因此才會有此一叢書的問世，當時在上海與北京各組了一個委員會來負責選書與翻譯，委員包括鄭振鐸、徐遲、馮亦代，還有向來與中共關係密切的馬彥祥等人。[78] 由此可見，馬彥祥翻譯的第二個 *A Farewell to Arms* 譯本跟林疑今的譯本一樣，也是與政治因素密切相關。[79]

一九四九年年底大陸易幟後，*A Farewell to Arms* 陸續出現許多譯本：在大陸出版者多改名為《永別了，武器》，直到二〇一七年仍有北京理工大學出版社出版的韓琳譯本，也是名為《永別了，武器》。至於台港兩地，在一九四九年之後則是一律選用林疑今之譯法《戰地春夢》，比較具有代表性的譯本有兩個：一九七二年香港今日世界出版社的湯新楣譯本，還有一九七八年台北遠景出版社的宋碧雲譯本。除了上述五個在一九三九到一九七八年之間出版的譯本之外，*A Farewell to Arms* 之譯本高達數十個，但誠如台灣知名翻譯學者賴慈芸教授曾於「翻譯偵探事務所」臉書專頁所說的（二〇一五年八月七日貼文），其中林疑今的譯本曾在台灣被高達三十二家出版社抄襲過，此外湯新楣譯本也曾於民國七十年被台北逸群出版社抄襲，譯者署名「陳煥來」。甚至於在民國一百年曾有風雲時代出版社出版了號稱「全新譯校」的新譯本，[80]譯者署名為「葉純」，但若經實際比對，會發現其實是抄襲自宋碧雲的譯本，從頭到尾譯文句型幾乎一模一樣，只是小幅修改字詞。由此可見，如果把宋碧雲的譯本當成最後一個具有代表性的 *A Farewell to Arms* 中文譯本，迄今可說已經有四十年未再有代表性譯本出現過——這裡所謂代表性，是指譯者在翻譯時並未因循苟且，參考先前譯本，因此沒有繼承以前譯者所留下來的錯誤。由此可見，我們的確需要一個新譯本，才能夠還原這一本海明威經典戰爭小說的真實風貌，讓讀者更正確地理解海明威筆下的故事，還有故事背後的思想與歷史文化背景。

過去，翻譯名家林以亮先生（本名宋淇）曾撰文批評林疑今的譯本具有「校對上的錯誤」、譯文「一看就是翻譯體」的生硬之處、「不合口語」的問題、「對美國俚語體會不夠」、「對歐美風俗習慣的隔膜」、「對意大利文〔義大利文〕的一知半解」、「對粗字用法不熟悉」、「不懂美國棒球運動」、「不了解意大利〔義大利〕是天主教國家」等等問題，[81]但如果透過以下的幾個例子，我們可以看出這些錯誤其實也發生在林以亮先生推崇的湯新楣譯本中。另外，透過文本分析我們也可以發現，基本上在一九七二年湯新楣的譯本問世後，最常被後世譯者拿來參考的並非林疑今，而是湯新楣，因此他所犯下的錯誤也就持續流傳下來了。

除了林以亮所說的上述錯誤之外，可以先看看軍事術語的翻譯，因為在這本小說中大量出現，是譯者很大的挑戰，畢竟並非每一位譯者都有軍事背景，可能需要查閱大量資料甚至請教軍事專家。第一個例子是小說二十三章，主角亨利到米蘭一家軍火店買槍的段落，透過比對就能發現上述情況。段落原文為：“I snapped it and pulled back the action. The spring was rather strong but it worked smoothly. I sighted it and snapped it again.”[82]這段話的關鍵是“action”一詞該怎樣翻譯？雖然在一般字典上，“action”的字義大多為「槍機」，但「槍機」是不可能被往後拉的，因為它是後膛槍械用來完成子彈的裝填、閉鎖、發射、退殼等一系列動作的所有機械部件之總稱，所以這裡所謂的“action”實為「擊錘」。如果要讓讀者正確理解這個試槍的動作，「啪地扣了一下扳機，接著又把擊錘往後拉。彈簧很緊，但擊錘拉起來還挺順的。我又瞄準了一下，然後扣扳機。」才是正確譯法。雖說林疑今完全略去“action”不譯（「我把手槍拉一拉看，彈簧雖是太緊了一點，倒很順手。我又瞄準了一下看看。」[83]），不算完整的翻譯，但湯新楣則是把這句話譯為「我把它扳開再扳動槍機，彈簧實在很有勁不過很靈活。我朝槍膛裡看了看然後又把它扳上。」[84]一來並未正確理解試槍的程序，二來居然把瞄準的動作當成往槍膛裡看，明顯是個更嚴重的誤譯。如果仔細觀察宋碧雲的譯本，或是前述孫致禮以降的各個版本，也都沒有任何一個譯者譯對。重點是，湯新楣的表現在某些軍事相關的細節上，並不像林以亮說的那樣，比林疑今有更好的表現。另外一個軍事術語的例子出現在第二章，與軍階的知識有關。故事主角兼敘述者亨利在第二章一開頭提及部隊駐紮的義大利小城 Gorizia 開了兩間妓院，"one for troops and one for officers"。[85]且看各譯本的譯文如何翻譯：

| **譯者姓名** | **原出版年份** | **譯文** |
|---|---|---|
| 林疑今 | 1940年 | 一家招待士兵，一家招待軍官。（頁5） |
| 湯新楣 | 1972年 | 一個是兵士們去的，一個是軍官們去的。（頁57） |
| 宋碧雲 | 1978年 | 一家招待士兵，一家專門招待軍官。（頁3） |
| 孫致禮 | 2009年 | 一家招待士兵，一家招待軍官。（頁5） |
| 韓　琳 | 2017年 | 一家對士兵開放，另一家只招待那些軍官。（頁77） |
| 樓武挺 | 2018年 | 一家專門接待士兵，另一家專門接待軍官。（頁4） |

在所有譯文中，只有宋碧雲、韓琳把「軍官專用」的那一層含意翻出來（但這也可以看

出韓琳參考宋碧雲一本的痕跡）。另外，如果部隊裡只有士兵與軍官，那不是很奇怪？士官呢？只有湯新楣考慮到「士官」這個階層，顯然「兵士」包括「大兵與士官」。但事實上所謂 “officers” 包括 “commissioned officer”（軍官）與 “non-commissioned officer”（士官），所以應該譯為「軍官、士官」，因此比較周全的譯文是「一家給士兵光顧，另一家則是軍官、士官專用」。

其次，林以亮也指出棒球文化脈絡是這本小說的重點，因此譯者很容易犯錯。小說第二十一章 “like a ball-player that bats two hundred and thirty”[86] 這句話，故事脈絡是男女主角在談情說愛，男主角以棒球打者來比喻自己，以下我們先來看看各個譯本如何處理這句話：

| 譯者姓名 | 年份 | 譯文 |
| --- | --- | --- |
| 余犀 | 1939年 | 我像一個打了二百三十分的球員，知道他自己是再好不到那裏去的了。（頁144-145） |
| 林疑今 | 1940年 | 我的樣子就像個棒球員，知道自己只能把球打到二百三十碼遠處。（頁159） |
| 湯新楣 | 1972年 | 我就像擊壘成績二百三十的一個棒球手，知道自己就是這點德性。（頁211） |
| 宋碧雲 | 1978年 | 我像一個打擊過兩百三十次卻自知不行的棒球手。（頁146） |
| 孫致禮 | 2009年 | 我就像個球員，知道自己擊球只能達到兩百三十，再好的成績就達不到了。（頁156） |
| 王仁才 | 2014年 | 我就像個棒球運動員，最多也只能擊二百三十，再好的成績也高不到那兒去。（頁140） |

| | | |
|---|---|---|
| 韓　琳 | 2015年 | 我就像一個擊球成績為兩百三十的棒球手，心裡清楚自己的能力僅僅如此了。（頁204） |
| **劉艷** | **2017年** | **我就像個球員，知道自己擊球只能達到兩百三十，再努力也得不到更好的成績。（頁131）** |
| 王晨爽等 | 2017年 | 我就像一個揮棒擊球得二百三十分的棒球運動員，再努力也不會提高。（頁124） |
| **樓武挺** | **2018年** | **我就像一名球員，平均擊球成績只有二百三十個，而且知道再怎麼努力，成績也不會提高了。（頁145）**〔譯注：指的是棒球運動員擊球率，即一千個球裡，平均安打數為二百三十。〕 |

海明威常在小說中會寫到美國棒球文化的細節（例如《老人與海》裡面就有很多），*A Farewell to Arms* 也不例外，在這一章我們已經看到亨利閱讀的美國報紙裡面提及美國職棒芝加哥白襪隊、紐約巨人隊和波士頓紅襪隊，還有球星貝比．魯斯。從以上每個譯本的譯文看得出，除了樓武挺之外，對於這一段文字的處理都是望文生義，因為不了解，所以僅能以直譯的方式處理，余犀跟林疑今錯得比較離譜，分別把打擊率誤解為得分和擊球距離。

事實上，所謂的“like a ball-player that bats two hundred and thirty”，應該翻譯成「我就像是一個打擊率只有兩成三的棒球打者」。打擊率兩成三，在棒球裡算是普普通通，但也不怎麼差勁（一般來說，兩成以下的打擊率才不被接受），所以亨利才會用“mediocre batter”（平庸的打者）來形容自己，但宋碧雲與韓琳不懂這個道理，分別把“mediocre”譯為「劣等」與

「低級」。不過，我認為此處“two hundred and thirty”不應直接譯為「兩成三」，因為英文中對於「兩成三打擊率」的口語說法應該是“two thirty”（即打擊率 0.230），但海明威這裡想要製造出一種亨利講話讓凱薩琳誤會的效果，採用數字聽起來比較大的說法“two hundred and thirty”，於是接著凱薩琳才會說：“What is a ball-player that bats two hundred and thirty? It's awfully impressive.”。為了造成這誤會的效果，最好的處理方式是選擇保留「兩百三十」這個數字，然後在亨利講的下一句話裡增譯「一千個打數裡只打得出兩百三十支安打」，如此一來也不用像樓武挺那樣使用譯注了。

總結來講，自宋碧雲的 *A Farewell to Arms* 譯本於一九七八年出版後，台港兩地已經有四十年並未出現真正的繁體中文譯本。經查目前於台灣流通量較高的繁體中譯本只有宋碧雲的譯本，但是因為年代久遠，當年譯者查閱資料不易，所以其中有不少誤譯之處。而反觀大陸地區的簡體譯本，光是就近八年而言，從中國的豆瓣讀書網站看來，就有以下十三個版本[87]：

| 年分 | 譯者姓名 | 出版社名稱 |
|---|---|---|
| 2012 | 陳燕敏 | 黃山書社 |
| 2012 | 趙吉玲、凡小亞 | 湖南文藝出版社 |

| | | |
|---|---|---|
| 2012 | 方華文 | 譯林出版社 |
| 2012 | 艾之凡 | 河南文藝出版社 |
| 2012 | 韓忠華 | 長江文藝出版社 |
| 2013 | 嚴加豐 | 安徽師範大學出版社 |
| 2014 | 王仁才 | 中國友誼出版社 |
| 2016 | 王敏 | 線裝書局 |
| 2017 | 王晨爽、陳福明、孫煥君 | 時代文藝出版社 |
| 2017 | 劉豔 | 華中科技大學出版社 |
| 2017 | 韓琳 | 北京理工大學出版社 |
| 2018 | 樓武挺 | 天津人民出版社 |
| 2019 | 黃協安 | 江蘇鳳凰文藝出版社 |

不過，從以上的分析看來，這些簡體中文譯本雖可透過各網路書店取得，但主要有兩個缺點：簡體中文之措詞與語感顯然不同於繁體中文，因此讀者閱讀起來難免感到不習慣；簡體中文譯者往往有參考先前譯本之習慣（主要是湯新楣的譯本，參考宋譯者較少），但也把過去的誤譯給保留下來，將錯就錯，長久下去，中文譯文將會永遠無法精進。[88]

# 戰地春夢

*A Farewell to Arms*

# 1

那一年夏末，部隊駐紮在村莊，借住的房舍隔著河流與平原，遠眺群山。[1]河床裡遍布大大小小的石頭，在陽光下看來又乾又白，清澈蔚藍的河水快速流動著。常有部隊路過那房舍，揚起的塵土全都散落在樹葉上，樹幹上也滿是塵埃。那一年樹葉掉得很早，因此每次有行軍的部隊路過時，只見塵土飛揚，微風把落葉吹得滿天飛舞，士兵走過後白白的路面變得空蕩蕩，光禿禿，只剩下落葉。

那是一片作物豐饒的平原，果園遍布，平原盡頭矗立著光禿禿的棕褐色群山。戰事在山區進行著，夜裡只見大砲的火光四射。漆黑中火光彷彿夏夜裡的閃電，不同的是，此夜很涼爽，也沒有那種暴風雨將至的感覺。

有時在暗夜中，隔著高高的窗戶，我們會聽見屋外有部隊在行軍，還有一輛輛拖砲車拖著大砲經過。雖已入夜，路上車輛來來去去，還有一隻隻軍用騾子，兩側鞍袋裡裝滿彈藥盒，還有灰撲撲的軍卡載著士兵，至於在車陣中車速較慢的，則是其餘那些載著輜重物品，物品上都蓋著帆布的卡車。白天時也會有拖砲車拖著大砲經過，長長的砲管用綠色樹枝掩蓋著，砲車上則布滿了綠色枝葉與藤蔓。往北眺望，只見山谷另一邊有片栗樹林，後方則是另一座山，矗立在跟我們同一側的河岸邊。為了拿下那座山，戰事持續進行著，但我方打得很吃力，一陣陣秋雨把所有栗樹樹葉打落，樹枝看來空蕩蕩的，樹幹則是因為淋了雨水而變成黑色。葡萄園裡也是枝葉稀落，葉子都掉光了，整片棕褐色的鄉間大地看起來到處溼漉漉，瀰漫著秋天的肅殺之氣。霧氣瀰漫在河面上，山巔繚繞於雲霧間，卡車把路上的爛泥噴得到處都是，士兵們身上溼掉的斗篷沾滿了泥巴，步槍也都溼了。在路上行軍的士兵看來都像懷胎六月，大腹便便，因為每個人斗篷裡身前的皮帶上都掛著兩個大大的灰色皮革彈藥袋，裡面裝有一排排彈匣，彈匣上是一顆顆又細又長的六點五毫米子彈。

也有一些灰色的軍用小轎車疾馳而過，濺起的泥巴比軍卡還多，而且通常副駕駛座上都會坐著軍官，後座還有其他軍官。要是後座軍官的個子矮小，而且又坐在兩位將軍中間，任誰都可能看不見他的臉，只能看到他的帽頂和窄背。如果車速特別快的話，那可能就是國王[2]的座駕。他住在烏迪內[3]，幾乎每天都來這裡視察，戰況很糟。

入冬後雨下個不停，霍亂疫情也跟著爆發。但還是控制住了，最後部隊只死了七千人。[4]

# 2

隔年，我軍打了很多場勝仗。我們拿下了山谷後方的那座山，還有那片矗立著栗樹林的山坡。此外，我們在平原盡頭位於南側的高原上也打了一些勝仗，到了八月我們越過河流，借住在戈里齊亞[1]的一個宅院，那裡有一座噴泉，一個有圍牆的花園，園中處處綠樹成蔭，宅院的一側爬滿了紫藤。如今戰事已經推進到再過去的那片山區，與我們相距不到一哩。戈里齊亞是個很棒的小城，我們借住的宅院也很棒，宅院後方就是河流。我們打了很漂亮的一仗才拿下這小城，但就是拿不下再過去的那片山區。慶幸的是奧國人似乎有意在戰後拿回這小城，並沒有用大砲摧毀小城，只是偶爾發個幾砲過來，做出打仗的模樣。居民依舊住在城裡，偏街小路上除了部署著大砲，仍有一些醫院、咖啡店照常營業，還有兩家妓院，一家給士兵光顧，另一家則是軍官、士官專用。[2]到了夏末，夜晚就開始變涼，小城另一頭山區的戰事持續進行著，火車鐵橋上留著遭砲擊過的痕跡，河邊的隧道也在戰鬥中被轟塌了，廣場四周樹木林立，通往廣場的長長大街上也是樹木成蔭，除此之外，妓院的女孩在城裡四處可見，國王還是照常驅車經過，但偶爾車速沒那麼快，[3]可以看見他的臉、脖子長長的矮小身軀與灰色山羊鬍；再加上不經意映入眼簾的被砲彈轟垮的房子，灰泥瓦礫就堆在花園或者街邊，還有卡索高原[4]的大好情勢，在在都讓這一年秋天非常不同於我們還待在鄉間時的去年秋天。戰局也改變了。

小城另一頭那座山上的橡樹林不見了。那年夏天我們來到這小城時那樹林仍是一片綠油油，但現在只剩樹樁殘幹，地上到處坑坑巴巴。晚秋某天我到山上那原本是橡樹林的地方，只見一片雲朵飄來山巔。雲來得很快，太陽變成一片暗黃，接著四下昏暗，雲朵蔽日，然後下降到山頭，突然間我們置身於雲霧之間，結果就下起雪來了。山風夾著雪斜吹過來，覆蓋住空蕩蕩的地面，只有樹樁露出來，大砲上也有積雪，壕溝後方露出一道道沒有積雪的地面，都是要去上野戰茅坑的人走出來的。

回到小城後，我從軍官專用妓院裡看著窗外落雪，一邊跟某個朋友用兩個酒杯共飲一瓶阿斯提氣泡酒。見到大量白雪緩緩落下，我們倆心知肚明：這一年的戰事算是結束了。河流上游的山區都還沒有打下來，河流對岸的那幾座山也還沒。一切都要留待明年了。我朋友看到那位平常跟我們一起用餐的神父從街道上經過，在泥濘的積雪中舉步維艱，朋友為了叫住神父而用力敲窗戶。神父抬頭看我們，臉露微笑。朋友比個手勢，要神父進來。他搖搖頭繼續往下走。當晚我們在部隊食堂裡吃義大利麵，大家都吃得很快很認真，用叉子把麵條捲起來，直到糾纏著叉尾的麵條都掉下去了才把叉子往嘴裡送，也有人不斷把麵條叉起來，往嘴裡吸進去，另一手幫自己倒葡萄酒。容量一加侖的酒瓶外面覆蓋著綠草，裝在一個活動式的鐵製托架上，要倒酒時用食指把酒瓶瓶頸往下一拉，那帶著單寧酸的清澈甜美紅酒就會流進同一手的玻璃杯裡。吃完義大利麵後，上尉開始拿神父尋開心。

那年輕的神父很容易臉紅，身上制服跟我們一樣，只是灰色外套的左胸口袋上方繡著一個深紅色的絲絨材質十字架。為了讓我能完全聽懂，上尉還刻意講一口不標準的義大利語，但我懷疑他這真是為我好嗎？

上尉對著神父與我說：「神父今天有去找女孩喲。」神父的臉紅了起來，只是微笑搖搖頭。上尉常常逗他。

「沒有嗎？」上尉問道：「今天我看到神父跟女孩在一起。」

神父說：「沒有。」其他軍官看到他被逗都覺得很有趣。

「神父沒跟女孩在一起，」上尉接著說，他對我解釋道：「神父才不會跟女孩在一起咧。」他拿走我的杯子，幫我倒酒，眼睛一直看著我，但同時也始終盯著神父。

「神父每晚都五對一，」此話一出，同桌的軍官都開始大笑。「你懂嗎？神父每晚都五對一。」他做了打手槍的手勢，接著大聲笑了起來。神父只當他在開玩笑。

「教宗[5]希望奧國人打贏這場戰爭，」少校說：「教宗愛死了法蘭茲．約瑟夫[6]，錢都是從他那裡來的。我是個無神論者。」

中尉問道：「你讀過《黑豬》嗎？我要弄一本給你看。那本書動搖了我的信仰。」

「那本書骯髒下流，」神父說：「任誰都不會喜歡。」

中尉說：「那本書很有價值，」接著轉頭對我說：「你會喜歡的，看完你才知道那些神父的真面目。」

在燭光下，我對神父微笑，他也對我報以微笑，並對我說：「你可別去讀那種書啊。」

中尉說：「我會弄一本給你。」

「有腦袋的人都是無神論者。[7]」少校說：「不過，我也不信任那些共濟會[8]成員。」

中尉說：「我相信共濟會，那是個高尚的組織。」這時有人走了進來，開門之際我看見外面在下雪。

我說：「既然都已經下雪，我們應該不會再發動攻勢了。」

少校說：「當然不會，你該放假，你該去羅馬、那不勒斯、西西里島……」

「你該去一趟阿瑪菲[9]，」中尉說：「我會幫你寫明信片給我住在阿瑪菲的家人。他們會把你當成兒子一樣疼愛。」

「他該去巴勒摩。」

「他該去卡布里島。」

神父說：「我希望你能去阿布魯齊[10]，到卡普拉科塔探望我的家人。」

「阿布魯齊被他說得好像有多了不起。那裡下的雪比這裡更多。他不想看到農夫啦。讓他去一些比較有文化與文明的地方吧。」

「他應該去品嘗一些好女孩的風味。我會寫下那不勒斯一些好地方的地址給你。女孩個個年輕漂亮喔——媽媽還跟在她們身邊欸。哈哈哈！」上尉講話時手是撐開的，像在比手影似的，大拇指往上，另外四根手指往外伸出去。牆上有他的手影。他又說起了一口不純正的義大利語[11]：「去的時候你直挺挺，」他指了指自己的大拇指，「回來時就軟趴趴啦。」他摸摸小拇指。大家狂笑了起來。

上尉說：「看清楚喔。」他又把手撐開，牆上再度出現手影。他從朝上的大拇指開始，依序指著大拇指、食指、中指、無名指、小拇指，一邊用義大利語說：「少尉、中尉、上尉、少校、中校。[12]去的時候是少尉，回來就變成中校囉！」他們全都大笑起來。上尉用手指說笑說得非常成功。他看著神父說：「神父每晚都五對一！」大家又都狂笑了起來。

少校說：「你一定要趕快放假。」

中尉說：「我真想跟你一起去，帶你去見見世面。」

「帶一台留聲機回來啊。」

「順便也帶幾張好聽的歌劇唱片。」

「帶歌王卡羅素[13]的唱片。」

「別帶卡羅素的唱片，他的歌聲像在殺豬。」

「就算你想像他那樣殺豬，你辦得到嗎？」

「他唱歌像殺豬。我說他唱歌像殺豬！」

神父說：「我希望你能去阿布魯齊。」其他人七嘴八舌爭論：「是個打獵的好地方。雖說那裡有點冷，但空氣清新乾燥，而且你會喜歡當地人。你可以去住我家。我爸是個知名的獵人。」

「走啊，」上尉說：「妓院關門前我們去一趟吧。」

「晚安。」我對神父說。

他說：「晚安。」

# 3

我回到前線時部隊仍然駐紮在那小鎮。我回去前春天已經降臨，跟先前相比，原野裡部署了更多大砲。春天為原野帶來綠意，藤蔓有了綠芽，路樹長出嫩葉，陣陣微風從海上[1]吹來。只見小鎮與旁邊的山丘，還有丘頂古堡，被後面的遠山環抱，棕色群山的斜坡上都冒出了一點新綠。鎮上的大砲更多了，還有幾家新醫院，街上到處都是英國男人，偶爾還有女人，遭到砲火毀損的房舍也比先前多了一些。[2]在這暖春時節我沿著一條樹蔭夾道的小路往下走，太陽晒過的牆壁為我帶來暖意。我發現部隊仍借住在那房舍裡，看來都跟我離開時相同，沒有改變。門是開著的，有個士兵坐在室外太陽下的板凳上，一輛救護車停在側門邊待命，走進門裡，一陣大理石地板與醫院的味道迎面而來。一切都跟我離開時一樣，差別在於春天已經來了。我從大房間的門口往裡看，只見少校坐在辦公桌前，陽光從打開的窗戶灑進房內。他沒看見我，我猶豫著該進去報到，還是先上樓梳洗一番。我決定先上樓。

從我跟中尉軍醫里納迪共用的房間可以眺望庭院。窗戶是開著的，我床上的毯子鋪得很整齊，我的一些東西掛在牆上，防毒面具擺在一個長方形的錫罐裡，跟鋼盔掛在同一個牆壁掛鉤上。床腳邊擺著我那扁扁的行李箱，一雙冬天軍靴放在箱上，靴子擦得油亮。橫擺在兩張床中間的是我那一把奧地利製狙擊步槍：八角形的槍管是藍色的，步槍槍托是非常漂亮的深胡桃色，槍托靠在臉頰邊非常合用。我記得這把槍的望遠鏡擺在上鎖的行李箱裡。里納迪中尉在另一張床上睡覺，但聽到我進房間就醒了，在床上坐起來。

「*Ciaou!*」他先用義大利語跟我打招呼。「玩得開心嗎？」

「很棒。」

我們握握手，他用一隻手臂摟著我的脖子，親了我一下。

「唉唷。」我說。

他說：「你身上髒兮兮，該梳洗一下。你去了哪裡？做了哪些事？趕快都說給我聽吧。」

「該去的地方都去了。米蘭、佛羅倫斯、羅馬、那不勒斯、聖喬瓦尼鎮、墨西拿、陶爾米納——」

「你好像在念火車時刻表。有什麼豔遇嗎？」

「有啊。」

「在哪？」

「米蘭、翡冷翠、羅馬、拿坡里——」3

「真是夠了。跟我說最棒的部分就好。」

「米蘭。」

「是因為你先去米蘭吧。在哪裡有了豔遇？柯瓦咖啡廳嗎？你去了哪裡？覺得怎樣？趕快跟我說吧！你在那裡過夜嗎？」

「嗯嗯。」

「那也沒什麼。現在我們這裡也有些漂亮的妹子欸。是一些以前沒有來過前線的年輕女孩。」

「讚喔。」

「你不信喔？今天下午我就帶你去見識一下。鎮上有幾個漂亮的英國妹子。現在我愛上了巴克利小姐。我會帶你去看她。說不定她會變成我老婆喔。」

「我得先梳洗一下，然後去報到。是怎樣，大家都在摸魚嗎？」

「你放假這段期間，來掛病號的都是凍傷，或得了凍瘡、黃疸、淋病、肺炎、硬性或軟性下疳，還有不小心弄傷自己的。每個禮拜都有人被石塊砸傷的。受重傷的人沒幾個。下禮拜戰事又要開打了。也許會吧。大家都這麼說。你覺得我該跟巴克利小姐結婚嗎？——不過，當然是要等到戰後。」

「當然要結。」我一邊說一邊把臉盆倒滿水。

「今晚你一定要把度假期間的所有事告訴我，」里納迪說：「現在我該繼續睡覺了，下午去找巴克利小姐時才有精神，才夠帥。」

我脫掉外套、襯衫，用臉盆裡的冷水梳洗一番。我一邊用毛巾擦洗，看看房間與窗外，看看在床上閉目睡覺的里納迪。他跟我年紀相仿，長得帥，是從阿瑪菲來的外科醫生。他喜歡自己的工作，我們是好朋友。我看著他時他張開了眼睛。

「你身上有錢嗎？」

「嗯。」

「跟你擋個銀，五十里拉。」

我把手擦乾，從掛在牆上的外套裡掏出皮夾。里納迪沒有起身，拿走紙鈔後摺起來，隨手塞進馬褲的口袋裡。他微笑說：「可不能讓巴克利小姐覺得我是個窮光蛋啊。你真是我的麻吉，我的金主。」

我說：「去你的。」

當晚在部隊食堂吃飯時我坐在神父身邊，他聽說我沒去阿布魯齊，覺得很失望，突然間難過起來。先前他特地寫信給父親，他們也為我的到訪做了各種準備。我自己跟神父一樣難過，也搞不懂自己為什麼沒去。我的確想去一趟，但只能試著跟他解釋，說明我沒去的前因後果，最後他終於明白，知道我真的很想去一趟，就這樣他幾乎釋懷了。我喝了很多葡萄酒，喝完後又喝了咖啡跟女巫利口酒，酒酣耳熱之際我跟他解釋說天不從人願，很多事情我們都想去做，但最後終究沒做到。

我們倆在聊天，身邊一堆人吵吵鬧鬧。雖然沒去成，但我是真的想去阿布魯齊，那是個路面結冰後像鋼鐵一樣硬的地方，那裡冷冽乾燥，下的雪又乾又粉，雪地裡遍布野兔蹤跡，非常適合打獵，農夫看到外地去的人總會脫帽行禮，叫一聲「老爺好」。結果我去的地方都是煙霧瀰漫的咖啡廳，到了晚上在一些房間裡喝酒喝到感覺天旋地轉，必須要盯著牆壁看才能保持清醒，喝到爛醉才上床睡覺，心裡想著「啊，原來就是這麼一回事」，醒來時壓根不知道睡在誰身旁，只見房裡一片漆黑，世界感覺好不真實，因此一種奇怪的興奮感從心底浮現，興奮到晚上必須從頭來過，一樣什麼也不知道、不在乎，只知道這就是一切，一切的一切，什麼也不在乎。但突然間卻又在乎了起來，有時候睡覺時在乎，早上醒來也在乎，原先那種感覺消失無蹤，感覺一切好清楚，好難受又好清醒，有時候還要討價還價一番。有時候還覺得舒適、愉快、溫暖，吃早餐、午餐時是如此。有時候一切美好的感覺都消散了，很高興自己能夠回到街上，但總是這樣開啟另一天，接著又度過另一夜。我想告訴神父那些夜晚我是怎麼過的，告訴他日夜的差別，還有夜裡我總是過得比較好，除非白天清爽寒冷。不過當時我無法告訴他，就像現在我也說不出來。但任何人如果有過我那種體驗，就會懂我的感受。神父不曾有過那種感受，但至少他知道我是真的想去阿布魯齊，只不過沒去成，不過我們還是朋友，有許多相同的喜好，只是兩者之間還是有所歧異。很多事我不知道，就算我知道了也總是會忘掉，但那些事他早就已經知道。不過當時我並不知道這一點，儘管後來我總算明白了。在這當下，我們都在食堂裡，飯吃完了，身邊仍是吵個不停。我們倆不再聊天，只聽見上尉高喊：「神父不開心。沒跟妹子在一起，神父不開心。」

「我很開心。」神父說。

上尉說：「神父不開心。神父希望奧地利人打贏戰爭。」其他人都豎起耳朵聽著。神父搖搖頭。

他說：「並沒有。」

「神父希望我們永遠別發動攻擊。你不是這麼想的嗎？」

「不對。如果我們不攻擊，那就不叫戰爭了。」

「一定要攻擊。肯定要攻擊！」

神父點點頭。

「別逗他，」少校說：「他是個好人。」

上尉說：「管他好人壞人，他什麼也做不了，」我們全都站起來，離開餐桌。

# 4

到了早上，隔壁房屋花園裡的砲兵隊把我震醒，見到陽光從窗戶灑進來，我就起床了。一條條礫石路都是潮溼的，草葉都沾上了露水。砲兵隊發射了兩次，兩次都像往天空打出重拳，打得窗櫺搖晃，就連我睡衣的前襟也翻了起來。我看不見大砲，但顯然砲隊就是朝我們的正上方發砲。住在砲隊旁還滿討厭的，但既然知道砲聲不會更大，也就稍稍安心了。我往窗外花園看過去時，聽見路上一輛軍卡發動的聲音。我著裝後下樓，在廚房裡喝了一些咖啡，離開房舍後朝車庫過去。

在長長的棚子下，有十輛車並排停放著。那是十輛車頭比車身重，車頭又短又平的救護車，車身漆成灰色，造型像搬家用的小貨車。幾位技師正在修理一輛停放在外面院子裡的救護車，其他三位則是待在山上的包紮站裡。

我問其中一位技師：「那砲兵隊曾經被砲擊過嗎？」

「報告中尉，沒有。因為有那小山丘掩護。」

「沒事吧？」

「還可以。這輛車故障了，但其他都還可以開。」他放下手邊工作對我微笑說：「你放完假啦？」

「嗯。」

他用連身工作服擦擦手，咧嘴笑道：「你應該爽夠了吧？」其他技師也咧嘴笑著。

「還可以啦，」我說：「這輛車怎麼啦？」

「車況不好。到處都有問題。」

「現在又怎麼了？」

「要換輪框。」

我離開，讓他們繼續工作。那維修中救護車的引擎打開著，零件散布在工作台上，看起來給人一種光溜溜、空蕩蕩的感覺。接著我走進停車棚裡，查看每一輛救護車。車都還算乾淨，其中幾輛才剛剛清洗過，其他的則是已經沾了灰塵。我仔細檢查輪胎，看胎面有沒有穿刺破洞或遭石頭打傷的痕跡。救護車的各方面都馬虎不得。不過，看來就算我不在，這些事還是有人打理。先前我曾以為自己不可或缺，車況好壞、物料可否取得、傷者病患能不能從各個山上的包紮站順利撤來戰地救護站、可否按照醫囑文件送到各大醫院，很大程度都取決於我。但顯然我在不在這裡都無所謂。

我問機械士官：「有什麼零件沒辦法取得的嗎？」

「報告中尉，沒有。」

「現在加油站在哪裡？」

「老地方。」

「好喔。」說完我就回到房舍，在食堂桌邊又喝了一碗咖啡。咖啡是淡灰色的，很甜，因為加了煉乳。窗外的春光旖旎，我的鼻子開始出現那種乾乾的感覺，這意味著接下來白天即將變熱了。那天我去山裡的各個救護車站勘查了一番，到了快傍晚才回到鎮上。

我休假期間戰況似乎好轉了。聽說我軍又開始發動攻勢。我們所屬的師要在河流上游某處攻擊敵軍，少校命令我在這次軍事行動期間負責監督那些救護車站。我軍渡河後將會越過那窄窄的峽谷，然後各部隊在山腰散開。所有救護車站都必須盡可能設在靠近河流的地方，而且要持續獲得掩護。當然，設站的地點都是步兵部隊選的，但我們要負責張羅一切。就是這種事讓我們有一種真的在當兵打仗的錯覺。

我一身髒兮兮，上樓回房間裡洗去身上灰塵，這時里納迪坐在床上，手上拿著一本《胡氏英文文法》。他已經著裝完畢，穿上了黑色軍靴，頭髮油亮。

「太棒了，」他一看到我就說：「跟我一起去找巴克利小姐吧。」

「算了吧。」

「走啦，你一定要去，去幫我敲敲邊鼓。」

「那好吧，不過你要等我梳洗一下。」

「那就梳洗一下，不用換衣服啦。」

我把自己清洗了一番，把頭髮梳好，我們準備要出發了。

「等等，」里納迪說：「也許我們該先喝點小酒。」他打開行李箱，拿出一瓶酒。

「不要喝女巫酒啦。」我說。

「不是女巫酒。是格拉帕白蘭地。[1]」

「好喔。」

他倒了兩杯，我們碰一下酒杯，拿酒杯時都伸出了食指。[2]格拉帕白蘭地很烈。

「再一杯？」

「好啊。」我說。我們喝了第二杯格拉帕白蘭地，里納迪把酒收好，我們下樓去。走在鎮上挺熱的，但太陽已經開始西下，感覺很舒服。英國人用德國人在戰前興建的一間大別墅充當醫院。巴克利小姐在花園裡，身邊還有另一位護士。我們透過樹叢就看到她們身上的雪白護士服，朝她們走過去。里納迪舉手敬禮，我也是，但姿勢沒他那麼誇張。

巴克利小姐說：「你好，你應該不是義大利人吧？」

「噢，不是欸。」

里納迪跟另一位護士聊了起來。他們邊聊邊笑。

「不是義大利人卻待在義大利陸軍，多怪啊。」
「其實算不上是陸軍。我是救護車隊的。」
「那也很怪。你為什麼來這裡？」
我說：「我不知道，這世界上不是每一件事都有理由的。」
「噢，是嗎？從小到大，我爸媽都是說萬事皆有因。」
「那很好啊。」
「我們真的要繼續這樣講話嗎？」
「不要。」我說。
「我鬆了一口氣。你也是吧？」
我問她：「那根短棍是什麼？」一頭金髮的巴克利小姐身材高䠷，皮膚黃褐，眼眸是灰色的，我覺得她身上穿的應該是護士制服。我覺得她很美。她手裡拿著一根外面包著皮革的細藤棒，看起來像玩具馬鞭。
「這短棍的主人很年輕，去年捐軀了。」
「節哀。」
「他生前真是個好男孩，本來要娶我的，但卻死在索姆河之役[3]。」
「那場戰役真是太恐怖了。」

「你也參加了那場戰役？」

「沒有。」

「我聽人說過那場戰役，」她說：「我們這裡沒有打過那麼慘的仗。軍方把這短棍寄過來。他媽媽想送給我。除了短棍還有他的一些遺物。」

「你們訂婚的時間很久嗎？」

「八年。我們是青梅竹馬。」

「那為什麼沒結婚呢？」

「我不知道，」她說：「我真傻。我大可以把自己獻給他的，根本沒什麼。但那時候我以為結婚對他反而不好。」

「我懂。」

「你愛過誰嗎？」

「沒有。」我說。

我們坐在一張長板凳上，我看著她。

我說：「妳的頭髮真美。」

「你喜歡嗎？」

「很喜歡。」

「他陣亡時，本來我想剪成短髮的。」

「可別剪。」

「當時我本來想為他做些什麼。你懂嗎？他想要怎樣都行，就算獻身給他，我也不在乎。早知道我們就結婚了，但只能說千金難買早知道。後來他想要去打仗，那時候我又不知道戰爭這麼殘酷。」[4]

我不發一語。

「當時我什麼都不懂。我以為這樣對他反而不好。我以為這樣反而會讓他在戰場上撐不下去，不過後來他死了，說什麼都沒用了。」

「我不知道。」

「我知道，」她說：「說什麼都沒用了。」

我們看著里納迪跟另一個護士聊天。

「她叫什麼？」

「佛格森。海倫・佛格森。你朋友是個軍醫，對吧？」

「嗯。是個很棒的軍醫。」

「太棒了。離前線這麼近的地方很難得有好軍醫。這裡離前線很近，對吧？」

「很近。」

她說：「這前線有夠無聊的，[5]不過景色倒是很美。軍方要發動攻擊了嗎？」

「嗯。」

「那我們就有事做了。現在簡直無所事事。」

「妳當護士很久了嗎？」

「從一五年年底就開始了。他一從軍我也開始做戰地護士。我記得自己那時傻傻的，幻想著他會到我的醫院就醫。我想，大概就是被軍刀割傷之類的吧，頭上綁著繃帶；或者肩膀被子彈射穿了。總之傷勢不會太難看。」

我說：「這前線的風景倒也不太難看。」

「嗯，」她說：「這裡的人不知道法國的戰況有多慘烈。如果他們知道，我看根本就打不下去了。他沒被軍刀割傷，但被炸成一團肉醬。」

我不發一語。

「你覺得這戰爭會沒完沒了嗎？」

「不會。」

「戰爭會怎樣結束？」

「某個地方的戰場會有一方被擊潰。」

「我們會被擊潰。在法國。如果像索姆河那樣的戰役多打個幾次，怎麼可能不崩潰？」

我說：「我們不會在這裡被擊潰。」

「你覺得不會？」

「不會。去年夏天我軍表現不錯。」

「我們會被擊潰的，」她說：「誰都可能被擊潰。」

「也可能是德軍被擊潰。」

她說：「不，我覺得不會。」

我們朝里納迪與佛格森小姐走過去。

「妳喜歡義大利嗎？」里納迪用英語問佛格森小姐。

「還滿喜歡的。」

里納迪搖頭說：「我不懂。」

「*Abbastanza bene*。」我用義大利語把「很愛」翻譯出來。他還是搖搖頭。

「好像不夠喜歡。那妳喜歡英格蘭嗎？」

「不太喜歡。我是蘇格蘭人欸。」

里納迪用茫然的眼神看著我。

「她是蘇格蘭人，所以她比較喜歡蘇格蘭，沒那麼喜歡英格蘭，」我用義大利語說給他聽。

「但蘇格蘭跟英格蘭不是一樣？」

我翻譯給佛格森小姐聽。

佛格森小姐說：「才不一樣。」

「真的不一樣？」

「才不。我們不喜歡那些英格蘭佬。」

「不喜歡英格蘭佬？包括巴克利小姐？」

「噢，那是另一回事。你不能一竿子打翻一船人。」

過沒多久我們互道晚安，然後就離開了。走回家[6]的路上，里納迪說：「巴克利小姐比較喜歡你啊，明眼人都看得出來。不過那位蘇格蘭小妞也很棒。」

我說：「很棒。」我倒是沒有注意她。「你喜歡她？」

「沒有。」里納迪說。

# 5

隔天下午我又去找巴克利小姐。她不在花園裡，所以我去別墅的側門找她，那裡是救護車開來醫院後的暫停處。從側門進去後，我見到護理長，她說巴克利小姐正在值班——「現在是戰時，你也知道的。」

我說我知道。

她問道：「你就是那個在義大利陸軍服役的美國佬？」

「是的，護理長。」

「你怎麼會加入義大利的部隊而不是我們英軍，怎麼回事？」

我說：「我也不知道欸，現在我還可以加入英軍嗎？」

「恐怕不行了。說吧，你怎麼會加入義大利的部隊？」

我說：「因為我人剛好在義大利，又會說義大利語。」

「原來喔，」她說：「我也在學，那是很美麗的語言。」

「我聽人說過，兩個禮拜就該學得起來。」

「噢，我可辦不到。我已經學好幾個月了。如果你想見她，那就七點以後再來吧。那時候她就下班了。但別帶一堆義大利佬過來。」

「妳不是說義大利語很美嗎？」

「別帶他們來就對了。就算他們的制服很帥也不行。」

「晚安，我說。」

「*A rivederci*，中尉。」她用義大利語跟我道別。

「*A rivederla*。」我也客客氣氣地對她道別並敬禮，隨即離開。[1]要我用義大利人特有的方式對外國人敬禮，我可辦不到。太尷尬了。那一套敬禮的方式只有義大利人自己才吃得消。

那天天氣燠熱，去醫院之前我先去了河流上游，位於帕拉瓦村的橋頭陣地。那裡是我們要開始發動攻勢的地方。若是在前一年，想在河的另一邊發動攻勢根本就不可能，因為從山隘到浮橋的那條路有將近一英里的範圍都很容易遭到奧軍的機關槍與大砲攻擊。況且那路面也不夠寬，無法容納攻勢所需的所有軍車，而且部隊走那條路剛好讓奧國人大開殺戒。但此時義軍已經成功渡河，在奧軍占領的那側建立起一片一英里半的陣地。那個地方位居險要，奧軍實在不該任由義大利部隊在那裡屯兵。我想這大概就是所謂「恐怖的平衡」吧，因為奧軍在河的更下游處也還占有橋頭堡。奧軍的壕溝陣地就建在距離義軍陣線僅僅幾碼遠的山腰上。那裡本來有個小鎮，但已成了廢墟。只剩下火車站和一座被轟爛的橋梁，而且在雙方部隊都虎視眈眈的情況下，那橋要修復來使用也是不可能的。[2]

我沿著窄路往河流前進，把車停在山下的救護站，越過那座以山肩為天然屏障的浮橋，在殘破的小鎮中走過一條條壕溝，沿著山坡邊緣往下走。我軍全躲在壕溝裡。信號火箭一支支備妥在架上，當電話線被切斷時就可以用來請求砲兵隊支援或發送訊息。壕溝又熱又髒，四下安靜無聲。我往鐵絲網另一頭的奧軍陣地望過去，四下杳無人跡。在某個壕溝跟我認識的上尉喝點酒之後，我又循著浮橋走回另一頭河岸。

一條寬闊的新路即將完工，這條路從浮橋通往山的另一頭，路面曲折蜿蜒。道路完工之際也就是我軍攻勢即將啟動時。從山上往山下延伸的路段穿越森林，沿途有好幾個急彎處。軍方的想法是要用這條新路把所有用於攻擊的輜重往山上運送，至於空卡車、空馬車、載了死傷人員的救護車以及所有返回義軍陣地的車流則是仍舊走原來那條窄路。救護站位於奧軍那一側河岸的山腳下，醫護兵可以用擔架把傷患抬過浮橋，往義軍陣地後送。展開攻勢後我軍將用這種方式調動部隊，但那時候我就看出，新路到了平地的最後大約一英里路段應該會持續遭到奧軍轟炸。看來戰況也許會很慘烈。但是我發現，只要車輛可以通過那險惡的最後一哩路程，就可在某個地方獲得掩蔽，在那裡等待醫護兵將傷患抬過浮橋。我很想開車試試看那條新路，但還沒完工。路面看來寬闊，而且施工品質不壞，坡度也不會太陡，而且站在山腰上的幾個森林開口處看過去，新路的幾個轉彎處都造得令人佩服。就算車輛的煞車皮已經快要耗損殆盡，[3]下坡路段的幾個轉彎處開起來也不會危險，更何況往回開的車本來就是空的，所以不成問題。接著我就開車循那一條窄路回去了。

兩個憲兵[4]把我的車攔下，因為有顆砲彈擊發了過來，而且在我們等待的期間又有另外三顆砲彈落在路面上。那些都是七七毫米的砲彈，劃過天際時發出呼呼聲響，落地後迸發出強烈閃光，陣陣轟然聲響後路面上四處灰煙瀰漫。憲兵揮揮手，示意我們繼續往下開。開過彈著點時我小心避開那些小小坑洞，強烈的煙硝味撲鼻而來，還夾雜著陶土、石頭被炸過的味道與剛剛炸裂的燧石氣味。我開車回到我們位於戈里齊亞城的房舍，然後就像我前面說的，就去醫院找巴克利小姐，結果發現她在當班。

我匆匆吃完晚餐，又去了英國人開的醫院。醫院所在的別墅實在又大又美，庭院裡矗立著一棵棵美麗的樹。巴克利小姐坐在花園裡的長板凳上，佛格森小姐在她身邊。她們似乎很開心能看到我，沒多久佛格森小姐就說要先離開了。

「你們倆聊吧，」她說：「就算沒有我你們也可以聊得很開心。」

巴克利小姐說：「海倫，別走嘛。」

「我真的得走了。有一些信要寫。」

我說：「晚安。」

「晚安，亨利先生。」

「別寫一些會讓安檢官感到困擾的東西啊。」

「別擔心。在信裡我只會提到我們住的地方超漂亮，義大利軍人超勇敢。」

「那軍方會頒發勛章給妳。」

「那也不錯啊。凱薩琳，晚安。」

巴克利小姐說：「我們待會兒見。」佛格森小姐走開，消失在黑暗夜色中。

我說：「她很棒。」

「噢，沒錯，她真的很棒。她是個護士。」

「妳不是？」

「噢，不是。我隸屬於志願護佐隊[5]。我們工作也是拚死拚活，但沒人信任我們。」

「為什麼？」

「因為沒有戰事啊。等到真的需要我們幫忙，才會信任我們。」

「有什麼差別？」

「護士跟醫生沒兩樣，要受訓很久才能當護士。但只要接受一些速成訓練就能當護佐。」

「了解。」

「義大利軍方不希望女性來到距離前線那麼近的地方。所以我們做事要特別小心，也不太出門。」

「沒關係，我來找妳就好。」

「噢，好啊。我們又不是修女。」

「我們就別提戰爭了。」

「很難啊。無論到哪裡都會扯進戰爭。」

「總之我們就別提了。」

「好吧。」

我們在黑暗中互相凝望。我覺得她美得不可方物，情不自禁牽起了她的手。她沒阻止我，接著我握住她的手，用一隻手臂抱住她。

她說：「別這樣。」我的手臂停下動作。

「為什麼？」

「別這樣。」

「好嘛，」我說：「拜託。」在黑暗中我把身體往前靠，親了她，但突然間感到眼冒金星，眼鼻疼痛。她用力甩了我一巴掌，打在鼻子、眼睛上，眼淚不自覺奪眶而出。

她說：「抱歉喔。」我覺得自己好像有機可乘。

「打得好。」

「真的很抱歉啦，」她說：「我只是受不了別人的閒話，說什麼護士白天當班，晚上亂搞。我不是真心要打你。很痛吧？」

她在黑暗中看著我。我很氣，但內心雪亮，可以看出接下來會怎樣發展，像個西洋棋高手。

我說：「是我該打，我沒放心上。」

「可憐的傢伙。」

我看著她說：「你也知道我現在過的生活有多荒謬。就連要講英語也沒什麼機會。而且妳又那麼漂亮，所以才會……」

「你不用說那麼多廢話。我都說我很抱歉了。我們是來電的。」

我說：「嗯，而且在一起時我們都暫時把戰爭忘了。」

她笑了出來，這是我第一次聽見她的笑聲。我看著她的臉。

她說：「你很可愛欸，」

「沒有，一點也不。」

「有啊，你真的很可愛。如果你不介意，我很樂意跟你親親。」

我們四目相交，跟先前一樣我用手臂抱住她，又開始親她。我用力擁吻，想跟她來個法式熱吻，但她雙脣緊閉。我的氣還沒消，突然間她在我懷裡顫抖了起來。由於我緊抱著她，甚至可以感覺她的心跳，接著她打開雙脣，被我的手扶著的頭往後仰，然後在我肩頭啜泣。

「噢，親愛的，」她說：「你會好好待我吧？」

我心想，這話是什麼鬼啊？我輕撫她的秀髮，拍拍她的肩膀。她還在哭。

「你會吧？」她抬頭看我。「我們的生活這麼荒謬，所以你一定要對我很好喔。」

過一陣子我陪她走到別墅門口，她進去後我就走回家了。到了那房舍後我上樓回房間，只見里納迪躺在他的床上。他看著我。

「所以你跟巴克利小姐有進展？」

「我們是朋友。」

「你看起來很有趣，就像一頭發熱的狗？」6

我不懂這句話是什麼意思。

「一頭什麼？」

他對我解釋。

我說：「你看起來也很有趣，就像有一條狗被——」7

「別說啦，」他打斷我：「不然我們很快就會開始互相幹譙啦。」他大笑道。

我說：「晚安。」

「晚安，小狗。」

我用枕頭砸過去，把他的蠟燭打落。房間裡一片漆黑，我躺回床上去睡了。

里納迪把蠟燭撿起來，點燃後又繼續看書。

# 6

我去各個救護車站待了兩天，回家時已經太晚，沒能去見巴克利小姐，直到隔天晚間才去找她。她不在花園裡，於是我在醫院辦公室等到她下來。院方用來當辦公室的房間矗立著一根根漆上顏色的木頭柱子，柱上有許多大理石半身雕像。從辦公室走出去，只見那大廳也有一座座半身雕像。這些半身雕像不愧是大理石雕出來的，每個長相都一樣。在我看來，雕刻就是一種很無謂的藝術啊，不過青銅雕像除外，挺有味道的。但大理石雕像林立的地方簡直就像墓園——話說回來，比薩的那座墓園[1]倒是很很漂亮。如果想要看醜陋的大理石，那非去熱那亞[2]不可。建造這座別墅的德國人是個巨富，訂做這些雕像肯定花了他很多錢。不知道是哪個匠人雕製的？他拿到了多少酬勞？我仔細端詳，想看看是不是那位德國巨富的家族雕像之類的，但雕像充滿古典風格，完全看不出任何端倪。

我坐在椅子上，手拿鴨舌軍帽。按規定，就算我們人在戈里齊亞也是該戴鋼盔的，但鋼盔戴起來實在太不舒服，而且小城裡還有許多平民尚未撤離，對他們來講也顯得太過肅殺，所以我沒戴。去救護車站巡視時我就會戴鋼盔，也隨身攜帶一具英國製防毒面具。義國軍方前不久才開始把這種防毒面具發下來，數量不多。英製面具的品質真不是蓋的。另外我們也必須配戴一把自動手槍，就連軍醫和衛生連的軍官也不例外。我感覺到身後那把手槍頂著椅子。按軍法規定，如果憲兵看到有軍官沒配戴手槍，是可以逮捕我們的。里納迪只戴著槍套裝模作樣，裡面塞著衛生紙。我配戴的是真槍，覺得自己像神槍手一樣威風八面，直到開始打靶練習才發現沒那麼容易。那是一把阿斯特拉軍火公司製造的七點六五毫米口徑手槍，槍管超短，後座力很強，一扣扳機擊發後手就會亂跳動，什麼也打不到。練靶時我瞄準目標物的下方，想要設法習慣那超短槍管產生的強大後座力，但最後在瞄準二十步外的目標時我卻只能打中一碼以內的東西。[3]後來我開始覺得配帶手槍實在荒謬極了，很快就完全沒有意識到手槍在我身後腰際晃啊晃的，碰到英國人或美國人的時候甚至會隱約感到一點羞恥。這時我坐在椅子上等待巴克利小姐，端詳著大理石地板、有大理石雕像裝飾的木柱和一幅幅壁畫，一張辦公桌後面有個傢伙大概是勤務兵吧，用有點不爽的表情看著我。壁畫倒是畫得都不賴。壁畫只要開始斑駁脫落，看起來就會很有味道。

我看見凱薩琳．巴克利從大廳走過來便站起身來。她朝我走過來時看起來一點也不高，但非常美。

「晚安，亨利先生。」她說。

我說：「妳好嗎？」勤務兵在辦公桌後聽我們講話。

「我們要在這裡坐一坐，還是到花園裡去？」

「出去吧。外面比較涼爽。」

到花園的路上，我走在她後面，身後的勤務兵始終盯著我們。到了外面的礫石車道上，她說：「你這兩天去哪啦？」

「到外頭去出差了。」

「那你就不能寫個短信給我？」

「沒辦法，」我說：「不是很方便。而且我想我很快就回來了，沒必要。」

「親愛的，你該讓我知道你的行蹤。」

我們離開了車道，在樹下散步。我握住她的雙手，停下腳步來親她。

「有什麼地方是我們可以去的嗎？」

「不行，」她說：「我們只能在這裡散步。誰叫你離開我那麼久。」

「這才第三天啊，而且我不是回來了嗎？」

她看著我說：「你真的愛我？」

「嗯。」

「你愛我，你自己說過的吧？」

「說過啊。」我撒了謊。「我愛妳。」其實我之前沒說過。

「那你會叫我凱薩琳？」

「凱薩琳。」

我們繼續往下走，直到被一棵樹擋住。

「我要你說，在夜裡我回到了凱薩琳身邊。」

「在夜裡我回到了凱薩琳身邊。」

「噢，親愛的，你回到我身邊了吧？」

「嗯。」

「我好愛你，所以這兩天很難熬。你不會離開我吧？」

「不會。我總是會回到妳身邊的。」

「噢，我好愛你。請你再把手放這裡。」

「我沒有離開妳啊。」我把她的身子轉過來，這樣在親吻時才能看著她，而我發現她閉起了雙眼。我想她可能有點瘋瘋的，就算是，我也無所謂。接下來會怎樣，我都不在意。再怎樣都比每天晚上去軍官的妓院好吧？那裡的妹子樓上樓下跑來跑去，忙著接待軍官同袍，她們在恩客身上爬來爬去，把恩客的鴨舌軍帽拿起來前後顛倒地戴在自己頭上，以為這樣就會讓人有種談戀愛的感覺。我知道自己沒有愛上凱薩琳．巴克利，也沒打算愛她。我們只是玩玩而已，像在玩橋牌。玩橋牌的時候除了玩牌也會你一句我一句聊天啊。就像玩橋牌時，玩家都得要假裝為錢或為賭注而打牌才起勁。我們都沒說賭注是什麼。是什麼我都無所謂。

我說：「如果我們有地方可以去就好了。」對男人來說，一直站著親熱可真難熬啊。[4]

她說：「沒有地方可以去。」

「我們也可以在這裡坐一會兒就好。」

我們坐在扁平的石凳上，我抓著凱薩琳的手。我想用一隻手臂抱她，但她不依。

「你很累嗎？」

「不累。」

她低頭看草地。

「我們玩的這遊戲真無聊吧？」

「什麼遊戲？」

「別裝傻。」

「我沒故意裝傻啊。」

「你是個好人，又年輕，」她說：「而且你已經盡力把這遊戲玩好，不過這還是個爛遊戲。」

「妳總是能看透別人的心思？」

「不一定。但我看得透你。你不用假裝愛我。今晚我們就不談這了。有什麼你想聊一聊的嗎？」

「但我真的愛妳啊。」

「既然沒必要，我們就別騙對方了。先前我跟你調情一下下，像真的一樣，但現在我沒事了。你也看得出來我沒瘋，沒有失去理智。就算有點瘋也只是偶爾而已。」

我捏捏她的手說：「親愛的凱薩琳。」

「現在這三個字從你嘴裡冒出來，有種很奇怪的感覺。你的發音跟先前不太一樣。不過你還是個好男孩，你很好。」

「神父也這樣說。」

「嗯，你很好。所以你還是會來看我囉？」

「當然。」

「但你不用說你愛我。那只維持了一下下，現在結束了。」她站起來，把手收回去，對我說一聲「晚安」。

我想親她。

「不要，」她說：「我累壞了。」

我說：「那妳親我好了。」

「我真的累壞了，親愛的。」

「親我啊。」

「你真的很想？」

「嗯。」

我們親了起來，但她突然掙脫。「還是算了。晚安，親愛的，拜託你。」我們一起走到門邊，我看著她走進去，沿著走廊往下走。我想看她走動的模樣。她繼續往下走。接著我就回家了。那一晚很熱，山區有很多軍事活動進行著。我看見聖加百列山[5]上火光四射。

我在「緋紅別墅」[6]前面停了下來。一扇扇百葉窗都緊閉著，但裡面還有客人。有個人在唱歌。我就回家了，在脫衣服時里納迪走了進來。

「啊哈！」他說：「看來不太順利喔，小兄弟，小兄弟在煩惱。」

「你去哪啦？」

「去緋紅別墅。太痛快了，小兄弟。我們都唱起歌來。你呢？」

「去找英國妞。」

「謝天謝地，還好我跟那英國妞之間沒什麼。」

# 7

我去了我們在山區設的第一個救護車站，下午才回來，把車停在義大利人所謂的smistimento，也就是檢傷分類站，所有傷患與病人都要在那裡根據他們的病歷以及病歷上記載的後送醫院進行分類。我負責開車，坐在車裡等司機把病歷拿上車。那一天很熱，天空蔚然，白色的路面上塵土飛揚。我坐在飛雅特牌救護車的高高駕駛座上，腦袋放空。我看到某個軍團的部隊經過。弟兄們看起來都很熱，大汗淋漓。有些人戴著鋼盔，但大多數人都是把鋼盔掛在背包上，晃啊晃的。大多數鋼盔都太大，戴在頭上幾乎把耳朵都蓋住了。軍官全都戴著鋼盔——尺寸比較合適的鋼盔。巴西利卡塔旅[1]的一半兵力都在這裡了。我是從衣領上紅白條紋相間的標誌辨認出他們的。部隊通過很久後，有一些零星人員也經過了，他們都是因為速度跟不上自己隸屬的排才會脫隊。他們大汗淋漓、滿身塵土，看來筋疲力竭。有一些看來狀況糟透了。最後幾個脫隊人員經過後，有個士兵也跟了上來。跛腳走路的他停了下來，坐在路邊。我下了車朝他走過去。

「怎麼啦？」

他看著我，站了起來。

「我有狀況。」

「哪裡出了問題？」

「……就戰爭啊。」

「你的腿怎麼了？」

「不是腿部，是我的疝氣發作了。」

「那你為什麼不搭車？」我問他：「怎麼不去醫院呢？」

「長官不讓我去。中尉說我故意把疝氣帶弄掉。」

「我摸摸看。」

「脫落得很嚴重。」

「在哪一邊？」

「這邊。」

我用手摸。

我說：「咳一下。」

「我怕咳嗽會讓疝氣部位變大。今天早上才只有一半大而已。」

「坐下，」我說：「拿到那些傷兵的文件後，我就用救護車載你趕上部隊，要你的醫官照顧你。」

「他會說我是故意的。」

我說：「他們也很無奈，你又不是受傷。你以前就發作過了吧？」

「但我的疝氣帶丟了。」

「他們會送你去醫院。」

「中尉，我就不能待在這裡嗎？」

「不行，我手裡沒有你的病歷啊。」

司機走出門，帶著我們車上傷患的病歷。

他說：「有四個要送去一〇五醫院，兩個去一三二醫院，」這兩家醫院都在河的對岸。

我說：「你來開車吧。」

「你會說英語？」他問我。

「當然。」

「你怎麼看這場該死的戰爭？」

「爛透了。」

「我也這麼覺得。天啊，爛透了！」

「你去過美國？」

「當然。去過匹茲堡。我知道你美國人。」他的英語不太標準，少講了一個「是」。

「我的義大利語說得不夠好嗎？」

「總之我知道你是美國人。」

「又一個美國人。」司機轉頭對著那得了疝氣的士兵用義大利語說。

「中尉，你非得要把我帶到部隊不可嗎？」

「嗯。」

「因為上尉醫官早就知道我得了疝氣。但我把該死的疝氣帶丟掉，讓疝氣惡化，這樣我就不用去前線了。」

「我懂了。」

「你不能帶我去別的地方嗎？」

「如果是在接近前線的地方，我可以把你載到第一個醫療站去。但在這裡你必須要有病歷才行。」

「回到部隊上他們會命令我去開刀治療，然後又把我丟回前線。」

我思考了一下這番話。

他問我：「換成是你，也不想要一直上前線去吧？」

「不想。」

「天啊，這戰爭真他媽爛透了。」

「我說你啊，」我說：「現在下車去，到路邊去摔一跤，把頭撞到腫起來，等我們回程的時候我再載你去醫院。阿爾多，我們在這裡暫停一下。」車在路邊停好後，我扶他走下車。

「中尉，我會在這等你。」他說。

我說：「待會見。」我們繼續往下開，在前方大約一英里處趕過了巴西利卡塔旅，越過那因為雪水而白茫茫一片的河面，只見湍急河水從橋墩旁流過，然後我們沿著路面穿越平原，將傷患送往兩家醫院。回程換我開車，因為車空了，速度飛快，打算要去載那個去過匹茲堡的士兵。我們先經過那部隊，他們看起來比先前更熱、動作更慢了，然後又看見那些脫隊落後的人員。接著我們看到路邊停著一輛用馬拖行的救護車。兩個人把那患有疝氣的士兵扶起來，要他進救護車裡。那救護車是折回來找他的。他對我搖搖頭。他沒戴鋼盔，額頭髮線下方在流血。他的鼻子擦破皮，流血的傷口和頭髮都沾上了塵土。

「中尉，你看我的頭腫起來了！」他對我大叫。「那也沒有用。他們折回來找我了。」

我回到住處時已經五點，先出去一趟，到我們洗車的地方去沖澡。然後我回房間裡，坐在打開的窗前寫報告，身上只穿長褲與內衣。兩天內我軍就要展開攻勢，我會跟著救護車車隊一起前往帕拉瓦村。我好久沒寫信回美國了，我也知道自己該寫，但因為拖了太久，現在好像也不可能寫了。因為沒什麼可寫的。我只寄了兩、三張陸軍製作的戰區明信片，上面什麼都沒說，只說我平安又健康。我想這樣就可以敷衍過去了吧。這種明信片在美國應該會很稀罕，既奇怪又神秘。這就是個奇怪又神秘的戰區，但我想與其他跟奧地利人對峙的戰區相比，這裡的軍方高層算是治軍有方，軍令嚴明。從拿破崙迄今，奧地利陸軍好像遇到名將就是會吃敗仗，沒有例外。真希望我軍也有一號拿破崙等級的人物，但我們只有肥胖福態的卡多納將軍[3]，以及脖子細長、留著山羊鬍的小個子國王伊曼紐三世。在右側的戰區是由阿奧斯塔公爵[4]指揮。也許他太帥了，沒有名將的本事，但看起來的確很有男子氣概。很多義大利人都比較喜歡由他來當國王。他有國王的儀態架勢。他是國王的王叔，擔任第三軍團的指揮官。我們這裡的部隊是隸屬於第二軍團。有一些英國的砲兵隊被編入了第三軍團。去米蘭的時候，我曾遇過兩個英國砲兵隊的砲手。他們人很好，那一晚我們玩得非常盡興。他們身材高大但生性害羞又尷尬，不過對於周遭發生的事有很敏銳的觀察力。要是我能被編入英國部隊就好了。情況會遠比我現在這樣簡單。不過，我還是可能會陣亡。但如果只是開開救護車，應該不會吧？會，就是會！有時候會有某些英國救護車駕駛陣亡。我知道自己不會陣亡，不會死在這一場戰爭裡。這戰爭跟我沒有任何關係。在我看來，這戰爭簡直就跟電影裡的戰爭一樣，不會讓我有任何危險。不過我還是向上帝禱告，希望戰爭能結束。也許今年夏天就會打完了。也許是奧地利人先垮掉。過去他們只要跟人開戰總是會垮掉。這戰爭到底打得怎樣了？大家都說法軍完蛋了。里納迪說法軍有部隊嘩變了，正要往巴黎進軍。我問他說到底是怎麼一回事，他說：「噢，部隊被擋下來啦。」如果沒有戰爭，我還真想去奧地利。我想去黑森林，我想去哈茨山[5]。

哈茨山到底在哪裡？喀爾巴阡山山區正在打仗。總之我不想去那裡。不過這樣可能反而比較好。如果西班牙沒有戰事，我可以去那裡。太陽西下，天氣逐漸轉涼。晚餐後我要去看凱薩琳．巴克利。要是現在她在這裡就好了。要是我跟她一起待在米蘭就好了。我想去柯瓦咖啡廳吃飯，在燠熱的夜裡沿著曼佐尼街散步，越過運河後離開曼佐尼街，沿著運河往下走，跟凱薩琳．巴克利一起去飯店。也許她願意跟我去。也許她願意把我當成她那戰死的未婚夫，我們可以從大門進去，行李服務員會對我們脫帽，我到櫃台去拿鑰匙，她站在電梯前等我，上樓時電梯走得很慢，每一層樓都喀噠一聲停下，到了我們的樓層時，服務生幫我們開門，恭敬站著，她先出去後我再出去，我們沿著走廊往下走，用鑰匙開門進去後我會拿起電話，要飯店派人送一瓶卡布里島產的白葡萄酒上來，要用銀色的冰桶裝著，大老遠就可以聽見冰塊與桶子相撞的清脆聲響從迴廊傳來，服務生敲門但我會說擺在門口就好。因為天氣太熱，我們脫到身上一絲不掛，房間窗戶也敞開著，只見一隻隻燕子飛過房舍的屋頂，後來到了入夜了，只見一些小小的蝙蝠在樓房高處捕捉獵物，然後用翅膀把自己裹起來，高掛在樹上睡覺，我們就把房門鎖好，在房裡喝白葡萄酒，熱到身上整晚只披著薄被，然後在米蘭的熱天夜裡我們會整晚纏綿相愛。我們就該這樣過活才對。我會很快把晚餐吃掉，去看凱薩琳．巴克利。

大夥在部隊食堂裡聒噪個不停。這一晚我必須喝點葡萄酒，因為我要跟他們稱兄道弟，所以我喝酒，也跟那神父聊聊天，我們聊起了美國的約翰．愛爾蘭樞機主教[6]，看來這位主教的情操高貴，但卻受到許多不公正的待遇，好像就連我這個美國人也對不起他似的，但這一切我先前根本沒聽過，只是在跟神父裝熟而已。既然神父如此精采地跟我解釋那些天主教人物的志向有多遠大，雖然在我看來都只是出於他的誤解而已，但我還是得要裝作自己對那些人略知一二，要不然就太失禮了。我覺得那位樞機主教的姓氏很棒，跟他的故鄉明尼蘇達是個很有趣的搭配。所以我們可以稱他為「明尼蘇達的愛爾蘭」？那還有「威斯康辛的愛爾蘭」，「密西根的愛爾蘭」嗎？而且最棒的是，這名字聽起來好像在明尼蘇達有個愛爾蘭島似的。[7]神父說，不是那樣。沒那麼簡單。我只能回答，沒錯，神父。也許吧，神父。不對，神父。嗯，也許是吧，神父。這你比我還了解，神父。神父是個好人，只可惜太無聊。軍官不是好人，但一樣也很無聊。葡萄酒不好喝，但味道一點也不單薄。我感覺到牙齒上的琺瑯質受損，酒的味道在口腔上方久久不散。

「結果那位神父遭關進監獄，」羅卡說：「因為他身上被搜出一些利息三趴的公債債券。當然這件事是發生在法國，如果是在這裡，才沒有人會抓他咧。他說他自己完全不知道那些利息五趴的公債債券。這件事發生在貝濟耶。我在那裡，是在報上看到這新聞的，還特地去監獄探監，要求見那位神父。誰都看得出來那些債券是他偷的。」

里納迪說：「鬼扯，我才不信咧。」

「不信就不信，」羅卡說：「但我是要說給我們的神父聽。這對他有好處。他是個神父，一定能了解。」

「繼續說，」神父笑答：「我聽著呢。」

「當然，有些債券下落不明，不過所有利息三趴的債券都從他身上搜出來，還有當地的一些證券，細節我忘了。所以我去了監獄，接著重點來了，我就站在他的牢房外，用好像要告解的口氣說，『請賜福給我，神父，因為你有罪。』」

所有人哄堂大笑。

神父問道：「那他說什麼？」羅卡不理他，只顧著跟我解釋笑點在哪裡。「你知道笑點在哪裡吧？」看來，如果知道笑點在哪裡，這笑話還挺好笑的。有人又多倒了些酒給我，我說了一個英國大兵被人擺在蓮蓬頭下面的故事。少校也說了個故事，主角是十一個捷克斯洛伐克人和一位匈牙利下士。多喝了點酒之後，我講起了某個賽馬騎師撿到一分錢硬幣的故事。少校說，義大利有個公爵夫人徹夜不能眠的故事。這時候神父離開了，我又講了另一個故事，說是有個四處為家的推銷員在清晨五點抵達法國馬賽市，那時候城裡正颳著乾冷的地中海西北風。少校表示有人跟他說，我酒量不錯。我否認了。他說，這是真的，而且他願意對著酒神的屍體發誓，一定要找人來跟我比一比，看我的酒量到底有多好。我說，別把酒神扯進來。別這樣。他說，他就是要。他要我跟巴西拚酒，一杯又一杯。這位姓菲利浦．文森薩的巴西說，這算什麼比賽？他已經喝下肚的酒是我喝的兩倍，不公平。我說：「聽你在鬼扯。」管他酒神不酒神的，也不管他到底叫做菲利浦．文森薩．巴西，或者巴西．菲利浦．文森薩，他根本整晚滴酒未沾。但他到底叫什麼名字？「那你到底是叫做佛德列可．亨利可，還是亨利可．佛德列可[8]？」我說要拚就來拚，去他的酒神，然後少校開始用馬克杯倒紅酒給我們喝。到一半我就不想喝了，因為我想起我還有地方要去。

「巴西贏啦，」我說：「他比我厲害。我得走了。」

「這是真的，」里納迪說：「他要去約會。我知道。」

「我得走了。」

巴西說：「改天晚上再拚，改天等你覺得自己狀態比較好再拚。」他拍拍我的肩膀。餐桌上擺幾根點燃的蠟燭。所有軍官都興高采烈。我說：「大夥兒晚安。」

里納迪跟我一起出去。我們站在門外的通道上，他說：「如果你要去醫院，最好還是不要喝得醉醺醺。」

「我沒醉，里寧。真的沒醉。」

「你最好先嚼些咖啡豆。」

「狗屁。」

「兄弟，我去幫你弄些咖啡。你在這來回走走。」他回來時手上拿著一把烘過的咖啡豆。

「兄弟，嚼一下。嚼完上帝就會來你身邊了。」

我說：「是酒神。」

「我陪你走過去。」

「我真的沒事。」

我們在小城的街道走著，我邊走邊嚼咖啡。走到英國醫院前的那條車道，里納迪就跟我說晚安了。

我說：「晚安，你不進去嗎？」

「不了，」他搖頭說：「我喜歡花錢找樂子。」

「謝謝你拿咖啡豆給我嚼。」

「兄弟，那沒什麼。」

我沿著車道往下走，沿路聳立的柏樹輪廓如此清晰，棵棵分明。我往回看，只見里納迪還站在那裡看著我，我對他揮揮手。

我在醫院的接待區等凱薩琳·巴克利下樓。有人沿著走廊朝我走過來。我站起來，但那不是凱薩琳。是佛格森小姐。

「嗨，」她說：「凱薩琳要我跟你說聲抱歉，她今晚不能跟你見面。」

「真可惜。希望她不是生病了。」

「她身體不太舒服。」

「幫我問候她，好嗎？」

「好。」

「妳覺得我明天過來，可以見到她嗎？」

「可以。」

我說：「感謝妳，晚安。」

我走出門，突然間備感寂寞，心裡空蕩蕩的。先前，我不把這約會當一回事，不但喝到有點茫了，甚至幾乎忘記來找她。但等到我沒辦法與她見一面，心裡卻是如此寂寞空虛。

# 8

隔天下午，聽說當晚我軍要在河流上游處發動攻擊，我們接到命令，要派四輛救護車去待命。儘管大家都說得煞有介事，好像對部隊的戰術瞭若指掌，但其實沒有半個真的了解狀況的。我搭乘第一輛救護車，車經過英國醫院的入口時，我要司機停下來。另外三輛車也靠邊停了。下車後我吩咐後面那輛車的司機繼續往下開，跟他說如果我們沒有趕上，他們就在那通往科爾蒙斯鎮的十字路口等我們。我沿著車道匆匆往下走，到醫院的接待廳裡說我要找巴克利小姐。

「她在值班。」

「我可以見她一下下嗎？」

他們派一個勤務兵去找她，她跟著勤務兵一起回來。

「我剛好經過，來看看妳有沒有好一點。他們說妳在值班，但我還是說想見見妳。」

「我全好了，」她說：「我覺得昨天是被熱著了，才會撐不住。」

「我得走了。」

「我可以陪你走出去一下。」

「妳沒問題嗎？」我在外面問她。

「沒事，親愛的。你今晚會來嗎？」

「不會。現在我正要離開，去帕拉瓦村的山區參加一場表演。」

「表演？」

「我想只是虛張聲勢而已。」

「那你會回來？」

「明天。」

她把脖子上的東西解開，拿下來放我手上。她說：「這是聖安東尼，明晚來找我。」

「妳不是天主教徒吧？」

「不是。但大家都說聖安東尼很靈。」

「我會幫妳好好保管這東西。再見。」

「不要，」她說：「別說再見。」

「好吧。」

「要乖一點，要小心。不可以，別在這裡親我。別這樣。」

「好吧。」

我回頭看見她站在台階上。她對我揮手，我對她獻出飛吻。她又揮揮手，接著我就離開了車道，坐上救護車裡，車繼續往下開。聖安東尼像擺在一個可以放小東西的白色金屬墜子裡。我打開墜子，把聖安東尼倒出來放手上。

「聖安東尼？」司機問道。

「嗯。」

「我也有一個。」他的右手離開方向盤，解開外套的一個鈕釦，從襯衫裡把他的聖安東尼像掏出來。「看到沒？」

我把聖安東尼像擺回墜子裡，將細細的金項鍊收攏在一起，全都擺進我胸口的口袋裡。

「你不戴起來嗎？」

「不。」

「最好還是戴起來。那就是要給人當項鍊的。」

「好吧。」我說。我把金鍊子解開，放在脖子上後又扣起來。聖安東尼懸吊在我的制服外面，我把外套的喉嚨部位打開，解開襯衫衣領的鈕扣，將聖像丟進襯衫裡。有一陣子我能感覺到擺放聖像的金屬墜子，隨後就忘了它的存在。我受傷後就再也沒找到那墜子，或許是在前線的包紮站被撿走了吧。

過橋後車開得飛快，很快就看到其他三輛救護車在前方路上疾馳而揚起的塵土。經過彎道時只見三輛車看起來好小，輪胎捲起的漫天塵土飛到樹木之間才消散。我們趕上那三輛車後又超過去，切到一條往山區攀爬的路上。如果能搭乘帶頭的車輛，其實在奔馳的車隊裡還挺有趣的，這時我往後躺在救護車座椅上，看著鄉間景色。我們在河岸這一頭的山腳下，隨著山路往上攀爬，我們持續往北邊的高山區前進，只見山頭仍能看見皚皚白雪。我往後看見其餘三輛救護車都在爬坡，彼此間隔著車身揚起的塵土。我們經過載運輜重的長長騾車車隊，只見戴著紅色土耳其氈帽的車夫走在車旁，他們隸屬於 *Bersaglieri*，也就是義大利陸軍的狙擊手部隊。

經過騾車車隊後山路一片空蕩蕩，我們持續爬坡，越過一道長長坡面的山肩後來到下坡路段，開始往河谷區前進。山路兩旁樹木聳立，從右邊的路樹之間我看見河流，湍急但低淺的河水是如此清澈。河水水面低，狹窄的河道上有一片片小沙洲與鵝卵石石堆，有時候散開的河水看起來就像河床上的一片光罩。接近河岸的地方有一個個深水潭，潭水跟天空一樣蔚藍。一道道石造拱橋橫越河面，卡車離開山路後就會過橋越河，我們的車隊經過許多石造農舍，只見一棵棵梨樹從農舍的南牆與原野中的低矮石牆牆頭伸出茂密樹枝。路面在河谷中往上延伸了很長一段距離，接著我們就離開那條路，開始再度往山區爬行。爬坡路段很陡，路面在栗樹叢中來回蜿蜒，最後終於在一片山脊上平緩了下來。透過栗樹林我可以遠遠地看見下面那一道分隔敵我兩軍的河流，河面上陽光閃爍。軍方剛剛在山脊上修築好的新路路面崎嶇不平，往北看過去，兩道山脈的雪線下方是一片墨綠陰暗，再往下，陽光照射的地方看來如此蒼白嬌柔。接著那條路又沿著山脊往上攀爬，出現了第三道山脈，都是一些更高的雪山，看起來像粉筆一樣白，表面上遍布皺紋，帶有一片片奇詭的平面。在這山脈後方又是峰峰相連，有許多因為太遠而看不清楚的山脈。那些都是奧國境內的山，山景跟義大利境內的山截然不同。右前方路邊有一個圓形的彎道，往下望去可見到這條路穿越一片片樹林。路上有許多部隊與軍用卡車，還有載運著一門門山砲的騾車，我們沿著路邊往下開，我可以看見下面遠處的河流，我可以看見與河道平行的鐵軌與枕木，還有跨越河面的舊火車鐵橋，河流另一頭的某座山丘下就是我軍這次要攻掠的目標：一座只剩破屋殘院的小鎮。

等我們開到下面，轉往那條沿著河道延伸的大路，天色都快黑了。

# 9

路上擁擠不堪，兩旁有玉米莖和麥稈編織而成的墊子為屏障，路面上也有麥稈墊子覆蓋著，所以感覺像是馬戲團或是原住民村莊的入口。我們的車隊在這麥稈墊子覆蓋著的通道裡緩緩前行，出來時來到一片乾淨空曠的地方，那是火車站的舊址。這段路比河岸還低，在這下沉路面的側邊有一個個沿著河岸挖掘的散兵坑。太陽西沉，當我們沿著河岸驅車前進，我看到山丘上方幾個奧軍的觀測熱氣球，在夕陽的昏暗空中飄浮著。我們把車停在磚廠的另一頭。一個個磚窯與深坑已經布置成包紮站。其中三位軍醫是我相識的，我跟少校軍醫聊一下才知道，等開打之後，我們的救護車要負責載運傷患，沿著那條有屏蔽的路往回走，爬上山脊上的大路後可以通往一個救護車站，由其他車輛接力後送傷患。他說，我們只有這條路可以用，希望到時候路面不會堵住。之所以會把路面屏蔽起來，是因為那條路在河流對岸奧軍的視野內。這裡的救護站有磚廠掩護，所以河岸邊的步槍或機關槍都打不到。河的另一頭有座斷橋。轟炸攻勢開始後，我軍即將搭建另一座橋，部分兵力則是從河灣上方的淺灘渡河。個頭矮小的少校留著往上翹的八字鬍。他曾在利比亞打過仗，軍服上縫了兩槓，表示曾兩度光榮負傷。他說如果這戰事進行得很順利，他一定會幫我爭取到勳章。我說我也希望戰事能順利進行，但他太客氣了，大可以不必那樣。我問他，附近有比較大的散兵坑可以給我的司機掩蔽與待命嗎？他派一位士兵帶我去看。我跟著過去後發現那散兵坑很好，司機都很滿意，所以我要他們待在裡面，自己離開。少校邀請我跟他，還有另外兩位軍醫喝一杯。我們喝了點蘭姆酒，大家有說有笑的。外面天色漸漸變黑，我問攻勢何時展開，他們說就在夜幕低垂之際。我回到散兵坑去與司機會合。他們在坑裡聊天，一見到我就停了下來。我給他們一人一包馬其頓牌香菸。這種香菸的菸紙比較鬆，抽菸前必須把香菸的兩端擰一擰，否則會有菸草掉出來。馬內拉點燃香菸，接著把打火機遞給其他人輪流點菸。那打火機的形狀像飛雅特汽車的散熱器。我轉述了軍醫告訴我的話。

帕西尼問道：「我們往下走的時候為什麼沒看到那個救護車站？」

「那救護站就在我們轉彎的地方再過去一點。」

馬內拉說：「到時候那條路的狀況一定很慘。」

「一定的，他們會把我們給炸翻。」

「可能吧。」

「中尉，吃的怎麼解決？等開打後我們就沒機會吃飯了。」

「我現在就去看看。」

「你要我們待在這裡，還是可以四處晃晃？」

「最好待在這裡。」

我回到少校的散兵坑，他說會有人把野戰餐車開過來，司機可以來這裡吃燉菜。如果沒有鐵製餐盒，他可以借他們。我說，他們應該有。回去後我跟司機說，等餐車來了我就帶他們過去弄吃的。馬內拉說，如果餐車能在轟炸開始前抵達就好了。直到我離開散兵坑，他們都不發一語。他們都是痛恨戰爭的技工。

我出去查看車輛，也看看情況如何，然後回坑裡跟四位司機坐在一起。我們席地靠牆而坐，抽著香菸。外面的天色幾乎已變黑。散兵坑的地面溫暖乾燥，我把背靠著牆壁，後腰著地，把身體放鬆。

嘉烏奇問道：「哪個部隊負責攻擊？」

「狙擊兵。」

「只有狙擊部隊？」

「好像是吧。」

「他們人數那麼少，有屁用？」

「也許是聲東擊西，真正的攻勢會在別處展開。」

「狙擊部隊知道嗎？」

「我猜他們不知道。」

「當然不知道，」馬內拉說：「知道的話，他們才不幹哩。」

「會，他們會，」帕西尼說：「狙擊兵都是些笨蛋。」

我說：「他們是勇敢的紀律部隊。」

「他們都長得虎背熊腰，身體健壯。不過還是笨蛋啊。」

馬內拉說：「擲彈兵就只是長得高而已啊。[1]」聽到這笑話大家都狂笑了起來。

「先前有個擲彈兵部隊不願發動攻擊，結果有十分之一的擲彈兵被槍決了。中尉，當時你在場嗎？」

「不在。」

「千真萬確。事後，長官命令那些擲彈兵排隊站好，每十個人裡面就有一個被槍殺。是憲兵負責開槍的。」

「憲兵，我呸。」帕西尼說完後在地上吐口水。

「那些擲彈兵都是身高一八三以上，但卻不願上場殺敵。」

馬內拉說：「要是大家都這樣，那這戰爭也不用打啦。」

「這也不能怪那些擲彈兵。他們只是害怕而已。擲彈兵的軍官都來自名門。」

「但也有一些軍官自己衝鋒陷陣。」

「有兩個軍官不願上場，被一名中士給槍決了。」

「有些擲彈兵還是會上場的。」

「那些上場的部隊事後沒有人被槍決。」

「有個被憲兵槍決的擲彈兵是我的同鄉，」帕西尼說：「他長得又高又壯又聰明，天生就是個擲彈兵的料。他總是會去羅馬跟年輕女孩鬼混。也跟憲兵混得很熟。」他笑著說。「現在呢？軍方甚至派上了刺刀的衛兵守在他家門口，誰也不能進去探視他爸媽跟姊妹。他爸被政府褫奪公權，連投票也不行。現在那一家人完全不受法律保障，誰想要搶奪他們的家產都可以。」

「要不是嚴格處罰他的家人，誰還願意上場打仗？」

「有啊，山地部隊就願意。國王憲兵隊[2]也願意啊。還有一些狙擊部隊。」

「也有些狙擊兵臨陣脫逃。現在大家都裝作沒那回事。」

帕西尼用嘲諷的口吻說：「中尉，你該叫我們住嘴的。部隊萬歲。」

我說：「我早知道你們就是嘴賤，只要你們好好開車，別胡搞瞎搞——」

「——還有嘴賤時別被其他軍官聽見。」馬內拉幫我把話講完。

我說：「我看啊，該把這場戰爭了結啦，如果雙方都不發動進攻，那戰爭不就沒完沒了？要是我們不展開攻勢，情況只會更糟。」

帕西尼用嚴肅的口氣說：「不會更糟啦，都已經搞到開戰了，情況還會更糟嗎？」

「如果戰敗，那就更糟了。」

「我不同意，」帕西尼仍用嚴肅的口吻說：「戰敗，然後呢？就可以回家啦。」

「敵軍會追殺你。奪走你的家園。對你的姊妹做任何事。」

帕西尼說：「我才不信，不是每個人都會乖乖等死。大家都會挺身保衛家園，讓姊妹安全待在家裡。」

「戰敗的人會被吊死。遭俘虜後，會被迫去當兵。而且不是到救護車隊服役，是去當步兵。」

「我不信他們可以把所有人都吊死。」

馬內拉說：「敵國才沒辦法逼我們當兵，一開戰，大家都逃光了。」

「跟那些捷克佬[3]一樣。」

「我覺得你根本不懂戰敗國的下場有多慘，才會覺得那沒什麼。」

帕西尼說：「中尉，我們知道你願意讓我們發發牢騷，那我就斗膽多說兩句。我說啊，這世上沒有任何事比戰爭更糟了。就算我們只是駕駛兵也懂這道理。等到人們懂了這道理，就會發瘋，所以也沒辦法阻止戰爭。但就是有人永遠不會懂。也有人是害怕他們的長官。就是因為這樣才會有戰爭。」

「我知道戰爭很糟，但總得要打完。」

「不會結束的。沒有戰爭會結束的。」

「會，會結束。」

帕西尼搖搖頭。

「戰爭不是靠勝仗來打贏的。就算我們拿下聖加百列山，拿下卡索高原、蒙法爾科內與的里亞斯特[4]，那又怎樣？接下來呢？我們今天不是看到，山的另一頭不是還有一座座高山？難道我們全都攻得下來？只有打到奧國人不打了，戰爭才會結束。總得要有一方停戰。我們為什麼不停戰？如果奧國大軍打到我們國內，打累了就會離開。他們也有自己的國土啊。但偏偏兩邊都不停手，戰爭也就不會結束。」

「沒人說得過你。」

「我們也有腦子，也會認字。我們不是農夫。我們是技工。但就算農夫也知道不該相信戰爭那一套。所有人都討厭這場戰爭。」

「這國家的統治階級有夠笨，什麼都不懂，也永遠不會懂。所以我們才會有這場戰爭。」

「而且他們靠戰爭發大財。」

「但他們大多數還是沒發戰爭財，」帕西尼說：「他們太笨了。他們發動戰爭卻不知為何而戰。純粹是因為太笨了。」

馬內拉說：「我們該閉嘴了，就算中尉容忍，我們也不該講那麼多。」

「他喜歡我們說的，」帕西尼說：「我們會同化他的。」

「不過現在我們該暫時閉嘴。」馬內拉說。

嘉烏奇問道：「中尉，要開飯了嗎？」

我說：「我去看看。」戈迪尼站起來跟我一起走出散兵坑。

「中尉，我該做什麼？需要我幫忙嗎？」他是四位駕駛裡面最沉默的。我說：「你想跟的話可以跟我去一趟，我們去看看。」

外面已經天黑，長長的探照燈燈光在山區四射。在那前線，有時候晚上我們會在路上遇到一輛輛軍卡載著大型探照燈，部署在鄰近陣地的後方，車停在路肩上，由一位軍官指揮，他的手下緊張兮兮地操作著探照燈。我們穿越磚廠，走到最大的救護站。救護站的入口上方用一些綠色枝葉掩蔽起來，上面的樹葉早已在日晒後乾枯，此時被夜風吹得沙沙作響。裡面有一盞燈。箱子上擺了一具電話，少校坐在旁邊講電話。其中一位上尉軍醫說，我軍將推遲一小時展開攻勢。他拿一杯干邑白蘭地給我喝。我看著用板子搭起來的幾張簡易手術台，各種醫療器具在燈光下明晃晃的，此外還有一些小鐵盆和一個個塞著的瓶子。戈迪尼站在我身後。少校放下電話後站起來。

他說：「現在開始了，他們又調回原來時間。」

我看著外面，天空一片漆黑，奧軍的探照燈光線在我們身後的山區四射。不過四周還是繼續平靜了片刻，接著我們後方的大砲才開始狂轟猛炸。

少校說：「薩伏依！[5]」

「少校，餐車來了嗎？」他沒聽到我說話，我又問了一次。

「還沒。」

一枚大尺寸砲彈落在磚廠裡，在外面炸了開來。接著又是一陣轟隆巨響，在巨響中還可以聽見磚頭、泥土如大雨落下的較小聲響。

「有什麼可以吃的？」

少校說：「我們這裡有一點乾燥義大利麵。」

「你給什麼我都要。」

少校吩咐勤務兵到後面去，拿回一鐵盆已經煮好但冷掉的通心粉。我把鐵盆遞給戈迪尼。

「有起司嗎？」

少校吩咐勤務兵再回到那散兵坑裡，語氣聽來不太情願，勤務兵帶回四分之一塊白色起司。

我說：「謝啦。」

「你還是別出去比較好。」

外面有兩個人把東西擺在入口旁。其中一人往救護站裡看。

「把他帶進來，」少校說：「搞屁喔？難道要我們出去把人抬進來？」

那兩個醫務兵把人搬進來，其中一位用手托住他的腋下，另一個抬起他的雙腿。

少校說：「把外套割開。」

他手裡拿著一把夾著紗布的鑷子，兩位上尉醫官把他們的外套都脫下來。「出去吧。」

少校對兩個醫務兵說。

我對戈迪尼說：「走吧。」

「你最好等到轟炸結束。」少校稍稍轉頭說。

我說：「他們想吃飯了。」

「隨你便。」

我們衝過磚廠。一枚砲彈在河岸不遠處炸開。接著又來了一枚，我們沒聽到，只見砲彈突然落下。我們倆都撲倒在地，砲彈爆炸時發出閃光與巨響，煙硝味四處瀰漫，砲彈碎片發出呼嘯聲，磚頭碎片嘩啦啦落下。戈迪尼站起來朝散兵坑狂奔。我手裡拿著起司，也在他身後狂奔，起司的滑順表面已經沾滿了磚灰。散兵坑裡的三位司機還是靠牆坐著抽菸。

我說：「開動吧，愛國的阿兵哥。」

「車子呢？」馬內拉問道。

「沒事。」

「中尉，你害怕嗎？」

我說：「我他媽超怕。」

我拿出折疊刀，打開後把刀刃擦乾淨，然後把起司外面的磚灰刮掉。嘉烏奇把那一盆通心粉遞給我。

「你先吃吧，中尉。」

我說：「不用，盆子放在地上，我們一起吃。」

「沒叉子啊。」

「管他去死。」我用英語說。

我把起司切成一片片，鋪在通心麵上。

我說：「坐下來吃吧。」他們坐下來等我先動手。我伸手到盆子裡，抓起一些通心粉。原本擠成一坨的通心粉稍稍鬆開。

「拿高一點，中尉。」

我拿到手臂的高度，通心粉才一條條散開。我把通心粉放到嘴裡，吸進去後咬斷，嚼了起來，然後拿一片起司嚼，接著配一口葡萄酒。吃起來有鐵鏽味。我把那鐵盆還給帕西尼。

他說：「酒壞了，我都擺在車上，放太久了。」

他們都吃了起來，下巴緊靠著鐵盆，頭往後仰，從尾端把麵條吸進嘴裡。我又吃了一口麵和一點起司，喝口葡萄酒。外面有東西落下，地面一陣晃動。

「要不是四二〇毫米砲彈，就是迫擊砲，」嘉烏奇說。

我說：「山區作戰不會用四二〇砲彈。」

「他們有斯柯達兵工廠的大口徑巨砲，我看過那種砲彈轟出的大洞。」

「三〇五毫米的。」

我們繼續吃麵。突然聽見一個像咳嗽的聲音，又彷彿火車引擎開動時的聲響，接著一聲轟然巨響後地面再度震動起來。

帕西尼說：「這散兵坑不夠深。」

「那是專門用來打戰壕的大型迫擊砲。」

「沒錯。」

我把一片起司叼起來吃掉，然後又啜了一小口酒。在一堆聲響中我聽見一個咳嗽似的聲音，然後是一連串啾啾啾啾的聲響，然後一陣火光乍現，好像鼓風爐的門忽然打開，一聲轟鳴後白光閃現，又出現紅色火光，紅白相間的亮光不斷閃現，一陣強風颼颼颳來。我想呼吸但卻喘不過氣，我感覺自己的身體被噴了出去，一直不斷跟著那陣強風飛著。霎那間我離開了身體，完完全全地離開，這時我確信自己已經死了，而且才知道過去我那種「人死如燈滅」的想法實在大錯特錯——死後靈魂還是在，否則我怎麼知道自己死了？[6]接著我居然不是往前飄動，而是感覺到自己往後飛。我可以呼吸了，而且已經回過神來。地面整個被炸翻，我的頭正前方有一根已經碎裂的橫梁。我驚魂未定，但聽到有人在哭喊。我想是某人在大吼大叫吧。我試著移動身體但卻辦不到。我聽見對岸傳來機槍、步槍開火的陣陣劈啪聲響，整條河都有槍響。我聽見連發巨響，只見一顆顆照明彈咻咻咻往上飛後爆炸，在天空飄盪時發出白光，許多火箭彈往空中發射，炸彈爆炸聲不絕於耳，這一切都發生在電光火石之間，然後我又聽見身旁有人說：「*Mama Mia! Oh, mama Mia!*（媽呀！噢，媽呀！）」我用身體使勁，用力扭動，終於讓兩條腿可以移動，轉身去摸說話的人。結果是帕西尼，而且我一碰他又大叫。他的兩條腿是朝著我的，我在忽明忽暗之中看到他雙膝以上已經炸得血肉模糊。一條腿不見了，另一條只靠著肌腱和僅存的褲管連接著，斷肢就像已經不相連似的，不斷抽搐扭動著。他咬著手臂哀號：「*Mama Mia! Oh, mama Mia!*」接著又大叫：「*Dio te salve, Maria. Dio te salve, Maria.*（萬福瑪利亞，萬福瑪利亞。[7]）噢耶穌一槍斃了我耶穌一槍斃了我媽呀媽呀噢至美的瑪利亞斃了我。痛死了！痛死了！痛死了！噢耶穌至美的瑪利亞讓我別痛了！喔喔喔喔，」然後哽咽地嚎叫：「*Mama mama mia.*」接著他靜了下來，咬著手臂，殘肢仍然抽搐著。

「*Portaferiti!*（擔架兵！）」[8]我把兩手擺在嘴邊，做成杯狀，放聲大叫。「*Portaferiti!*」

我想要往帕西尼靠過去，用止血帶綁住他的兩腿，但無法動彈。我再試一遍，雙腿動了一下。我可以用雙臂、雙肘，撐著地面往後移動。這時帕西尼已經靜下來。我坐在他身邊，把我的外套脫下來，想要把我襯衫的下襬撕下來，但撕不動，於是我咬著襯衫邊緣，正要用嘴巴去撕之際，想到他的綁腿。我穿著羊毛長襪，但帕西尼有打綁腿。司機都會打綁腿，但現在帕西尼只剩一條腿。我把他的綁腿解下時，發現已經沒有必要拿綁腿來充當止血帶，因為他已經走了。我確認他真的死了。還要找到其他三個司機。我讓身體坐直起來，但感覺到腦袋裡一陣抽動，就像玩偶的眼睛被腦袋裡的小鐵塊往後扯，[9]我的眼睛後面很痛。我覺得兩腿又溼又熱，鞋子裡也是。我知道自己負傷了，於是屈身後伸手去摸一邊膝蓋，結果發現膝蓋骨不在原位。我的手繼續往下摸，結果發現整個膝蓋掉到脛部上。我用襯衫擦手，藉著一抹飄忽緩慢、往下移動的光線看著那條腿，心頭驚駭莫名。我說，天啊，誰來把我帶走吧！不過我很清楚自己該去找其他三個司機。本來有四個，但帕西尼死了。有個人把手插進我的腋下，另一個人抓住雙腿，把我抬起來。

我說：「還有其他三個人，另一個死了。」

「我是馬內拉。我們去找擔架，但都沒了。你怎樣，中尉？」

「戈迪尼跟嘉烏奇呢？」

「戈迪尼在救護車站接受包紮。抬你雙腿的人是嘉烏奇。抱住我的脖子，中尉。你傷得很重嗎？」

「腿部受重傷。戈迪尼的傷勢怎樣？」

「還可以。一枚用來攻擊戰壕的大型迫擊砲彈砸中這裡。」

「帕西尼死了。」

「嗯，他死了。」

一顆砲彈在附近落下，他們倆都撲倒在地，也把我丟在一旁。「抱歉，中尉，」馬內拉說：「抱住我的脖子。」

「可別再把我丟下。」

「因為我們很害怕。」

「你沒受傷？」

「我們倆都只受輕傷。」

「戈迪尼能開車嗎？」

「我看不行了。」

抵達救護車站前他們又把我丟下一次。

我說：「你們倆是混蛋。」

「抱歉，中尉，」馬內拉說：「我們不會再把你丟下了。」

救護車站外一片漆黑，很多人都躺在地上。不斷有傷者被送進來或運出去。每當救護站的簾子打開，有受傷人員進去或出來，我就可以藉由站裡的燈光看見死屍堆在一旁。軍醫把衣袖捲到肩膀，渾身是血，看似屠夫。擔架根本不夠用。有些傷者不斷大聲哀號，但大多安安靜靜。救護站門楣上的枝葉被風吹得沙沙作響，夜愈來愈冷。醫務兵不斷進進出出，卸下傷者後又帶著擔架離開。一到救護站馬內拉就找來一位中士醫官，請他用繃帶先把我的兩腿包紮好。中士說我的傷口沾上了大量泥土，才沒有大失血，他們會盡快幫我治療，然後就又回到站裡。馬內拉說，戈迪尼不能開車了。他的一側肩膀血肉模糊，頭部也受傷。稍早他不覺得傷勢很嚴重，但這時肩膀整個僵硬到無法動彈。他靠著磚牆，坐在地上。馬內拉與嘉烏奇各自載了一批傷者離開。他們開車沒問題。英國醫院派來三輛救護車，每輛車上有兩個人。戈迪尼看起來臉色慘白、傷勢嚴重，但還是把某個英國醫院的司機帶過來找我。那司機彎下腰來跟我講話。

他問我：「你傷得很重嗎？」他是個戴著金屬框眼鏡的高個兒。

「雙腿受傷。」

「希望不太嚴重。想抽菸嗎？」

「多謝。」

「聽說你損失了兩個司機。」

「嗯。其中一個死了，另一個就是帶你過來那傢伙。」

「真倒楣。可以把車借給我們用嗎？」

「我正想叫你們把車開去用。」

「我們會小心使用，用完後把車開回你們那棟房舍。是二〇六吧？」

「是。」

「那個地方挺漂亮的，我在那附近見過你。聽說你是美國人。」

「是。」

「我是英格蘭人。」

「不會吧！」

「真的，英格蘭人。難不成你以為我是義大利人？不過我們的某個部隊裡倒是有幾個義大利人。」

我說：「你們能把車拿去用，真是太好了。」

「我們一定會小心使用，」他一邊站直一邊說：「這傢伙很焦慮，一定要我來見你。」他拍拍戈迪尼的肩膀，戈迪尼的身體抽動了一下，臉露微笑。那英格蘭佬突然用流利道地的義大利語說：「現在都安排好了，我也來跟你的中尉見面了。我們會開走兩輛車。現在你不用擔心啦。」接著他對我說：「我一定要想辦法把你從這裡弄走。我去跟負責的醫官溝通一下，等等載你跟我們回去。」

他朝著救護站走過去，沿路都很小心，唯恐踩到傷者。我看見簾子打開，救護站裡的燈光流瀉而出，他走進去。

戈迪尼說：「他會照顧你的，中尉。」

「法蘭柯，你還好吧？」

「死不了。」他坐在我身邊，片刻間救護站的簾子又打開，走出兩位拿擔架的醫務兵，那英格蘭佬走在後面。他帶他們來找我。

「這就是那位美國人中尉。」他用義大利語說。

我說：「我想要等一等，很多人傷勢比我嚴重多了。我還好。」

他說：「走吧，走吧，逞什麼英雄？」接著改用義大利語說：「他那兩條腿快痛死了，抬腿時要小心點。他可是威爾遜總統的子民哩。」他們把我抬進包紮室。裡面每一張手術桌都有人在動手術。那矮小的少校醫官臉色不悅地看著我們。他認出我後揮揮手中的鑷子。

「還好嗎？」他用法語對我說。

「還好。」

「是我帶他進來的，」那英格蘭高個兒用義大利語說：「他是美國大使的獨子。他可以在這裡等到你們有時間治療他。然後我會載他跟我的第一批傷者一起離開。」他屈身對我說：「我去找他們的副官，把你的文件處理好，這樣速度快多了。」他彎著腰從門口走出去。這時少校把鑷子放下，丟進盆子裡。我盯著他那雙手。他用繃帶把傷者包紮好，讓醫務兵把人抬下去。

一位上尉醫官說：「我來負責美國中尉，」他們把我抬上手術桌，堅硬的桌面滑滑的。裡面有各種強烈的氣味，有的是藥水味，也有鮮血的甜膩氣味。他們脫掉我的長褲，上尉一邊查看一邊動手，口述傷勢讓中士副官記下：「左右大腿、左右膝蓋和右腳都有多處皮肉傷。右膝、右腳有多處比較深的傷口。頭皮有撕裂傷（他用手按按看——問我痛嗎？——天啊，好痛！）頭骨可能裂開了。是在執行勤務時受的傷，不是他把自己弄傷的，所以不用上軍事法庭。」他說：「想喝點白蘭地嗎？你到底是怎麼受傷的？那時候你想幹嘛？自殺嗎？幫他打破傷風疫苗，兩腿都畫上十字。謝謝。我來清理傷口，稍微洗一洗，敷點藥上去。你的傷口已經完全止血了。」

正在寫文件的副官抬起頭問道：「怎麼受傷的？」

上尉醫官問我：「你被什麼炸到？」

我閉著眼睛說：「用來打戰壕的迫擊砲。」

上尉一邊動手做些讓我非常痛的動作，清理爛掉的肌肉組織，一邊問我：「你確定嗎？」

我試著躺好不動，但因為他割肉割到我感覺肚子一陣陣抽搐。我說：「我想是吧。」

上尉醫官被他發現的東西給吸引了，他說：「這裡有許多迫擊砲碎片[10]。如果你希望我幫你看看哪裡有碎片，我現在就可以動手，但不是絕對必要。我可以先在傷口上塗藥就好——這樣會痛嗎？沒關係，跟之後的劇痛相比這根本沒什麼。你還沒真的開始感到痛。拿一杯白蘭地給他喝。震驚的感覺減低了痛感，但這無所謂。如果傷口沒有感染，你就不用擔心，而且現在感染的機率並不高。你的頭怎樣？」

「痛啊。」我說。

「那就別喝太多白蘭地了。如果有撕裂傷就怕會發炎。你覺得怎樣？」

我渾身盜汗。

「痛啊！」我說。

「我猜你的撕裂傷沒有大礙。我來幫你包紮起來，你的頭可別亂動欸。」他幫我纏繃帶時動作飛快，繃帶紮得非常緊實。「好啦，祝好運。法蘭西萬歲！」

另一位上尉醫官說：「他是美國人啦！」

「我還以為你說他是法國人咧。他會說法語啊，」醫治我的上尉說：「我先前就認識他了。我一直以為他是法國人。」他喝了半杯干邑白蘭地。「把傷勢嚴重的先送過來，再拿一些破傷風疫苗給我！」上尉對我揮揮手。醫務兵把我抬出救護站，經過門口時簾子掃過我的臉。在外面躺著時，那位中士副官跪在身旁輕聲問我：「你姓什麼？中間名？名字？軍階？

在哪裡出生？級別？哪個軍團的？」問完諸如此類的問題，他說：「中尉，很遺憾你的頭受傷了。希望不會太痛。我現在來安排你搭乘英國救護車離開。」

我說：「我沒事，非常感謝你。」真的像那上尉軍醫說的，我開始感到一陣陣劇痛，痛到身邊發生的一切我都毫不關心，跟我一點關係也沒有。過沒多久英國救護車開過來，他們把我擺在擔架上，抬進車裡。我身邊有另一個人躺在擔架上，只見他整張臉都裹在繃帶裡，只露出一個看起來像是蠟做的鼻子。他的呼吸沉重。後來他們又抬了其他擔架進車裡，把擔架固定在我們上方的吊帶上。那高個兒英格蘭司機繞到後面往車裡看，他說：「我會小心開車，希望你一路都舒舒服服。」我感覺到車子的引擎啟動，接著他爬上汽車前座，解開剎車後打檔，車就開動了。我只能躺著不動，任由疼痛肆虐我的身體。

救護車沿著山路往上爬升，在車流中緩緩前行，有時候會停下來，有時候倒車轉彎，最後終於快速爬升。我感覺到有東西往下滴，一開始低得很慢很規律，接著潺潺往下流。我對那司機大叫。他停下救護車，從駕駛座後面的孔洞往後看。

「怎麼回事？」

「我上面擔架上的人大出血了。」

「距離山頂已經不遠了。我自己可沒辦法把那擔架弄下來。」他又繼續往下開。那個人血流如注，在黑暗中我看不見血是從擔架的哪個部位流下來的。我只能往側邊挪動，以免血繼續落在我身上。先前我襯衫上滴到血的地方感覺溫熱黏膩。我的身體好冷，右腿痛到感覺渾身不舒服。過不久從擔架上流下的血量變少，又繼續滴落，那擔架上的人把身子放鬆之際，我可以感覺到擔架的帆布在動。

「他狀況怎樣？」英國佬往回大聲問我。「我們馬上就到山頂了。」

「我猜他死了。」我說。

血滴得很慢，慢得像冰柱因為太陽不見而緩緩滴水。車子順著夜裡的山路爬升，車裡好冷。到了山頂的救護車站他們把擔架抬出來，又放了另一具擔架進車裡，車才繼續往下開。

# 10

在野戰醫院的病房裡，有人告訴我下午會有訪客。那天天氣很熱，病房裡有很多蒼蠅。我的勤務兵把紙張割成一條一條，綁在短棒上充當蒼蠅拍。我看著蒼蠅停在天花板上。勤務兵睏了就會停下手裡的蒼蠅拍，牠們又一隻隻往下飛，我只能用力吹走。最後我還是以雙手掩面，終於睡著了。天氣好熱，睡醒後我的兩腿都癢了起來。我把勤務兵叫醒，他在我腿部的繃帶上倒礦泉水。淋溼的病床也變涼了。我們幾個病人醒來，臥床無法走動，只能在病房裡隔空聊天。下午的時光比較清靜。早上會有三位男護士和一位醫生過來，輪流把我們從床上抬到包紮室，一方面幫我們包紮換藥，另一方面也讓人整理病床。去包紮室實在是不太舒服，而後來我才知道，就算我在床上他們還是有辦法整理病床。倒了礦泉水後病床變涼變舒服，我正在跟勤務兵解釋我腳底哪裡癢，要他幫我抓，這時有個醫生帶著里納迪走進病房來。他的腳步飛快，一到床邊就低身親我。我看見他戴著手套。

「你好不好啊，小兄弟？覺得怎樣？我帶這來給你——」他手上拿著一瓶干邑白蘭地，坐在勤務兵搬來的椅子上繼續說：「也帶來好消息。上頭要頒發勳章給你。他們想要幫你弄到一枚銀質英勇勳章[1]，但也許最後只能弄到銅質勳章。」

「為什麼給我勳章？」

「因為你受重傷啊。上頭說，如果你能證明自己的任何英勇事蹟，就能獲得銀質勳章，否則就只能獲頒銅質勳章。把事發經過一五一十告訴我。你有什麼英勇事蹟嗎？」

「沒有，」我說：「我們在吃起司，然後就突然被炸翻了。」

「認真點。受傷前或受傷後，你一定有什麼英勇事蹟吧。仔細回想一下。」

「我沒有啊。」

「你沒有背誰嗎？戈迪尼說你背了好幾個人，但前線救護站的少校醫官宣稱那根本不可能。他必須在推薦表上簽名你才能受勳。」

「我沒有背任何人。我根本動不了。」

里納迪說：「那無所謂。」

他脫掉手套。

「我覺得我們應該可以幫你弄到銀質勳章。你不是拒絕優先接受治療嗎？」

「我沒有很堅定拒絕。」

「那也無所謂。你看你傷得多重，還有你總是自動請纓到最前線。況且這次行動又很成功。」[2]

「結果部隊成功渡河了嗎？」

「非常成功。擄獲將近一千名戰俘。都刊登在戰報上了，你沒看到？」

「沒有。」

「我會拿一份來給你看。這是一場非常成功的奇襲戰。」

「一切都順利吧？」

「非常順利，大家都很順利。我們都以你為榮。跟我說說整個經過吧，我覺得銀質勳章已經是十拿九穩。接著說，全都跟我說。」他停下來，想想後接著說：「你也可能獲頒一枚英國勳章。當時有個英國人在場。我會去跟他談談，問他能不能推薦你。他應該可以做點什麼。你很痛嗎？來喝點酒吧。勤務兵，幫我拿一支拔塞鑽過來。噢，你該看看我現在醫術有多高明，開刀切除三公尺長小腸也是輕輕鬆鬆。我應該寫一篇文章投稿到《刺胳針》[3]，肯定會上。我寫出來你幫我翻譯吧，我來投稿到《刺胳針》。每天我都有進步。可憐的小兄弟，你還好嗎？媽的，拔塞鑽在哪啊？」他用手套拍打床緣。

勤務兵說：「報告中尉，在這裡。」

「把瓶子打開，拿一個杯子來。喝吧，小兄弟。你的頭好點沒？我來看看你的病例。你沒有撕裂傷。前線救護站那個少校醫官根本像是個殺豬的。換成是我來醫治，你就不會受傷了。我沒有傷過任何人。我已經抓到訣竅。每天我學到要怎樣下手才能更順利，效果更好。

小兄弟，原諒我的嘴巴停不下來。看到你受傷實在讓我很難過。來，喝吧。這是好酒，一罐要十五里拉欸。應該很好喝。五星級的。離開這裡後我去跟那英國人說一聲，他們會頒發英國勳章給你。」

「他們不會這樣頒勳章的啦。」

「你也太謙虛了。我會派聯絡官去協調，他懂得怎麼跟英國人打交道。」

「你有見到巴克利小姐嗎？」

「我去把她帶來。我現在就去把她帶過來看你。」

「別走啊，」我說：「跟我說說戈里齊亞的狀況。女孩怎樣？」

「哪來的女孩？已經有兩個禮拜都沒換人了。現在我都不去了。真是不像話。那些貨色根本不是女孩，她們簡直像老兵。」

「你一次都沒去了？」

「我只會去看看有沒有新人。經過時去看一下。她們還都問起你。她們待了那麼久，居然跟我們套起交情了，真是不像話。」

「也許女孩已經不願意來前線了。」

「當然願意。女孩多得是，只是管理出了問題。女孩都留給那些不願上前線賣命的人享受啦！」

我說：「可憐的里納迪，你變成沒有新女孩的戰場單身狗囉。」

里納迪又幫自己倒了一杯干邑白蘭地。

「小兄弟，我猜你喝點酒應該死不了的。」

灌了一口白蘭地後頓時從嘴裡暖到胃中。里納迪又倒了一杯，這時他比較安靜了，舉杯對我說：「為你英勇負傷乾杯，預祝你獲頒銀質勳章。小兄弟，這麼熱的天，你整天只能躺在這裡，難道不會煩躁？」

「有時候。」

「我實在無法想像自己這樣躺著。一定會瘋掉。」

「你已經瘋啦。」

「你能回來就好了。現在，我每天都沒人回房間跟我講冒險的事，也沒人可以取笑，沒人可以借錢，沒有拜把兄弟也沒有室友。你怎會把自己搞到受傷呢？」

「你可以取笑神父。」

「取笑神父的人可不是我，是上尉。我喜歡神父啊。如果軍中非派駐個神父不可，就該是他那種人。他也會來探望你。他可是做了充分的準備喔。」

「我喜歡他。」

「噢，我早就知道了。有時候我覺得你跟他有點那個。你懂的。」

「別胡扯了。」

「真的，有時候我會那樣想。你們就像安科納旅第一團的那個號碼。[4]」

「噢，你去死啦！」

他站起來，戴上手套。

「噢，小兄弟，講話虧你真是太有趣了。你愛那神父，也愛那英國妹子，所以說真的你骨子裡跟我沒兩樣啊。」

「才不。」

「我們真的一樣。你是貨真價實的義大利人。外表看來冒火又冒煙，但骨子裡什麼事也沒有。你不過是把自己偽裝成美國人。我們是相親相愛的兄弟。」

我說：「我不在的時候可別做壞事欸。」

「我會請巴克利小姐過來。與其跟我，你不如跟她在一起。跟她的話你會比較純情、甜美。」

「噢，去死啦！」

「我會請她來。她是你可愛又冷淡的英格蘭女神。天啊，男人如果遇到那種女人，除了膜拜之外還能怎樣？難道英格蘭女人還有其他用途嗎？」

「你是個狗嘴裡吐不出象牙的無知義大利佬。」

「什麼嘴？」
「狗嘴。」
「還狗嘴咧。你才是一臉冷酷，一張……狗嘴。」
「你無知，愚蠢，」我看得出他覺得這兩個字很刺耳，所以繼續逗他：「沒知識。沒經驗，因為沒經驗所以愚蠢。」
「真的嗎？關於你那些好女人，你的女神，我有個道理要跟你分享。不管是跟妓院的好女孩，或是跟普通女人在一起，差別只有一個。跟女孩在一起很痛苦啊，這是我唯一的體會。」他用手套拍拍病床。「而且你永遠不知道那些女孩是不是真的喜歡跟你在一起。」
「別生氣啦。」
「我沒生氣。小兄弟，我只是為你好才跟你說，以免你惹上麻煩。」
「只有這個差別？」
「對。但這世界上千千萬萬個傻瓜跟你一樣，都不懂這一點。」
「你很體貼啊，還能跟我分享這道理。」
「小兄弟，我們是不會吵架的。我太愛你了。不過，可別當個傻瓜。」
「不會，我會跟你一樣聰明。」
「別生氣了，小兄弟。笑一笑，喝喝酒。我真的得走了。」

「你是個好人。」

「現在你可懂了。我們骨子裡都一樣，我們是好兄弟。跟我吻別吧。」

「你這個骯髒的傢伙。」

「我不髒，只是情感比較豐富。」

我感覺到他的鼻息朝我貼過來。「再見，很快我就會再來看你了。」他的鼻息遠離。「你不樂意那我就不親你啦。我會請你的英格蘭女孩過來。再見了，小兄弟。我把干邑白蘭地擺在床底下。早日康復。」

接著他就離開了。

# 11

神父在黃昏時來。我已經喝過湯，有人幫我把碗收走後，我正在看著一排排病床，接著看著在晚風中微微搖曳的樹梢。微風從窗戶吹進來，入夜後就沒白天那麼熱了。這時蒼蠅都待在天花板上，還有從電線往下垂吊的電燈泡上。這時燈是關著的，因為只有院方送病人入病房或者有人在做事才會開燈。像這樣在黃昏後就整晚一片黑漆漆的，讓我有種回到小時候的感覺。這就像早早吃完晚餐後被哄上床一樣。勤務兵沿著床與床之間的通道走過來，在我床邊停下腳步。他身邊有個人，就是我們部隊的神父。身材矮小、一臉黝黑的他站在那裡，看起來有點不自在。

他跟我問好：「你好嗎？」他把幾包東西擺在床邊地板上。

「神父，我還好。」

他坐在先前勤務兵搬來給里納迪坐的椅子，往窗外眺望，一臉尷尬。我注意到他倦容滿面。

「我只能待一下，」他說：「太晚了。」

「不晚啊。大家在食堂都還好嗎？」

他微笑說：「我還是大家的笑柄。感謝主，大家都很好。」他連講話的聲音聽起來都很累。

「看你沒事我非常開心，」他說：「我希望你沒有受苦。」他似乎很累，而我對他這倦容很不習慣。

「已經不難受了。」

「你不在食堂，讓我甚是掛念。」

「但願我能去。我總覺得跟你聊天是種享受。」

他說：「我帶來幾樣東西給你。」他把那幾包東西拿起來。「這是蚊帳，這瓶是苦艾酒。你喜歡苦艾酒嗎？還有一些英文報紙。」

「請幫我打開。」

他很開心，把一包包東西打開。我把蚊帳拿在手裡。他拿著苦艾酒給我看，看完後擺在床邊的地上。我翻動報紙，如此一來窗邊的微光才可以讓我看到一則則新聞標題。那是《世界新聞報》。

他說：「其他都是畫報。」

「讀來一定很有趣。你從哪裡弄來的？」

「我請人從梅斯特雷[1]寄過來的。我會再拿過來給你。」

「神父，真感謝你來看我。你要喝一杯苦艾酒嗎？」

「謝謝，我不喝。這是給你的。」

「別這樣，喝一杯嘛。」

「也好。我會再帶來給你。」

勤務兵把酒杯拿來，幫我們開瓶。但他把瓶塞弄斷了，所以只能把堵住瓶口的部分推入瓶底。我看得出神父有點在意，但他說：「無所謂，這樣也沒關係。」

「祝你健康，神父。」

「祝你比我更健康。」

接著他把酒杯拿在手裡，我們看著彼此。有時候我們能像好朋友那樣聊得很盡興，但這一晚我們聊不起來。

「怎麼了，神父？你看起來很累。」

「我很累，但當神父的人哪能說累。」

「是因為天氣太熱。」

「不是。只不過才春天啊。我只是覺得心情低落。」

「戰爭讓你倦怠了。」

「沒到那地步。但我真的討厭戰爭。」

「我也不喜歡。」我說。他搖搖頭，眺望窗外。

「你沒放心上，你也沒看見這次戰事有多慘。原諒我這麼說。我知道你受傷了。」

「那是意外。」

「總之你受傷了，所以你不明白。我看得出來。我自己沒有親眼看見，但我多少可以感覺到。」

「受傷前，我正在跟司機討論戰爭。帕西尼說了很多。」

神父把酒杯放下。他在想別的事。

他說：「我了解他們，因為我就像他們。」

「你不一樣。」

「但我就像他們，真的。」

「那些軍官什麼也看不見。」

「有些還是看得見。有些心思還是很細膩的，所以感覺比我們任何人都還要糟。」

「大多數軍官不是這樣。」

「這跟受過多少教育，跟有多少錢都沒關係。跟別的有關。如果是有帕西尼那種想法的人，就算受過教育或來自有錢的家庭，也不會想要當軍官。我也寧願不要當軍官。」

「你的軍階就是軍官。我也是軍官。」

「我其實不算軍官。你連義大利人都不是，是個外國人。但如果拿你跟士兵的關係相比，你跟軍官還是比較接近。」

「差別在哪？」

「這實在不太容易說明。有些人很樂意發動戰爭。這國家有很多這樣的人。但也有其他人不願意開戰。」

「但發動戰爭的人會逼其他人參戰。」

「沒錯。」

「而我是來幫他們打仗的。」

「你是個外國人。你是個愛國者。」

「至於那些不願意開戰的人呢？他們能阻止戰爭嗎？」我不知道。

他又往窗外眺望。我看著他的臉。

「有誰曾經成功阻止戰爭嗎？」

「想要阻止事情發生的人，從來都不是有組織的。等到他們組織起來了，卻往往被組織的領袖出賣。」

「所以就沒有希望了嗎？」

「這世界從來不會絕望，但有時候我實在不敢抱持希望。我試著讓自己總是抱持希望，但有時候我辦不到。」

「也許這場戰爭會結束。」

「希望如此。」

「結束後你要做什麼？」

「如果可能的話，我會回去阿布魯齊。」

他那張黝黑的臉突然間非常快樂。

「你喜歡阿布魯齊？」

「是啊，我很愛。」

「那你就該回去。」

「如果我可以回那裡定居，然後繼續愛天主，侍奉他，我會很高興的。」

「而且受人敬重，」我說。

「是的，受人敬重。為什麼不？」

「你沒理由不受敬重。大家都該敬重你。」

「無所謂。但在我們那個鄉下地方，大家都知道任何人都是可以敬愛天主的。這可不是什麼下流笑話。」

「我懂。」

他看著我微笑。

「你懂，但你不愛天主。」

「不愛。」

他問我：「你完全不敬愛祂？」

「有時候在夜裡我會畏懼祂。」

「你應該愛祂。」

「沒什麼是我愛的。」

「你還是有愛的，」他說：「你有。你曾跟我說過一些夜生活的事，那可不是愛。那只是熱情和貪欲。有愛的人會想要為他人、為這世界做點事。會想要犧牲，想要奉獻服務。」

「我沒有愛。」

「你會有的。我知道你會，到時候你會快樂起來。」

「我很快樂啊。我一直很快樂。」

「那不一樣。除非你真的有愛，否則你不會知道那是怎麼一回事。」

「好吧，」我說：「如果我真的有愛了，我會跟你說。」

他說：「我待太久，也講太多話了，」看來他擔心自己真的是這樣。

「不要，別走。如果是愛女人呢？如果我真的愛上某個女人，那就是有辦法去愛了嗎？」
「這我就不知道了。我沒愛過女人。」
「你愛你母親嗎？」
「愛，我當然愛我母親。」
「你一直都愛天主嗎？」
「從我還是個小男孩開始。」
「噢，」我不知道該說什麼：「那你是個好男孩。」
他說：「我是個男孩，但你稱我神父。」
「那是尊稱。」
他對我微笑。
他說：「我真的得走了，你真的不需要我帶什麼給你？」語氣像是希望我跟他要些什麼。
「不用。來跟我聊聊就好。」
「我會幫你問候食堂裡的同伴。」
「感謝你帶來這麼多好禮物。」
「那沒什麼。」
「再來看我喔。」

「好。再見，」他拍拍我的手。

「再見。」我用方言說。

「再見。」他再次道別。

病房裡一片漆黑，剛剛一直坐在床尾的勤務兵起身跟神父一起出去。我很喜歡神父，也希望他總有一天能回到阿布魯齊。在食堂裡飽受欺負，但他處之泰然，不過我覺得他回故鄉後又會是另一種光景。他曾跟我提過一個叫卡普拉科塔的小鎮，南邊有條鱒魚優游其中的小溪。那是個夜裡不准吹笛子的地方。年輕男子可以唱情歌，但就是不准吹笛。我問，為什麼呢？因為怕女孩在夜裡聽到笛聲會變壞。當地農夫總是尊稱外地人為「老爺」，一見面就摘帽行禮。他父親每天都去打獵，總是在農家歇腳吃飯。外人總是備受禮遇。外地人如果要打獵就必須出示自己未曾遭逮捕的證明。大薩索山山區有熊，但路途遙遠。阿奎拉是個風光明媚的小城。夏天夜裡非常涼爽，至於阿布魯齊，則是春天時全義大利最美麗的地方。但如果是秋天到阿布魯齊，在栗樹林之間打獵更是美妙無比。那裡的鳥兒以啄食葡萄維生，所以全都長得碩大肥美，去那裡打獵也沒人需要自備午餐，因為農夫非常好客，總是以家裡有客人一起吃飯為榮。沒多久後我就睡著了。

# 12

我住的病房很長，右側有一個個窗戶，另一頭有扇門可以通往包紮室。我那排病床面對著窗戶，另一排則是在窗戶下方，面對著牆壁。如果靠身體左側躺著，可以看見包紮室的門。另一頭還有一扇門，有時候人會從那門進來。臨終患者的四周會以醫用屏風隔離起來，不讓其他病人目睹他們去世前的景象，從外面只能看見醫生、男護士的鞋子與綁腿，偶爾到了最後會有陣陣低語聲。接著神父會從屏風後走出來，然後男護士會再次回到屏風後，走出來時抬著蓋上毛毯的亡者，沿著病床之間的通道往下走，最後會有人來把屏風摺好收妥。

那天早上負責管理病房的少校醫官問我身體狀況怎樣，能搭車遠行了嗎，我說我可以。他說明天院方會一大早就把我送走。他說這時候比較適合遠行，再來就會太熱了。

護士把我們抬起來，送進包紮室時我們可以眺望窗外，看見花園裡的新墳。通往花園的門邊有個士兵在製作十字架，並在上面幫長眠花園的軍人漆上姓名、軍階與部隊番號，他也會幫病房打雜跑腿，閒暇時他還曾用沒裝子彈的奧國步槍彈匣做了一個打火機送我。醫官都很和善，看來很能幹。他們急著把我送去米蘭，因為那裡有比較好的X光機，而且在手術後也有機械式的復健設備給我用。我也想去米蘭。院方希望能盡可能把我們都送到大後方，因為等到攻勢再次展開又會有更多病人湧入，所以必須把病床清空。

離開野戰醫院的前一晚里納迪跟我們那部隊食堂的少校一起來看我。他們說我會到米蘭一家剛剛落成的美國醫院養病。還有一些美國救護車會提供給那家醫院使用，醫院負責照顧在義大利服役的所有美國人。有許多美國人是紅十字會的工作人員。先前美國已經對德國宣戰了，但對奧國則是尚未宣戰。[1]

義大利人認定美國也會對奧國宣戰，所以只要有美國人要過來，即使只是紅十字會的人員，他們都感到很振奮。他們問我，威爾遜總統會不會對奧國宣戰，我說對奧宣戰的日子應該不會太遠了。我不知道美國跟奧國有什麼衝突，但既然都已經對德宣戰，那也該對奧宣戰才有道理。他們問美國會不會對土耳其宣戰，我說那不太可能，因為土耳其跟美國的國鳥火雞同名。不過這笑話實在難以翻譯成義大利語，他們都感到困惑疑慮，我才改口說，會啦，美國很可能會對土耳其宣戰。[2]那對保加利亞呢？這時我們已經幾杯白蘭地下肚，我說會，以天主之名發誓，我們不但會對保加利亞，也會對日本宣戰。不過他們說，日本不是英國的盟國嗎？真不能相信那些該死的英國佬。我說，因為日本想要搶美國的領地夏威夷。[3]夏威夷在哪？我說，在太平洋上。日本人為什麼要搶？我說，他們不是真的想要夏威夷，只是說說而已。日本是個很棒的民族，日本人都個頭矮小，喜歡跳舞和喝清酒。少校說，跟法國人一樣。他說他們有一天會從法國手裡把尼斯和薩伏依拿回來。里納迪說，我們會把科西嘉島還有整條亞德里亞海的海岸線都奪回來。少校說，義大利會恢復古羅馬時代的榮光。我說我不愛羅馬，那裡又熱，跳蚤又多。他說，你不喜歡羅馬？他可喜歡羅馬咧。羅馬是義大利的發源地。他說他永遠忘不了羅穆盧斯[4]在台伯河畔成長的故事。什麼？沒什麼。我們就一起去羅馬吧。那我們今晚就去羅馬了，也別回來打仗了。少校說，羅馬是個美麗的城市。我說，羅馬是義大利之母，義大利之父。里納迪說，羅馬是陰性的，不可能是父親。不然誰才是父親？聖靈嗎？別褻瀆天主。我說我沒有褻瀆天主，只是要把事情問清楚。他說，小兄弟，你醉了。是誰把我灌醉的？少校說，是我，因為我愛你，因為美國參戰了。我說，徹徹底底參戰了。里納迪說，小兄弟，早上你就要離開了。我說，去羅馬。不是，去米蘭。少校說，去米蘭，去水晶宮[5]，去柯瓦咖啡廳，去康帕里酒吧，去比菲餐廳，去米蘭的拱廊街。你是個幸運的小夥子。我說去偉大義大利餐廳，我要去那裡找喬治借錢。里納迪說，去史卡拉歌劇院吧。我說我每天晚上都要去。少校說，每天晚上都去的話你會破產的。

我說門票很貴，我會開一張由我祖父付款的見票即付票據。什麼票據？就是即期票據。他得要付款，否則我就得去坐牢。他的票據都是由銀行的康寧漢先生經辦。我這個孫子那麼愛國，願意為了解救義大利而犧牲自己，難道祖父捨得讓我坐牢？美國版加里波底[6]萬歲，里納迪說。即期票據萬歲，我說。我們不能吵到別人，少校說。已經好幾次有人叫我們小聲點。你真的明天就走嗎，佛德列可？里納迪說他要去那家美國醫院，我不是已經講了嗎？那裡有許多漂亮的護士小姐。不像野戰醫院的護士都留著大鬍子。我不介意大鬍子，我說。如果有人想留大鬍子，就讓他們留吧。請問少校，您為什麼不留大鬍子呢？防毒面具蓋不住大鬍子。蓋得住啦。有什麼是防毒面具蓋不住的？我還曾經在防毒面具裡嘔吐呢。小兄弟，講話小聲點，里納迪說。我們都知道你去過前線，噢，可愛的小兄弟，你不在的時候我該怎麼辦呢？我們該走啦，少校說。怎麼突然就傷感起來呢？聽好了，有件事要讓你驚喜一下，是關於你的英國妞。你知道嗎？你每天都去醫院見的那個英國妞，她也要去米蘭了。她要跟另一個護士去米蘭的美國醫院工作。因為美國護士還沒到，她們必須去支援。我今天跟她們的部門主管聊起來才知道的。他們在前線的女護士太多了，必須要派一些回去。高興嗎，小兄弟？

還好啦。高不高興？你可以去住在大都市裡，還可以把你的英國妞擁在懷裡。為什麼我沒有受傷。我說，也許你會。該走了，少校說。我們喝了酒，吵吵鬧鬧，也打擾了佛德列可。別走。要走了，我們得走了。再見，祝你好運。祝一切順利。再見！再見！再見！快點回來，小兄弟。里納迪吻了我，說我身上都是消毒水的味道。再見，小兄弟，再見。祝一切順利。少校拍拍我的肩頭。他們躡手躡腳走出去。我發現自己喝得爛醉，但總之還是睡著了。

隔天早上我們出發前往米蘭，四十八小時後抵達。那一趟路途很辛苦。到了梅斯特雷，火車轉換軌道耗了好長的時間，有很多孩子過來往車廂裡窺探。我叫一個小男孩去幫我買瓶干邑白蘭地，但他回來跟我說只有格拉帕白蘭地。我還是叫他買了，回來後我把零錢全給他當小費，我跟身邊那傢伙一起喝得爛醉，一直睡到維辰札[7]才醒來，在地板上大吐了一場。這也沒什麼，因為我身邊那傢伙先前已經在地板上吐了好幾次。後來在維洛納[8]郊區的火車調車場，我又覺得渴得受不了，所以把一個在火車旁走來走去的士兵叫住，他弄了一點水給我喝。我叫醒喬傑帝，就是那個跟我一起喝到爛醉的小夥子，要他也喝點水。他叫我把水倒在他的肩膀上，接著又倒頭大睡。我想給那士兵一分錢，他不肯收，還給了我一顆肉多味美的柳橙。我一邊吸吮橙汁，把渣渣吐出來，一邊看著外面那位士兵在一節貨車車廂旁走來走去，一會後火車顫動了一下，接著就啟動上路了。

# 13

一大早我們就抵達米蘭，他們把所有病人全都抬到車站的貨物車場。一輛救護車將我運往那間美國醫院。因為躺在救護車裡的擔架上，我無法分辨車子經過米蘭的哪個城區，但在他們抬我下車時我看見一座市場，還有一間已經在營業的酒鋪，外面有個年輕女孩在掃地。很多人在街上灑水，街道上瀰漫著清晨的氣息。他們先把我放下，走進醫院裡，接著門房跟著他們走出來。那門房留著灰白落腮鬍，戴著門房的帽子，身穿短袖上衣。擔架無法抬進電梯裡，所以他們在討論到底該把我弄下擔架，搭電梯上樓，還是直接用擔架抬著我走階梯上樓。我聽著他們討論，最後的決定還是要搭電梯。他們把我從擔架上弄下來。

「輕一點，」我說：「別那麼粗魯。」

電梯裡非常擁擠，我彎曲的雙腿劇痛難耐。我說：「把我的雙腿伸直。」

「報告中尉，辦不到啊。電梯裡空間不夠。」說這句話的傢伙用一隻手臂環抱我，我的手臂則勾住他們脖子。他那帶有金屬味的口氣噴到我臉上，聞起來還有大蒜、紅酒的味道。

另一個傢伙說：「輕一點。」

「媽的，我已經很輕啦！」

「我說，輕一點啊！」抬我腿的那傢伙又說。

我看見電梯門關起來，護柵緊閉，門房替我們按下四樓按鈕，面帶憂慮。電梯緩緩上升。

我問嘴巴有大蒜味的傢伙：「太重喔？」

他說：「沒事的。」他的臉在流汗，嘴巴碎碎念。電梯穩穩上升後停下來。抬我雙腿的傢伙打開門後走出去。一出去就是個露台，只見好幾扇門都帶有銅質喇叭把手。抬我腿那傢伙按鈴，我們聽見門裡響起鈴聲。沒人來應門。這時那門房從樓梯走了上來。

兩位醫務兵問他：「人咧？」

「我不知道，」門房說：「她們睡覺的地方在樓下。」

「找人來吧。」

門房按鈴後敲門，打開門走進去，然後跟著一位戴眼鏡的年長女士一起走出來。她身穿護士服，頭髮蓬鬆，有一半垂了下來。

「我不懂，」她說：「我不懂義大利語。」

我說：「我會說英語，他們要找個地方安頓我。」

「病房都還沒準備好，沒人說有病人要入院啊。」她撥撥頭髮，用一雙近視眼看著我。

「只要有房間可以讓我躺就好，跟他們說吧。」

「我不知道，」她說：「我們不知道有病人要入院，不能就這樣隨便找個房間給你住。」

我說：「任何房間都可以。」然後用義大利語對門房說：「幫我找個空房。」

門房說：「房間都是空的，你是第一個病人。」他把帽子拿在手裡，看著老護士。

「天啊，趕快帶我去房間躺，拜託！」因為兩腿彎曲，疼痛持續加劇，我可以感覺到連骨頭深處都在痛。門房走進門裡，灰髮老護士跟在後面，接著他匆匆走出來。他說：「我來帶路。」他們帶著我沿著一條長廊往下走，走進一個百葉窗緊閉的房間。房裡有一張床、附穿衣鏡的大衣櫃，新家具的味道尚未散去。他們把我放在床上。

老護士說：「我沒辦法幫你鋪床單，床單都鎖起來了。」

我沒答腔。我對門房說：「我的口袋裡有錢，在那個用鈕釦扣住的口袋裡。」門房把錢拿出來。兩個醫務兵手拿帽子站在床邊。「各給他們五里拉，你自己也拿五里拉。我的病歷在另一個口袋裡。請你幫我拿給護士。」

醫務兵對我敬禮道謝。「再見，」我說：「感激不盡。」他們再度敬禮，然後就走了。

我對護士說：「病歷裡記載著我的病況，還有已經接受了哪些治療。」

老護士把病歷拿起來看。病歷共有三張，都是摺起來的。她說：「我不知道該怎麼辦，我不懂義大利文，沒有醫囑我也什麼都不能做。」她哭了起來，把病歷擺在圍裙口袋裡。她邊哭邊問我：「你是美國人嗎？」

「是。請幫我把病歷擺在床邊桌上。」

房間裡又暗又涼。我躺在床上，看得見房間另一頭那面大鏡子，但看不見裡面的影像。門房站在床邊。他一臉和善，人也很客氣。

「你可以離開了。」我對他說。「妳也可以離開了，」我對老護士說：「妳貴姓？」

「我姓華克。」

「妳可以先離開了，華克太太。我想先睡一下。」

只剩我一個人在房裡，這房間涼爽且沒有病房的味道。床墊堅固又舒適，我躺著一動也不動，呼吸不像先前因為疼痛而急促，因為痛感減輕而開心。過不久我想喝水，看見床邊的電線連接著服務鈴，我按鈴但沒人過來。接著就睡著了。

醒來後我看看四周，有陽光從百葉窗的縫隙灑進來。我看著那大衣櫃、空蕩蕩的牆壁與兩張椅子。綁在兩條腿上的繃帶已經髒了，我伸直雙腿，不敢移動。我真的很渴，所以再次伸手按鈴。接著只聽到病房門打開的聲音，一位年輕貌美的護士走進來。

我說：「早安。」

她也對我說聲早安，接著走過來對我說：「我們還沒能聯絡上軍醫。他去科莫湖[1]了。沒人知道有病人要入院。不過，你怎麼了？」

「受傷了。雙腿負傷，還有腳上、頭上都有傷。」

「你的大名是？」

「我姓亨利。佛德列克·亨利。」

「我會幫你擦澡。不過，得要等醫生來了才能幫你敷藥和換繃帶。」

「巴克利小姐在這嗎？」

「不在。我們這裡沒有人是姓巴克利的。」

「我入院時在我面前哭出來的那位女士是誰？」

年輕護士笑道：「那是華克太太。她才剛剛上完夜班，你來的時候她正在睡覺。她不知道有人要來。」

我們一邊聊，她一邊幫我脫衣服，脫到我身上只剩繃帶，就幫我擦澡，動作輕柔流利。擦澡時我感覺很舒服。她避開我頭上的繃帶，幫我擦臉。

「你在哪裡受傷的？」

「在帕拉瓦村北邊的伊松佐河河畔。」

「那是哪裡？」

「戈里齊亞以北。」

我看得出這些地名讓她一頭霧水。

「很痛嗎？」

「還好。現在不太痛了。」

她把一根體溫計放入我嘴裡。

我說：「義大利人都是量腋溫。」

「別說話。」

她拿出體溫計來看，然後甩一甩。

「幾度？」

「我不該跟你說的。」

「說吧。」

「幾乎正常。」

「我一直都沒發燒。還有很多破銅爛鐵在我的雙腿裡。」

「這是什麼意思？」

「都是一些戰壕迫擊砲裡的東西，像是舊螺絲，床墊彈簧之類的。」

她搖搖頭，露出微笑。

「如果你的雙腿有異物，就會發炎，你會因此發燒。」

我說：「好吧，到時候再看看醫生會拿出什麼東西。」

她走出房間，跟早上那位老護士一起回來。她們一起幫我鋪床，而且我居然不用離開床鋪。我算是開了眼界，覺得這訣竅很厲害。

「護理長是哪位？」

「范．坎本小姐。」

「院內有幾位護士？」

「就兩位。」

「不會有更多護士入院服務？」

「還有幾位會來。」

「什麼時候會到？」

「我不知道。病人幹嘛問這麼多問題？」

我說：「我不是病人，我是傷者。」

她們鋪過床後我躺在乾淨柔順的床單上，身上蓋著薄被。華克太太走出去後拿著一件睡衣回來。她們幫我穿上睡衣，我感覺自己渾身潔淨，衣著整齊。

我說：「妳們對我真好，」那位姓蓋吉的年輕護士咯咯笑。

我問道：「我可以喝點水嗎？」

「當然可以。喝完後我們會拿早餐給你吃。」

「我不想吃早餐。不過，可以幫我把百葉窗稍稍打開嗎？拜託了。」

房裡光線本來黯淡，百葉窗打開後變得陽光閃耀，我往窗外看著露台，更遠處只見一間間屋頂鋪有磚瓦的房舍，還有一根根煙囪。屋頂上方白雲片片，天空如此蔚藍。

「妳不知道其他護士什麼時候會來嗎？」

「為什麼這樣問？我們沒有好好照顧你嗎？」

「妳們對我很好。」

「你想用便盆上廁所嗎？」

「我可以試試。」

她們幫我起身，但沒有用。之後我躺著看一扇扇敞開的門，還有外面的露台。

「醫生什麼時候會來？」

「要等他回來。我們試過打電話去科莫湖找他。」

「沒有其他醫生嗎？」

「他是我們這家醫院的醫生。」

蓋吉小姐幫我拿來一壺水和玻璃杯。我連喝三杯，她們離開後我繼續看窗外，不久後入睡。醒來後我吃了一點午餐，到了下午范．坎本護理長上樓來看我。她不喜歡我，我也不喜歡她。她身材矮小，疑心病重，根本不是個當護理長的料。她問了很多問題，而且看來她覺得我加入義大利部隊是很丟臉的事。

我問她：「吃飯時我可以喝點紅酒嗎？」

「那得要醫生同意。」

「所以他回來前我都不能喝？」

「絕對不行。」

「妳們終究還是會找到他，要他回來吧？」

「我們已經打電話去科莫湖找過他了。」

她出去後蓋吉小姐回我房裡。

她很熟練地幫我做了一件事後問我：「你為什麼對范・坎本小姐那麼沒禮貌？」

「我沒那意思，但她才真的是對我擺架子咧。」

「她說你霸道又無禮。」

「我沒有。不過，沒有醫生的地方算是哪門子醫院啊？」

「他要來了。已經有人打電話去科莫湖找他。」

「他去那裡幹嘛？游泳？」

「不是。他在那裡有一間診所。」

「為什麼不找另一位醫生過來？」

「別鬧！別鬧！乖乖等他來。」

我把門房找來，用義大利語吩咐他到酒鋪去幫我買一瓶琴夏洛牌苦艾酒、一小瓶奇揚地紅酒，還有晚報。他離開一會兒，帶著用報紙包好的酒回來，他拿開報紙後我要他把瓶塞拔起來，兩瓶酒都擺在床底。他們獨留我在房裡，我在床上閱讀報上刊載的戰訊與捐軀軍官名單以及他們獲頒的勳章，然後伸手到床底拿起苦艾酒，把冰涼的酒瓶擺在我的肚子上，小口啜飲著，我的肚子因為不時抵著酒瓶底部，出現一個個小圓圈。我看著窗外，只見城裡一片片屋頂上空的天色已經變暗，燕鳥四處盤旋，夜鷹空中高飛，我一邊賞鳥一邊啜酒。蓋吉小姐拿一杯蛋酒來給我。看到她走進門我立刻把那瓶苦愛酒擺在另一側的床邊。

「范．坎本小姐要我們在裡面加了一點雪利酒，」她說：「你不該對她沒禮貌。她年紀不小了，而且要管理這醫院也讓她壓力不小。華克太太年紀太大，沒辦法幫她忙。」

我說：「她是個好女人，我非常感謝她。」

「我馬上就幫你帶晚餐過來。」

「沒關係，」我說：「我不餓。」

她用托盤把晚餐送進房裡，擺在病床旁的小桌上，我說聲謝謝，吃了一點。吃完後外面天色已經完全變黑，只見一道道探照燈光線往空中四射。我看了一下，然後就睡著了。我睡得很沉，只有一次流著汗驚醒，然後又入睡，試著別做噩夢。天還沒亮我就醒了，聽見窗外一聲聲雞啼傳來，直到天亮時都保持清醒。因為累了，等到天亮我反而又接著繼續睡。

# 14

我醒來時只見房間裡陽光燦爛。我以為自己回到前線了，於是在床上伸展四肢，結果雙腿劇痛，我往下一看，看見腿上還是纏著骯髒的紗布，這才意識到自己在哪裡。我伸手去抓電鈴線，按下按鈕，走廊上傳來嗡嗡嗚響，然後聽見有個穿膠底鞋的人走過來的聲音，結果是蓋吉小姐。與我先前的印象相較，在明亮陽光下她看來年紀稍大一點，也比較沒那麼漂亮。

「早安，」她說：「晚上睡得好嗎？」

「睡得好。謝謝，非常謝謝，我可以理髮嗎？」

我說：「先前我來看你，發現你拿著這東西在床上睡著了。」

她打開衣櫃的門，拿出那瓶苦艾酒。瓶子幾乎空了。「床底另一瓶酒我也拿走了，擺在這裡面，」她說：「你怎麼不跟我要個杯子呢？」

「我以為妳不會准我喝酒。」

「我還會陪你喝一點呢。」

「妳真好。」

「自己喝酒對身體不好，」她說：「以後別這樣了。」

「遵命。」

她說：「你朋友巴克利小姐已經來了。」

「真的嗎？」

「真的。我不喜歡她。」

「妳會喜歡上她的。她人真的很好。」

她搖搖頭說：「我知道她是個好人。你可以把身體移動到這邊嗎？好了。擦澡後你就可以吃早餐了。」她用毛巾、香皂跟一點溫水幫我擦澡。「肩膀挺起來，」她說：「這樣可以。」

「早餐前可以先幫我找個理髮師嗎？」

「我會請門房幫你搞定。」她出去後又回來對我說：「他去找了。」說完把手裡的毛巾浸在水裡。

門房帶著理髮師回來。理髮師年約五十，留著往上翹的八字鬍。蓋吉小姐幫我擦完澡就出去了，理髮師先幫我抹刮鬍膏、刮鬍子。他一臉嚴肅，一副欲言又止的模樣。

我問他：「最近怎樣？你有聽到新聞嗎？」

「什麼新聞？」

「任何新聞。城裡有什麼事嗎？」

他說：「現在是戰時，到處都是敵人的耳目。」

我抬頭看他。「你的頭不可以移動。」他說完後繼續刮鬍子。「我什麼都不會說。」

「你這是怎麼回事？」

「我是義大利人，不會跟敵人說話。」

我沒多說些什麼。如果這傢伙瘋了，最好他可以盡快刮完，把剃刀拿開。我一度試著把他的長相看清楚。「小心點，」他說：「剃刀很利。」

刮完後我付他錢，還給了半里拉小費。他把銅板還給我。

「我不收小費。雖然沒去前線，但我是個義大利人。」

「你滾吧。」

「你說了算。」說完後他用報紙擦擦剃刀。離開時他把五枚銅板留在床邊小桌上。我按鈴後蓋吉小姐走進來。「可以拜託妳幫我請門房過來嗎？」

「好啊。」

門房來了，一臉想笑但不敢笑的表情。

「那理髮師瘋啦？」

「先生，他沒瘋。他搞錯了，沒聽懂我的話，以為你是個奧地利軍官。」

我說：「喔。」

「哈哈哈！」門房笑了起來。「他很好笑欸。他說，如果你多動一下，他就會——」他用食指做了一個割喉的動作。

「哈哈哈！」他想忍但忍不住。「後來我跟他說你不是奧地利人。哈哈哈！」

「哈哈哈！」我苦笑了一下。「如果他割了我的喉嚨，那就真的好笑了。哈哈哈！」

「噢，不會的，先生。不會，不會。他很害怕。」

我說：「哈哈哈！你滾吧！」

我聽見他笑個不停的聲音從走廊傳過來，還聽見有人沿著走廊往我這裡走。往門邊一看，發現是巴克利小姐。

她走進房裡，來到我床邊。

她說：「嗨，親愛的。」她看起來充滿朝氣，年輕貌美。我覺得自己從來沒見過這麼漂亮的女人。

「嗨。」我說。我一看到她就愛上她了。她讓我神魂顛倒。她往門邊看一下，發現沒人，於是坐在床邊，靠過來親了我一下。我把她拉過來，也親了她，感覺到她的怦然心跳。

我說：「小甜心，太神奇了，妳居然能來？」

「要過來不難，但要在這裡待久一點就不簡單了。」

我說：「妳一定要留下來陪我，噢，妳是我的女神。」她讓我意亂情迷。我不敢相信自己真的能把她摟在懷裡。

她說：「別這樣，你的身體還沒全好。」

「好了，我好了。來吧。」

「還沒。你的力氣還沒恢復。」

「好了，我好了。我可以的，拜託嘛。」

「你的的確確愛我？」

「真的。你讓我如癡如狂。來嘛，拜託。」

「感覺一下我們的心跳。」

「我不在乎我們的心，我只要妳。我為妳癡狂。」

「妳真的愛我？」

「別一直問。來嘛。拜託，拜託，凱薩琳。」

「好吧，但只能一下下喔。」

我說：「好，把門關上。」

「不行，不可以關門啦。」

「來嘛，別說話。拜託來嘛。」

凱薩琳坐在床邊椅子上，通往走廊的門開著。先前那一陣狂熱退去，我覺得通體舒暢，比先前都快活。

「現在，你相信我愛你了吧？」

「噢，妳超可愛，」我說：「妳一定得要留下來。他們可不能派妳去別處。我愛妳如癡如狂。」

「我們非得小心不可。剛剛太瘋狂了。我們不可以那樣。」

「晚上就可以了。」

「我一定要很小心。你在其他人面前可不能露餡。」

「我會小心。」

「你非得小心不可。甜心。你真的愛我，對吧？」

「別再問了。妳不知道我聽到那問題後心裡是什麼滋味。」

「好，我會小心點。希望我不會再讓你難受。親愛的，現在我真的得走了。」

「趕快回來喔。」

「一有時間我就來。」

「再見。」

「再見，甜心。」

她出去了。說真的，先前我從來沒想過要愛上她。我從來沒想過要愛上任何人。但我敢發誓現在我已經愛上她了，這時候的我在米蘭躺在醫院的床上，腦子裡千頭萬緒，但心裡覺得非常快活，接著蓋吉小姐終於來了。

她說：「醫師要來了，他從科莫湖打電話來。」

「他什麼時候到？」

「今天下午就到。」

# 15

我就只是待在病房裡而已，直到下午醫生才來。他長得又瘦又小，話不多，而且戰爭似乎讓他變得焦躁不安。從我的大腿取出一些碎鐵片時，他會露出一點點難以察覺的厭惡神情。他使用當地的一種麻醉藥，大概是叫做「白雪」吧，可以麻痺組織，除非是用探針、手術刀或鑷子去碰到沒有麻醉到的地方，否則是不會痛的。但哪些地方有麻醉到還是病人最清楚，所以有時候我還是會痛，於是過不久他那僅存的細心就耗盡了。他說，用這種探測的方式來治療，效果太差了，最好還是先用X光照射一下。

我去米蘭大醫院[1]，幫我照X光的那位醫生容易激動、有效率且有活力。他們撐著我的肩膀，讓我這病人可以透過X光機親眼看到自己體內那些比較大的異物。稍後院方把X光片送往美國醫院。醫生要求我在他的小筆記本裡寫下我的姓名、番號還有一些感言。他說那些異物看起來醜陋、惡毒又粗魯。奧國人都是王八蛋。我殺了多少奧國人？我沒殺人，但當然不能讓醫生失望，所以我說我殺了很多。蓋吉小姐陪我一起去照X光，那醫生用一手摟著她的肩頭，說她比克麗奧佩脫拉更美。她知道那是誰嗎？就是埃及豔后。噢，沒錯，她當然比埃及豔后更美。我們搭救護車回那小醫院，上樓時再次經過一番折騰，過不久我又回床上睡覺了。醫生說，他敢拍胸脯保證，X光片當天下午一定會送來，結果還真的來了。凱薩琳·巴克利拿來給我看。片子用紅色封套裝著，她拿出來後在燈光下高高舉起片子，我們倆一起看著。

「那是你的右腿。」說著便把片子放回封裡。「這是左腿。」

我說：「擺旁邊就好，來床上陪我。」

「不行啦，」她說：「我只是拿來給你看一下，得要走了。」

她離開後獨留我躺在床上。那天下午燠熱，我已經厭倦臥床了。我吩咐門房去幫我買報紙，買得到幾份就買幾份。

他回來前病房裡來了三位醫生。關於醫生這行業，我向來有個看法：無能的醫生總是會聚在一起取暖，相互提供幫助與諮詢。如果某位醫生沒辦法幫你開盲腸手術，他就會把你轉介給另一位做不好扁桃腺摘除手術的醫生。病房裡的三位就是這種庸醫。

「這就是那年輕人。」手藝精巧的那一位本院醫生說。

「你好嗎？」樣貌憔悴，留著落腮鬍的高個兒醫生說。另一位就是用紅色封套把X光片拿來的醫生，他不發一語。

大鬍子醫生問道：「把紗布、繃帶拿掉？」

本院醫生對蓋吉小姐說：「當然。護士小姐，請把紗布、繃帶拿掉。」蓋吉小姐照做了，我往下看雙腿。在野戰醫院的時候，我腿部的肉看起來像不是剛做好的絞肉漢堡排。現在腿部傷口已經結痂，右膝腫脹變色，小腿肚下陷，但沒有膿。

本院醫生說：「很乾淨，很乾淨，狀況很好。」

「嗯。」大鬍子醫生說。另一位醫生從本院醫生的身後往我看過來。

大鬍子醫生說：「請動一動膝蓋。」

「動不了。」

大鬍子醫生問道：「測驗一下關節？」他的袖子上有三星一槓，這意味著他是個資深上尉[2]。

本院醫生說：「當然要。」兩位醫生小心翼翼地抓起我的右腿來彎曲一下。

我說：「好痛。」

「知道了，知道了。再多彎一點，醫生。」

「這樣就夠了，只能彎這樣而已。」

資深上尉說：「關節還有部分活動功能。」他把身子站直，「醫生，可以再讓我看一下片子嗎？謝謝。」另一位醫生把片子遞過去給他，「不，我是要看左腿。」

「這就是左腿的片子，醫生。」

「你說得沒錯，只不過我是從另一個角度看的。」他把片子還回去。他仔細端詳另一張片子，過一會他說：「醫生，你看到了嗎？」燈光下可以清楚看見一個圓球狀的異物。他們一起端詳了許久。

「我只能說，問題在於時間，」大鬍子資深上尉說。「可能三個月或六個月吧。」

「當然要等關節滑液重新生成。」

「當然。問題只在於需要多久時間。如果砲彈碎片還沒有包覆在囊腫裡，我可不敢開這個刀。」

「醫生，我同意。」

我問道：「幹嘛等六個月？」

「六個月後，等你膝蓋裡的囊腫把砲彈碎片包覆起來了，開刀才安全。」

我說：「我可不信。」

「年輕人，你不想要膝蓋了嗎？」

我說：「不想。」

「什麼？」

「我想要把膝蓋切除，」我說：「這樣我就可以在上面裝個鉤子。」

「什麼鉤子？」

本院醫生說：「他在開玩笑啦。」他輕拍我我的肩頭。「他想要保住膝蓋的。他是個很勇敢的年輕人，部隊已經提報給軍方，要頒發銀質英勇勳章給他。」

資深上尉說：「恭喜啊。」他握握我的手，「有鑑於你膝部的狀況，我只能說，你該等六個月再開刀，以策安全。不過你當然也可以請另一位醫生幫忙診斷。」

我說：「非常感謝，我尊重你的診斷。」

資深上尉看看手錶。

他說：「我們得走了，祝你一切順利。」

我說：「我也祝福你，非常感謝。」我與另一位醫生也握握手，「瓦瑞尼上尉——亨利中尉。」然後他們三位都離開了病房。

「蓋吉小姐，」我大聲呼喚。她進來後我說：「可否請我們醫院的醫生待會兒來我病房？」

他進來時手拿著帽子，站在床邊說：「你想見我？」

「我不能等六個月再動手術。天啊，醫生，你曾經臥床六個月嗎？」

「你不會一直都臥床的。必須讓傷口晒晒太陽，接著我們會讓你練習用枴杖走路。」

「就這樣，然後等六個月再開刀？」

「保險起見。我們必須等囊腫包住你膝部的異物，讓關節滑液再生。到時候再幫你的膝蓋動手術，比較安全。」

「你真的覺得我可以等那麼久嗎？」

「保險起見。」

「那位資深上尉是誰？」

「他是米蘭很厲害的外科醫生。」

「軍階是資深上尉吧？」

「沒錯，但他很厲害。」

「我不希望某個資深上尉軍醫把我的腿搞到報廢。如果他真的那麼厲害，那就該晉升為少校啦。醫生，我知道資深上尉這種軍階有什麼含意。」

「他是個很厲害的外科醫生，而且在我認識的外科醫生裡面，我最信任的就是他的診斷。」

「能另外找一位外科醫生來幫我看看嗎？」

「如果你希望這樣，當然可以。但我自己比較信任瓦瑞拉醫生的診斷。」

「請你另外找一位來幫我診斷，好嗎？」

「我會請瓦倫提尼醫生過來。」

「他的背景是什麼？」

「他是米蘭大醫院的醫生。」

「很好。我非常感謝你。醫生，你該明白，我是不可能臥床六個月的。」

「你不會一直躺在床上。首先你要多晒晒太陽，接著可以稍稍做運動，等到囊腫把砲彈碎片都包起來後，再動手術。」

「但我可等不了六個月。」

醫生把拿著帽子的幾根細長手指伸展開來，微笑對我說：「你急著想回前線？」

「為什麼不？」

他說：「了不起，你是個情操高貴的青年。」他俯身輕吻我的額頭，「我會請瓦倫提尼醫生過來一趟。你就別擔心了，也別太激動。乖乖養病就好。」

我問道：「你想喝點酒嗎？」

「不，謝了。我從來不喝酒的。」

「喝一杯就好。」我按鈴請門房拿玻璃杯過來。

「不，謝謝。他們還在等我。」

我說：「再見。」

「再見。」

兩個小時後，瓦倫提尼醫生走進病房。他來得很匆忙，兩撇往上的八字鬍又翹又直。他的官階是少校，臉龐的膚色黝黑，很愛笑。

「你怎麼碰上這倒楣事的？」他問我：「我來看看片子。沒錯，沒錯。就是這樣。你看起來跟山羊一樣健壯。那個漂亮女孩是誰？你的女朋友？我猜是吧。這戰爭是不是很血腥呢？這樣有什麼感覺？你這小夥子不錯。我會把你醫好，讓你的身體比以前更棒。這樣會痛嗎？一定很痛。這些醫生啊，他們就是喜歡讓你多吃點苦頭。到目前為止他們根本沒幫到你啊。那女孩不會說義大利語嗎？她該學的。多可愛的女孩啊。我可以教她。我自己都想來這醫院當病人了。噢不，但你們要是結婚生小孩，我可以免費幫忙接生啦。她知道嗎？她可以幫你生個白胖男嬰，因為她可是金髮美女欸。很棒。沒關係。真是個可愛女孩。問她願不願意跟我一起吃晚餐。不，我不會把她從你身邊搶走的。謝謝，謝謝妳，小姐。就這樣。」

「我只要知道這些就好，」他拍拍我的肩膀說：「紗布就別綁了。」

「瓦倫提尼醫生，你想喝點酒嗎？」

「喝點酒？當然要喝。而且要喝十杯。酒在哪？」

「在衣櫥裡。巴克利小姐會幫我們拿出來。」

「乾杯，小姐，這杯敬妳！可愛的女孩。我會帶更棒的干邑白蘭地過來。」他擦擦鬍子。

「你覺得我什麼時候可以開刀？」

「最快就是明天一早了。你必須空腹一段時間，還要把身體清乾淨。我會去樓下跟那位老護士談一談，給她醫囑。再見，明天見啦。我會帶更好喝的干邑白蘭地過來。你在這裡過得很舒服啊。再見，明天見。好好睡一覺，明天一大早我就會過來。」他在門口揮手道別，八字鬍往上翹，黝黑的臉露出微笑。因為他是少校，臂章上有個方框裡的星星。

# 16

病房裡有一扇門可以通往露台，為了欣賞米蘭的夜空，我們在晚上常把門敞開，結果那天晚上有隻蝙蝠飛了進來。除了城市夜空的微光之外，我的病房幾乎一片漆黑，所以那蝙蝠也不害怕，像在外面那樣尋找獵物。我們躺著看蝙蝠，一動也不動，所以我覺得牠應該沒有看見我們。蝙蝠飛出去後我們看見有一道探照燈的光線從空中掃過來後又遠離，接著夜空恢復漆黑。那晚有微風吹進病房裡，還可以聽見防空部隊砲兵講話的聲音從隔壁屋頂傳過來。天氣涼爽，他們都穿著斗篷。我擔心晚上會有人上來，但凱薩琳說他們都睡了。夜裡我們倆一度都睡著了，醒來後發現她不在身邊，但聽見她的腳步聲從走廊上傳過來，打開房門後她又回我床上，跟我說沒關係，她剛剛下樓去看，確認他們都在睡覺。她在范．坎本小姐的房門外聽見睡覺的她發出沉重的呼吸聲。她帶了一些蘇打餅上樓，我們吃餅配苦艾酒。我們都很餓，不過她說我吃那些餅也沒關係，反正到了早上會幫我把肚子裡的所有東西都弄出來。清晨破曉時我又睡著了，等我醒來後發現她又不見了。她進病房時看來是如此神清氣爽又明豔動人。外頭太陽已經出來了，她坐在我床上，拿體溫計給我含在嘴裡，從窗外屋頂傳來的先是一股露水的氣味，接著是隔壁屋頂上砲兵喝咖啡的香醇味道。

凱薩琳說：「要是我們能出去散步就好了，如果有輪椅，我就推你出去走走。」

「我要怎麼坐上輪椅？」

「我們可以辦到的。」

「我們可以去公園，在外面吃早餐。」我往門外望過去。

她說：「但實際上我們只能做一件事，就是幫你做好準備，等你朋友瓦倫提尼醫生過來。」

「我覺得他很厲害。」

「我可不像你那麼喜歡他。但我認為他的確是個厲害的醫生。」

我說：「回床上來，凱薩琳。拜託嘛。」

「現在不行啊。昨晚不是挺棒的嗎？」

「那你今天也可以值夜班嗎？」

「可能會。但你大概沒心情理會我。」

「會，我會的。」

「不，你不會。你沒開過刀，所以不知道自己開刀後會怎樣。」

「我不會有事。」

「你會很難過，難過到不想理我。」

「那就現在過來床上啊。」

她說：「不，我得要寫護理紀錄，親愛的，而且要幫你做好手術準備。」

「妳現在不回床上來，就是不愛我。」

「你真是個傻孩子。」她親親我。「寫好啦。你的體溫一直很正常。你的體溫很可愛呢。」

「妳才是不管什麼都很可愛。」

「噢，不。你的體溫真的很可愛。你的體溫讓我為你自豪。」

「也許我們的所有孩子體溫都會很棒。」

「可能會棒透了喔。」

「瓦倫提尼開刀前，妳得要幫我做好哪些準備？」

「需要做的不多，但都不是一些讓人開心的事。」

「要是妳不用做就好了。」

「本來我不用做的。我只是不希望別人碰你。很傻吧？如果她們碰你，我會生氣。」

「就連佛格森也是？」

「如果是佛格森，我會更氣。還有蓋吉和另一個。她叫什麼來著？」

「華克。」

「沒錯。這醫院現在有太多護士了。肯定會有更多病人入住，否則早就把我們調走了。現在這醫院有四個護士了。」

「也許還會有幾位新護士。沒有那麼多護士也不行，這醫院可不小啊。」

「希望還有幾位會過來。要是他們把我調走，那我怎麼辦？除非有更多病人入住，否則我就會被調走的。」

「那我也走。」

「別傻了。你還不能離開。但是，親愛的，你得要快快好起來啊，我們可以一起去某個地方。」

「然後呢？」

「也許戰爭就會結束了。總不會一直打下去吧？」

我說：「我會康復的，瓦倫提尼會把我治好。」

「看他留的八字鬍，應該是很牢靠。還有，親愛的，等醫生幫你上了麻醉藥，你就想想別的事情就好，別想我們的事。我怕你跟其他人一樣，麻醉藥還沒退的時候會胡言亂語。」

「那我該想些什麼？」

「什麼都可以。只要別想我們倆的事就好。想想你的部隊弟兄們，或任何其他女生都可以。」

「那可不行。」

「不然你就禱告吧。這樣大家對你應該會有好印象。」

「也許我根本不會胡言亂語。」

「那倒是真的。大部分的人都不會說話。」

「我不會說話的。」

「親愛的，別吹牛了。拜託，別吹牛。你已經很可愛了，不用吹牛。」

「我會不發一語。」

「親愛的，你又在吹牛了。你知道自己不需要吹牛。等醫生叫你深呼吸，你就開始禱告或念詩什麼的。這樣你就會很可愛，讓我以你為榮。無論如何你都讓我感到驕傲。你的氣質多麼迷人，睡覺時像個小男孩，還會摟著枕頭。你大概把枕頭當成我吧。或者是其他女孩？某個義大利美女嗎？」

「是妳啦。」

「當然是我。噢，我真的愛妳。瓦倫提尼會幫你把腿醫好。還好我不需要當手術助手，所以不用在旁邊看。」

「而且妳今晚值夜班。」

「是啊。不過到時候你不會理我的。」

「妳等著瞧吧。」

「好了，親愛的。現在你裡裡外外都已經乾乾淨淨。從實招來，你到底愛過多少人？」

「沒半個。」

「連我也不愛喔？」

「除了妳以外。」

「老實說，其他到底有幾個人？」

「一個也沒有。」

「那有幾個——該怎麼說呢？——是你在那種地方睡過的？」

「也沒有。」

「你騙人。」

「我承認。」

「沒關係。你就繼續騙我吧，我就希望這樣。那她們漂亮嗎？」

「我從來沒睡過任何人。」

「那就對了。她們很迷人嗎？」

「那種事我完全不了解。」

「你是我一個人的。這千真萬確，而且你不曾屬於任何其他人。不過就算有，我也不在乎。我不怕她們，只不過別跟我提就好。你們男人跟女孩過夜時，她們會在什麼時候講價？」

「我不知道。」

「你當然不知道。她們會對客人說『我愛你』嗎？說嘛。我想知道。」

「會。如果客人要她們說的話。」

「那客人也會說『我愛妳』嗎？拜託告訴我嘛。這很重要。」

「如果他們想說，就會說。」

「但你從來沒說過？真的？」

「沒有。」

「你騙人。對我說實話。」

「沒有。」我騙了她。

「你不會說的，」她說。「我知道你不會。噢，親愛的，我愛你。」

屋外，太陽已經高掛在屋頂正上方，只見陽光照射著米蘭大教堂的一根根塔尖。我全身裡裡外外都已乾乾淨淨，就等醫生過來而已。

凱薩琳說：「就這樣？客人想聽什麼，她們就說什麼？」

「並不總是這樣。」

「但我會，你想聽什麼我就照說，想要我做什麼，我就照做，這樣你就不會想要其他女孩。好嗎？」她高興地看著我說：「我會說你想聽的，做你要我做的，這樣我就是個好情人。對不對？」

「對。」

「現在你已經都準備好了，那我可以為你做什麼呢？」

「回到床上來。」

「好，我這就來。」

我說：「噢，親愛的，親愛的，親愛的，」

她說：「看吧，你要我做什麼我就照做。」

「妳好可愛。」

「但我怕自己在這方面還是不太在行。」

「妳很可愛。」

「你想要的我就想要。已經沒有我了，只有你想要的才重要。」

「妳是我的甜心。」

「我是好女孩，對吧？你不想要其他女孩了，是不是？」

「是。」

「看吧，我很乖。你要我做什麼我都會照做。」

# 17

手術後，甦醒的我並沒有意識不清。術後的病人不會意識不清，只會覺得呼吸不順。不是那種臨死時無法呼吸的感覺，只是因為麻醉藥藥效還在才有點喘，所以沒有很強烈的感覺，藥效退去後就像喝醉那樣，唯一的差別是就算嘔吐也只吐得出膽汁，吐完後也不會比較舒服。我看到床尾有沙袋，壓在從腿部石膏伸出來的幾根管子上。不久後蓋吉小姐來房裡問我：「現在覺得怎樣？」

我說：「舒服點了。」

「你的膝部手術非常成功。」

「他開了多久？」

「兩個半小時。」

「我有胡言亂語嗎？」

「沒說半句話，一聲不吭，安安靜靜。」

我覺得噁心，被凱薩琳說中了。那天無論誰來上夜班，對我來說都沒差。

現在醫院裡已經有其他三個病人：一個紅十字會的削瘦年輕人，來自喬治亞州，因為瘧疾入院。另一個來自紐約的年輕人也是個瘦子，為人和善，來醫院治療瘧疾與黃疸。還有一個小帥哥入院的原因，是他想要把一枚榴霰彈的雷管拆下來當紀念品，沒想到這種奧國部隊在山地使用的炸彈具有強大爆破力，儘管炸彈爆了，但他一碰雷管還是給炸傷了。

凱薩琳．巴克利在護士之間的人緣超好，因為她可以連續不斷上夜班。那兩位瘧疾病人讓她挺忙的，拆雷管那個年輕人跟我們成了朋友，而且除非必要，晚上他不會按鈴叫人，不過只要她有空檔我們就待在一起。我深愛她，她也愛我。白天我大多在睡覺，如果醒來我們會寫一些小紙條，請佛格森幫我們拿給對方。佛格森是個好女孩，不過我對她完全不了解，只知道她有個兄弟在五十二師，另一位兄弟派駐在美索不達米亞平原，還有她對凱薩琳．巴克利很好。

我曾問她：「妳會來參加我們的婚禮嗎，小佛？」

「你們不會結婚啦。」

「我們會。」

「不，你們不會。」

「為什麼不會？」

「你們在結婚前會吵架。」

「我們不曾吵架。」

「時候未到。」

「我們不吵架的。」

「那你一定會死掉。不吵架的人會悶死。大家都是這樣，沒有人會結婚的。」

我伸手去握她的手。她說：「別握我的手，我沒哭。也許你們倆真的會沒事。不過，你可要小心點，別讓她惹上麻煩。否則我一定殺了你。」

「我不會讓她惹上麻煩。」

「好，那你就要小心點。我希望你們沒事。祝你們恩恩愛愛。」

「我們很恩愛。」

「那就別吵架，也別讓她惹上麻煩。」

「我不會的。」

「請你多多小心。我不希望她跟別人一樣，在戰時生小孩。」

「小佛，妳真是個好女孩。」

「我不是，別拍我馬屁。你的腿感覺怎樣？」

「很好。」

「那你的頭呢？」她用手指摸我頭頂，我的頭頂跟剛剛驚醒的腳一樣敏感。「我從來不會不舒服。」

「換成是別人，頭上有這腫塊早就瘋了，但你從來不會不舒服？」

「不會。」

「你真是個幸運的年輕人。你的短信寫好了嗎？我要下樓去了。」

我說：「在這兒。」

「你該勸勸她，先暫停值夜班一陣子。最近她很累啊。」

「好，我會勸她。」

「我想值夜班，但她硬是不肯。其他人倒是很高興有人幫忙值夜班。也許你該讓她休息一下。」

「好的。」

「范．坎本小姐說你每天上午都在睡覺。」

「她本來就愛管閒事。」

「我看你還是讓她稍微休息幾晚比較好。」

「我希望她能休息。」

「這可不是你的真心話。不過，如果你願意讓她休息一下，我會對你刮目相看。」

「我一定逼她休息。」

「我不相信。」她把紙條拿走後就出去了。我按鈴後不久蓋吉小姐就走了進來。

「怎麼了？」

「只是想跟妳談一談。妳不覺得該讓巴克利小姐暫時別值夜班嗎？她看起來累壞了。她怎麼會連續值夜班這麼久？」

蓋吉小姐看著我。

她說：「我是你朋友，在我面前你大可以不用這樣講話。」

「這是什麼意思？」

「別傻了。你叫我來就是只要說這句話？」

「妳想喝點苦艾酒嗎？」

「好啊，但喝完我就得走了。」她從衣櫥取出酒瓶，拿了一個杯子過來。

「妳用酒杯，」我說：「我直接用酒瓶喝。」

蓋吉小姐說：「這杯祝你健康。」

「我這樣睡到太陽晒屁股，范・坎本有說些什麼嗎？」

「只是嘮叨了兩句。她說我們把你當特級病人款待。」

「去她的。」

蓋吉小姐說：「她沒惡意，她只是老了，又孤僻。不過她的確沒喜歡過你。」

「沒錯。」

「但我喜歡你啊，我是你朋友。別忘囉。」

「妳太棒了。」

「我知道你覺得最棒的是誰，總之不是我。但我還是你朋友啊。你的右腿覺得怎樣？」

「還可以。」

「待會兒我拿一些冰涼的礦泉水來，讓你淋在石膏上。石膏裡一定很癢吧，偏偏外面又這麼熱。」

「你對我真好。」

「很癢嗎？」

「不，還好。」

她彎腰對我說：「我會把這些沙袋調整一下，我是你朋友啊。」

「我知道妳是。」

「不，你不知道。但總有一天你會明白的。」

接下來連續三晚凱薩琳·巴克利都沒有值班，接著她又開始連續值夜班。再見面時，我們都有一種久別重逢的感覺。

# 18

那年夏天我們過得安逸快樂。等到我能外出了，我們一起去公園裡搭馬車。我還記得那輛馬車，馬兒緩緩前行，還有我們總是看著車夫的背影和他那一頂油亮的高帽，凱薩琳·巴克利依偎在我身旁。就算只是碰到彼此的手，我的手掌邊緣輕觸她的手，兩人都感到一陣臉紅心跳。後來我可以用拐杖在附近走路了，我們會去比菲餐廳或偉大義大利餐廳吃晚餐，坐在米蘭拱廊街上的街邊餐桌吃飯。服務生忙裡忙外，許多人進進出出，忽明忽暗的燭光投射在桌布上，然後我們都認為偉大義大利餐廳最棒，就請領班喬治幫我們預留一張桌子。他是個非常棒的服務人員，所以我們只看著往來的行人，欣賞暮色中的美麗拱廊街，或凝視著彼此，任由他幫我們點餐。我們會喝甜度最低的卡布里白酒，酒瓶冰鎮在冰桶裡。不過其他幾種酒我們也都試過，像是佛瑞伊莎紅酒[1]、巴貝拉紅酒[2]，還有一些甜度較高的白酒。因為是戰時，餐廳沒有侍酒師。每次我問起一些酒，像是佛瑞伊莎酒，喬治總是露出尷尬的微笑。

他說：「像我們這種釀造葡萄酒聞名的國家，實在不該有這種喝起來有草莓味的葡萄酒。」

「為什麼不該有？」凱薩倫問道：「聽起來很棒啊。」

「小姐，如果妳想喝就試喝看看吧，」喬治說：「不過，我會拿一小瓶瑪歌紅酒[3]給中尉喝。」

「喬治，我也想試喝看看。」

「亨利先生，我真的不推薦。它的味道其實不像草莓。」

「還是有可能，」凱薩琳說：「如果有的話就會很棒。」

喬治說：「總之我會帶一瓶過來，等小姐喝夠了，我再拿走。」

佛瑞伊莎酒不是太好喝的紅酒，而且就像他說的，喝起來並沒有草莓味。我們還是改喝原來的卡布里白酒。某晚我剛好沒錢，喬治還借一百里拉給我。「中尉，沒關係，」他說：「這我很了解。男人總是會有缺錢的時候。如果你跟那位小姐需要錢，儘管跟我借。」

晚餐後我們沿著米蘭拱廊街散步，經過一家家鐵百葉窗都已經放下來的餐廳與商店，然後去一家賣三明治的小店，店裡賣生菜火腿與鯷魚兩種口味的三明治，是用烤成焦黃的小麵包捲做成的，大概只有手指頭的長度。我們買三明治回去，夜裡餓了就充當宵夜。走出拱廊街，我們在米蘭大教堂前搭乘敞篷馬車回醫院。到了醫院，門房會來扶仍然拄著拐杖的我。付錢給車夫後我們搭電梯上樓。凱薩琳在比較下面、護士居住的樓層下電梯，我繼續往上，出電梯後沿著走廊一拐一拐走回病房。有時候我就脫衣服上床睡覺了，有時候則是把右腿高高翹起，擺在另一張椅子上，坐在露台看著燕子在屋頂上高飛，等待凱薩琳。見到她上樓時我總有一種已經離別甚久的感覺，我就拄著拐杖跟她一起在走廊上走來走去，拿著臉盆在病房等她，不過如果病人是我們的朋友我就會跟她一起進去。等她把所有例行工作做完了，我就會跟她一起在我病房外的露台上坐著。接著我會先上床，等到所有病人都睡了，確定再也不會有人叫她，她就會來我的房裡。我最愛的一件事是她坐在床上，任由我把她的頭髮放下來，一動也不動，不過她有時候會突然低頭親親我。我會把她的髮夾拿掉，擺在床上，我看著她一部分頭髮放下來，完全不動的模樣，接著我把最後兩根髮夾拿掉，她的所有髮絲散落下來，然後她把頭一低，我們倆的頭就這樣被她的秀髮包覆，感覺起來既像是待在帳篷裡，又像置身一道瀑布後。

她留著一頭秀麗髮絲，有時候我會躺在床上看她藉著由門口灑進來的一點微光把頭髮盤起來，而即便是在夜裡，她的秀髮也會像黎明來臨前的水面那樣散發著粼粼波光。她的臉龐俏麗，身材玲瓏有緻，皮膚光滑無比。我們躺在一起時我會用指尖輕撫她的臉頰、額頭，她的眼睛下面、下巴與喉嚨，一邊撫摸一邊對她說：「簡直像鋼琴琴鍵一樣滑順。」而她會用手指頭劃過我的下巴，對我說：「每次你的下巴劃過我的鋼琴琴鍵，我都覺得像砂紙一樣粗。」

「這麼粗糙嗎？」

「沒有啦，親愛的，我只是想鬧一下你。」

我們夜夜春宵，而且就算只能碰著彼此的身體，也會很開心。除了做愛，我們還有許多比較不激烈的親熱方式，就算沒有待在同一個房間裡，也會試著傳遞心意給對方。有時候還真的能辦到，但這可能只是因為我們倆的心思總是一致。

她來到醫院的初晚，我們就互訂終身，把對方當配偶了，而且從「結婚」那天開始我們把已經過了幾個月算得清清楚楚。我還是想要真正結婚，但凱薩琳說如果我們結了婚，上頭就會把她派往別處。而且就算我們只是開始辦手續而已，上頭也會盯上她並將我們拆散。我們必須按照義大利的法律結婚，而相關的繁文縟節還真不是普通多。我希望有夫妻的名分，是因為我總會想到她懷孕的話怎麼辦，一想就擔心。不過我們還是假裝結婚而已，沒有擔心太多事，而且我覺得實際上我自己也是喜歡不結婚的。還記得某天晚上我們又談起了結婚的事，凱薩琳說：「但是，親愛的，我會被派到別的地方去啊。」

「也許不會。」

「一定會。我會被派回家鄉，這樣一來我們要等到戰後才能見面了。」

「休假時我可以去看妳。」

「一次休假的時間根本不夠讓你去蘇格蘭後再回來。我不會離開你的。現在結婚的話對我們有什麼好處？我們這樣就算是真的結婚了。我們跟任何夫妻沒兩樣。」

「我只是為了妳好。」

「我已經不存在。我就是你，別把我跟你當成兩個不同的人。」

「以前我還以為女人一定會想要結婚。」

「女人的確想結婚。但親愛的，我是結婚了啊。我嫁給你了。我不夠格當你的好老婆嗎？」

「妳是我可愛的老婆。」

「對吧？親愛的，我已經體驗過那種等待結婚的感覺了。」

「我不想聽。」

「你知道我只愛你，不愛別人。雖然別人愛過我，但你不該介意的。」

「我介意。」

「你擁有了一切，不應該嫉妒已經死去的人。」

「我沒嫉妒，只是不想聽而已。」

「可憐的寶貝。不過，我可是知道你曾跟各種女孩在一起過，但卻無所謂啊。」

「難道我們沒辦法私下結婚？萬一我出了事或妳懷了孩子，好歹也有個名分。」

「結婚只有兩個方式，要不是在教堂，就是註冊。我們已經私底下結婚了。親愛的，你懂嗎？如果我信教的話，就會覺得一定要在教堂結婚，但是我沒信教。」

「不過妳給了我聖安東尼。」

「那只是護身符。有人給我的。」

「然後妳就不擔心了？」

「我只擔心被調走，不得不離開你。你就是我的宗教，你是我的一切。」

「好吧。但不管是哪一天，只要妳開口我就會娶妳。」

「親愛的，別說得好像你如果不娶我，我就是個壞女人。[4]無論如何，我都是個好女人。無論是誰，如果有件事讓他們感到快樂又驕傲，他們就不會覺得有什麼好丟臉的。難道你不快樂嗎？」

「不過，妳可別為了別的男人拋棄我喔。」

「絕對不會，親愛的。我不會為了別的男人拋棄你。我覺得我們肯定會遭遇重重阻礙，但你不用擔心我會拋棄你。」

「我不擔心。但我實在太愛妳，而且妳以前真的愛過別人。」

「那個人現在怎麼了？」

「死了。」

「就是啊。而且要不是他死了，我也不會與你相遇。親愛的，我不是個水性楊花的女人。我曾犯過很多錯，但我不曾背叛愛人。我會死心塌地跟著你，跟到你厭煩。」

「很快我就得要回前線去了。」

「我們就先別去想那件事了。親愛的，你看我有多快樂，我們的生活多麼美好。我有很久沒那麼快樂了，而且在我認識你那時候我大概快瘋了吧。當時我大概瘋了。但現在我們好快樂，又彼此相愛。那我們只管快樂過活就好。難道你不快樂嗎？我做了什麼你不喜歡的事嗎？我可以做什麼事讓你快樂？你想要幫我把頭髮放下來嗎？你想玩嗎？」

「想，來床上吧。」

「好，但我得先去看看病人。」

# 19

那年夏天就這樣過去了。現在我已經記不太清楚那些日子，只記得天氣燠熱，報紙上刊登了很多打勝仗的新聞。我很健康，我的腿傷很快痊癒了，所以在我還沒有厭倦那兩根拐杖以前，我就開始能用一支手杖走路了。接著我到米蘭大醫院去接受膝蓋彎曲動作的復健，使用各種復健機器，坐在一個像鏡子搭成的大箱子裡接受紫外線照射，也做按摩和泡澡。我都是下午去接受治療，事後在酒館喝點小酒，讀讀報紙。我沒有在米蘭市區四處閒逛，離開酒館後只想直接回我在醫院的家去看凱薩琳。[1]其餘時間我找各種方式來消磨，過得非常愜意。早上我大多在睡覺，到了下午，有時我會去看賽馬，稍晚才去醫院接受機械與其他物理治療。偶爾我會去英美俱樂部，坐在窗前那張皮革厚墊椅子上閱讀雜誌。等到我不用拄拐杖了，院方就不准我跟凱薩琳一起出去了，因為既然我已經不需要旁人攙扶照料，護士單獨跟病人外出看來實在不太恰當，所以下午的時間我們大多不在一起。不過，有時候如果佛格森能夠同行，我們倒是還可以一起出去吃晚餐。范．坎本護理長已經接受我們是親密朋友的事實，因為凱薩琳幫她分攤了大量工作。她以為凱薩琳來自名門世家，而這一點終究讓凱薩琳獲得了她的一點偏愛。范．坎本小姐自己就是名門之後，所以非常看重家世。而且醫院的工作也是忙碌不已，這讓她無暇他顧。那些炎熱的夏日裡我在米蘭認識了很多人，但總是只在外面待到傍晚，因為我急著趕回我在醫院的家。前線部隊在卡索高原上挺進，此前他們已經拿下了與帕拉瓦村只有一河之隔的庫克村，這時候正要奪下貝因西薩高原[2]。不過西方戰線的戰況聽起來不太妙。看來這場戰爭還會持續很久。這時候我的祖國已經參戰了，但如果要把人數眾多的部隊訓練好，送來歐洲戰場，還需要一年的時間。隔年的戰況會很糟，也有可能很好。義大利已經損失了大量兵力，我實在看不出這國家還有什麼辦法可以繼續撐下去。就算義國部隊拿下了貝因西薩高原與聖加百列山又怎樣？往北還有更多奧國人占據的群山峻嶺。先前我曾經親眼目睹過，那些最高的山脈都在更北方。義大利部隊在卡索高原上挺進，但在海岸地區有許多溼地與沼澤。若是拿破崙執掌帥印，他會選擇在平原地區擊潰奧國大軍。他會引誘奧軍下山，在維洛納附近予以迎頭痛擊。不過，在西方戰線上沒有任何一方遭遇痛擊。也許這戰爭永遠不會有贏家，只會沒完沒了地持續下去。也許這是另一場百年戰爭[3]。我把報紙放回架上，離開俱樂部。我小心翼翼走下階梯，沿著曼佐尼街往下走，在米蘭大飯店外頭我遇見了老麥爾斯與他的妻子從馬車下來。他們剛剛才去看完賽馬，正要回飯店。他老婆的胸部豐滿，身穿一襲黑緞衣裳。個頭矮小的麥爾斯年紀大了，連八字鬍也花白，拄著一根手杖穩穩地走路。

她跟我握握手：「你好嗎？你好嗎？」

麥爾斯說：「嗨。」

「賽馬還順利嗎？」

「挺順利。那些馬可真漂亮啊。我挑中了三個贏家。」

我跟麥爾斯問好：「你好嗎？」

「還好。我挑中一個贏家。」

「我不知道他好不好，」麥爾斯太太說：「他從來不告訴我。」

麥爾斯很誠懇地說：「我還過得去啦，你應該常常出來走一走。」他講話時總會讓你有一種他在看別處，或者把你誤認為別人的感覺。

我說：「我會的。」

「我會去醫院探望你，」麥爾斯太太說：「我準備了一些東西要給孩子們。你們都是我的孩子，的的確確是我親愛的孩子。」

「他們看到妳會很高興。」

「那些親愛的孩子。你也是，你跟他們一樣。」

我說：「我得回去了。」

「幫我向那些親愛的孩子傳達愛意。我有很多東西可以帶過去。我有一些很棒的瑪薩拉紅酒[4]和蛋糕。」

我說：「再見，大家看到妳都會樂壞了。」

「再見，」麥爾斯說：「找個時間來拱廊街吧。你知道我都在那裡吃飯。每天下午我們都會去。」我沿著街道往下走，想要在柯瓦咖啡廳買點東西帶回去給凱薩琳。我進柯瓦咖啡廳去買了一盒巧克力，趁著年輕女服務生幫我包裝時走到吧檯。那裡有兩個英國人和幾個飛行員。我獨自喝了杯馬丁尼，沒找人攀談，付了酒錢後到一旁的櫃台拿巧克力，繼續走路回醫院的家。沿著曼佐尼街繼續往下走，在史卡拉歌劇院附近的小酒吧裡有幾個我認識的人，其中有一位副領事，一個來學唱歌劇的傢伙，還有義大利人艾托瑞・莫瑞提，他遠從舊金山回來義大利加入陸軍。我跟他們喝了一杯酒。其中一位歌手真名是洛夫・席蒙斯，但幫自己取了一個藝名叫做安利可・戴爾・克雷多。我從來搞不清楚他的唱功有多厲害，但他總是好像快要走紅了。他很胖，而且口鼻四周紅腫，彷彿得了過敏性鼻炎。他剛從皮亞琴察[5]登台表演回來。他唱的戲碼是《托斯卡》[6]，表演博得了滿堂采。

他說：「我猜你應該沒聽過我唱歌吧。」

「你什麼時候會在米蘭表演？」

「今年秋天我會在史卡拉歌劇院演出。」

「我敢打賭，觀眾會拿板凳砸你，」艾托瑞說：「你聽說過嗎？摩德納[7]的觀眾曾拿板凳砸他。」

「你他媽說謊。」

艾托瑞說：「他們真的拿板凳砸他，我就在現場。我自己也丟了六張板凳。」

「你是個舊金山來的外國流氓。」

艾托瑞說：「他連義大利語的發音都很爛，不管他去哪裡表演，都有人拿板凳砸他。」

「在義大利北部，皮亞琴察的歌劇院是最難表演的地方，」另一位男高音說：「相信我，在那家小劇院裡很難唱歌。」這位男高音原名是艾德加．桑德斯，藝名叫做艾德瓦多．喬凡尼。

艾托瑞說：「我想去看看他們拿板凳砸你的盛況，你唱的義大利歌爛透了。」

艾德加．桑德斯說：「他瘋了，就只會說用板凳砸人。」

「只要是你們倆唱歌，觀眾就是知道要用板凳招呼你們，」艾托瑞說：「然後你們回美國時你們會吹牛說在史卡拉劇院的演出有多成功。在史卡拉，你們在開口唱歌前就會被砸下台。」

席蒙斯說：「我會去史卡拉登台演出，今年十月我會在那裡唱《托斯卡》。」

艾托瑞對副領事說：「麥克，我們會去聽吧？他們需要保鑣。」

「也許美軍會派部隊去保護他們，」副領事說：「席蒙斯，你想再來一杯嗎？桑德斯，你呢？」

桑德斯說：「好啊。」

「我聽說你會獲頒銀質勳章，」艾托瑞對我說：「軍方會頒發哪一種褒揚令給你？」

「我不知道。我不知道自己會獲頒勳章。」

「你會。噢，年輕人，到時候柯瓦咖啡廳的年輕女孩都會覺得你很厲害。她們都以為你殺了兩百個奧地利人，或者單槍匹馬俘虜了一整個戰壕的部隊。相信我，若是要多拿幾枚勳章，我也要加把勁了。」

副領事問道：「艾托瑞，你已經拿幾枚勳章了？」

「他什麼都拿過了，」席蒙斯說：「這場戰爭就是為了讓他立下戰功而開打的。」

「我被提報過兩次銅質勳章和三次銀質勳章，」艾托瑞說：「但上頭實際上只批准過一次。」

席蒙斯問道：「那其他幾次怎麼了？」

「戰事不順利，」艾托瑞說：「要是戰事不順，軍方就會把所有勳章扣下來。」

「艾托瑞，你受過幾次傷？」

「受了三次重傷。你看，這裡不是有三條槓嗎？」他把袖子翻過來。那三道銀槓就繡在袖子的黑色臂章上，大約位於肩膀下方八英寸的地方。

「你也有一槓啊，」艾托瑞對我說：「相信我，有銀槓是好事。我寧願在袖子上多繡幾槓，這比勳章還好。小子，相信我。要是袖子上有三道銀槓，那你也是個人物。要不是你受重傷，在醫院裡躺了三個月，軍方也不會給你一條槓。」

副領事問道：「艾托瑞，你傷到哪裡？」

艾托瑞把袖子拉上來。「這裡，」他露出一道又深又平滑的紅色傷疤。「還有腿上，我沒辦法把褲管拉起來給大家看，因為我打了綁腿，還有腳上也傷過。現在我的腳裡面還有壞死的骨頭，會發出臭味。每天早上我都會取出新的碎骨，總是很臭。」

席蒙斯問道：「你被什麼打中？」

「一枚手榴彈，那種可以把人榨成肉醬的鬼東西。我腳掌的整個側邊都被炸爛了。你知道馬鈴薯搗碎器[8]嗎？」他轉頭問我。

「當然。」

艾托瑞說：「我看到那個王八蛋把手榴彈丟過來，手榴彈把我給炸翻，我還以為自己死定了，但那些馬鈴薯搗碎器裡沒有填塞東西。我用步槍打死那個王八蛋。為了不讓敵軍看出我是軍官，我總是帶著步槍。」

席蒙斯問道：「那傢伙長什麼模樣？」

艾托瑞說：「他身上只有那一枚，我不知道他為什麼要丟。我猜他總是想過過癮吧。可能他還沒真的戰鬥過。我用步槍擊斃了那傢伙。」

席蒙斯問道：「他中槍時看起來怎樣？」

「媽的，我怎麼知道，」艾托瑞說：「我一槍擊中他的肚子。要是往他的頭部開槍，我還怕會打不中哩。」

我問道：「艾托瑞，你當軍官多久了？」

「兩年了。我就要升上尉了。你當中尉多久了？」

「快要滿三年。」

「你的義大利文不夠好，所以沒升上尉，」艾托瑞說：「你的口語流利，但閱讀跟書寫都不夠好。你必須要把義大利文學好才能當上尉。你為什麼不加入美軍？」

「也許將來我會。」

「上帝保佑，要是我能加入美軍就好了。天啊，上尉的薪水多少錢啊，麥克？」

「精確數字我不知道。我猜大概有兩百五十美元吧。」

「天啊，給我兩百五十美元我花都花不完。佛瑞德，你最好趕快加入美軍。然後看能不能也把我弄進去。」

「好喔。」

「我可以用義大利語指揮一整連的部隊，我也可以很容易就學會用英語帶兵。」

席蒙斯說：「你會當上將軍啦。」

「不，我不知道怎麼當將軍。要當將軍要懂很多東西。你們這些傢伙覺得帶兵打仗沒什麼了不起。我看你們的頭腦還不夠格當二級下士。」

席蒙斯說：「謝天謝地，我不用當兵。」

「要是軍方把你們這些逃避兵役的傢伙抓起來，你就得當兵了。噢，天啊，你們兩個分到我那一排就有趣了。還有麥克也是。我可以讓你當我的勤務兵，麥克。」

「艾托瑞，你是個很棒的年輕人，」麥克說：「但恐怕你真是個好戰分子。」

艾托瑞說：「我會在戰爭結束前晉升為上校。」

「如果你沒戰死的話。」

「我不會戰死的。」他一邊用大拇指跟食指摸著領子上的星星，一邊說：「你們有看到我在幹嘛嗎？每次有人提到戰死，我就會摸一下星星。」

「走吧，席姆。」桑德斯站起來說。

「好吧。」

我說：「再見了，我也得走了。」眼見酒吧裡的時鐘已經五點四十五分了。我用義大利語跟他道別：「掰囉，艾托瑞。」

艾托瑞說：「掰，佛瑞德，很棒啊，你就要獲頒銀質勳章了。」

「就連我自己也不知道會不會呢。」

「佛瑞德，你一定會的。聽說軍方一定會頒給你。」

我說：「好吧，再見，別惹麻煩啊，艾托瑞。」

「你別擔心我啦。我不會喝酒也不會四處閒晃。我不是酒鬼也不是嫖客。我知道怎麼自保。」

我說：「再見，你要升上尉啦，真是為你高興。」

「我不用等時間到了才晉升。我啊，會因為戰功而提前升上尉。到時候我的臂章上就會有三顆星星帶著兩把交叉的寶劍，上面還有王冠。我當定上尉了。」

「祝好運。」

「祝好運。你什麼時候回前線？」

「很快。」

「好，改天見。」

「再見。」

「再見，保重啊。」

我繼續沿著某條偏僻的街道走，然後從一道捷徑回到醫院。艾托瑞才二十三歲。他由住在舊金山的叔父撫養長大，戰爭爆發時他正在杜林探望爸媽。他有個妹妹，當年跟他一起被送去美國給叔父照顧。今年她會從師範學校畢業。他是個貨真價實的戰爭英雄，但誰遇到他都會感到厭煩。凱薩琳就受不了他。

「我們這裡也有一些英雄，」她說：「不過親愛的，我們的英雄比他安靜多了。」

「我不介意他多話。」

「要不是他那麼臭屁，我也不會討厭他。他那個人真是煩死了。煩死了，煩死了。」

「我也覺得他很煩。」

「親愛的，你很體貼，跟著我一起罵他。但你不用這樣。任誰都可以想像他在前線有多拚命，這種人非常有用，但他就是我不喜歡的那種年輕人。」

「這我知道。」

「你很體貼，還能諒解我。我試著去喜歡他，但他那個人真是太糟太糟了。」

「他說今天下午他就要晉升為上尉了。」

凱薩琳說：「我為他高興，他應該很得意。」

「難道妳不希望我能升為高階軍官？」

「不，親愛的。只要你的薪餉夠我們去吃比較好的餐廳就可以了。」

「我現在的官階就可以了。」

「你的官階已經夠高了。我不希望你繼續升官。你有可能因為升官而沖昏了頭。噢，親愛的，我很高興你不是那種自負的軍官。就算你很自負，我還是會嫁給你，但嫁給你這種不自負的人讓我感到很安心。」

我們在露台上輕聲聊天。這時月亮應該已高掛天際，但卻因為城市上空的迷霧而不見蹤影，沒多久後開始下起毛毛雨，所以我們就進房裡了。室外的迷霧變成雨水落下，過一陣子雨勢轉強，我們聽見雨滴打在屋頂上的滴答聲。我起身站在門邊，看看雨水是否有打進來，結果沒有，所以我就繼續讓門敞開著。

「你還遇見了誰？」

「麥爾斯先生跟太太。」

「他們是一對怪人。」

「他本來應該在美國坐牢的，因為在世上的時日已經不久了，獄方才放他出來。」

「結果他居然在米蘭住了那麼久都沒怎樣，還很快活。」

「我不知道他有多快活。」

「能夠不坐牢，我猜應該非常快活吧。」

「她會帶東西來醫院探病。」

「她帶來的東西都很棒。你也是她親愛的孩子嗎？」

「之一。」

「你們都是她親愛的孩子，」凱薩琳說：「她偏愛男孩子。聽那雨聲。」

「雨下得很大。」

「而你會永遠愛我，對吧？」

「對。」

「無論下雨或不下雨？」

「不會有差別。」

「那很好。因為我怕下雨。[9]」

「為什麼？」我睏了。外面的雨下個不停。

「我不知道，親愛的。我總是怕雨。」

「我還挺喜歡的。」

「我喜歡在雨中散步。但在雨中談情說愛很不方便。」

「我會永遠愛妳。」

「無論下雨，下雪，下冰雹——還有什麼？總之我一定會愛你。」

「我不知道還有什麼？大概是我睏了吧。」

「去睡吧，親愛的。無論天氣如何，我都會愛你的。」

「妳不是真的怕雨吧？」

「跟你在一起我就不怕。」

「妳為什麼怕雨？」

「我不知道。」

「說嘛。」

「別逼我。」

「說嘛。」

「不說。」

「說嘛。」

「好啦。我怕雨，因為有時候我會看見自己在雨裡死掉。」

「沒那種事。」

「有時候我也看到你死在雨裡。」

「那可能性比較高。」

「不，不會那樣的，親愛的。因為我可以讓你平平安安。我知道我有那種能力。但沒有人可以保護自己。」

「拜託別說了。今晚妳就別像蘇格蘭人那樣瘋瘋癲癲。我們能繼續在一起的時間剩沒多久了。」

「不說就不說，不過我的確是瘋癲的蘇格蘭人呢。但我就不說了。我只是胡說八道。」

「沒錯，胡說八道。」

「全都是胡說八道。只是胡說八道。我不怕雨。我不怕雨。噢，噢，主啊，但願我不怕雨。」她哭了起來，在我一陣安慰之後才不哭。但外面的雨還是下個不停。

# 20

某天下午我們去看賽馬，同行的還有佛格森與克洛威爾・羅傑斯，也就是那個想要拆下炸彈雷管來當紀念品，但眼睛卻遭炸傷的年輕人。午餐後，女孩為了出門打扮一番，那段時間我跟克洛威爾就在他病房床上閱讀馬報[1]，研究參賽馬匹過去的戰績與這次賽馬的預測。克洛威爾的頭上綁著繃帶，他對賽馬倒並不是那麼關心，只是為了殺時間而持續閱讀馬報與關注所有馬匹。他說，那些馬匹其實都不是厲害的賽馬，但戰時能有那麼多馬參賽已經不容易了。老麥爾斯喜歡他，給了他很多內幕消息。每一場比賽麥爾斯都會贏錢，不過他不喜歡跟別人分享消息，理由是如果贏錢的人太多，那他拿到的獎金就會變少。賭馬比賽作弊的情況很嚴重。世界各地遭主辦單位趕出馬場的人全都來義大利賭馬了。麥爾斯的情報都很準，但我討厭問他，因為有時候他不理我，而且每次他回答時都一副好像身上會少一塊肉的模樣，但不知為了什麼理由，他覺得自己應該跟我們報明牌，而且他比較不討厭跟克洛威爾分享情報。克洛威爾的眼睛受傷，其中一眼的傷勢嚴重，而麥爾斯自己的眼睛也不太好，所以他喜歡克洛威爾。麥爾斯不曾跟老婆透露自己到底買哪幾匹馬，因此她有輸有贏，但大多是賠錢，所以不斷抱怨自己的老公。

我們四人搭乘一輛敞篷馬車出門前往聖西羅[2]。那天天氣宜人，我們搭的馬車穿越公園，離開公園後沿著電車軌道前進，出城後踏上漫天塵土的郊區道路。沿路上有許多用鐵籬笆圍起來的別墅以及花草蔓生的花園，還有一些溝圳有水在流動，一間間翠綠菜園裡的菜葉沾滿灰塵。只見平原的另一頭有許多農舍和綠意盎然、各自有灌溉溝圳的農場，北邊則是群山錯落。一輛輛馬車駛入賽馬場，因為我跟克洛威爾身穿軍裝，就算沒有持卡，門口警衛還是讓我們進去了。下車後我們先去買賽程，穿越被賽道包圍的區域，然後走過草皮平滑厚實的賽道，到可以觀看馬匹的圍場去。木質大看台已經很老舊，投注站一個個排列於大看台下方，在馬廄區的不遠處。有一群軍人沿著柵欄聚集在賽道內側。圍場裡有不少人在大看台後方樹林下的環形圍欄裡溜馬。我們遇見一些認識的人，找了兩張椅子給佛格森與凱薩琳坐，然後就開始看馬。

馬兒由馬夫牽著，一匹接一匹繞圈子低頭走著。克洛威爾說他敢打包票，其中一匹馬的紫黑膚色肯定是染上去的。我們看著那匹馬，覺得似乎有可能。牠出場後隨即響起了提醒騎師上馬的鈴聲。藉由馬夫手臂上的號碼，我們從賽程手冊查到那是一匹名叫亞帕拉克的黑色閹馬。參加這場賽馬的都是一些未曾贏過一千里拉以上獎金的馬。凱薩琳確信牠有染色，佛格森則說她看不出來。我半信半疑。不過我們一致同意該賭牠贏，所以集資一百里拉下注。

賠率顯示是一賠三十五。克洛威爾去買了馬票，我們則是看著騎師再騎著賽馬多繞一圈，接著穿越樹林前往賽道，緩緩前往賽道轉彎處的比賽起點。

我們走上大看台觀賽。當時聖西羅賽馬場還沒有使用伸縮柵欄，所以必須由發號施令的人員把所有賽馬排好。從看台往下看過去，賽道上的馬匹看起來好小，只見那位發號人員把長鞭一揮，所有馬都開始狂奔。經過我們的時候，那匹紫黑閹馬已一馬當先，到了轉彎處牠已經把其他賽馬遠遠甩在後面。我用望遠鏡往遠處看過去，只見那騎師死命想要勒馬卻辦不到，等過了彎道，跑到最後一段路程時，那黑馬已經領先十五個馬身了。過了終點之後牠又繼續往下跑，在彎道附近才停下。

「真精采啊，」凱薩琳說：「我們可以拿到三千多里拉的獎金呢！牠真是一匹駿馬。」

克洛威爾說：「希望在我們拿到獎金以前，牠身上的顏色可不要褪掉才好。」

「牠真是一匹可愛的馬，」凱薩琳說：「不知道麥爾斯先生有沒有押牠贏？」

「你賭的馬有贏嗎？」我大聲問人在遠處的麥爾斯。他點點頭。

「我沒贏，」麥爾斯太太說：「你們幾個孩子們賭誰贏啊？」

「亞帕拉克。」

「真的嗎？牠的賠率是一賠三十五欸！」

「我們喜歡牠的膚色。」

「我不喜歡。我覺得牠看起來髒兮兮的。有人要我別押注在牠身上。」

麥爾斯說：「你們贏不了那麼多錢的。」

我說：「但是那匹馬的報價是一賠三十五啊。」

「牠沒辦法讓你們贏那麼多錢的，」麥爾斯說：「開賽前沒多久，有人在牠身上押了一大筆錢。」

「什麼人？」

「坎普頓跟他那一夥人。你馬上就會明白了。牠的賠率會降為不到一賠二。」

「那我們就贏不了三千里拉了，」凱薩琳說：「我不喜歡這種作弊的賽馬！」

「至少我們贏了兩百里拉。」

「那算得了什麼？我們幾個根本不夠分。我還以為我們贏了三千里拉。」

佛格森說：「這作弊的賽馬真令人厭惡。」

「沒錯，」凱薩琳說：「不過，要不是有人作弊，我們根本就不會押注在牠身上。但如果能夠拿到那三千里拉該有多好。」

克洛威爾說：「我們下去喝點東西，也去看看派彩結果。」我跟他到貼出派彩結果的地方，鈴聲響起，亞帕拉克的派彩結果是十八點五。這意味著每下注十里拉只能贏得八點五里拉。[3]

我們到大看台下方的酒吧去，兩人各自喝了一杯威士忌蘇打。我們遇見兩個認識的義大利人，還有先前我提及的麥克亞當斯副領事，接著他們跟我們倆一起回大看台找凱薩琳與佛格森。兩位義大利男士彬彬有禮，而我們回看台下去下注時，麥克亞當斯與凱薩琳聊起了天。麥爾斯先生就站在派彩處附近。

我對克洛威爾說：「問他押哪一匹馬。」

克洛威爾問道：「麥爾斯先生，您押哪一匹馬？」麥爾斯拿出他那本賽程，用鉛筆指著五號賽馬。

克洛威爾問道：「要是我們也押牠贏，您介意嗎？」

「押吧，押吧。但別跟我老婆說我給了你內幕消息。」

我問麥爾斯：「你想喝杯酒嗎？」

「謝謝，還是不了。我不喝酒的。」

我們用一百里拉押五號馬獨贏，又用一百里拉賭牠跑進前兩名，接著又各喝了一杯威士忌蘇打。我覺得贏面很大，隨後又認識了另外兩個義大利人，他們也都跟我們喝了一杯酒，然後回去找凱薩琳與佛格森。這兩個義大利人也是彬彬有禮，跟先前那兩個一樣斯文。沒多久後大家都坐不住了。我把馬票交給凱薩琳。

「是哪一匹馬？」

「我不知道。麥爾斯先生選的。」

「你連名字都不知道？」

「嗯。賽程裡面有，我認為是五號吧。」

他說：「你可是非常有信心啊。」五號賽馬果真贏了，但派彩後我們根本贏沒多少錢。麥爾斯先生很生氣。

「下注兩百里拉，才贏二十里拉，」他說：「下注十里拉，總共也才拿回十二里拉。簡直白忙一場。我老婆倒還輸了二十里拉。」

凱薩琳對我說：「我跟你一起下去。」四位義大利男士全都起身。我們走下大看台，到外面的賞馬圍場去。

凱薩琳問道：「你喜歡賽馬嗎？」

「嗯。我覺得我喜歡。」

「我認為這也沒關係，」她說：「不過，親愛的，我們見到的人實在太多了，我有點受不了。」

「我不覺得多啊。」

「是不算多，但有麥爾斯，還有銀行那個人跟他的妻女——」

我說：「是他兌現即期票據給我的。」

「沒錯，不過就算他不兌現，別人也會。後來那四個男人實在糟糕。」

「我們可以待在這裡，從圍欄邊觀看賽馬。」

「那太棒了。還有，親愛的，我們就挑一匹不曾聽過的馬下注吧。挑一匹麥爾斯先生沒有下注的。」

「可以啊。」

我們下注的那匹馬名叫「給我光明」，結果牠在五匹馬的比賽中跑出第四名。我們靠在圍欄邊看著馬匹來來去去，聽見牠們經過時馬蹄踏在草皮上的啪躂聲響，遠方的群山映入我們的眼簾，樹林與田野後方則是米蘭市。

凱薩琳說：「現在我覺得比剛剛清淨多了。」一匹匹馬從門口走回圍場裡，渾身潮溼、大汗淋漓，騎師安撫著自己的馬匹，繼續騎到樹下後下馬。

「你想喝點東西嗎？我們可以在這裡喝一杯，同時看看馬兒。」

我說：「我去買。」

凱薩琳說：「服務生會把酒端來。」她把手舉高，服務生從馬廄旁的帕歌達酒吧走出來。我們在一張圓鐵桌旁坐下來。

「你也比較喜歡只有我們倆的時候吧？」

我說：「嗯。」

「一堆人在身邊時，我反而覺得孤獨。」

我說：「這地方太大了。」

「是啊，這真是一座很漂亮的賽馬場。」

「很棒。」

「別讓我掃了你的興，親愛的。等到你想回去的時候，我就陪你回去。」

「不，」我說：「我們就待在這裡喝東西吧。」然後我們可以走下去，站在馬兒要跳過的水坑旁欣賞越野障礙賽。

她說：「你對我很好喔。」

我們獨處了一陣子後，又很高興地回去找大家。那天我們玩得很盡興。

# 21

到了九月，夜裡開始變涼，接著白天也涼爽了起來，然後公園裡的樹葉開始變色，我們就知道夏天已經結束了。義大利前線的戰況很糟，部隊無法攻克聖加百列山。貝因西薩高原上的戰事結束了，到了九月中，聖加百列山山區的戰事差不多也要結束。部隊無法拿下這山區。艾托瑞回到前線去。馬匹也都去了羅馬，米蘭的賽馬就此終止。克洛威爾也去羅馬，接著軍方會送他回美國去。米蘭市發生了兩次反戰暴動，杜林的反戰暴動更是難以收拾。在英美俱樂部，一位少校跟我說，義大利部隊在聖加百列山與貝因西薩高原總計損失了十五萬兵力。他還說，除此之外，軍方在卡索高原還折損了四萬人。我們先喝了一杯酒，他邊喝邊講。他說今年南邊這一帶的戰事算是已經結束，義大利部隊的戰略目標遠大，可惜力不從心。他說友軍在佛蘭德斯地區[1]的戰事也不會太樂觀。如果接下來協約國[2]的部隊跟今年秋天一樣損失慘重，那麼明年就會潰不成軍。他說，義大利已經潰不成軍，但只要大家都不知道，那也無所謂。大家都潰不成軍了。重點是，只要不承認就好。任何國家只要能撐到最後才意識到自己已經潰不成軍，就能贏得戰爭。我們又喝了一杯酒。我問他是不是某位軍方高層的幕僚，他說是。大家都在胡說八道。俱樂部裡面只有我們倆，往後癱坐在大大的皮革沙發上。他的暗色皮靴擦得雪亮，看起來非常帥氣。他說，大家都在胡說八道。軍方高層都只想著搶奪各個師部的指揮權，把更多兵力納入自己麾下。為了爭奪部隊而爭吵不休，但真正爭到手以後卻又把人推上前線當砲灰。所有部隊都潰不成軍。德軍贏得一場又一場勝利。天啊，他們真是天生的軍人。那些匈人[3]後代都是天生的軍人。不過他們也是潰不成軍。大家都潰不成軍。我問他俄國的狀況，他說他們也是潰不成軍，而且我很快就能看出來了。還有奧國人也是。如果他們能夠獲得幾個師的德國援軍，那就可以撐下去。那他覺得他們今年秋天會發動攻擊嗎？當然會。義大利完蛋了。大家都知道義大利完蛋了。他說那些匈人會揮軍南下，穿越特倫蒂諾[4]，然後在維辰札把火車路線切斷，到時候義大利部隊能逃到哪裡去？我說他們在一九一六年就曾經嘗試過了。他說那時候他們還沒有德國援軍。我說那倒是。他說他們可能不會那麼做吧，太簡單了，他們會嘗試比較複雜的戰術，然後被我們擊潰。我說我得走了，我得回醫院去。他說：「再見。」然後又很快活地補說了一句：「祝你萬事順利！」他對世界局勢很悲觀，但自己倒是表現出快活的模樣，對比強烈。

我在理髮廳剃了鬍子，然後才回到醫院的家。我的腿已經恢復到最佳狀態有好一段時間了。三天前我去做了檢查。我還要再做一些治療，然後我在米蘭大醫院的整個療程就結束了，這時候我已經開始在偏僻的街上練習正常走路，不用跛腳。有個老人正在拱廊街上製作剪影，我停下來觀看。有兩個女孩擺好姿勢，讓他剪她們倆的影子，他一邊把頭偏著看她們，一邊喀嚓喀嚓剪得很快。女孩咯咯嬌笑。他把剪影拿給我欣賞後就貼在白紙上，遞給她們。

「她們很漂亮，」老人說：「中尉，你要剪影嗎？」

那兩個女孩看著她們的剪影，一邊笑一邊走開了。她們都是長相甜美。其中一位在醫院對街酒鋪裡工作。

我說：「也好。」

「把帽子脫掉。」

「不用，我要帶著帽子的剪影。」

老人說：「不會很好看。」但他突然高興地接著說：「不過會比較有軍人的氣概。」

他喀嚓喀嚓飛快地剪手上的黑紙，然後把厚厚的兩層紙分開，將剪影貼在一張卡紙上，交給我。

「多少錢？」

他揮手對我說：「不用，我純粹是想做好送你的。」

「請一定要收下，」我拿出一些銅板：「拿去買點東西，讓自己樂一樂。」

「不，我只是做好玩的。送給你的女朋友吧。」

「太感謝了。再見。」

「再見。」

回到醫院後發現我有幾封信，其中一封是軍方寫給我的。我還有三週的病假可以放，然後就得要回去前線了。我把信仔細地讀了一遍。嗯，就只能這樣了。三週病假是從十月四日，也就是我療程結束當天開始算起。三週就是二十一天，意思是我還可以放假放到十月二十四日。我跟醫院的人說我要出去一下，逕自走到一家跟醫院位於同一條街的餐廳，一邊吃晚餐一邊讀信，也讀《晚郵報》[5]。有一封祖父的來信，他寫了一些家裡的事，鼓勵我好好從軍報國，附上一張金額兩百美元的即期票據和一些剪報。我們部隊那個食堂的神父寫了一封無聊的信給我，另一封信來自於某位舊識，他在法國空軍服役，敘述他怎樣跟一群不守規矩的傢伙一起瞎攪和。里納迪也寫了一封短信給我，問我還要在米蘭躲多久？有什麼新鮮事？他列了一張清單，要我幫忙買唱片。晚餐時我喝了一小瓶奇揚地紅酒，餐後又喝了咖啡跟干邑白蘭地各一杯，看完報紙後把信擺在口袋裡，把報紙連同小費一起放在餐桌上後就離開了。回到病房我脫掉衣服，換穿睡衣，外加一件睡袍，把通往露台那扇門的窗簾放下來，坐在床上讀起了一疊來自波士頓的報紙，那是麥爾斯太太帶來醫院給她的孩子看的。美國聯盟大勢底定，芝加哥白襪隊即將拿下冠軍，[6]紐約巨人隊的戰績則是在國家聯盟暫時領先。當時貝比·魯斯還是波士頓紅襪隊的投手。[7]那些報紙都是刊登一些當地消息，而且都已經變成舊聞了，連報上的戰訊也都已經過時。全國性的新聞全都是與部隊的新訓營有關。我很高興自己沒去參加新訓營。唯一能讀的新聞只有棒球比賽報導，但我完全沒有興趣。這麼多份報紙擺在一起根本沒辦法讓人讀得興味盎然。儘管只是一些舊報，但我還是讀了一會兒。我在想，如果美國真的全力投入歐戰，大聯盟是否會停賽？我猜應該不會。就算戰況已經惡化到極點，米蘭的賽馬也仍照常舉行啊。不過法國的賽馬倒是已經暫停了。就是因為這樣，亞帕拉克才會從法國來到米蘭比賽。凱薩琳要到九點才會開始值班。她剛開始來上班時，我曾聽見她路過的聲音，還有一次則是看到她經過我們口。她又去了其他幾間病房，最後終於來我這裡了。

她說：「親愛的，今天我比較晚到，要做的事太多了。你好嗎？」

我跟她轉述報上的新聞，還有我只剩三週病假可放。

她說：「那很棒啊，你想去哪裡玩？」

「哪也不想去。我想待在醫院。」

「別傻了。你儘管挑個地方，我陪你去。」

「妳怎麼辦得到？」

「我不知道。總之我可以。」

「妳真厲害。」

「不，我不厲害。只不過，如果完全不怕失去什麼，人生有什麼事是辦不到的？」

「什麼意思？」

「沒什麼。我只是在想，有些阻礙我曾以為非常難克服，但現在看來卻微不足道。」

「我覺得也許還是很難辦到。」

「親愛的，不會的。如果有必要的話，我可以直接翹班就好。但不會到那種地步的。」

「那我們該去哪？」

「我不在乎。任何你想去的地方都好。只要沒有我們認識的人都可以。」

「去哪裡妳都不在乎？」

「不。去哪裡我都會喜歡。」

她看起來心煩意亂，有點不安。

「怎麼了，凱薩琳？」

「沒事，沒什麼。」

「有，妳有事。」

「沒有，沒事。真的沒事。」

「我知道妳有事。說吧，親愛的。妳可以跟我說。」

「沒事。」

「說吧。」

「我不想說。我怕會害你不高興或擔心。」

「不，我不會。」

「你確定？我不擔心，但我怕你會擔心。」

「如果妳不擔心，那我也不會。」

「我不想說。」

「說吧。」

「一定要說嗎？」

「嗯。」

「親愛的，我懷孕快滿三個月了。你真的不擔心吧？拜託，不要擔心喔。你不可以擔心。」

「好。」

「真的沒事？」

「當然。」

「該做的我都做了。什麼要我都試過，但都沒有用。」

「我不擔心。」

「親愛的，我實在是避免不了。不過我不擔心，你也別擔心或者心情差喔。」

「我只是擔心妳。」

「就是這樣，我就是要你別幫我擔心。女人生懷孕是很常見的事，大家都會。女人天生就會生小孩啊。」

「妳好棒。」

「不，我沒那麼好。但你可不要介意啊。我會試著不連累你。我知道自己以前惹過麻煩，但跟你在一起後我不是都一直乖乖的？我懷孕的事你不是到現在才知道嗎？」

「對啊。」

「以後也會像這樣。我只要你別擔心就好。我看得出你在擔心。別擔心，我要你現在立刻就不要擔心了。親愛的，你不想喝杯酒嗎？我知道喝酒總是能讓你的心情好起來。」

「不用。我的心情很好啊，而且妳好棒。」

「不，我沒那麼好。不過呢，如果你能挑一個我們出遊的地方，我就會做好一切準備。十月應該會天氣宜人。親愛的，我們會玩得很開心，而且等你到了前線，我也會每天給你寫信。」

「到時候妳會在哪？」

「還不知道。但應該會是個很棒的地方。我會好好安排一切。」

我們倆沉默了一陣子，沒有交談。凱薩琳坐在床上，我看著她，但沒有肢體接觸。我們倆是分開的，就像有別人進來病房，讓我們不自在那樣。她伸手握住我的手。

「親愛的，你沒生氣吧？」

「沒。」

「你沒覺得困擾吧？」

「也許有點，但不是因為妳。」

「我也知道不是我讓你困擾。別傻了。我是說，有沒有其他事讓你困擾。」

「生而為人，總是會有困擾的。」

她陷入沉思，但完全沒有動，也沒有把手抽走。

「『總是』好負面，我不喜歡。」

「抱歉。」

「沒關係。不過，你也知道我沒有懷孕過，甚至沒愛過別人。但我一直試著順從你，結果現在你說你總是有困擾。」

我說：「我可以割掉舌頭。」

「噢，親愛的！」她一下子回過神來。「你可別把我的話放心上！」我們的心又在一起了，不自在的感覺消失無蹤。「我們倆真的是你儂我儂，可別故意曲解對方的意思。」

「我們不會。」

「但就是有人會這樣。他們彼此相愛，但故意曲解對方，吵來吵去，突然間他們就沒辦法你儂我儂了。」

「我們不會吵架。」

「一定不可以吵架，因為我們是一國的，跟世界上其他人不一樣。如果我們之間有了芥蒂，那我們就不是我們，會變成跟其他人一樣。」

我說：「我們不會變成其他人，因為妳太勇敢了，勇敢的人絕對不會出問題。」

「勇敢的人也會死。」

「只會死一次。」

「我不知道。這話誰說的？」

「懦弱的人會死一千次，但勇者只死一次？」[8]

「沒錯。這是誰說的？」

「我不知道。」

「說這句話的人自己可能就是懦夫，」她說：「他很了解懦弱的人，但卻不了解勇者。勇者如果聰明的話，也許會死個兩千次，只是不跟別人說而已。」

「我不知道。很難了解勇者的腦袋裡在想些什麼。」

「沒錯，勇者就是會這樣。」

「妳是權威。」

「親愛的，你說對了。這兩個字我擔當得起。」

「妳是勇者。」

她說：「還不是，但我想成為勇者。」

我說：「我自己不是，我知道自己有幾斤幾兩重。離家在外那麼久了，我有自知之明。我就像是個只打得出兩百三十支安打的打者，而且知道自己的打擊表現不會更好了。」[9]

「什麼是打出兩百三十支安打的打者？很厲害啊。」

「一點也不厲害，意思是一千個打數裡只打得出兩百三十支安打，是個普普通通的打者。」

她想為我打氣，於是對我說：「但無論怎樣還是個打者啊。」

我說：「我認為我們倆都太過自負了，不過妳是自負中帶著勇敢。」

「我不勇敢，但我想成為勇敢的人。」

我說：「我們都是勇敢的人，不過我只有在喝酒後才會變勇敢。」

凱薩琳說：「我們是了不起的人。」她走到衣櫥，把那一瓶干邑白蘭地和一個酒杯拿給我。她說：「喝杯酒吧，親愛的，你已經很棒了。」

「我倒不是真的想喝酒。」

「還是喝一杯吧。」

「也好。」我倒了三分之一杯白蘭地，一口喝完。

她說：「好大一杯喔，我知道白蘭地是給英雄喝的酒。」

「戰後我們要住在哪裡？」

「可能要住在老人之家囉，」她說：「頭三年我太天真了，總以為戰爭會在聖誕節結束。不過現在看來，恐怕到我們的兒子當上海軍少校，戰爭也還不會結束。」

「也許他會當上將軍。」

「如果這會變成另一場百年戰爭，那他倒是可以陸海兩軍都試試看。」

「妳不想喝一杯嗎？」

「不。親愛的，你喝酒後總是興致高昂，但我喝了只會頭暈。」

「妳沒喝過白蘭地？」

「沒有，親愛的。我是個很老派的妻子。」

我伸手去拿放在地板上的酒瓶，又倒了另一杯。

「我最好先去看看你的同胞，」凱薩琳說：「或許你可以一邊讀報，一邊等我回來。」

「妳非走不可嗎？」

「現在不去，待會也得去。」

「好，那就現在去吧。」

「我稍後回來。」

我說：「報紙我已經都看完了，」

# 22

那天晚上天氣變冷，隔天下起了雨。從米蘭大醫院回美國醫院的路上雨下得好大，到院時我全身溼透了。我回樓上房間，陣陣大雨落在外面的露台上，玻璃門承受著風吹雨打。我換了衣服，喝了點白蘭地，但感覺酒不好喝。晚上我就覺得不舒服了，到了早上，吃完早餐後我更是接連想吐作嘔。

駐院外科醫師說：「我的診斷是毫無疑問的，護士小姐，請妳看看他的眼白。」

蓋吉小姐看過後，他們讓我用鏡子自己看看。眼白泛黃，意味著我得了黃疸，而且已經兩週了。所以我在病假期間跟凱薩琳根本就沒有出去玩。本來我們已經計畫好要去馬焦雷湖[1]湖畔的帕蘭扎[2]。每到秋季那裡的樹葉顏色變成一片橘紅，風光明媚。大家可以去那裡散散步，或划船到湖上釣鱒魚。帕蘭扎甚至比斯特雷薩[3]更棒，因為人比較少。斯特雷薩與米蘭太近了，去那裡總是會遇到認識的人。至於帕蘭扎，則是有個很漂亮的村莊，我們可以划船到漁人居住的那些湖中小島，最大的島上還有一家餐廳。但我們哪裡都沒去。

確診黃疸後，某天我躺在病床上，范．坎本護理長進來後打開衣櫃，看見裡面有一些空酒瓶。之前我曾請門房幫我清掉一大部分，我猜她一定是看到了，所以才刻意上樓來搜我病房。先清掉的大多是苦艾酒、瑪薩拉酒、卡布里白酒酒瓶，還有空的奇揚地紅酒圓胖酒瓶，以及幾支干邑白蘭地的空酒瓶。門房已經把那些大酒瓶清掉，像是苦艾酒酒瓶、瓶子外包裹著麥稈的奇揚地紅酒圓胖酒瓶，剩下一些白蘭地酒瓶要留到最後清理。護理長發現的是那些白蘭地酒瓶，還有一支茴香酒酒瓶，造型像站立的熊。那支熊形酒瓶特別讓她感到憤怒。她拿起那瓶子，只見那隻熊用後腿站著，兩隻前掌上揚，牠的頭上有個軟木塞，酒瓶底座有一些黏上去的水晶片。我笑出聲來。

我說：「那是茴香酒，這種熊形酒瓶的茴香酒是極品，從俄國進口的。」

范．坎本護理長問道：「那些都是白蘭地酒瓶吧？」

我說：「從我這裡只能看見一部分，但可能都是吧。」

「你喝酒喝多久了？」

「我都是買好後自己帶進來的，」我說：「常有一些義大利軍官來探病，所以會留一些白蘭地，用來招待他們。」

她說：「你自己沒喝？」

「我自己也喝。」

她說：「總共有十一瓶已經喝光的白蘭地，還有那一瓶熊酒。」

「茴香酒。」

「我會派人來把酒瓶清掉。只剩這些空酒瓶吧？」

「目前是這樣。」

「本來我還覺得你得了黃疸很可憐。可是我的好意算是白費在你身上了。」

「謝謝。」

「如果你不想回前線，我也不能怪你。但我還以為你會用比較明智的方式讓自己得黃疸，而不是酗酒。」

「妳說什麼？」

「酗酒。你明明聽見我說的話。」我不發一語。「除非我們又在你身上又診斷出什麼病，等黃疸好了，恐怕你還是得要回前線去。既然你這黃疸是自找的，我認為你根本就不該放病假。」

「妳這麼認為？」

「沒錯。」

「護理長，妳得過黃疸嗎？」

「沒有，但我看過很多黃疸病人。」

「妳覺得病人都喜歡得黃疸嗎？」

「我認為，得黃疸總好過回前線吃苦。」

我說：「護理長，妳曾聽說過有人為了逃兵而踢自己的下體嗎？」

范・坎本不理會我的問題。她不得不這樣，否則就得要離開我的病房。但她並不打算離開，因為她看我不爽已經有很長一段時間了，這時候剛好可以藉機教訓我。

「我知道有很多人為了離開前線而把自己弄傷。」

「妳沒回答我的問題。我也親眼見過很多人弄傷自己。我的問題是，妳有沒有聽過有人為了逃兵而踢自己下體的。因為，得了黃疸就好像下體被踢過一樣，而我認為妳們女人應該沒幾個有過那種體驗。我才會問妳說妳有沒有得過黃疸。護理長，因為——」這時范・坎本小姐離開了病房。後來蓋吉小姐進來了。

「你到底跟范・坎本小姐說了些什麼？她超憤怒的。」

「我只是要讓她知道得黃疸的感覺可以跟什麼相提並論。本來我正想要問她，是不是有生過小孩——」

蓋吉說：「你是個笨蛋，看她不把你生吞活剝才怪。」

「我本來就逃不出她的魔掌了，」我說：「就因為她，我的病假沒了，而且她甚至可以讓我接受軍法審判。她真的很惡毒。」

蓋吉說：「她從來沒喜歡過你，到底怎麼回事？」

「她說我為了不想回前線就卯起來灌酒，讓自己得了黃疸。」

「呸，」蓋吉說：「我可以幫你作證，說你沒喝過酒。大家都可以幫你作證。」

「她看見一堆酒瓶。」

「我都跟你講過多少遍了，一定要把酒瓶清掉。酒瓶在哪？」

「在衣櫥裡。」

「你有行李箱嗎？」

「沒有。可以放在背包裡。」

蓋吉小姐把酒瓶塞進背包裡。她說：「我拿去給門房。」說完便往門口走去。

范．坎本小姐說：「等等，我會把酒瓶拿走。」她帶著門房一起來。她說：「請帶著酒瓶跟我一起走，我在跟醫生做報告時想要拿酒瓶給他看。」

她沿著走廊往下走。門房拿著背包跟在後面，他知道裡面裝了些什麼。

我只是丟了病假，沒受到其他懲處。

# 23

要回前線的那一晚，我請門房去車站，等來自杜林的火車到站後上去幫我占個座位。火車會在午夜離開米蘭。火車從杜林發車，大約晚上十點半抵達米蘭，直到再度發車以前都會停在米蘭火車站。要弄到座位只能等火車進站時。門房有個朋友是個放假中的機槍手，先前在裁縫店工作的，門房帶他一起去，心想兩人中至少有一個可以幫我占到位子。我給他們錢購買月台票，也請他們先幫我把行李拿過去。我有一個大背包和兩個側背包。

我大約在五點跟眾人告別，離開醫院。我把行李託給門房，擺在他的小房間裡，跟他說我會在午夜前不久到車站。他老婆叫我一聲「亨利先生」，然後就哭了出來。她擦擦淚眼，跟我握手後又哭了。我拍拍她的背，她又哭了一次。先前她曾幫我做過一些針線活，是個滿臉笑意的矮胖白髮女士。哭泣時她的臉擠成一團。下樓出院後我走到街角，到酒鋪裡去等凱薩琳。我看著窗外，只見天色已經暗了，天氣寒冷多霧。我點了咖啡和格拉帕白蘭地，付錢後看著窗外燈下人來人往。我看見凱薩琳後就敲敲窗戶。她看了一下，見到我後露出微笑，我出去與她見面。她身穿一襲深藍色斗篷，戴著軟呢帽。我們一起沿著人行道散步，走過一家家酒鋪後我們又穿越市場的廣場，沿著街道往下走，穿越拱門後來到米蘭大教堂的廣場。越過一條條電車軌道後就是大教堂了。在薄霧中教堂看來又白又溼。越過軌道後，我們的左手邊是一間間店鋪，櫥窗裡全都點起了燈，還有拱廊街的入口。教堂廣場上大霧瀰漫，等我們接近正門，只見雄偉的石造教堂在眼前昂然聳立，外壁溼漉漉。

「妳想進去嗎？」

「不。」凱薩琳說。我們繼續往下走，前方矗立著許多石拱柱，其中一根柱下的陰影裡有個美國大兵與他的女友站在一起，我們經過他們倆。那女孩身上披著大兵的斗篷，他們靠著石柱直挺挺站著。

我說：「他們就像我們。」

凱薩琳說：「沒有人像我們。」聽得出她說這句話時不太高興。

「希望他們有個地方可以去。」

「就算那樣，對他們也不見得有好處。」

「我也不知道。但這世上每個人都應該有個地方可以去。」

凱薩琳說：「他們可以去大教堂。」這時我們已經走過了大教堂。越過廣場的另一頭後，我們回頭望著大教堂，在薄霧中看來又白又美。站在皮革店的門口，只見櫥窗裡擺著幾雙馬靴、一個大背包和一些滑雪靴。每個物件都分開擺放成展示品，背包置中，馬靴與滑雪靴分別在左右兩側。這些深色皮件都上過油，看來像舊馬鞍的表面那樣滑滑亮亮。上過油的暗色皮件在櫥窗燈光的照射下，看來光澤明亮。

「總有一天我們會去滑雪。」

凱薩琳說：「兩個月後就可以去牧倫[1]滑雪了。」

「我們就去那裡吧。」

她說：「好啊。」我們繼續走過其他櫥窗，然後轉入一條偏僻的小街。

「我從來沒走過這條街。」

我說：「這條是我走回醫院的捷徑。」那是一條窄街，我們始終靠右邊走。很多行人在霧中來來去去，街上有許多店舖，每一個櫥窗都有點燈。我們看著某個櫥窗裡的一堆起司。接著我在一家槍械店前面停下腳步。

「進去一下，我得買把槍。」

「哪一種槍？」

「手槍。」進去後我把皮帶解開，將皮帶和沒有槍的槍套擺在櫃台上。櫃台後有兩個女人，她們拿出幾把手槍來。

我打開槍套，對她們說：「一定要能夠裝在這槍套裡。」那是個二手槍套，是我先前為了方便在米蘭街上走動而買來戴的。[2]

凱薩琳問道：「她們有賣好用的手槍嗎？」

「每一支看起來都差不多。我可以試試這支嗎？」我問其中一位女士。

「我沒有地方可以讓你試射，」她說：「不過這把的確很棒。用這把絕對不會失手。」

我啪地扣了一下扳機，接著又把擊錘往後拉。彈簧很緊，但擊錘拉起來還挺順的。我又瞄準了一下，然後再扣下扳機。[3]

那位女士說：「這把槍是二手的，用過這把槍的軍官是個神槍手。」

「原先這槍就是妳賣給他的？」

「是。」

「那又怎麼會回到妳手上？」

「他的勤務兵拿回來賣給我。」

我說：「說不定我弄丟的槍也在妳店裡。多少錢？」

「五十里拉。便宜賣。」

「好。我還要多買兩個彈匣，和一盒子彈。」

她從櫃台底下拿出彈匣、子彈。

「你需要佩刀嗎？」她問我：「我這裡有一些很便宜的二手佩刀。」

我說：「我要到前線去了。」

她說：「噢，好的。那你就不需要佩刀了。」

我付了錢，把彈匣填滿子彈，裝到手槍上，把手槍裝到原本沒槍的槍套裡，然後把備用的彈匣也裝滿子彈，然後插進槍套上的插孔裡，最後把槍套扣在皮帶上。戴上皮帶後感覺那手槍沉甸甸的。不過，我覺得最好還是該去弄一把軍方的制式手槍，這樣就不怕沒有子彈可以用。

「現在我算是全副武裝了，」我說：「這件事可不能忘記啊，非做不可。我入院時有人拿走了我的手槍。」

凱薩琳說：「希望這是一把好手槍。」

那位女士問道：「還需要別的嗎？」

「我想沒有。」

她說：「那把手槍有一條短繩。」

「我有看到。」她還想要賣別的東西給我。

「你不需要個哨子嗎？」

「我覺得不需要。」

那位女士對我們說再見，我們走到店外的人行道上。凱薩琳又往窗戶裡看，那位女士往外看，對我們鞠躬行禮。

「那種鑲在木頭裡的小鏡子有什麼用處？」

「那是用來引誘鳥兒的。義大利人在原野裡拿著鏡子轉來轉去，雲雀看到後就會飛出來，他們再開槍射殺。」

「他們真是一個非常聰明的民族，」凱薩琳說：「親愛的，你在美國不會獵殺雲雀吧？」

「不會特別把牠們當成目標。」

我們穿越馬路，開始沿著小街的另一側往下走。

凱薩琳說：「現在我覺得比較好了，剛開始散步時我覺得心情很糟。」

「我們在一起時心情總是很好。」

「我們會永遠在一起。」

「沒錯，只不過今天午夜我要離開了。」

「別想太多，親愛的。」

我們沿著街道往下走，在霧中燈光看來泛黃。

凱薩琳問：「你不累嗎？」

「妳呢？」

「我還好。散步還挺有趣的。」

「但也別走太久了。」

「好。」

我們轉進一條沒有燈光的偏僻小街，在街上走著。我停下來親吻凱薩琳。親她時我感覺到她把一隻手擺在我的肩膀上。她把我的披肩拉過去，將自己裹住，如此一來我們倆都被披肩覆蓋著。我們靠著一道高牆站在街上。

我說：「我們去某個地方吧，」

「好。」凱薩琳說。沿著那條小街走到盡頭，我們來到比較寬闊的街道，一邊是運河河畔，另一邊則是一堵磚牆和許多建物。我看到沿著這條街繼續往下就是一輛過橋的電車。

我說：「我們可以在橋上叫馬車。」我們站在迷霧籠罩的橋上等馬車。幾輛電車經過，都載滿了回家的人。接著來了一輛馬車，但裡面有個乘客。這時大霧開始轉為下雨。

凱薩琳說：「我們可以走路或者搭電車。」

我說：「會有馬車來的，這裡是馬車會經過的地方。」

「有一輛來了。」

車夫勒馬停車，把里程表上的空車招牌往下扳。馬車車篷已經拉了上來，車夫的大衣上有一滴滴雨水。他那一頂上過防水塗料的帽子因為被雨水打溼而發亮。我們一起坐進後座，因為有車篷，車裡是暗的。

「你叫他去哪裡？」

「去火車站。火車站對面有一家旅館，我們可以去那裡。」

「我們就這麼去，沒有行李？」

我說：「嗯。」

馬車在雨中走過一條條前往火車站的小街，路途很遠。

凱薩琳問道：「我們不吃晚餐？我怕我會餓。」

「我們可以在旅館房間裡吃。」

「我沒有衣服可以換，連睡袍都沒有。」

「我們去買一套就好，」說完我對車夫呼喚：「到曼佐尼街去，一直往下走。」他點點頭，在下一個路口往左轉。到了曼佐尼街，凱薩琳開始找睡袍店。

「那裡有一家。」她說。我請車夫停下來，凱薩琳下車後穿越人行道，走進店裡。我在馬車裡往後坐好，等她回來。那時候正在下雨，我可以聞到街道的潮溼味和雨水混著馬兒汗水的氣味。她拿著一包東西回車上，車繼續往下開。

她說：「親愛的，我花了大錢，不過這睡袍可真漂亮。」

到了旅館我請凱薩琳先在馬車裡等一等，我先到旅館裡去跟經理講講話。旅館的房間很多。接著我回到馬車上，付了車資，和凱薩琳一起走回旅館裡。旅館的僮僕身穿制服，他幫忙拿凱薩琳手上那包東西。經理一邊對我們鞠躬，一邊領我們走向電梯。電梯裡有很多紅色絨布與黃銅裝飾。經理跟我們一起搭電梯上樓。

「先生與太太要在房間裡用晚餐？」

我說：「是的。方便請人送菜單上樓嗎？」

「晚餐想來點特別的嗎？想吃點野味，或者舒芙蕾？」

電梯經過三層樓，在每層樓都喀噠一聲打開，到了四樓喀噠一聲打開後才停下。

「你們有哪些野味？」

「我可以弄到雉雞或是山鷸。」

我說：「那就山鷸吧。」我們沿著走廊往下走。地毯看來破舊不堪，一路上有很多門。經理停下腳步後打開一扇鎖起來的門。

「這是你們的房間，非常漂亮。」

童僕把那一包東西擺在房間中間的桌上。經理幫我們打開窗簾。

他說：「外面的霧大。」房間是用紅絨布裝潢的，裡面有很多面鏡子，兩把椅子，還有一張鋪著緞子床單的大床。有一扇門通往房裡的浴室。

經理說：「我會派人把菜單送過來。」鞠躬後他就離開了。

我走到窗邊往外看，用拉繩把厚重絨布窗簾關上。凱薩琳坐在床上，看著雕花玻璃吊燈。

她已經拿下軟呢帽，燈光下她的秀髮看來光澤滑亮。她在一面鏡中看到自己，伸出雙手把頭髮撥一撥。我在其他三面鏡中看見她的影像。她看起來不太開心。她任由自己的斗篷滑到床上。

「怎麼了，親愛的？」

她說：「我從來沒像這樣覺得自己是個妓女。」我走到窗邊把窗簾拉開，往窗外看。先前我還真沒想到會有這種狀況。

「妳可不是妓女。」

「親愛的，我知道。但這種感覺總是不太好。」她的聲音聽起來沙啞又低沉。

我說：「這已經是我們能投宿的最好旅館。」看往窗外看。廣場另一頭可以看見火車站的燈光閃亮。街上有一輛輛馬車經過，我可以看見公園裡的一片片樹叢。旅館的燈光打在潮溼的人行道上。我心想，見鬼了，我們非得在這時候吵架不可？

凱薩琳說：「拜託過來我這邊。」她的聲音不再低沉。「拜託，過來吧。我又是個乖女孩了。」我往大床看過去，她正露出微笑。

我走過去坐在她身邊，在床上親吻她。

「妳是我的乖女孩。」

她說：「我當然是你的。」

吃過晚餐後我們都覺得舒服多了，接著我們倆都高興起來，過沒多久就覺得那房間好像我們自己的家。我們曾把我的病房當我們家，所以同樣的道理，這旅館房間也是我們家。

吃飯時凱薩琳把我的軍裝外套披在肩上。我們倆都很餓，除了享用美味餐點，還喝了卡布里白酒和聖埃斯泰夫紅酒[4]各一瓶。大多是我喝的，不過凱薩琳也喝了一點，喝完酒後她心情大好。晚餐我們吃的是山鷸、馬鈴薯舒芙蕾、栗子泥和沙拉，甜點則是沙巴雍[5]。

凱薩琳說：「這房間很棒，很可愛的房間。為什麼這段待在米蘭的時間我們都沒來呢？」

「這房間怪怪的，但還不錯。」

「做壞事的人可真會搞氣氛，」凱薩琳說：「會來這種房間的人，似乎都很有品味。這紅色絨布真的很棒，非常搭。鏡子也都很迷人。」

「妳是個可愛的女孩。」

「我不知道早上在這種房間醒來會是什麼感覺，但這房間還真棒。」我又倒了一杯聖埃斯泰夫紅酒

「我真希望我們能夠做點真正罪孽深重的事，」凱薩琳說：「我們所做的一切似乎都是那麼天真無邪又單純。我不認為到目前我們有做錯什麼。」

「妳是個超棒的女孩。」

「我只覺得餓了，好餓好餓。」

「妳是個美好又單純的女孩。」

「我是個單純的女孩。這一點除了你以外沒人了解。」

「剛開始認識妳時，曾有某天下午我都在想，如果跟妳一起去卡弗爾飯店[6]，會是什麼滋味。」

「你真是羞羞臉。這家旅館對我們來講不就是卡弗爾飯店？」

「不是。如果是卡弗爾飯店，可不會讓我們入住。」

「總有一天卡佛爾飯店也會讓我們入住的。但親愛的，我跟你就是在這方面不一樣。我從來不會想東想西。」

「妳從來不會想東想西？」

她說：「一點點吧。」

「噢，妳真是個可愛女孩。」

我又倒了一杯紅酒。

凱薩琳說：「我是個很單純的女孩。」

「剛開始我不是這樣想的。我以為妳是個瘋瘋癲癲的女孩。」

「我是有點瘋癲啊。但不是那種複雜的瘋瘋癲癲。親愛的，那時候我沒把你給搞迷糊吧？」

我說：「葡萄酒是一種美妙的東西，會讓人忘掉不如意的一切。」

凱薩琳說：「很棒，但我爸卻因為葡萄酒而得了嚴重痛風。」

「妳有父親？」

凱薩琳說：「有，他有痛風。你不會需要跟他見面。你沒父親？」

我說：「沒有，只有繼父。」

「我會喜歡他嗎？」

「妳不用見他。」

凱薩琳說：「我們過得好快樂，我對其他一切再也沒有興趣了。能跟你結婚，我很快樂。」

服務生來房裡幫我們把東西收拾掉。過一會兒我們都沒動也沒講話，甚至可以聽見雨聲。樓下街上有一輛汽車的喇叭響了。

我輕吟詩句：

「但我總是聽到在我身後
時間像長了翅膀的戰車匆匆來臨。」[7]

「我知道這首詩，」凱薩琳說：「是馬韋爾的作品。但寫的是個不願與男人同居的女孩。」

這時我覺得腦袋非常清醒冷靜，想要聊一些重要的事。

「妳會在哪裡生小孩？」

「我不知道。在我能找到的最好地方。」

「妳要怎樣安排呢？」

「做最好的安排。別擔心，親愛的。也許在這戰爭結束前我們會生好幾個小孩呢。」

「我差不多該走了。」

「我知道。如果你想離開，我們就走吧。」

「不想。」

「那就別擔心，親愛的。先前你心情一直都很好，可是現在你在擔心。」

「我不擔心。妳多久會寫一封信給我？」

「每天寫。軍方會檢查你的信嗎？」

「檢查也沒關係，他們的英文沒那麼好。」

凱薩琳說：「我的信會搞得他們糊里糊塗。」

「但可別讓人太困惑。」

「我會讓他們有點困惑就好。」

「恐怕我們得出發了。」

「好吧，親愛的。」

「要離開這麼棒的地方，可真是討厭。」

「我也是。」

「但我們真的得走了。」

「好吧。不過，我們從來沒有過真正的家，每個地方都待不久。」

「我們會有的。」

「我會在我們美妙的家裡等你回來。」

「也許我會立刻回來。」

「也許你的腳會受輕傷。」

「或者耳垂。」

「才不要。我希望你耳朵的模樣別改變。」

「那我的腳就可以改變？」

「你的腳已經掛彩過啦。」

「親愛的，我真的得走了。」

「好吧，你先走。」

# 24

我們從樓梯下去，沒搭電梯。樓梯鋪的地毯很破舊。服務生送餐上樓時我已經付過餐費，送餐的那位服務生這時就坐在門邊一張椅子上。他跳起身對我鞠躬，我跟他走進旁邊的小房間，把投宿的帳單給繳清。剛剛入住時那經理還把我當朋友，拒絕我預付房錢，但他休息前卻記得吩咐服務生守在門口，以防我沒付錢就溜了。我猜他大概遇過那種事吧，搞不好還是他的朋友。在戰時，大家都很容易交朋友。

我吩咐那服務生幫我們叫一輛馬車。我手上拿著凱薩琳那一包衣服，他也順手拿走，打著傘走出旅館。透過窗戶我看見他在雨中穿越馬路。我們站在那小房間，眺望窗外。

「小貓咪[1]，妳還好嗎？」

「想睡覺。」

「我覺得肚子空空的，餓了。」

「你有東西可以吃嗎？」

「有，在我的側背包裡。」

我看見馬車開過來。車停下後馬兒的頭低垂在雨中，服務生走出來，撐傘朝旅館走回來。我們與他在門口會合，讓他打著傘送我們走過溼滑的人行道，來到停在街邊的馬車。水溝裡的水不斷流動著。

服務生說：「您的那包東西在座位上。」他撐著傘一直站到我們上了車，我付小費給他。

他說：「非常感謝，祝一路順風。」車夫揚起韁繩，馬開始跑了起來。服務生轉身，撐傘走回旅館。我們沿著街道往下前進，一個左轉後就來到火車站的右前方。站前燈下有兩位憲兵，剛好站在雨打不到的地方。燈光照亮他們的帽子。在車站燈光的照射之下，雨水看來清澈又透明。一位搬運員從火車站裡走出來，雨水打在他聳起的雙肩上。

「謝謝，」我說：「但我不需要您。」

他走回拱道裡躲雨。我轉身面對凱薩琳，她的臉在馬車車篷的陰影裡。

「我們就此道別吧。」

「我不能進去？」

「不能。」

「再見了，凱特。」

「你可以請他把車開回醫院嗎？」

「好。」

我把地址報給車夫，他點點頭。

我說：「再見，好好照顧自己和我們的小寶寶。」

「再見，親愛的。」

我說：「再見。」我走到雨中，馬車也啟動開走。凱薩琳探出頭來，我看到她那在燈光下的笑臉。她對我揮揮手。馬車沿著街道往上走，凱薩琳朝著拱門的方向指過去。我看了一下，只有那兩位憲兵跟拱門，這才知道她的意思是叫我進去，別在外面淋雨。我走進去，站在那裡看著馬車轉過街角，這才走到車站內部，從通往火車的坡道往下走。

那門房正在月台上等著我。我跟著他走進人滿為患的火車車廂裡，穿越走道，從門進去某個已經滿座的包廂裡，那位機槍手就坐在裡面某個角落。我的大背包和兩個側背包就擺在他頭頂的行李架。走廊上有許多人站著，走進包廂時裡面的乘客都看著我們。火車裡的空間不夠，大家都凶巴巴的。機槍手站起來，讓我坐下。有人拍我肩膀，我往回一看，原來是一位砲兵隊上尉，長得高高瘦瘦，下顎有一道紅色傷疤。他本來只是在走廊上，透過包廂門的玻璃窗往裡看，這時候走了進來。

我轉身面對他：「你說什麼？」他比我高，帽帽陰影下的臉非常削瘦，傷疤光亮，看來是新的。包廂裡的所有人都在看我。

他說：「你不能做這種事，你不能叫士兵幫你占位。」

「我已經做了。」

他吞了一口口水，只見他的喉結先往上又往下移動。機槍手站在座位前。包廂外其他人也透過門的玻璃窗往裡看。包廂裡大家都不發一語。

「你沒有權利做這種事。我比你早兩個小時來。」

「那你想怎樣？」

「有位子坐。」

「我也是。」

我看著他的臉，可以感覺到包廂裡所有乘客都對我不懷好意。我不怪他們，他也說得沒錯。但我想要那個座位。還是沒人說話。

我心想，噢，去他媽的。

我說：「坐下吧，上尉老爺。」機槍手讓開，那高瘦的上尉就坐了下來。他看著我，臉上一副很受傷的樣子，但他得到了座位。「拿著我的行李。」我對那機槍手說。我們走到外面的走廊。火車上人擠人，我知道這下自己不可能有位子坐。我給了門房與機槍手各十里拉。他們沿著走廊往下走，出去到了月台上，從窗戶往裡看，但還是沒有看到任何座位。

門房說：「也許有人會在布雷夏[2]下車。」

機槍手說：「到了布雷夏會有更多人上車。」我們握手道別後他們就離開了，兩人心情都很糟。火車啟動時車廂裡走廊上有很多人站著。火車離站時我看著車站的燈光與一個個車場。雨還下著，很快窗戶就溼掉了，無法看到窗外景象。後來，我先把裝錢和文件的皮夾從襯衫塞進長褲褲管裡，才睡在走廊的地板上。我睡了一整晚，等火車先後抵達布雷夏和維洛納，有更多人上車，才醒來兩次，但又很快入睡了。我把頭枕在一個側背包上，雙手環抱另一個，將背包擺在身邊，就算有人跨過去也沒關係，只要別踩到我就好。走廊上到處都是睡在地板上的人。其他人則是站著睡，手拉窗邊把手或靠在門邊。這列火車總是如此擁擠。

# 25

深秋時樹木都變得一片光禿禿，路面泥濘不堪。我搭乘軍卡從烏迪內前往戈里齊亞。一路上一輛輛軍卡與我們交錯而過，我看著沿路的鄉野風光。桑樹的樹葉都掉光了，田野盡皆棕黃。一排排禿樹枯葉落地後都被雨水打溼，路邊樹與樹之間堆了很多碾碎的石料，工人用來把路面的車輪凹痕填平。一層薄霧封鎖了戈里齊亞，也把遠山給遮擋住。渡河時我發現河面高漲，流速甚快，想必先前山區下了不少雨。入城後我們經過一家家工廠，接著是一間間宅院、別墅，我發現遭砲擊毀損的房舍更多了。在一條窄街上我們經過一輛英國紅十字會的救護車。司機戴著帽子，削瘦的臉晒得黝黑。我不認識他。到了市長官邸前廣場我才下車，司機把背包遞給我，我揹起來後也把兩個側背包掛在身上，然後徒步前往我們駐紮的那間別墅。我沒有回家的感覺。[1]

在溼漉漉的礫石子車道上，我一邊走一邊透過樹叢望著那棟別墅。所有窗戶都關了起來，但門是開著的。進去後我發現少校坐在桌邊，那房裡空蕩蕩的，只有牆上一些地圖與幾張上面有打字的紙。

「嗨，」他說：「你好嗎？」他看起來更蒼老了。

我說：「我很好，一切都順利嗎？」

他說：「戰事都結束了，把行李卸下，過來坐坐。」我把背包和兩個側背包擺在地板上，軍帽放在背包上。我把另一張椅子從牆邊拿過來，在辦公桌邊坐下。

少校說：「這個夏天真是慘烈，你現在身體夠健壯嗎？」

「嗯。」

「結果你到底有沒有拿到勳章？」

「有，順利拿到了。感激不盡。」

「我看看。」

我打開斗篷，讓他看看我身上的兩條勳帶。

「受勳時你有沒有一起拿到盒子？」

「沒有。只有表揚狀而已。」

「稍後軍方會把盒子送過來。還需要點時間。」

「你希望我執行什麼勤務？」

「救護車都出任務去了。六輛開去了北邊的卡波雷托。你知道卡波雷托[2]嗎？」

我說：「知道。」印象中那是個看來一片潔白，矗立著一座鐘樓的山谷小鎮。那是個很乾淨的小地方，廣場上有一座很漂亮的噴泉。

「他們要從那裡把傷患送回來。傷患很多。戰事已經結束了。」

「其他救護車呢？」

「有兩輛在山區，四輛還在貝因西薩高原上。另外兩個救護車車隊跟著第三軍團，在卡索高原。」

「你希望我做些什麼？」

「如果你願意的話，可以去貝因西薩接管那四輛救護車。吉諾已經在那裡待了很久。你還沒去過那高原吧？」

「沒有。」

「戰況很慘，我們損失了三輛救護車。」

「我聽說了。」

「嗯，里納迪有寫信給你。」

「里納迪在哪裡？」

「在這裡的醫院。他已經忙了一整個夏天和秋天了。」

「我想也是。」

「狀況一直很糟，」少校說：「慘到讓你難以置信。我常覺得你被炸傷反而是走運了。」

「我知道。」

「明年會更糟，」少校說：「也許敵軍現在就要發動攻擊了。很多人這麼說，但我實在是不相信。你有看到河面嗎？」

「有。河面已經很高了。」

「像這樣雨一直下個沒停，我實在不相信他們會發動攻擊。很快就要下雪了。你的同胞呢？除了你以外，還會有其他美國人嗎？」

「他們正在訓練千萬大軍。」

「希望其中有一部分會是我們的援軍。但我看應該都會被法國佬搶走，我們這裡什麼都分不到。那好吧，今晚你住在這裡，明天搭小車過去，讓吉諾可以回來。我會派認識路的人跟你一起去，吉諾會跟你交接。敵軍有時候還是會發砲轟炸，但戰事已經全部結束了。你該去看看現在貝因西薩是什麼模樣。」

「我很樂意去看看，也很高興能夠回到您的手下，長官。」

他微笑道：「你太客氣了。這戰爭讓我厭倦透頂。要是我像你一樣離開前線，一定不會回來。」

「這麼糟？」

「沒錯。已經很糟，還會更糟。去梳洗一下，然後去找你朋友里納迪。」

我帶著行李走出來，上樓去。里納迪不在房裡，但他的東西都在，我坐在床上把綁腿拿掉，脫掉右腳的鞋，然後躺在床上。我很累，右腳也痛。只脫一隻鞋躺在床上的模樣似乎很蠢，所以我站起來把另一隻鞋的鞋帶解開，任由鞋子掉在地面上，再次躺回舖著毛毯的床上。窗戶關著，房裡空氣不流通，但我累到不想起身開窗。我看見我的東西都擺在房間的某個角落。屋外天色已經開始變黑，我躺在床上想著凱薩琳，等里納迪回來。先前我嘗試過，除非是在晚上入睡前我不會去想她。但現在我累了而且又無所事事，所以就躺在那裡想起她了。想著想著，里納迪就走進房間了。他看起來還是老樣子，也許只是瘦了點。

他說：「嗨，小兄弟。」我在床上坐起來。他走過來坐在床上，用一隻手摟著我。「老兄弟。」他用力拍我的背，我抱住他的雙臂。

「老兄弟，」他說：「讓我看看你的膝蓋。」

「那我得要脫掉褲子。」

「那就脫褲子啊，小兄弟。朋友之間有什麼關係。我想看看他們手術做得怎樣。」我站起來脫掉褲子、護膝，里納迪坐在地板上，輕輕幫我把膝部往前、往後扳動。他用一根手指輕輕劃過我腿上的傷疤，兩根大拇指按在膝蓋上，其餘手指輕輕搖晃膝部。

「你的膝蓋只能活動到這種程度？」

「嗯。」

「他們真該死，居然這樣就讓你回來。應該要讓你的膝蓋能夠完全活動才對啊。」

「狀況已經比先前好很多了。之前我的膝蓋僵硬得很，根本動不了。」

里納迪把我的膝蓋繼續往下扳。我看著他那雙外科醫生的手，非常漂亮。我看著他的頭，頭髮油亮，分邊分得清清楚楚。結果他把我的膝蓋扳過頭了。

「啊！」我大叫一聲。

里納迪說：「你應該繼續用機器復健一段時間。」

「已經有改善啦。」

「小兄弟，我看得出來。這方面我比你懂。」他站起來坐在床上。「膝蓋手術倒是做得不錯。」看過我的膝蓋後他接著說：「說吧，這陣子你過得怎樣？」

「沒什麼好說的，」我說。「過得很平靜。」

他說：「你講話的口氣像是個已婚人士，你怎麼了？」

「沒什麼，」我說：「你怎麼了？」

里納迪說：「我快被這場戰爭給煩死，都快要得憂鬱症了。」他把雙手交疊，擺在膝蓋上。

「喔。」我說。

「怎麼了？我也是人，難道不能有情緒嗎？」

「我沒那個意思。只是我看你過得挺快樂啊。說吧，你怎麼了？」

「整個夏天和秋天我都在動手術。不停幹活，所有人的工作都落在我身上，困難的都留給我。天啊，小兄弟，我都要變成神醫了。」

「聽起來不錯啊。」

「我根本沒有動腦筋。沒有，天啊，完全沒動腦筋，只是開刀。」

「那是沒錯。」

「不過，小兄弟，刀都開完了。現在我沒有手術可以做，感覺生不如死。這場戰爭真可怕，小兄弟。我沒騙你。看到你讓我心情好多了。你幫我把唱片買回來了嗎？」

「買了。」

我用一個厚紙板盒把唱片收起來，放在背包裡。只是我剛剛累到不想動，沒有拿出來。

「小兄弟，那你自己開心嗎？」

「也是生不如死。」

「這戰爭太慘了，」里納迪說：「來吧，就讓我們大醉一場，快活一下。然後再去爽一爽[3]，然後我們就會覺得快樂了。」

我說：「我的黃疸還沒好，不能喝個爛醉。」

「噢，小兄弟，你回來後變成另一個人了。不但嚴肅，而且還開始擔心自己的肝。我說啊，這場戰爭真的太糟了，我們幹嘛打仗呢？」

「我們可以去喝酒。我不想喝醉，但喝點酒是可以的。」

里納迪走到房間另一頭的洗手台，拿回兩個杯子和一瓶干邑白蘭地。

他說：「這是奧地利干邑白蘭地，七星級的喔。部隊在聖加百列山區的戰利品只有這個。」

「你去過聖加百列山？」

「沒有，我哪裡都沒去。我一直待在這裡開刀。小兄弟，你看，這是你原本用來刷牙漱口的玻璃杯。我一直留著，提醒自己不要忘了你。」

「提醒你要刷牙啦。」

「才不是，我自己也有漱口杯。我用那杯子來提醒自己別忘記你去過緋紅別墅後，隔天早上彷彿想把自己去過的記憶刷掉，一邊罵髒話一邊吃阿斯匹靈，詛咒那些妓女。每次看到那玻璃杯我都想到你居然想用牙刷來清洗自己的良心。」他走來床邊對我說：「親我一下，然後跟我說你沒有變嚴肅。」

「我才不親你，你這頭猩猩。」

「我知道，你是盎格魯-薩克遜的乖乖牌男孩。我知道。你做很多事都會後悔。我知道。等下次去過妓院，我敢打包票，你一定又會卯起來刷牙。」

「幫我倒一點酒。」

我們碰杯飲酒，里納迪還是在笑我。

「我會把你灌醉，幫你開刀拿出肝臟，換某個義大利人的健康肝臟給你，這樣你又會變回男人啦。」

我拿著酒杯讓他繼續幫我倒酒。這時屋外天色已經變黑。我拿著酒，走過去把窗戶打開。雨已經停了，外面變得更冷，薄霧瀰漫在樹林之間。

「可別把白蘭地倒到窗外欸，」里納迪說：「如果你不能喝，就給我喝吧。」

我說：「河水沒加蓋，你自己去跳河啦。」我很高興與里納迪重逢。兩年來老被他這樣作弄，我一直都挺樂在其中的。我們倆是知己好友。

「你結婚了嗎？」他在床上問我。我站在牆壁的窗邊。

「還沒。」

「那你在談戀愛嗎？」

「嗯。」

「跟那英格蘭女孩？」

「嗯。」

「可憐的小兄弟。她對你好嗎？」

「當然。」

「我是說，她在那方面對你好不好？」

「閉嘴啦。」

「我會閉嘴。我這個人講話很含蓄的。她會不會——」

我說：「里尼，拜託你閉嘴。如果你想當我的朋友就閉嘴吧。」

「小兄弟，我幹嘛想當你朋友？我就是你的朋友啊。」

「那就閉嘴。」

「好吧。」

我走回床邊，在里納迪身邊坐下。他手拿酒杯，眼睛盯著地板。

「里尼，你看得出來我跟她是認真的嗎？」

「噢，看得出來。我這輩子看過很多人有過這種神聖的經驗。但以前我看你倒是不太有。」

「難道你沒有？」

「沒有。」

「一次也沒有過？」

「沒有。」

我覺得你應該也是會有吧，」他看著地板說。

「所以我可以拿你媽，拿你姊妹來開玩笑也沒關係？」

里納迪馬上回嘴：「拿你的英國妹子來開玩笑吧。[4]」我們倆都大聲笑出來。

我說：「你這老傢伙的嘴巴真厲害。」

里納迪說：「也許我是嫉妒吧。」

「不，你才沒有。」

「你搞錯我的意思了。我另有所指。你有朋友已經結婚了嗎？」

「有。」我說。

里納迪：「我沒有，相愛的人才不會跟我當朋友咧。」

「為什麼不會？」

「他們不喜歡我。」

「為什麼不喜歡？」

「我是蛇。我是為人類帶來理性的蛇。」

「你搞錯了吧！蘋果才是理性。」[5]

「不對，蛇才是。」他變得比較快活了。

我說：「沒有嚴肅思考的時候你比較快樂。」

「我愛你，小兄弟，」他說：「每次我一變成偉大義大利思想家，你就會拆我的台。不過我懂的道理可多著呢，只是我不能講。我懂得比你多。」

「對，你懂得比我多。」

「不過你可以過得比我快活。就算事後懊悔不已，至少你比我快活。」

「你才不會那麼慘。」

「噢，一定會，是真的。已經是這樣啦，現在我只有在工作時才會覺得快活。」他又盯著地板。

「你會好起來的。」

「不會。除了工作，現在我只愛兩件事。一件對我的工作有害，另一件只能維持半小時或十五分鐘。有時候時間更短。」[6]

「有時候則是三兩下就結束啦。」

「小兄弟，也許我進步了，只是你不知道。不過，現在我愛的就是這兩件事跟我的工作。」

「你會愛上其他事的。」

「不會。人是不會變的。人會喜歡什麼，是生下來就注定的，從來不會學到什麼。我們不會喜歡上新東西。人一生下來就已經完整了。你應該高興自己不是個拉丁人。」

「現在已經沒有什麼拉丁人啦。你那一套叫做拉丁哲學。你對你的種種缺點還挺自豪的呢。」里納迪抬起頭，笑了出來。

「我們就先暫停吧，小兄弟。動腦筋讓我覺得好累。」其實他進門時看起來就已經累了。

「快到用餐時間了。你回來我很高興。你是我的摯友，是我的戰地兄弟。」

「戰地兄弟何時用餐啊？」我問他。

「馬上。為了幫你養肝，我們多喝一杯吧。」

「你把自己當聖保羅啦！」

「引用《聖經》豈可不精確。聖保羅說的明明是葡萄酒和胃。喝點葡萄酒對胃有好處。」7

「隨便啦，不管你那瓶子裡裝什麼酒，」我說：「對什麼好都可以，你說了算。」

里納迪說：「敬你的女友一杯。」他舉起酒杯敬酒。

「好喔。」

「我不會再拿她來開下流玩笑。」

「別把自己給憋壞了。」

他把白蘭地喝完。他說：「我很純潔，我就像你，小兄弟。我也會交個英格蘭女友。說真的，我比你更早認識你女友欸，只不過她對我來講太高了點。就姊妹來講，太高了，」他引述了《聖經》典故。8

我說：「你的思想可愛純淨。」

「可不是？所以我外號叫做 *Rinaldo Purissimo*（純潔的里納多）。」

「*Rinaldo Sporchissimo*（骯髒的里納多）才對。」

「走吧，小兄弟，趁我的思想還算純潔時我們先下樓去吃飯。」

我梳洗一番後，我們就下樓去吃飯。里納迪有點醉。到了用餐的房間，發現餐點還沒完全備妥。

里納迪說：「我去拿一瓶酒。」他離開後上樓，我坐在桌邊，只見他回來時帶著一瓶干邑白蘭地，幫我們倆各倒了半玻璃杯。

「倒太多啦。」我一邊說一邊拿起玻璃杯，在桌燈下看他倒了多少酒。

「胃還空空的，剛好拿來裝酒。白蘭地是好東西，可以把胃燒灼一空。反正再糟糕也就是這樣。」

「好吧。」

「一天天走向自我毀滅，」里納迪說：「酒把胃燒壞，讓人手發抖。剛好是外科醫生需要的。」

「你推薦？」

「強烈推薦。我只喝這種酒。喝啊，小兄弟，等著發病吧。」

我喝了半杯酒。我聽見勤務兵在大廳裡高呼：「熱湯！熱湯煮好了！」

少校進來後對我們點點頭，然後坐下。在桌邊他看起來很矮小。

少校問：「就我們這幾個人嗎？」勤務兵把湯碗放下，他舀了一杓。

「就我們幾個，」里納迪說：「除非神父也來。如果知道佛德列可也在，他會來的。」

我問道：「他在哪？」

少校說：「他在三〇九。」他忙著喝湯。他擦擦嘴巴，也把兩撇往上翹的八字鬍小心翼翼地擦乾淨。「我想他會來的。我剛剛打電話過去，也留了話，說你會在這裡。」

我說：「我想念那吵吵鬧鬧的食堂。」

少校說：「是啊，這裡太安靜了。」

里納迪說：「等一下就會變吵。」

少校說：「喝點葡萄酒吧，亨利。」他把我的酒杯倒滿。義大利麵端上來後大家開始狼吞虎嚥，神父進來時已經差不多吃光了。他看起來還是老樣子，矮小黝黑又結實。我站起來跟他握握手，他把一隻手搭在我的肩膀上。

他說：「我一聽到消息就過來了。」

少校說：「坐吧，你來晚了。」

「神父，晚安。」里納迪用英語問候神父。喜歡戲弄神父的那位上尉會講一點英文，這橋段是大夥從他那裡學來的。神父說：「晚安，里納多。」勤務兵把湯端過來給他，但他說他想要先吃義大利麵。

他問我：「你還好嗎？」

我說：「還好，你呢，一切可好？」

「喝點葡萄酒吧，神父，」里納迪說：「喝點葡萄酒對胃有好處。你也知道，這是聖保羅說的。」

神父很客氣地答道：「對，我知道，」里納迪幫他把杯子倒滿。

里納迪說：「話說這位聖保羅啊，麻煩都是他惹出來的。」神父微笑看著我。我看得出現在這一招對他已經沒有用。

里納迪說：「那位聖保羅自己本來是酒色不拒，等到他自己玩夠喝夠了，就說酒色都不好。他自己不想喝不想玩了，就對我們這些還想的人訂下規矩。難道不是這樣嗎，佛德列可？」

少校臉露微笑。這時我們已經在吃燉肉了。

我說：「入夜後我從來不會對任何聖人說三道四。」神父本來在吃燉肉，聽到後抬起頭來對我微笑。

「他又來了，跟神父是同一國的，」里納迪說：「那些最會作弄神父的傢伙哪兒去了？

卡瓦康堤在哪？布倫迪在哪？塞薩瑞在哪？難道我得唱獨角戲，自己作弄神父？」

少校說：「他是個好神父。」

「他是個好神父，」里納迪說：「但還是個神父啊。我想要讓這食堂跟以前一樣熱鬧。我想讓佛德列可高興起來。去死吧，神父！」

我看到少校盯著他，也注意到他喝醉了。他削瘦的臉看來慘白。因為額頭太白，他的頭髮看起來好黑，根根分明。

神父說：「沒關係，里納多，沒關係。」

「你去死吧，神父，」里納迪說：「這整個世界都去死吧！」他往回靠在椅背上。

少校對我說：「他工作壓力大，非常疲倦。」他吃完燉肉，用一塊麵包把肉汁抹乾淨。

「我他媽才不在乎，」里納迪對著餐桌說：「這整個世界都去死吧！」他不屑地環顧餐桌四周，眼神呆滯，臉色慘白。

我說：「好啦，好啦，大家都去死。」

「不，不，」里納迪說：「你不可以。我說，你不可以這樣講。大家都被榨乾啦，大家都被掏空了，此外什麼都沒有。我說啊，除此之外什麼都沒有。我知道，除了工作之外，什麼該死的東西都沒有。」

神父搖搖頭。勤務兵幫他把裝燉肉的盤子收掉。

「你幹嘛吃肉？」里納迪轉身對神父說：「你不知道今天是禮拜五[9]嗎？」

神父說：「是禮拜四。」

「騙人。是禮拜五。你吃了主耶穌的聖體。那是天主的肉。那是奧地利人的死屍。都被你吃了。」

「白肉是軍官的肉。」我幫他把那老笑話說完。

里納迪哈哈大笑，把自己的酒杯倒滿。

他說：「別理我，我只是發發酒瘋。」

神父說：「你該放個假。」

少校搖搖頭。里納迪看著神父。

「你覺得我該放個假？」

少校對著神父搖搖頭。里納迪還是看著神父。

神父說：「隨你便，如果你不想，就別放假。」

「去你的，」里納迪說：「他們想要擺脫我。每天晚上他們都想擺脫我。都被我頂了回去。要是我放假的話，那又怎樣？大家都放假。全世界都放假。剛開始，」他繼續講，語氣變成像在講課，「只是個小疙瘩，然後我們注意到兩肩之間的一片疹子，接著我們什麼都不用注意，以為用汞就可以治好。」

「或者撒爾佛散[10]，」少校靜靜地補了一句。

里納迪說：「用汞製造的藥品。」他表現出非常興奮的樣子。他說：「我知道有種祕方，不用汞也不用撒爾佛散。我的好好神父，你就從來不會中鏢。小兄弟會得。這是職業病。就只是一種職業病。」

勤務兵端來甜點與咖啡。甜點是淋上了甜乳酪醬的黑色布丁麵包。燈燒了起來，黑煙從燈罩裡冒出來。

少校說：「拿兩根蠟燭來，把這盞燈撤掉。」勤務兵拿來兩根立在小碟子上，已經點燃的蠟燭，拿出燈來吹熄。這時里納迪靜了下來。他看來沒事。我們聊了一會兒，喝完咖啡後大家都離開食堂，到走廊上。

「你跟神父好好聊一下。我必須去城裡一趟，」里納迪說：「晚安，神父。」

神父說：「晚安，里納多。」

里納迪說：「待會見，佛萊迪。」

我說：「好，早點回來。」他做個鬼臉，走出食堂門口。少校跟我們站在一起。「他累得筋疲力盡，做太多工作了，」他說：「他以為自己也得了梅毒。我覺得應該沒有，但也是有可能。他自己在用藥。晚安。亨利，你會在黎明前出發？」

「是的。」

他說：「那再見吧，祝好運。派杜齊會叫醒你，跟你一起去。」

「再見，長官。」

「再見。據說奧地利部隊即將發動攻勢，但我不相信。希望沒那回事。不過，就算有也不會是在這裡。吉諾會跟你交接業務。現在電話是通的。」

「我會常常打電話回來。」

「一定要常打電話。晚安。勸勸里納迪，要他別喝那麼多白蘭地。」

「我試試看。」

「晚安，神父。」

「晚安，長官。」

少校走回辦公室。

# 26

我走到門口往外看。雨已經停了，但起了薄霧。

我問神父：「我們該上樓嗎？」

「我只能待一會。」

「上樓吧。」

我們一起走樓梯到我房間去。我躺在里納迪的床上。神父坐在勤務兵幫我弄好的吊床上。房間裡一片漆黑。

他說：「說吧，你到底過得好不好？」

「還好。今晚有點累。」

「我也覺得累，可是沒有原因。」

「戰爭進行得怎樣了？」

「我覺得應該很快就會結束。雖然不知道原因，但我可以感覺到。」

「你覺得怎樣？」

「你知道你們那位少校現在怎樣嗎？沒有鬥志？[1]現在很多人都那樣。」

我說：「我自己也有那種感覺。」

神父說：「這個夏天戰況慘烈。」跟我離開前相比，現在的他對自己更有信心了。「戰況有多慘，說出來你大概也不信。只有在現場的人知道那是怎麼回事。很多人都是到了今年夏天才真正了解戰爭。本來我覺得有些軍官不可能有所領悟，但他們現在都了解了。」

「接下來會怎樣？」我一邊說一邊用手輕撫毛毯。

「我也不知道，但我覺得這場戰爭撐不了多久了。」

「那會怎樣？」

「會停戰。」

「哪一方？」

「雙方都會。」

我說：「希望如此。」

「你不相信？」

「我不相信雙方都會立刻停戰。」

「我也不奢望會立刻停戰。不過，我一看到人們的改變，就覺得戰爭撐不下去了。」

「今年夏天的戰事誰贏了？」

「雙方都沒贏。」

我說：「奧地利人贏了，他們擋下攻勢，沒讓我們拿下聖加百列山。他們贏了。他們不會停手的。」

「如果他們的士氣跟我們一樣低落，也許就會停戰。畢竟他們經歷了一樣的慘況。」

「贏的一方從來都不可能停手的。」

「你讓我氣餒。」

「我只是說出自己的想法。」

「所以你覺得這戰爭會沒完沒了？不會有改變？」

「我不知道。我只是覺得既然打了勝仗，奧地利人就不會停手。只有遭遇逆境的人才會成為基督徒。」

「奧匈帝國的人也都是基督徒，只有波士尼亞[2]除外。」

「我不是指狹義的基督徒。我的意思是，如果像主耶穌那樣遭遇逆境。」

他不發一語。

「我們現在失去鬥志，變得比較溫和，是因為吃了敗仗。如果主耶穌在果園中被彼得救走，祂會怎樣？」[3]

「祂還是會一樣。」

「我覺得不會。」我說。

他說：「你讓我氣餒，我相信會有改變，也為此禱告。我感覺到改變就在眼前。」

我說：「也許會有改變，但只有我們會改變。要是敵軍的感覺跟我們一樣，那就會沒事。不過，既然他們打敗了我們，他們的感覺就不會一樣。」

「總是有很多軍人有這種感覺，但不見得是因為他們吃了敗仗。」

「他們一開始就輸了。自從被迫離開農場成為軍隊的一員，他們就輸了。這就是為什麼農夫比較聰明，因為他們一開始就輸了。如果讓他們掌權，那肯定會變笨。」

他不發一語，在想事情。

「現在連我自己都沮喪了起來，」我說：「所以我才不去想這些事。我從來不想那麼多，但每次我只要一開口，就會想都不想就說出自己心裡的話。」

「我曾經對於某件事有過希望。」

「戰敗？」

「不是。不只是戰敗。」

「除了戰敗，只有戰勝，此外就什麼都沒有了。不過也可能比戰敗更慘。」

「有很長一段時間我對戰勝還抱著希望。」

「我也是。」

「現在我不知道了。」

「總有一方會戰勝。」

「我不再相信我們會戰勝。」

「我也不信。但我也不相信我們會戰敗。只是，結果可能更慘。」

「那你相信什麼？」

我說：「我相信睡覺。」

他站起來。「抱歉，我好像耽擱你太久了。不過我很喜歡跟你聊天。」

「能跟你聊天我也很開心。我說相信睡覺只是在胡扯，別放心上。」

我們站起來，在黑暗中握握手。

他說：「現在我的宿舍在三〇七營房。」

「明早我天亮前就得要去前線的救護車站了。」

「那等你回來再見了。」

「到時候我們可以邊散步邊聊天。」我跟他走到門邊。

他說：「別下樓了，你能回來真是太棒了。不過，這對你自己倒不是什麼好事。」他把一隻手擺在我的肩頭。

我說：「我沒關係的，晚安。」

「晚安。回頭見！」

「回頭見！」我說。我真是睏得要死。

# 27

里納迪回房時我醒來，但他沒講話，所以我又繼續睡。到了早上，天還沒亮我就穿好衣服走了，我離開時里納迪沒有醒來。

以前我沒見過貝因西薩高原。在我受傷的那個河畔再過去，有一片通往高原的斜坡，因為那裡曾是奧軍據點，經過時我心裡有種奇怪的感覺。有一條陡峭的新路，路上許多軍卡來來往往。過一段距離後，路面變得平坦，薄霧中只見四處都是樹林與陡丘。有一些樹林是我軍很快就攻下的，所以沒有被炸爛。到了沒有山丘掩護的路段，部隊用麥稈編織的墊子把路面兩側與上方遮蔽起來。路的盡頭來到一個四處斷垣殘壁的村莊。我軍據守的戰線在更遠的高處。這附近架起了很多大砲。村裡房舍都嚴重受損，但部隊把一切安排得很好，到處都有指示牌。我們找到吉諾，他弄了一點咖啡給我們喝，後來我跟著他一起去見了很多人，也去視察各個救護車站。吉諾說，英國人也派了幾輛救護車來貝因西薩支援，在高原上更遠處的小鎮拉夫內。他非常敬佩英國人。他說，敵軍還是偶爾會發砲轟炸，但傷者不多。但因為現在已經下雨了，傷者也會開始多起來。照理說奧國人這時應該會發動攻勢，但他不相信敵軍會這麼做。我們也應該進攻了，但因為沒有新的部隊奧援，所以也不可能發動攻勢。戰地的食物短缺，他很高興馬上能去戈里齊亞飽餐一頓。他問部隊吃什麼當晚餐，我回答他，他說那實在太棒了。他對食堂甜點的印象特別深刻。我沒有詳細描述給他聽，只說那是一種甜點。我覺得他應該是覺得那甜點不只是麵包布丁那麼簡單。

　他問少校會派他去哪裡？我說我不知道，但其他有些救護車在卡波雷托。他希望能調去那裡。卡波雷托是個很漂亮的小地方，他很喜歡那裡的崇山峻嶺。他是個和善的年輕人，大家似乎都喜歡他。他說夏天時戰況真正慘烈的地方是聖加百列山區，還有後來戰況惡化的洛姆。他說奧軍在更遠處的制高點，也就是特爾諾瓦山脊[1]部署了很多大砲在樹林裡，夜間的砲襲讓我們的路面嚴重受損。有個使用海軍大砲的大砲部隊讓他神經緊繃。他說只要我遇上了就能認出來，因為那種大砲都是射出平射砲。一得到砲擊的消息後，幾乎立刻就能聽見四下響起慘叫聲。他們通常都是連續發出砰砰兩砲，一砲接一砲，爆炸後留下巨大砲彈碎片。他拿了一片給我看，是長度一英尺多，表面光滑，四周呈鋸齒狀的金屬片。材質看來像銅、錫、銻等的合金。

　「我實在沒想到會有這麼厲害的砲彈，」吉諾說：「但我真的嚇死了。那些砲彈聽起來就像是朝我們直接打過來。砰一聲，接著立刻有爆炸與慘叫聲。就算沒受傷，人都被嚇死了，還能打仗嗎？」

他說正對面的戰線裡現在有些克羅埃西亞人與馬扎爾人。我軍目前仍據守著進攻位置，要是奧軍真的發動攻擊，我們沒有電話線路可以通訊，也沒有可以撤退的地方。離開高原後有一片低矮的山區非常適合用來當防禦據點，但軍方卻沒有在那裡組織任何防禦。他問我對貝因西薩高原有什麼看法？

本來我以為這裡既然叫做高原，應該會平坦一點。我實在沒料到地形會那麼崎嶇破碎。吉諾說：「名字叫做高原，但卻沒有平地。」

我們回到他那位於房舍地窖的住處。我說與其把那一座座小山拿來當防禦據點，不如像現在利用這片山頂平坦而且稍有深度的山脊更為實際，防守起來比較簡單。我的主張是，在山上發動攻擊並不會比在平原上困難。

「那得要看你說的是哪一種山，」他說：「你看看加百列山有多難攻取。」

我說：「話是沒錯，但我們在加百列山真正遇到麻煩的地方是在平坦的山頂。上到山頂前都很容易。」

他說：「也沒那麼容易。」

「對，」我說：「不過，加百列山是個特例，因為與其說它是山，不如說是一座碉堡。多年來奧國人一直都在那上面修築防禦工事。」純粹從戰略的角度看來，我覺得在這種強調能動性的戰爭裡，一片低矮的群山實在很難防守，因為很容易就會被打下來。作戰時應該盡可能保持能動性，但是山不可能移動。還有，從高處往下射擊總是很難準確。如果側翼失守了，那最精銳的部隊就會被圍困在山上。我認為不該在山地進行作戰。我說，這是我過去思考很久後得出的結果。今天我們拿下一座山頭，改天敵軍攻取另一座，但在我看來，等到關鍵攻勢展開，雙方都必須把山上的部隊撤下來。

他問我，要是你的國界就是一座山，那該怎麼辦？

我說這問題的答案我還沒想好。我們倆都笑了起來。「不過啊，」我說：「從歷史看來，奧國部隊在維洛納周遭的四邊形地帶屢屢慘敗。而且敵軍都是等奧國人從山區下來平原後，才迎頭予以痛擊。」

吉諾說：「沒錯，不過你說的敵軍是法國佬。而且你是在別人的國家打仗，自然可以清楚地想出這些軍事問題的解答。」

我贊同他：「沒錯，遇到自己的國家捲入戰爭，沒有人能夠用比較科學的方式去思考。」

「俄國人就可以，看他們是怎樣引誘拿破崙入陷阱的。」

「那倒是沒錯，不過俄國的優勢是有大片疆土。如果是在義大利，想要引誘拿破崙進入陷阱，軍隊恐怕要先撤退到布林迪西[2]了。」

吉諾說：「很糟的地方，你去過那裡嗎？」

「去過，但沒住過。」

吉諾說：「我是個愛國者，但要叫我愛上布林迪西或塔蘭多[3]，我實在辦不到。」

我問他：「那你喜歡貝因西薩嗎？」

「土壤很棒，」他說：「但我希望可以用來多種一點馬鈴薯。你知道嗎，當初我們來這裡時發現了很多奧國佬栽種的馬鈴薯田。」

「食物真的短缺嗎？」

「因為我食量大，所以我在這裡從來都吃不夠，但也沒有捱餓就是了。伙食配給量算是一般。前線軍團的伙食很好，但後備部隊能吃的就不多了。一定有某個環節出了問題。食物應該很多才對啊。」

「有人中飽私囊，轉賣了軍糧。」

「沒錯，軍方盡可能為前線部隊提供最多軍糧，但後方部隊卻食物短缺。部隊已經把奧國人的馬鈴薯跟樹林裡的栗子都吃光了。我們應該讓部隊吃得更好才對。大家食量都很大。我確定應該有很多食物才對。讓士兵糧食短缺實在太糟糕。你有沒有注意到，這問題讓你的想法改變了？」

我說：「有，這樣無法讓我們打贏這戰爭，會讓我們打輸。」

「我們別提打敗仗。這種話已經有很多人講過了。今年夏天我們付出的一切不可能是做白工。」

我不發一語。那些空泛的字眼，像是「神聖」、「榮耀」、「犧牲」什麼的，總是令我感到尷尬。我們都聽過那些字眼，有時候是下雨時從幾乎已經聽不見的地方傳過來，所以只有大聲喊話才能聽得見。我們也看過那些字眼寫在一張張宣言海報上，張貼之後把其他宣言海報覆蓋過去。如今，我已經有好久一段時間沒有見識到真正神聖的事物，過去充滿榮耀的一切不再榮耀，而所謂的犧牲，如果只是埋葬那些捐軀者的屍體，其他什麼事也沒能為他們做，那他們跟芝加哥屠宰場裡的牲畜屍體有什麼兩樣？[4]讓人聽不下去的字眼實在太多了，以至於到最後，還留有尊嚴的字眼只剩下地名。某些號碼也是這樣。還有，我們可以說得出口而且仍有意義的，只剩下地名與某些日期。與村莊名稱、道路編號、河流名稱、軍團番號與日期相較，「榮耀」、「榮譽」、「勇氣」、「神聖」等抽象的字眼簡直像髒話。吉諾是個愛國者，所以有時候他嘴裡會冒出一些我不會說的字眼，但他是個善良的小夥子，而且我也很清楚他是個愛國者。愛國是他與生俱來的特質。他搭乘派杜齊開的車，兩人一起回戈里齊亞。

那天一整天都狂風暴雨。強風把雨往下掃，到處都有積水與泥巴。殘破房舍的灰泥牆壁看來又灰又溼。雨下到傍晚才停，我從二號救護車站看見晚秋的蕭瑟鄉野一片潮溼，浮雲罩一座座山丘的頂端，路面上方用來掩蔽人車的麥稈墊子都溼漉漉滴著水。太陽下山前出來露臉片刻，照耀著山脊再過去的那片禿木樹林。奧軍在山脊上的樹林裡部署了很多大砲，但只用了其中幾門來砲轟我們。我看見前線附近一座殘破農舍上空突然冒出幾朵夾帶著砲彈碎片，看來鬆鬆軟軟的圓形煙雲，中間還有黃白火光。看見火後，接著才聽見砰的一聲，然後是一顆煙球在風中爆開，慢慢散掉。無論是在房舍的斷垣殘壁裡，或在充當救護車站的破損房屋旁的路邊，都有許多砲彈留下來的鐵製霰彈，不過那天下午奧軍沒有砲轟救護車站那一帶。我們的兩輛救護車載著病人經過那條有潮溼麥稈墊子遮掩的路，殘餘的夕陽從墊子的隙縫之間灑下。我們還沒走到山丘後面那一段沒有墊子掩護的路面，太陽就已經下山了。車子沿著那條路往下開，轉彎後進入曠野，接著又開進墊子搭成的方形通道，這時雨又開始下了起來。

夜裡風勢變強，到了凌晨三點，砲彈開始隨著滂沱大雨落下，克羅埃西亞部隊掃過山上的草地，穿越一片片樹林，來到我軍據守的戰線前。黑暗中，雙方在大雨中交戰，第二道防線的部隊在驚駭之餘還是展開反攻，把敵軍逼回去。整條戰線全面開打，砲彈、火箭在雨中齊發，雙方的機關槍與步槍交織成槍林彈雨。敵軍並未再次來犯，四下變得比較安靜，偶爾在風聲雨聲停歇時我們可以聽見北邊遠方的巨大轟隆砲響。

部隊持續把傷者送來救護車站，有些是用擔架運來，有些自行行走，也有人穿越原野，揹著自己的同袍過來。他們全身溼透，驚魂未定。擔架都是從救護車站的地窖抬上來，我們把滿滿兩車傷患放進救護車，就在把第二輛車的門關好時，我感覺到臉上的雨水變成了雪。

雨水夾帶著大量雪花快速落下。

雪停後天光才出現，而大風仍吹個不停。先前雪花落在溼漉漉的地面就融化，現又下起雨來。黎明後我們又遭到另一波攻擊，但敵軍並未得逞。我方一整天都覺得敵軍會馬上重啟第三波攻勢，但他們一直到太陽正要下山時才行動。奧軍從密集部署大砲的山脊沿線樹林，居高臨下往南發動砲擊。我們一直以為救護車站會遭受砲擊，但並沒有。天色變黑了。村莊後面的田野上，我軍的砲陣也在發動砲擊，聽著砲彈射向遠處的咻咻聲響，感覺很安心。

我們聽說奧軍往南砲擊的攻勢並未成功。那天晚上奧軍並未繼續進攻，但我們聽說他們已經突破我們北邊的防線。夜裡傳來了我方準備要撤退的消息，是救護車站的上尉跟我說的。他的消息來源則是旅部。不久後他講完一通電話，又來跟我說那是謠言。先前旅部接獲的命令是，無論如何都要把貝因西薩高原上的防線守住。我問他，北邊防線是不是真的被攻破了，他說他在旅部聽到的消息是，駐守北邊的第二十七軍團已在卡波雷托附近遭奧軍擊潰。北邊已經鏖戰了一整天。

他說：「如果那些狗雜碎守不住，讓敵軍攻破防線，那我們都完蛋了，」

一位醫官說：「進攻的是德軍。」「德軍」兩字令人聞之色變。我們都不想跟那些德國佬打交道。

那位醫官說：「有十五個師的德國部隊，他們已經攻破防線了，我們撤退的路線會被切斷。」

「旅部說我們必須死守這道防線。他們說防線還沒遭德軍徹底擊潰，我們會在蒙特馬焦雷部署重兵，守住這個山區的防線。」

「旅部的消息打哪來的？」

「來自師部。」

「說我們即將撤退的消息也是來自師部啊。」

我說：「我們都是隸屬於軍團，不過，在這裡我是聽命於你。你要我往哪裡去，我當然都會去。但你要把命令搞清楚啊。」

「我接到的命令是要待在這裡。你的職責是守在這裡，派車把傷者送往戰地救護站。」

「有時候我們也會把傷者從救護站送往戰地醫院，」我說：「說吧，我從來沒親身經歷過撤退行動。如果真要撤退，我們要怎樣把傷者都撤走？」

「沒辦法全都撤走。只能盡可能運送，運不走的就留著。」

「那我車裡要裝什麼？」

「醫療設備。」

我說：「好。」

大撤退行動於隔晚展開。[5]聽說德奧聯軍已經衝過北邊的防線，正橫掃過一座座山谷，朝奇維達萊與烏迪內挺進。撤退的隊伍井井有條，大家都渾身溼淋淋，心情沉重嚴肅。那晚我們的救護車在擁擠的路上慢慢前進，沿路盡是在雨中從前線撤走的部隊，有許許多多大砲、馬車、騾子與軍用卡車。秩序井然，並沒有比部隊挺進時更為混亂。

野戰醫院都設在高原上受損情況最小的幾個村莊，我們去幫忙把醫院清空，將傷者運往河岸邊的帕拉瓦村，然後隔天幾輛救護車又在雨中忙著把醫院和救護站撤離帕拉瓦村。雨下個不停，貝因西薩的部隊頂著十月的大雨從高原下來，渡過大河，而那河邊正是同年春天我軍連戰皆捷的地方。隔天中午我們抵達戈里齊亞，抵達前雨就停了，整個小城幾乎全已人去樓空。車開到街上時我們看到部隊正在安排士兵妓院的女孩搭卡車撤走。七個女孩全都戴著帽子，穿上外套，手拿小行李箱。其中兩個在哭。另外有一個對我們微笑，然後伸出舌頭上下擺動。她的嘴唇豐潤，眼睛是黑色的。

我要司機停車，下車後走過去跟鴇母講話。她說，軍官妓院的女孩那天一大早就已經先撤離了。那她們要去哪裡。她說去科內利亞諾[6]。卡車開動了，那位嘴唇豐滿的女孩再度對我們伸出舌頭。鴇母對她們揮揮手。那兩個女孩還在哭，其他人往外看著小城景物，離情依依。我回到救護車上。

「我們該跟她們一起走，」波內洛說：「這趟路途應該會很好玩。」

我說：「我們這趟路也會不錯啊。」

「我們這趟路會很可怕。」[7]

我說：「我就是那個意思。」接著我們沿車道往下開，前往那別墅。

「如果有一些壞小子爬進卡車裡，想要對她們霸王硬上弓，我倒是想看看好戲。」

「你覺得有人會那樣？」

「當然。第二軍有誰不認識那鴇母？」

我們來到別墅外。

「大家都謔稱她為女修道院長，」波內洛說：「那幾個女孩是新來的，但大家都認識鴇母。她們一定是撤退前不久才被帶到妓院去的。」

「這下她們糟了。」

「沒錯，她們糟了。要是我有機會也想要白嫖她們。那家士兵妓院要價太高了。我們簡直是被政府敲竹槓。」

我說：「把車開出來，讓技師檢查一遍，把機油換好，檢查一下差速器。加滿油後睡一下。」

「遵命，中尉。」

別墅已經人去樓空。里納迪跟著醫院一起撤走了，少校則是搭乘參謀的專車，帶著醫院的人員一起走。窗戶上貼著一張寫給我的字條，交代我把堆在走廊上的物資載走，前往波代諾內[8]。技師都已經離開了。我走出別墅到後面的車庫，這時另外兩輛車也回來，司機走下車。雨又開始下了。

皮亞尼說：「我好睏。從帕拉瓦回來這裡的路上睡著三次。中尉，接下來我們怎麼辦？」

「我們換機油、加潤滑油跟汽油，把車開到前面，把他們留下的一堆廢物搬上車。」

「然後我們就可以走了？」

「不，先睡三個小時再走。」

「天啊，能睡覺真爽，」波內洛說：「剛剛我開車時卯起來打瞌睡。」

我問道：「阿依莫，你的車狀況怎樣？」

「還好。」

「弄一套工作服給我，我幫你換油加油。」

「中尉，你就別忙了，」阿依莫說：「那些我三兩下就搞定了。你就去打包你的東西吧。」

我說：「我的東西都打包好了，那我去把他們留下的東西搬出來。車子弄好後就都開到前面去。」

車開到別墅前面後，我跟他們一起把留在走廊上的醫療設備裝上車。裝好後，我們在雨中把救護車停在車道的樹下，排成一直線，然後才走進別墅裡。

我說：「到廚房裡去生火，把你們的衣物烘乾。」

「我不在意衣服溼了，」皮亞尼說：「我只想去睡覺。」

波內洛說：「我去少校的床上睡。」

皮亞尼說：「我不在乎睡哪裡。」

我打開門說：「這裡有兩張床。」

波內洛說：「先前我還真不知道這房間裡有什麼。」

皮亞尼說：「那是老魚臉的房間。」

「你們倆睡這裡，」我說：「我會叫醒你們。」

波內洛說：「如果你睡過頭，那叫醒我們的就會是奧國佬啦。」

我說：「我不會睡過頭，阿依莫在哪？」

「他走出去，到廚房裡。」

我說：「該睡覺了。」

「我會睡覺，」皮亞尼說：「今天整天我都坐在駕駛座上打瞌睡。點頭點個不停。」

波內洛說：「把靴子脫掉，那是老魚臉的床。」

「我才不鳥老魚臉。」皮亞尼躺在床上，把沾滿泥巴的靴子伸出床外，一隻手臂枕著頭。

我走出去到廚房裡，看到阿依莫生起了爐火，正在燒一壺熱水。

他說：「我認為我該煮一點麵條，醒來後我們會肚子餓的。」

「巴托洛繆，你不睏嗎？」

「不怎麼睏。等水滾了我就離開，反正火會自動熄掉。」

我說：「你最好睡一下，我們可以吃起司跟牛肉罐頭[9]。」

他說：「吃麵比較好，吃點熱食會讓那兩個無法無天的混蛋乖一點。中尉，你去睡吧。」

「少校的房間裡有床。」

「你去少校房裡睡。」

「不，我就睡我自己的房間。巴托洛繆，你想喝點酒嗎？」

「中尉，等我們要走時再喝。現在喝對我沒好處。」

「如果你三個小時後醒了，我卻沒叫你，你就叫醒我好嗎？」

「中尉，我沒有手錶。」

「少校的房間裡有時鐘。」

「好。」

走出去後我穿越食堂與走廊，沿著大理石階梯走到先前我跟里納迪一起住的房間裡。外面下著雨。我走到窗邊眺望外面。天色漸暗，只見三輛救護車在樹下排成一排。雨中的樹滴著水。天氣很冷，水滴都掛在樹枝上。我回到里納迪的床上，躺下去，隨即睡著。

出發前我們在廚房裡吃東西。阿依莫煮了一盆義大利麵，麵裡加了洋蔥和一些切碎的罐頭肉。我們圍著餐桌坐，一起喝兩瓶遺留在別墅地窖裡的葡萄酒。外面天色已經黑了，雨仍下著。皮亞尼坐在桌邊，還是很睏。

「比起部隊進軍，我還喜歡撤退多一點，」波內洛說：「撤退時我們喝巴貝拉紅酒。」

阿依莫說：「我們現在就喝吧。明天也許我們就得要喝雨水了。」

「明天我們會在烏迪內喝香檳。」

「那是逃避兵役的傢伙住的地方。醒一醒，皮亞尼！明天我們會在烏迪內喝香檳。」

皮亞尼說：「我醒著啊！」他用盤子裝麵和碎肉，「巴托，難道你找不到番茄醬嗎？」

阿依莫說：「沒有番茄醬。」

波內洛說：「我們會在烏迪內喝香檳。」他倒了一杯清澈的巴貝拉紅酒。

皮亞尼說：「在抵達烏迪內以前，我們可以喝——」

阿依莫問道：「中尉，你吃飽了嗎？」

「我吃夠多了。把酒給我，巴托洛繆。」

阿依莫說：「我還幫每個人各準備了一瓶酒，等等可以帶上車。」

「你到底有沒有睡？」

「我不太需要睡眠。只睡了一下。」

波內洛說：「明天我們可以睡國王的床上。」他的心情很好。

波內洛說：「我要跟王后睡。」他盯著我，想看看我對這笑話有何反應。

我說：「閉嘴。喝點酒後你就變得怪裡怪氣。」外面正下著大雨。我看看手錶，時間是九點半了。

「該出發了。」我說完後站起來。

波內洛問道：「中尉，你想搭哪一輛車？」

「我搭阿依莫的車。你開在後面，皮亞尼殿後。我們走那一條通往科爾蒙斯鎮的路。」

皮亞尼說：「恐怕我會開車開到睡著。」

「好，那我搭你的車。波內洛開在後面，阿依莫殿後。」

皮亞尼說：「這樣最好，因為我實在睏死了。」

「我會開車，你可以睡一會兒。」

「不。只要我打瞌睡時有人在旁邊喊一聲，我還是可以開車的。」

「我會叫醒你。巴托，把燈熄掉。」

「燈留著也沒關係，」波內洛說：「反正這地方我們再也用不到。」

我說：「我房間裡有個可以上鎖的小行李箱，皮亞尼，你可以幫我搬下來嗎？」

皮亞尼說：「我們會去搬。走吧，艾爾多！」他跟波內洛一起走到走廊。我聽見他們走上樓梯的聲音。

巴托洛繆·阿依莫說：「這地方真不錯。」他把兩瓶葡萄酒和半塊起司放進自己的小背包裡。「再也不會有這麼棒的地方了。中尉，部隊要撤退到哪裡？」

「軍方說要渡過塔利亞門托河[10]。醫院跟戰區指揮部會設在波代諾內。」

「這個小城比波代諾內更棒。」

我說：「我不了解波代諾內，我只是曾經路過而已。」

阿依莫說：「那個地方沒什麼看頭。」

# 28

三輛救護車在黑夜的雨中開出小城，一路上除了在主要街道上有許多部隊在行進，以及由車子拖曳的大砲，此外幾乎已是空蕩蕩。其他街上也有許多軍卡和一些馬匹拉的貨車，全都往主要街道上匯集。當我們經過皮革工廠後，所有部隊在主要街道上匯聚成一片車水馬龍，部隊、卡車、馬車與砲車一同緩緩前進。救護車隊在雨中行進，速度緩慢但並未停滯，車子散熱器蓋子幾乎緊貼著前輛卡車的後擋板，車斗裡貨物堆得又高又滿，覆蓋在潮溼的帆布下。接著卡車停了下來，整個車陣停了下來，後來才又繼續往前移動，但我們又繼續走了一小段距離後就停下了。下車後我往前走，穿梭在卡車、馬車之間，鑽過馬匹溼漉漉的脖子下。車流在前方遠處就堵住了。我離開路面，踩過腳踏板朝水溝另一端的原野走去。我在原野的樹林間穿梭前行時，從雨水交錯的樹林間隙可以看見動彈不得的車陣。我走了大約一英里。儘管部隊仍持續移動著，超越身邊停下的車輛，但車陣還是堵著。我回到救護車隊。看樣子搞不好會一路堵到烏迪內。皮亞尼趴在方向盤上睡覺。我爬上他身邊的副駕駛座，也睡著了。幾個小時後我聽見前面那輛卡車的吱嘎換檔聲，隨即叫醒皮亞尼。車子開動後只走了幾碼又停下來，然後再度前進。雨仍是下個不停。

車流在夜裡又堵住了，沒有往前移動。我下車後去看看阿依莫與波內洛。波內洛身邊的座位上坐著兩位工兵中士。我走過去時他們緊張起來，渾身僵硬。

「部隊留他們下來執行一項橋梁的任務，」波內洛說：「結果他們找不到自己的單位，所以我讓他們搭便車。」

「希望長官允許。」

我說：「照准。」

波內洛說：「中尉來自美洲，他會讓任何人搭便車。」

其中一位中士微笑了起來，另一位問波內洛，我是北美還是南美來的義大利人。

「他不是義大利人。他是北美人，講英語的。」

兩位中士客客氣氣的，但不相信他說的話。我離開他們，往回去找阿依莫。他的座位旁坐著兩個女孩，兩個都在角落靠椅背坐著抽菸。

我叫他：「巴托，巴托。」他大笑。

「中尉，跟她們聊一下吧，」他說：「我不懂她們說的話。嘿！」他把手放在身旁那位女孩的大腿上，捏了一把，不帶惡意。女孩把身上的披肩拉緊，把他的手推開。他說：「嘿！把妳們的名字報給中尉，說說妳們在這裡幹嘛。」

那女孩用凶惡的眼神看我。另一位女孩的雙眼還是往下看。女孩用一種我完全聽不懂的方言對我說了一些話。黝黑的她身材圓潤，年紀看來大概十六歲。

我指著另一個女孩說：「妳妹妹？」

她點頭微笑。

「我知道了。」我說完拍拍她的膝蓋。我感覺到她一被我碰觸身體就緊繃起來。她妹妹一直沒有抬起頭。妹妹看起來大約比她小一歲。阿依莫把手擺在姊姊的大腿上，被她推開。他對她大笑。

他指著自己說：「好人。」他指著我說：「好人，別擔心。」女孩用凶惡的眼神看著他。她們倆就像一對野鳥。

「如果她不喜歡我，幹嘛搭我的車？」阿依莫問道：「我一對她們揮手，她們就上車了。」他轉頭對那姊姊說：「別擔心。」他用骯髒的字眼跟她說：「別擔心被——，」他還說：「沒有地方可以——妳們。」我看得出她聽得懂那兩個字，其他的話她都沒聽進去。她用非常恐懼的眼神看阿依莫，緊緊拉著披肩。他說：「車都滿了，妳們別擔心被——。沒有地方可以——妳們。」每次那兩個字從他嘴裡冒出來，那女孩的身體都緊繃一下。然後她身體僵硬地坐著看他，開始哭泣。我看見她雙脣顫抖，接著淚珠從她圓潤的臉頰滾下。她妹妹還是沒有抬頭，握著她的手，兩人坐在一起。眼神始終凶惡的姊姊開始啜泣。

「我猜我嚇到她了，」阿依莫說：「我不是故意要嚇她的。」

巴托洛繆拿出小背包，切了兩片起司。他說：「給妳們吃，別哭啦。」

那姊姊搖搖頭，還是在哭，但妹妹拿了起司開始吃了起來。不久後妹妹把另一片起司拿給姊姊，兩人都吃了起來。姊姊還是小聲啜泣著。

阿依莫說：「哭一陣子就會沒事了。」

他轉念一想，突然問身邊的女孩：「處女？」她用力點點頭。他指著另一個女孩問道：「也是處女？」兩個女孩都點點頭，姊姊用方言說了一段話。

「別怕，」巴托洛繆說：「別怕。」

兩個女孩看來心情好了些。

她們坐在還是阿依莫身旁的角落，緊靠著椅背，我也只能這樣離開，回到皮亞尼的車裡。車陣並未移動，但一旁的軍隊川流不息地前行。雨還是下得很大，我猜某幾次車流堵住也許是線路潮溼導致一些車輛抛錨。更有可能是因為馬兒或汽車駕駛睡著了。話說回來，都市裡的交通常常打結，大家不都是醒著沒睡？不過這裡的車陣不同，有車又有馬，兩者沒有互相幫忙。農夫的馬車還來攪局。巴托身邊那兩個女孩很善良。處女在大撤退這種混亂局面出現，實在沒有安全可言。她們是真正的處女。可能有虔誠宗教信仰。要是沒戰爭，這時候我們或許都在床上睡覺。頭往下倒，躺在床上。床鋪與木板。我的身體僵硬，像床上的木板。凱薩琳現在正躺在床單上蓋著被子睡覺。不知道她身體側著哪一邊睡？也許她沒睡著，只是躺在那裡想著我。西風吹啊吹，西風啊。[1]嘿，是吹著風沒錯，但雨不小，大雨下個沒停。整夜在下。你也知道，一直下，一直下。你瞧瞧這雨。天啊，但願我能再次在床上把我的愛擁入懷裡。我的愛，凱薩琳。要是她能跟雨一樣從天而降就好了。願風將她吹到我身邊。唉，我們身陷這場戰爭裡。所有人都捲進了這戰爭，小雨無法讓戰爭停歇。「晚安，凱薩琳。」我大聲說。「希望妳睡得香甜。親愛的，如果太不舒服的話，就換另一邊側躺吧，」我說：「我會弄一點冷水給妳。過不久就是早上了，妳會舒服一點。很抱歉，我們的寶寶讓妳這麼不舒服。試著睡一下，甜心。」

她說她老是想睡覺。妳老是說夢話。妳還好吧？

你真的在那裡？

我當然在這裡。我不會走的。我們不會受到影響。

你好可愛，好甜蜜。你不會在夜裡走掉吧？

我當然不會走。我總是在這裡。每次只要妳需要我，我就會來。

「——，」皮亞尼罵了一聲。「車陣終於又開始動了。」

我說：「剛剛我昏昏沉沉的。」我看看手錶。時間是凌晨三點。我伸手到後面的座位，拿了一瓶巴貝拉紅酒。

皮亞尼說：「你講夢話講好大聲。」

我說：「剛剛我用英語講夢話。」

雨勢變小，車陣動了起來。黎明前車陣又堵住，天色變白後我們來到一個稍稍高起的路段，我看見了大撤退的車陣往前方遠處延伸，汽車與馬車都動彈不得，只有步兵隊伍持續穿越車陣前行。我們又開始動了，但這時在天光之下我可以看見車陣的移動速度有多慢，於是我認為我們如果要趕往烏迪內，那就必須找個方式離開大路，在原野中找路前進。

先前在夜間，從鄉野的路上湧入許多農夫，駕著馬車加入車陣，車上載滿家當，床墊之間夾帶著鏡面朝上的鏡子，車上還綁著雞鴨。在雨中，我看見前面的馬車上有台縫紉機。他們都是帶著最珍貴的物件逃難。有些馬車上坐著身體縮成一團的婦女，其他人則是在一旁步行，盡可能緊貼著馬車。這時車陣裡開始有狗出現，在馬車底下跟著往前移動。路面泥濘不堪，路旁水溝的水位高漲，路樹另一側的原野看起來太過溼滑，地面軟爛，無法行車。下車後我往前走一段距離，想要找個地方眺望前方，尋找一條可以讓我們穿越原野的小路。我知道這一帶有很多小路，但生怕走上那種最後沒有通往任何地方的死路。我無法分辨，因為以往我總是坐在疾馳的車裡，從這條大路經過，那些小路看起來都好像。這時我知道我們必須找到可以穿越原野的小路，才有希望離開這裡。天知道奧國部隊這時在哪裡，戰況到底怎樣了，但我能確定的是如果雨停了，他們派出飛機來攻擊這綿延不絕的車陣，那大家都會一起完蛋。只要有幾個人丟棄卡車後逃竄，或幾匹馬死掉後擋在路上，那車流就會完全打結。

這時雨勢沒那麼大了，我想天空也許會放晴。我沿著路的邊緣往下走，發現有一條通往北方，將原野一分為二的小路，兩旁各有綿延不絕的樹籬。我想我們最好趕快改走那條路，於是跑回救護車隊。我吩咐皮亞尼把車轉向，也去告訴後面的波內洛與阿依莫。

我說：「如果是死路，我們還是可以掉頭回來，切進車陣中。」

「那這兩位怎麼辦？」波內洛問道。兩位工兵中士坐在他身邊，雖然沒刮鬍子，但一大早看起來還是很有軍人的樣子。

我說：「他們可以幫忙推車。」我走到下一台車，跟阿依莫說我們要設法穿越原野。

「那這兩個少女怎麼辦？」阿依莫問道。兩個女孩在睡覺。

我說：「她們沒什麼用處，你應該找個能夠推車的人來搭便車。」

阿依莫說：「她們可以到後面去，後面還有地方可以坐。」

我說：「如果你想帶著她們，那也無所謂，挑個虎背熊腰的人來幫你推車。」

「那要挑狙擊手，」阿依莫說：「他們的背最寬，部隊挑人的時候還會量胸圍。中尉，你還好嗎？」

「還好。你呢？」

「也是。不過很餓。」

「那條小路往下走應該可以弄到食物。到時候我們再停下來吃東西。」

「中尉，你的腿怎樣？」

我說：「還好。」我站在車身的腳踏板上往前眺望，可以看見皮亞尼把車子駛離車陣，沿著小路往下開，從樹籬的枯枝之間可以看見他的車。波內洛也把車轉向，跟在後面，接著皮亞尼找到方向，我們跟著前頭兩輛救護車，在樹籬之間的窄路往前開。小路通往一座農舍，我們發現皮亞尼、波內洛都把車停在院子裡。農舍又矮又長，外面棚架上的葡萄藤蔓延到門上。院子裡有一口井，皮亞尼那輛車的散熱器需要加水，所以他正在打水。因為車子都是用低檔前進，把水燒乾了。農舍已經人去樓空。我往回看那條小路，發現農舍坐落在平原上稍高的位置，可以眺望整片原野，視野裡有那條路、樹籬、一片片農田，還有撤退車陣所在那條路的整排路樹。兩位中士正在查看農舍內部。兩個少女醒了，正看著院子和水井，看前頭兩輛救護車，還有井邊的三位司機。其中一位中士走出農舍，手裡拿著時鐘。

我說：「放回去。」他看看我，走進屋裡，回來時已經沒有拿著時鐘。

我問道：「你的同伴呢？」

「他去上廁所。」他上車坐回座位，看來是怕被我們丟在這裡。

波內洛問道：「中尉，早餐怎麼辦？我們可以弄點東西吃，不會花太多時間。」

「你覺得這條路可以通往另一個地方嗎？」

「當然。」

「好，那我們就吃早餐。」皮亞尼與波內洛走進農舍裡。

「走吧。」阿依莫對兩位女孩說。他伸手扶她們下車。姊姊搖搖頭。她們不願走進廢棄的房舍裡，只是看著我們走進去。

阿依莫說：「她們很難搞。」我們一起走進屋裡。裡面又大又黑，有一種被遺棄的感覺。

波內洛跟皮亞尼在廚房裡。

皮亞尼說：「吃的東西不多，都被掃光了。」

波內洛在沉甸甸的廚房餐桌上切一大塊白色起司。

「起司在哪裡找到的？」

「地窖。皮亞尼還找到了葡萄酒和蘋果。」

「這頓早餐吃得不錯啊。」

有一罐柳枝包覆的酒壺，皮亞尼正在拔酒塞。他斜拿著酒壺，把酒倒滿一個淺淺的銅鍋。

他說：「味道聞起還不賴，巴托，找幾個杯子來。」

兩位中士走進來。

波內洛說：「中士，吃點起司。」

「我們該走了。」有個中士一邊用起司配酒一邊說。

波內洛說：「會走的。別擔心。」

我說：「部隊都是靠肚子行動。」2

「什麼？」那中士問。

「最好先吃東西啦。」

「那也沒錯，但時間寶貴。」

皮亞尼說：「我相信這兩個混蛋已經吃飽了。」兩個中士盯著他。這兩人很厭惡我們。

「你認得路嗎？」其中一位問我。

我說：「不認得。」他們倆互看一眼。

「我們最好趕快上路。」問我是否認得路那傢伙說。

我說：「這就上路。」我又喝了一杯紅酒。吃過起司和蘋果後，紅酒喝起來味道更濃醇。

「把起司帶著。」我說完後就走出去。波內洛走出來時還帶著那一大壺酒。

我說：「太大壺啦。」他看著酒壺，一臉惋惜的表情。

他說：「我想也是，把水壺都拿給我，我來裝。」他把水壺都裝滿紅酒，有些酒流出來，灑在院子的石板地面上。然後他把酒壺拿起來，擺在門邊。

他說：「這樣的話，奧國佬不用破門而入也能看到酒壺啦。」

我說：「上路了，皮亞尼跟我帶隊。」兩位工兵中士已經坐在波內洛身旁的座位上。女孩在吃起司與蘋果，阿依莫在抽菸。車隊沿著窄路繼續往下開。我往回看到後面兩輛車跟了上來，也望了農舍一眼。很美的低矮石造建築，蓋得很結實，井口的鐵工非常精細。前頭的路既狹窄又泥濘，兩側都有高高的樹籬。後面那兩輛車緊跟著我們。

# 29

到了中午，車隊就卡在泥濘的路上，我們猜那個地方大概距離烏迪內是十公里路程。雨在午前已經停了，我們三度聽見飛機飛過來，看它們經過上空，往左前方遠處飛去，然後聽見那一條主要公路遭到轟炸的聲音。我們嘗試過一條又一條次要道路，其中有許多都是死路，但因為我們總是會往回走，繼續嘗試下一條路，所以才能夠愈來愈接近烏迪內。最後一次我們走進一條死路時，殿後的阿依莫先倒車，我們才能往後退，但他的車陷進路旁的爛泥巴裡，儘管輪子持續轉動卻愈陷愈深，底盤的差速器終究完全卡在爛泥裡。要脫困的唯一辦法就是把輪子前面的泥巴挖出來，鋪上一大片樹枝墊著，鍊條咬得緊之後才能著力，然後把車推到路上。我們都下了車，聚在那輛車的四周。兩位工兵中士看著車子，檢查車輪。然後他們沒講半句話就掉頭往路上走。我追過去。

我說：「走吧，去砍一些樹枝。」

「我們得走了。」其中一個說。

我說：「一起動手啊，去砍樹枝。」

「我們得走了。」那傢伙又說。另一個還是不發一語。他們只是急著要走，連看都不看我一眼。

我說：「我命令你們回到車邊，跟我一起去砍樹枝。」講話的那個中士轉身說：「我們得繼續上路了。再過不久敵軍追上來，你們撤退的路就會被切斷。你不是我們的長官，不能對我們發號施令。」

我說：「我命令你們跟我去砍樹枝。」他們轉身，繼續沿著路面往下走。

「站住！」我說。他們還是繼續在樹籬之間的泥濘路面上走著。我大聲說：「我命令你們站住！」他們稍稍加快腳步。我打開槍套拿出手槍，瞄準話最多那個開槍。我沒射中，他們倆開始狂奔。我開了三槍，有一個被我放倒了。另一個越過樹籬後消失無蹤。他在原野上跑著，我隔著樹籬朝他開槍。手槍發出喀噠聲響，原來是子彈沒了，於是我換上新彈匣。我發現另一個中士跑太遠了，沒辦法射中他。他在遠處的原野上低頭奔跑著。我開始把子彈裝進那空彈匣裡。波內洛朝我走過來。

他說：「讓我去了結他吧。」我把手槍交給他，他走到路的另一邊，那個工兵中士往前趴倒的地方。波內洛彎腰，把手槍抵在那傢伙的後腦勺，扣下扳機。手槍沒有擊發。

我說：「你得要先把擊錘往後拉。」他拉了擊錘後開了兩槍，然後拉著那中士的雙腿，把他拖到路邊，讓屍體躺在樹籬旁。走回來後他把手槍交還給我。

他說：「那個狗雜碎。」他看著那中士的屍體，「中尉，你看見我開槍打他了嗎？」

我說：「我們得要趕快弄到樹枝，我有沒有打到另一個？還是完全沒擊中？」

「我覺得沒有，」阿依莫說：「他跑得太遠了，已經在手槍的射程外。」

皮亞尼說：「那個下流胚子。」我們都在砍樹枝，無論粗細都可以。車裡的東西都已經先拿下來了，波內洛正在挖輪子前面的泥巴。準備好後阿依莫發車打檔，輪子在樹枝與泥巴之間不斷轉動。波內洛跟我使盡力氣推車，直到我們的關節都發出喀喀聲響。車還是沒有動。

我說：「巴托，把車身前後搖晃。」

他先把車往後倒，然後往前開。車輪陷得更深了。然後差速器再次卡在爛泥裡，只有車輪在剛剛挖出來的洞裡轉個不停，車身完全沒動。我挺身站起來。

我說：「我們用繩索試試看。」

「中尉，我覺得沒有用。繩子沒辦法直直地拖車啊。」

我說：「總得試試看，反正也沒其他方法。」

皮亞尼與波內洛的車只能沿著窄路繼續往下開一點。我們用繩子把兩輛車栓在一起，一拉之下，結果車輪只能在泥巴的凹痕裡左右移動，沒有往前。

我大聲說：「沒用啦！算了吧。」

皮亞尼與波內洛都下車往回走。阿依莫也下了車。兩位少女坐在路旁的石牆邊，距離我們大約四十碼。

波內洛問我：「中尉，怎麼辦呢？」

我說：「我們把泥巴挖出來，再用樹枝試一次，」我沿著路往下看。這都是我的錯，是我把大家帶到這裡的。太陽幾乎已經要從雲層後面出來了，那中士的死屍還是躺在路邊。

我說：「我們把他的外套跟斗篷墊在車輪下。」波內洛走過去脫他的外套、斗篷。我負責砍樹枝，阿依莫、皮亞尼把輪子前面和前後輪之間的泥巴挖掉。我把斗篷割出一個缺口，撕成兩半，墊在泥巴裡的輪子下，然後把樹枝鋪上去，好讓輪子可以輾上去。都弄妥後阿依莫爬上駕駛座，發動車子。車輪開始轉動，我們推了又推，但還是沒用。

我說：「沒戲唱了，巴托，車上有你想要的東西嗎？」

阿依莫爬上車，要把起司、兩罐紅酒跟他的斗篷拿下來，波內洛也上去。波內洛坐在方向盤後面，翻看那中士外套上的幾個口袋。

我說：「最好把那外套丟掉，巴托的兩個少女怎麼辦？」

「她們可以坐在後面，」皮亞尼說：「我覺得我們沒辦法繼續開多遠。」

我打開救護車的後門。

我說：「來吧，上車。」兩個女孩爬上車後坐在角落。看來她們並未注意到有人遭槍殺了。我往回看，只見那中士的屍體躺在路邊，上半身只剩一件髒兮兮的長袖內衣。我跟皮亞尼都上了車，把車繼續往下開。我們想要試著穿越原野。等到那條窄路進入了原野，我就下車，走在前頭。另一邊有條路，如果我們可以穿越原野，開到那條路上就好了。但我們穿不過去，因為地面太過鬆軟、泥濘，車子無法行進。最後兩輛車終究完全無法前進，車輪都卡在深及輪轂的泥巴裡，我們只好棄車而去，開始步行前往烏迪內。

等我們走到某條路，我比劃給那兩個少女看，要她們往回走向剛剛那條公路。

我說：「往下走，妳們會遇到人。」她們看著我。我拿出皮夾，各給她們一張十里拉紙鈔。「往下走，」我一邊指著那個方向一邊說：「去找朋友！家人！」

她們不懂，但緊緊拿著紙鈔，開始沿著路往下走。她們邊走邊回頭，好像生怕我把錢搶回來。我看著她們緊抓身上披肩，一邊走一邊回頭看著我們，看來畏畏縮縮。三個司機看得哈哈大笑。

波內洛問道：「中尉，如果我往那個方向走，你願意給我多少錢？」

我說：「希望她們別在落單的情況下遭敵軍俘虜，有人在身邊會比較好。」

波內洛說：「要是給我兩百里拉，我可以直接往回走到奧地利都無所謂啦。」

皮亞尼說：「你以為他們會讓你放兩百里拉在身上？」

阿依莫說：「也許戰爭就要結束了。」我們用最快速度沿著那條路往下走。太陽似乎想要露臉了。路旁有桑樹。從樹林之間我還是可以看到我們那兩輛搬家卡車似的救護車卡在田野上。

他說：「如果想要把那兩輛車弄出來，還得要先修一條路。」

波內洛說：「我向主耶穌禱告，賜給我們幾輛腳踏車。」

「很多美國人騎腳踏車嗎？」阿依莫問道。

「以前很多。」

阿依莫說：「在這裡還是很普遍，腳踏車是好東西。」

波內洛說：「希望主耶穌給我們腳踏車，我不擅長走路。」

「是槍聲嗎？」我問道。我覺得我可以聽見很遠的地方傳來了槍聲。

阿依莫說：「不知道欸。」他注意聽那聲音。

我說：「應該是。」

皮亞尼說：「如果有敵軍，我們應該會先看到騎兵。」

「我猜他們應該沒有騎兵。」

波內洛說：「求耶穌保佑，我才不想被什麼——騎兵的長矛戳死。」[1]

皮亞尼說：「不過你倒是槍殺了那位中士，長官。」我們在快步行走。

「是我殺了他，」波內洛說：「在他之前，我從來沒在這場戰爭中殺過半個人。不過我這輩子一直想殺個中士。」

皮亞尼說：「他被你殺掉的時候動都沒動，他可沒有像鳥一樣飛來飛去。」
「我不在意。這件事我會畢生難忘。我殺了那個——中士。」[2]
阿依莫問道：「你在跟神父懺悔時會說什麼？」
「我會說：『神父，我有罪，我殺了一位中士，請為我降福。』」他們都大笑起來。
皮亞尼說：「他是個無政府主義者，他不去望彌撒的啦。」
波內洛說：「皮亞尼也是個無政府主義者。」
我問道：「你們真的是無政府主義者？」
「不，中尉。我們是社會主義者。我們都是從伊莫拉[3]來的。」
「你沒去過那裡？」
「沒有。」
「中尉，我發誓那是個好地方。戰後你去一趟，我們會帶你到處逛逛。」
「你的同鄉都是社會主義者？」
「大家都是。」
「那裡漂亮嗎？」
「超漂亮。保證你沒看過那麼漂亮的城鎮。」
「你們怎麼變成社會主義者的？」

「我們都是社會主義者。大家都是。我們一直都是社會主義者。」

「你去一趟吧，中尉。我們會讓你也變成社會主義者。」

這條路前頭往左轉，有個小丘，然後在某道石牆的另一頭有個蘋果果園。走上小丘時他們就開始不再聊天了。為了與時間賽跑，我們都加快腳步趕路。

# 30

稍後，我們來到了通往某條河流的路。路上有一整排遭人棄置的卡車與馬車，車陣持續延伸到橋上。眼下沒有人跡，河水水面很高，橋的正中央已遭炸毀，橋梁的石拱掉落河裡，棕色的河水不斷湍流過。我們走到高高的河岸上，想要找個可以渡河的地方。我知道再往前有一座鐵路橋，我覺得或許我們可以從那裡渡河。小路溼滑泥濘。我們沒有看到任何部隊，只見許多棄置的卡車與人去樓空的商店。沿著河岸只見潮溼的灌木叢和泥濘地面，此外空無一物，也沒有人。在河岸上繼續往下走，終於看見那座鐵路橋。

阿依莫讚嘆道：「多美的橋啊！」那是一道長長的樸素鐵橋，橋下河床一般都是乾涸的。

我說：「我們最好動作快一點，以免這橋也被炸斷了。」

皮亞尼說：「誰會炸？沒人啊，他們都不見了。」

「橋上可能裝了地雷，」波內洛說：「中尉，你先過橋吧。」

阿依莫說：「你這無政府主義者說那什麼話！中尉，命令他先走。」

我說：「我先走，為了炸死一個人而埋地雷，也太大費周章了。」

皮亞尼說：「你看，這就是有腦袋的人。你這無政府主義者為何這麼沒腦呢？」

波內洛說：「我要有腦的話，就不會在這裡啦。」

阿依莫說：「這橋好美喔，中尉。」

我說：「真的很棒。」這時我們已經快到橋邊了。先前烏雲再度籠罩了天空，這時開始下起了小雨。那橋看來又長又穩。我們爬上鐵路的路堤。

我說：「我們一個個分次過橋。」我仔細觀察枕木與鐵軌，想要查看是否有引爆線或者爆裂物的跡象，但看來是沒有。從枕木之間我可以看見河裡的泥流湍急。我看見眼前整片潮溼鄉野的另一邊，就是雨中的烏迪內了。過橋後我往回看，發現再過去的不遠處就是另一座橋，而且剛好看見有一輛黃泥色的汽車正要過橋。因為橋的兩側很高，那車身才剛在我眼前出現就被擋住了。但我看見那司機、副駕駛座上的人和後座兩人都是頭戴德軍鋼盔。然後那車就離開了橋，隱沒在路旁樹林和路上被遺棄車輛的車陣裡。我對正在過橋的阿依莫和等著過橋的另外兩人揮揮手，要他們過來。我爬下來，在鐵路路堤旁蹲伏著。阿依莫跟我一起蹲下。

我問他：「你看到那輛車了嗎？」

「沒有。我們在看你。」

「一輛德軍的軍官用車走過上面那條橋。」

「軍官用車？」

「沒錯。」

「我的聖母瑪利亞。」

另外兩人也來了，我們都蹲在路堤後的爛泥裡，隔著鐵軌眺望那座橋、路樹、水溝和那條路。

「中尉，你覺得我們撤退的路被切斷了嗎？」

「我不知道。我只知道有一輛德軍軍官用車開上了那條路。」

「中尉，你不覺得怪嗎？你心裡沒有一種怪怪的感覺嗎？」

「別胡扯，波內洛。」

「喝點酒怎樣？」皮亞尼問大家。「如果我們撤退的路被切斷了，倒不如喝點酒。」他把水壺從腰帶上取下，拔起塞子。

「你們看！你們看！」阿依莫指著那條路的方向說。看著石橋的上緣，看不到德軍的身體，只見他們的頭盔正在移動著。他們的身體往前傾，移動的方式幾乎像有超能力似的，如此順暢。他們一離開橋我就發現那是一支腳踏車部隊。我看得見帶頭兩個傢伙的臉。他們的臉色紅潤，看來身形健壯。他們把頭盔戴得很低，蓋住了額頭與臉的兩側。他們的卡賓槍安置在腳踏車上。德軍特有的柄式手榴彈掛於腰帶上，手柄朝下。頭盔與灰色軍服都溼了，但他們騎車的神態很輕鬆，看著前方與兩旁。帶頭兩人後面是四個人排成一列，然後又是兩人，接著幾乎有十二人，更後面又有十幾人，最後的只有一人。他們沒交談，但就算有我們也聽不見，因為河水流動的聲音太大。他們繼續沿路往下騎，消失在我們的視線裡。

阿依莫說：「我的聖母瑪利亞。」

「是德軍，」皮亞尼說：「他們不是奧地利部隊。」

我說：「這裡為什麼沒有我們的守軍阻擋他們？我們的人為什麼沒有把橋炸斷？這路堤邊為什麼沒有部署機關槍？」

波內洛說：「中尉，你都不知道了，我們哪知道？」

我憤怒不已。

「這整件事實在太混帳，太瘋狂。他們在下游炸掉一座小橋，但卻在這大路上留下一座橋。怎麼沒有半個人留守？難道不用試著阻擋他們？」

波內洛說：「中尉，你才能告訴我們是怎麼回事吧，」我閉上嘴。這完全不干我的事，而我唯一的任務就是帶領三輛車前往波代諾內，但我的任務失敗了。現在我必須把大家帶到波代諾內。我們很可能沒辦法撐到烏迪內。媽的，誰說我辦不到？當務之急是保持冷靜，而且千萬不能挨槍子或被俘虜。

我問皮亞尼：「你不是開了一個水壺？」他拿給我，我喝了好大一口。我說：「我們最好趕快啟程，不過也不用太匆忙。你們想吃東西嗎？」

波內洛說：「此處不宜久留。」

「好，那我們就走吧。」

「為了不讓他們發現，我們就靠這邊走吧？」

「我們最好在高處移動。他們也許會經過這座橋。如果我們還沒看見他們，但他們卻在我們上方，那就糟了。」

我們沿著鐵軌走，左右兩側都是一望無際的潮溼平原。視野穿越平原，就能見到烏迪內的小丘。山丘上矗立著城堡，下方一片片屋頂沿著山坡傾斜而下。我們能看到鐘樓和鐘塔。[1]原野上處處可見桑樹林。我發現前頭有一處鐵軌已遭拆除。枕木也被拔掉，丟下了路堤。

阿依莫說：「趴下！趴下！」我們趴倒在旁邊的路堤下。又有另一隊騎腳踏車部隊路過。我從路堤邊緣看過去，發現他們繼續往前移動。

阿依莫說：「他們看見我們了，但卻繼續往前移動。」

波內洛說：「中尉，我們會在這上面被殺掉。」

「我們不是目標，」我說：「他們在追捕別人。如果他們突然在我們面前冒出來，那更危險。」

波內洛說：「我寧願繼續沿著路堤走，不被看見比較好。」

「好，那我們就繼續沿著鐵軌走。」

阿依莫問道：「你覺得我們可以突圍嗎？」

「當然。德軍數量還不多。我們可以趁黑溜走。」

「那輛軍官用車是要幹嘛的？」

我說：「天知道。」

我們繼續沿著鐵軌走。波內洛沿著路堤走在爛泥地上，厭煩了就上來加入我們。這時鐵軌與公路分開，往南延伸，接著我們就看不見公路上的情況了。運河上的一座短橋已遭炸毀，但我們攀爬僅剩的橋墩，還是渡過了運河。我們聽見前方有槍聲。

過了運河後我們走上鐵軌。這鐵軌穿越低矮的田野，直直往烏迪內延伸。我們可以看見前方還有另一條火車路線。往北就是先前我們看到有德軍腳踏車部隊經過的大路，往南則是一條穿越田野的分支小路，兩側矗立著濃密樹叢。我覺得我們最好轉向南方，繞過烏迪內，穿越田野後抵達坎波福米歐[2]，然後從大路通往塔利亞門托河。如果不想遇上大撤退隊伍的主要路線，可以選擇走烏迪內再過去的一條條次要道路。我知道平原上有很多小路。我開始走下鐵路路堤。

我說：「走吧。」我決定帶他們走那條小路，繞到烏迪內的南邊。我們一起走下路堤，結果有人從小路對我們開槍。子彈打在路堤上的爛泥裡。

我大聲說：「快往回走。」我又開始往上爬回路堤，因為腳踩爛泥而打滑。三位司機在我前面。我用最快速度回到路堤上。濃密矮樹叢裡又射出兩顆子彈，正在跨越鐵軌的阿依莫踉蹌了一下，往前趴倒。我們把他拖下來，一起躲在路堤另一側，翻過來查看傷勢。我說：「應該讓他的頭朝上。」皮亞尼搬動他的身子，讓他頭朝上。他躺在路堤側的爛泥裡，雙腳垂下低處，呼吸不規則而且噴著血。我們三人冒著雨蹲在他身邊。他中槍的部位是頸背低處，子彈往上鑽，從他的右眼下方穿出來。我幫他堵住前後兩個傷口，但他還是死了。皮亞尼把他的頭放下，用一塊急救紗布擦他的臉，然後就放棄了。

他說：「那些狗砸碎。」

「那不是德軍，」我說：「德軍不可能在那裡。」

皮亞尼說：「是他媽的義大利軍隊，義大利佬！」波內洛不發一語，只是坐在阿依莫身邊，但並未看著他。阿依莫的帽子滾下了路堤，這時被皮亞尼撿起來，蓋在阿依莫的臉上。他拿下自己的水壺。

「你想喝點酒嗎？」皮亞尼伸手要把水壺遞給波內洛。

波內洛說：「不想。」他轉身伸手要拿給我。「走在鐵軌上的時候，我們任何人都可能遇上這種事。」

我說：「不是，是因為我們開始要穿越原野才會這樣。」

波內洛搖搖頭。他說：「阿依莫死了，中尉，下一個會是誰？現在我們要去哪裡？」

我說：「開槍的是義大利人，不是德國佬。」

波內洛說：「我覺得如果是德國佬，就會把我們全都殺掉。」

我說：「遇見義大利部隊比碰到德國佬更可怕，斷後的部隊像驚弓之鳥，會亂開槍。德國佬知道自己的目標是什麼。」

波內洛說：「中尉，這話有道理啊。」

皮亞尼問道：「現在我們要去哪裡？」

「我們最好找個地方躲起來等待天黑。如果可以往南移動，我們就沒事了。」

「為了證明阿依莫不是遭到誤殺，他們一定會把我們都殺光，」波內洛說：「我可不敢碰運氣。」

「我們必須找一個盡可能靠近烏迪內的地方躲起來，然後趁天黑繞到南邊。」

波內洛說：「那我們走吧。」我們從北側爬下路堤，然後往回眺望，看到阿依莫躺在路堤角落的爛泥裡。他身材矮小，雙臂擺在身體兩側，打了綁腿的雙腿、沾滿泥巴的兩隻靴子都靠在一起，帽子蓋在臉上。他看起來是死透了。雨下個不停。他生前我真的很喜歡他。他的證件我擺在口袋裡，稍後我會寫信給他的家人。

前方遠處的原野上有一間農舍。四周樹木林立，農場上的一間間建物倚著農舍。幾根柱子撐起的二樓上面有個陽台。

我說：「我們別一起過去，最好相隔一點時間。我先走。」我開始朝農舍行動。有一條穿越田野的小徑。

穿越田野之際，隨時可能有人從農舍或附近的樹林對我們開槍。我走過去，農舍清楚映入眼簾。二樓陽台與穀倉併在一起，柱子之間有乾草冒出來。庭院是石磚鋪成的，所有的樹都滴著雨水。庭院裡有一輛空的兩輪馬車，車很大，車桿在雨中高高翹起。我越過庭院，站在陽台下，雨打不到我。房子的門開著，我就進去了。波內洛、皮亞尼也跟在我後面進去。裡面一片漆黑，我回到廚房裡。大大的開放式爐灶裡有火燒過的灰燼，爐上擺著一些鍋子，但都是空的。我四處看看，但都找不到可以吃的東西。

我說：「我們該去穀倉裡躲著，皮亞尼，你覺得你能找到吃的東西，帶到穀倉上來嗎？」

皮亞尼說：「我去找找。」

波內洛說：「我也去找。」

我說：「好，我到上面去看看那穀倉。」我在牛棚裡發現一道石頭階梯可以往上通向穀倉。在雨中，牛棚聞起來帶著宜人的乾燥氣味。牛都不見蹤影，大概是農舍主人逃難時也把牲口都帶走了。牛棚裡堆了半滿的乾草。屋頂有兩個窗戶，其中一個用板子堵起來，另一個是朝向北方的天窗。有個運送用的滑道，可以叉起乾草丟下去給牛群吃。幾根屋梁橫越一個開口，開口下就是貨車可以開進來的主要樓層，乾草在這裡卸下後就可以直接叉起來送到穀倉堆放。我聽見雨滴打在屋頂的聲音，陣陣乾草味撲鼻而來，下去牛棚後又聞到乾掉牛糞的清晰氣味。我們把朝南窗戶的一塊板子撬開，就可以觀看庭院裡的動靜。另一扇窗戶則能夠把往北的原野盡收眼底。我們可以從南面或北面的窗戶出去，到屋頂上再設法下樓，或者用運送乾草的滑道滑下去——如果階梯無法使用的話。如果我們聽到有誰來了，就可以躲在那大穀倉的乾草裡，看起來是個很好的藏身處。要不是遇到槍擊，我們早就到南邊去了，對此我很有把握。開槍的不可能是德軍，因為他們是從北邊往下挺進，在奇維達萊沿著大路朝南移動。他們不可能從南邊過來。義大利軍隊甚至比德軍更危險，因為這時他們像驚弓之鳥，無論見到誰都會亂開槍。昨晚大撤退途中我們聽說，在北邊許多德軍穿上義大利軍人制服混入撤退隊伍中。我才不相信。戰爭時總是會出現這類謠言，因為這是敵軍用來混淆我們的慣用伎倆之一。我可沒聽過有人穿著德軍制服混入他們的陣營。也許真的有吧，但聽起來困難度不小。我不相信德軍會這麼做，也不相信他們非這麼做不可。何必在我們的撤退隊伍中製造混亂呢？我們的軍隊人數這麼多，能走的路偏偏那麼少，這已經夠混亂了。先別管德軍來搗亂，光是沒有人發號施令就已經夠亂了。不過，他們還是把我們當德軍，所以開槍。他們槍殺了阿依莫。乾草的味道很好聞，躺在穀倉的乾草裡讓人好像回到童年。小時候我總跟玩伴躺在乾草裡聊天，一看到麻雀棲息在穀倉牆壁的三角形缺口上，就拿空氣槍出來打。老家的穀倉早就沒了，而且某一年原本一大片鐵杉林被砍光光，只剩下殘幹、乾枯的樹梢、樹枝和雜草。你沒辦法回去了。如果你不能向前走會有什麼下場？你就永遠去不了米蘭了。而且如果你回到米蘭，又會怎樣？我聽見從北邊，靠近烏迪內的地方傳來的槍響。我可以聽見機關槍掃射的聲音。沒有轟炸聲。真是不妙。我認為德軍肯定在路上部署了一些部隊。我在半暗半明的乾草倉庫裡往下看，發現皮亞尼站在搬運乾草的樓面上。他拿著一條長長的臘腸，一罐不知道什麼東西，一側腋下夾著兩瓶葡萄酒。

我說：「上來，那裡有樓梯。」然後我意識到自己該幫他拿東西，於是下樓去。因為我在乾草堆裡躺了一下，腦袋還迷迷糊糊的。剛剛我差點睡著。

我問他：「波內洛在哪？」

皮亞尼說：「待會跟你說。」我們從樓梯走上去。我們把吃的東西擺在乾草上。皮亞尼拿出他那把帶有拔塞鑽的小刀，要拔其中一瓶酒的塞子。

他說：「這瓶酒居然還有封蠟。」他微笑道：「肯定是好酒。」

我問他：「波內洛在哪？」

皮亞尼看著我。

他說：「中尉，他走了，他想要當戰俘。」

我不發一語。

「他怕我們都會被殺光。」

我拿著那瓶酒，不發一語。

「中尉，你也知道，反正我們不知道為何而戰。」

我問他：「那你怎麼不走？」

「我不想離開你。」

「他去哪裡？」

「中尉，我不知道。總之走了。」

我說：「好吧，請你切臘腸吧。」

皮亞尼在昏暗中看著我。

他說：「我一邊切我們一邊聊。」我們坐在乾草堆中喝葡萄酒配臘腸。這一定是農家留下來要在婚禮上喝的酒。酒都已經放到顏色變淡了。

我說：「你負責盯那個窗戶，盧易吉，我去盯另一個。」

我們倆各拿一瓶酒起來喝，接著我就帶自己那一瓶到窗邊，平躺在乾草上，從窄窗往外望著溼漉漉的鄉野大地。直到現在我還是不知道自己預料會看到什麼，總之我只看一望無際的原野和光禿禿的桑樹，還有不斷落下的雨水。那葡萄酒一點也不好喝。已經放太久而變質了，不再香醇，也褪了色。我看著窗外天色變暗，黑色夜幕很快降臨大地，那一晚會是個黑漆漆的雨夜。等天黑後就算盯著看也沒意義了，所以我過去皮亞尼那邊。他躺著睡覺，我並未叫醒他，只是在他身邊坐了片刻。身材高大的他睡得很沉。不久後我叫醒他，我們就開始行動了。

那是個非常奇怪的夜晚。到現在我還是不知道當時我覺得自己會怎樣。也許會死吧？在黑暗中開槍、狂奔，但終究什麼都沒發生。有一支德軍部隊行經大路，我們就在路邊的水溝旁低伏等待著。他們走過去後我們才越過大路，繼續往北邊移動。在雨中我們有兩度幾乎遇到德軍，但終究沒被發現。我們經過烏迪內，往北走，但沒有遇見義大利人。然後過沒多久我們就走上了幾條最主要的大撤退路線，整夜朝塔利亞門托河徒步前進。在這之前我未曾意識到撤退的規模有多巨大。彷彿全國所有軍民都在移動。我們走了整晚，速度甚至快過堵塞的車陣。我的右腿痛了起來，疲累不已，但我們走了挺長的路程。波內洛居然自願成為俘虜，看來實在是太愚蠢了。我們沒有遇到危險。我們穿越過雙方軍隊，但都沒有遭遇到意外。要不是阿依莫遭人槍殺，我們似乎根本沒有身陷險境。我們明目張膽地沿著鐵軌走路，但卻完全沒有人理我們。人失去性命時總是事發突然，而且毫無理由。真不知道波內洛在哪裡？

皮亞尼問道：「中尉，你還好嗎？」路上擠滿了車輛與部隊，我們沿著路邊往下走。

「還好。」

「我走都走膩了。」

「唉，現在我們只要一直這樣走就好。不用擔心。」

「波內洛是個笨蛋。」

「他的確是個笨蛋。」

「中尉，你會怎麼處置他？」

「我不知道。」

「難道你不能把他提報為遭敵軍俘虜就好？」

「我不知道。」

「你也知道，如果這戰爭繼續打下去，會有人去為難他的家人。」

「這戰爭不會持續的，」有個士兵說：「我們要回家了。戰爭結束了。」

「大家都要回家了。」

「我們都要回家了。」

皮亞尼說：「中尉，走吧！」他想走快點，不要待在那些人身邊。

「中尉？誰是中尉？*A basso gli ufficiali!* 軍官都去死吧！」[3]

「我最好直接叫你的名字，」皮亞尼抓著我的手臂說：「他們也許會找你麻煩。他們已經槍斃了一些軍官了。」我們快步走開，遠離他們。

「我的報告不會讓他的家人惹上麻煩，」我繼續我們剛剛的話題。

「如果戰爭真的結束了，那就沒差，」皮亞尼說：「但我才不相信戰爭已經結束。要是真的就這樣結束，那也太美好啦。」

我說：「很快我們就會知道了。」

「我不相信已經結束了。他們都這麼覺得，但我不相信。」

「和平萬歲！」有個士兵高呼。「我們要回家了。」

皮亞尼說：「要是我們真的都能回家就好了，你不想回家嗎？」

「想。」

「我們永遠回不了家的。我不覺得戰爭結束了。」

「我們回家吧！」有個士兵高呼。

皮亞尼說：「他們都把步槍丟掉了，他們一邊行軍，一邊把步槍取下來丟掉。然後高喊口號。」

「他們應該把步槍保管好。」

「他們覺得如果連槍都丟了，部隊就不能逼他們作戰。」

在黑暗的雨夜裡，我們沿著路邊往下走，只見許多部隊還是帶著步槍，槍管從士兵的斗篷裡凸出來。

有個軍官大聲問道：「你們是哪個部隊的？」

有人大聲咆哮：「和平部隊！和平部隊！」那軍官不發一語。

「他說什麼？那位軍官說什麼？」

「軍官都去死！和平萬歲！」

皮亞尼說：「走吧。」我們經過遭棄置在車陣裡的兩輛英國救護車。

「這兩輛車是從戈里齊亞來的，」皮亞尼說：「我認得。」

「他們開得比我們遠。」

「他們早一步離開。」

「真不知道司機去哪裡了。」

「可能在前面吧。」

我說：「德軍已經在烏迪內郊區停下腳步，這些人都可以安全渡河。」

「是啊，」皮亞尼說：「所以我才說戰爭會繼續打下去。」

我說：「德軍大可以繼續追擊，但他們卻沒有，真讓我納悶。」

「我不知道。關於這種戰爭的任何事我都不懂。」

「我猜他們必須等待交通運輸工具吧。」

皮亞尼說：「我不知道。」他獨自跟我在一起時，表現溫和多了。每次身旁有其他司機，他講話總是很犀利。

「盧易吉，你結婚了嗎？」

「你知道我結婚了。」

「所以你才不想當俘虜？」

「這是理由之一。中尉，你結婚了嗎？」

「還沒。」

「波內洛也還沒。」

我說：「男人結婚後跟單身也沒什麼太大差別。但我覺得已婚男人會想要回家找老婆。」

妻子這個話題讓我感到開心。

「沒錯。」

「你的腳怎樣？」

「很痛。」

黎明前我們抵達塔利亞門托河的河畔，只見河面高漲。沿著河我們來到一條橋，是所有人車的渡河通道。

皮亞尼說：「我們的部隊應該可以守住這條河。」在黑暗中水位看起來好高。河水滔滔，河面寬廣。跨河的木橋長度約四分之三英里[4]，這條河的河面通常都很低，在寬廣的河床上淺淺地流動著，但這時卻已逼近橋底。我們沿著河岸移動，設法擠進過橋的人群。在雨中，我們於橋上慢慢地移動，橋下幾尺處就是高漲的河水，人群擁擠不已，我身前就是一箱大砲的彈藥。我往側邊看著河流。剛剛能控制自己的速度，倒不覺得累，但這時走不快，我卻感到精疲力盡。過橋渡河的我完全沒有喜悅的心情。想像要是在白天，有飛機飛來轟炸，後果真是不堪設想。

「皮亞尼！」我大聲叫他。

「中尉，我在這裡。」他在我身前不遠處的擁擠人群裡。沒有人講話。大家心裡都只有一個念頭：盡快過橋。我們已經快要過橋。橋的另一頭有些軍官和憲兵拿著手電筒在兩側守著。我看見他們在天際線下的身影。走到近處，我發現某位軍官指著我們隊伍中的某個人。一個憲兵衝進隊伍來抓他，扭著他的手臂把他帶出去。那個人被抓走時我們幾乎就在他們的正前方。幾位軍官仔細端詳隊伍裡的每一個人，有時候彼此交談，走到前面去用手電筒照射某個人的臉。就在我們即將抵達對岸前，他們又抓了另一個人。我知道那人是個中校，因為他們用手電筒照射他的時候，我看見他臂章上方框裡的兩顆星星。身材矮胖的他留著一頭灰白頭髮。憲兵把他抓到那一排軍官的後面。抵達對岸時我看見有一兩個軍官盯著我。然後其中一個指著我，跟憲兵講講話。只見那憲兵繞過過橋隊伍的邊緣，朝我走過來，我感覺到他抓住我的衣領。

「你在幹嘛？」我斥責他，給他一巴掌。我看到他帽子下的那張臉，長著往上翹的八字鬍，血沿著他的臉頰往下流。另一個憲兵朝我們撲過來。

我說：「你幹嘛？」他沒答話。他正在找機會抓住我。我把手臂往後伸，想要解開槍套，拿出手槍。

「你不知道自己不能對軍官動手嗎？」

另外一個憲兵從後面抓住我，把我的手臂扭到幾乎脫臼。我被他抓得身子往後轉，剛剛被我打的憲兵用手臂勒住我的脖子。我踢他的脛骨，用左膝去撞他的鼠蹊部。

我聽見有人說：「如果他抵抗就開槍。」

「你們到底想要幹嘛？」我想要大聲喊叫，但喊不太出來。這時他們已經把我抓到路邊了。

「如果他抵抗就開槍，」有個軍官說：「把他帶到後面去。」

「你是誰？」

「等等你就知道。」

「你是誰？」

另一個軍官說：「憲兵。」

「你為什麼不叫我自己過來，反而找這些戴飛機帽的傢伙[5]來抓我？」

他們沒有回答，因為沒有必要。他們是憲兵。

「把他帶到後面去，跟其他人在一起，」不答我話的軍官說：「看吧，他講義大利語有口音。」

「你也有，你他X的——[6]，」我說。

那軍官說：「把他帶到後面去，跟其他人在一起。」一路的下面有片河畔邊的田野，他們把我押到那裡，跟一排軍官後方的一群人集合。我們走向那群人之際，有好幾聲槍響傳來。我看見步槍冒出火花，聽到啪啪槍響。我們走向那群人。有四個軍官站在一起，某個人在他們前面站著，那人兩側各站著一位憲兵。另外還有幾位憲兵看守著那群站著的人。負責審訊的軍官附近有四個憲兵站著，全都靠著卡賓槍。他們是帶著寬大帽子的憲兵。抓住我的那兩個憲兵把我拽進那群人裡面，等待審訊。我看著受審者。他就是那位身材矮胖、頭髮灰白的中校，從過橋隊伍裡被揪出來的。審訊人員看來幹練冷漠，冷靜自制，一看就是那種負責開槍射人，不會挨子彈，高人一等的義大利人。

「哪一旅的？」

他照實說了。

「哪一團？」

他照實說了。

「你為什麼沒有跟部隊在一起？」

他照實說了。

「你不知道軍官應該跟著所屬部隊行動嗎？」

他知道。

問話的內容就只有這樣。

「就是有你，還有跟你同樣的敗類，才會讓那些野蠻人入侵我們祖國的神聖領土。」

那位中校說：「你說什麼？」

「就是因為你這種叛國行為，我們才會喪失勝利的果實。」

那位中校問道：「你曾經撤退過嗎？」

「義大利永遠不該撤退。」

我們站在雨中聽著他們對話。我們面對那些軍官，成為叛國嫌犯的中校站在前面，稍稍偏向我們的側邊。

「如果你要槍斃我，」那中校說：「那就給我個痛快，別再審訊我。你們問的問題太愚蠢。」他在身上畫十字架。兩位軍官一起講話，其中一位拿起本子來寫東西。

他說：「他犯了逃兵罪，特此下令槍斃。」

兩個憲兵把中校押往河畔。這位沒戴帽子的老中校在雨中走著，兩側各有一位憲兵。我沒親眼看見他遭槍斃，但有聽到幾聲槍響。軍官接著審訊另一人。遭審訊的軍官也是沒有跟他所屬部隊在一起。他沒有獲准為自己申辯。軍官大聲念出寫在那本簿子上的罪狀與判刑結果，他一邊聆聽一邊哭著，接著他遭槍斃之際，又有另一人在接受審訊。他們故意在前一個犯人遭槍斃時審訊下一個犯人，顯然是為了讓犯人沒有任何機會為自己做些什麼。我不知道自己該等著接受審訊，還是這時就趕快設法脫逃。我一眼看出他們把我當成穿著義大利軍隊制服的德國佬，這就是他們的思考模式——姑且假設他們有思考能力。他們都是想要拯救國家的年輕人。塔利亞門托河西岸的第二軍目前正在進行重新整編，少校或更高階的軍官如果脫隊了，就會遭到處決。而且他們也以速審速決的方式槍斃那些穿著義大利軍隊制服，混入人群煽動大家的德國佬。他們戴著鋼盔。只有兩個犯人戴著鋼盔。但有幾個憲兵戴鋼盔，其餘則是戴著我們稱之為「飛機帽」的寬帽子。站在雨裡的我們一個個輪流被帶出去接受審訊，隨即槍決。到目前為止，沒有任何接受審訊的人倖存。手握生死大權者自身往往沒有受到死亡威脅，所以能秉持不可一世的超然態度，致力於實施嚴刑峻法，而這些審訊犯人的軍官就是那種人。某位隸屬於前線軍團的上校正在接受審訊。剛剛憲兵又把三個軍官押來我們這裡。

「他的軍團在哪裡？」

我觀察那些憲兵。他們要不是正看著那些新來的人，就是看著正接受審訊的上校。我把身子一低，從兩個人之間擠過去，往河畔低頭狂奔。我在河邊絆了一下，跌進河裡時濺起嘩啦水花。河水很冷，我盡可能在河裡待久一點。我可以感覺到身子隨著水流轉動著，我在水裡持續待到以為自己再也上不去了。浮出水面的那一刻我吸了一大口氣，然後又潛進去。因為身穿了厚重衣服，腳上又有靴子，想持續待在水裡並非難事。第二次浮上水面時我看見身前有一根木頭，便伸出一隻手去緊抓著。我把頭藏在木頭後面，甚至完全沒有伸頭出去看。我不想看河岸。我脫逃後還有第一次浮出水面時，他們分別開了幾槍。幾乎抵達水面之際我可以聽見槍響。這時已經沒有人開槍了。我用一隻手緊抱著那根隨著水流翻動的木頭。我看著河岸岸上的一切似乎以很快的速度從我眼前掠過。河裡有很多木頭。河水冷極了。那木頭帶著我飄過河面某個小島的灌木叢。我用雙手緊抱著木頭，隨波逐流。這時我已經看不見河岸了。

# 31

在湍急水流裡，沒有人會知道自己在水中待了多久。感覺時間似乎很長，但也許實際上很短。水溫很冷，水面高漲，我在水裡經過很多東西，都是河水高漲時從岸邊漂過來的。我很幸運有一根沉重的木頭可以攀附著，所以待在冰冷河水中的我將下巴擱在木頭上，抓著木頭的兩隻手盡可能不要出太多力。我很怕抽筋，而且我希望能夠漂往岸邊。我跟著木頭漂過一道長長的河灣。天光漸漸已經夠亮，所以我可以看見河岸沿線的灌木叢。前方有一座灌木叢生的小島，因此那一段河道的水流是往岸邊移動的。我在考慮是否該脫掉靴子、衣服，試著往岸邊游過去，但最後決定放棄。我心裡沒有太多想法，但是覺得自己終究應該可以上岸，但如果光著腳上岸那對我是不利的。我必須設法前往梅斯特雷。

我看著河岸愈來愈近，然後我又漂開，接著又接近河岸。木頭漂動的速度變慢。這時河岸已經非常近了，近到我可以看見岸邊柳樹叢的細枝。那木頭緩慢地轉向，所以河畔就在我後方，我知道木頭已經漂進了一個漩渦。木頭帶著我慢慢轉動著。等到河畔再次出現我眼前近處，我試著用單臂抱著木頭，用手游與腳踢的方式試著往河畔移動，但卻無法靠近。我很怕會漂離這漩渦，所以我單手抓著木頭，把雙腳提起來，踩踏著木頭的側邊，然後用力一頂，身體往岸邊游過去。我可以看見柳樹叢，但即便我的身體帶著用力一頂的動能，又拚命往岸邊游，但還是慢慢被水流帶走。接著我覺得自己應該會溺死，因為靴子太重，但我在水裡卯起來手划腳蹬，接著抬頭一看，發現自己正往岸邊移動，所以我持續手划腳蹬，賣命游水，但在上岸前始終害怕那雙沉重的靴子會讓我送命。我緊抓柳樹枝，但沒有足夠力量可以爬上去，不過這時已經知道自己不至於淹死了。待在那根木頭上的時候我未曾想過自己會淹死。因為死命使勁，我覺得胃與胸腔都空空的，感到噁心，只能緊抓柳枝等待。等噁心的感覺消失了，我就整個人攀上柳樹叢，再休息一下，雙臂環抱著柳樹，雙手緊抓著樹枝。然後我奮力穿過柳樹叢，爬了出去，抵達岸上。那時天色要亮不亮，四下無人。我躺在河岸上，耳裡聽見的是啪噠雨聲和潺潺水聲。

過了一會我站起來，開始沿著河岸走。我知道要一直走到拉蒂薩納[1]才會有橋可以過河。我猜自己也許是來到了聖維托[2]對岸。我開始思考接下來該怎麼辦。前方有一道通往河流的圳溝，我朝那裡走過去。到目前還是沒看見任何人，我坐在溝邊的灌木叢旁把靴子脫下，將裡面的水清掉。我脫掉外套，拿出外套內側口袋裡的皮夾，放皮夾裡的所有證件和紙鈔都溼透了。我把外套擰乾，然後也脫下長褲來擰乾。接著是襯衫和內衣。我用手拍打摩擦身體，然後穿上衣褲。我的帽子已經掉了。

穿上外套前我把袖子上帶有星星的臂章割下來，跟錢一起放進外套的內袋。紙鈔都溼了，但沒有破損。我算了一下，總計有三千多里拉。衣服穿起來感覺又溼又黏，我拍打雙臂，藉此讓血液保持循環。因為穿著羊毛內衣，所以只要持續走動，我覺得我應該不會感冒。憲兵在路邊搶走了我的手槍，我把槍套穿在外套裡。我沒有斗篷，在雨中感覺很冷。我開始朝著運河的河岸走。天色已經亮了，低窪的鄉野一片溼漉漉，看起來陰鬱不已。光禿禿的原野也是溼漉漉。只見一座高高的鐘樓矗立在遠處的平原。接著我來到一條路上，看見前方有一些部隊走過來。我在路邊跛行，部隊就這樣經過，沒有注意我。那是一支要前往河邊的機關槍部隊。我繼續沿著路往下走。

那天我穿越威尼斯平原。那整片鄉野原本就地勢低窪，在雨中感覺更低了。往海[3]的方向有很多鹽沼，能走的路很少。所有的大路都是沿著出海口延伸，如果要穿越鄉野，就必須走那些運河旁的小徑。我從北往南穿越鄉野，跨過兩條鐵路線與許多大路，在某條小徑的盡頭終於來到沿著鹽沼興建的鐵路線。這是從威尼斯通往的里雅斯特的主要火車幹道，鐵路的路堤又高又結實，路基也紮紮實實，鋪設的是雙軌鐵道。沿著鐵軌走一小段距離就是某個旗站[4]，我可以看見一些衛兵。越過鐵路後有一座橋，橋下是一條匯入鹽沼的小河。橋上也有個衛兵。先前在穿越北方田野時我曾看到一列火車奔馳在這條鐵軌上，因為平原極其平坦，所以從大老遠就能看見，那時候我就想也許會有火車從波爾托格魯阿羅[5]開來。我看著那些衛兵並在路堤上趴下，讓自己能左右觀察鐵軌沿線的動靜。橋梁上的衛兵沿著鐵軌朝我趴的地方稍稍走過來，然後又轉身往橋梁走。飢餓的我趴在那裡等待火車來到。先前我在原野上看到的那一列火車很長，所以火車頭拖行的速度很慢，我確信自己可以跳上去。就在幾乎不抱希望時，我看到一列火車駛來。火車頭直直過來，在我眼前愈變愈大。我看著橋上衛兵，他正在靠近我這一側的橋梁邊緣走著，但他所在位置的下方是鐵軌的另一頭。所以等火車開過來時就會遮住他的視線。我看著火車頭靠近，費力地往前移動，只見後面掛著很多車廂。我知道火車上也會有衛兵，所以試著觀察他們守在哪裡，但我的視線被擋住了，看不見。火車頭幾乎已經開到了我趴著的地方，等它來到我正前方，在我面前的平地上不斷吐出黑煙，費力拖行，火車司機從我眼前經過，我就站了起來，往行經的一個個車廂靠過去。要是衛兵看見我，站在鐵軌旁就比較不會引起他們懷疑。幾節關起門的貨運車廂經過了。然後我看見一節俗稱「貢多拉」[6]的貨運車廂，上面蓋著帆布。我站著等待，在車廂幾乎開走那一刻跳過去，抓住車廂後面的把手，爬了上去。我趴在貢多拉和後面的貨運車廂之間，後面車廂較高，剛好可以遮住我。我覺得應該沒有任何人看見我。我緊抓著把手，趴得很低，雙腳擺在聯結器上。車廂幾乎來到了橋的正前方。我記得那衛兵，車廂經過時他盯著我。他是個小夥子，帶著一個尺寸過大的頭盔。我用不屑的眼神瞪他，他把頭轉過去。他應該覺得我是列車人員。

車廂經過了橋梁。我見到他依舊百無聊賴地看著其他車廂經過。接著我把身子壓低，仔細觀察車廂帆布是怎樣固定的。帆布邊緣有索環，用繩索穿過去綁在車廂邊緣。我拿出小刀把繩索割斷，一隻手臂伸進帆布裡。有堅硬的東西從帆布下凸出來，因為下雨，被帆布裹得很緊。我抬頭看前面。前面的貨運車廂上有個衛兵，不過他正往前看。我放掉把手，從帆布底下鑽進去。我的額頭猛然撞到東西，感覺到有血從臉上流下來，但還是繼續往裡面爬，接著趴平。然後我轉過身來重新把帆布綁好。帆布下，我待在幾門大砲旁，它們散發出清晰的汽油與潤滑油味。我躺著傾聽雨水打在帆布上的啪噠聲響，還有列車走過鐵軌的清脆喀噠聲。我藉著透進來的微光看著大砲，每一門都用帆布套包了起來。這些大砲一定都是從第三軍團運送回來的。[7]我額頭碰傷的地方腫了起來，我刻意躺著不動，所以已經止血且傷口也凝結了。我把傷口四周的血剝掉，只是小傷而已。我沒有手帕，但有雨水從帆布滴下，我用手指沾水，把沾了乾血的地方清除掉，接著用外套袖子擦乾淨。我可不想惹人注意。我知道在抵達梅斯特雷以前我必須離開車廂，因為這些大砲是運到那裡去保管的。這時候大砲何其珍貴，軍方絕對經不起更多損失，絕對也不會忘掉它們。我真是餓壞了。

# 32

在蓋著帆布的貨運車廂裡，我躺在那些大砲旁邊，又溼又冷，極度飢餓。最後我翻動身體，肚子緊貼車廂底部趴著，雙臂枕著頭部。我的膝蓋僵硬，但狀況讓我很滿意。瓦倫提尼的手術非常成功。大撤退的過程中有一半路程我都是用走的，也游了一小段塔利亞門托河，全都是靠他送我的右膝。說是他送我的一點也不誇張。另一邊膝蓋是我自己的。醫生對我們的身體動過手術後，就不是我們自己的了。頭是我的，肚子也是。現在我就是肚子在餓啊。我可以感覺到腸胃在翻滾。頭是我的，但我現在不能用，不能多想。我只能回憶，但又不能沉浸在回憶裡。

我把凱薩琳記得清清楚楚，但我也知道，如果在還不確定能否與她重逢時就想起她，我肯定會瘋掉，所以我不能太想她，只能想一下下。只能把凱薩琳放在心底，隨著火車慢慢前行，發出喀噠喀噠聲響，在透過帆布滲進來的微光中，幻想著跟她一起躺在車廂地板上。躺在這麼硬的車廂地板上只感受著而不去多想，我離開她已經太久，這時我衣服溼透，地板每次只移動一點點；內心孤寂無比，只能身穿潮溼的衣服，躺在堅硬的地板上，幻想著我的妻子就在身邊。

雖然能躲在帆布裡免於淋雨實屬萬幸，有大砲相伴也還算愜意，其實你不愛待在貨車車廂的地板上，不愛帆布套裡大砲的濃厚潤滑油氣味，不愛從帆布漏進來的雨水；但是你愛著某個人，某個你知道現在不該假裝她在這裡的人。此刻你冷靜地把一切看得清楚無比，不過冷靜的程度其實不如清楚與空虛。你看到了空虛——在你的胃裡，以及回憶己方撤退與敵軍挺進的過程中。你把自己的車輛與人手都搞丟了，就像百貨公司樓管在沒有火災險的狀況下，因為一場大火失去了部門存貨。現在你已離開了。再也不用承擔職責。如果在火災過後，百貨公司僅僅因為樓管講話有口音就槍決他們，那等到商店重新開張時，當然不用期待樓管會回來工作。樓管也許會另尋他途——前提是還有其他工作可找，而且沒有遭警察逮捕。

河水不但沖走我的職責，也洗去了我的憤怒。不過，在那憲兵伸手來扯我衣領的那一刻起，我就不再背負職責了。儘管我不太在乎外在形式，但我還是寧願他們脫掉我的制服。帶有星星的臂章是我自己撕下來的，不過那是為了方便起見。這與榮譽無關。我沒有看那兩顆星星不順眼。只是我決定不幹了。我祝他們一切順利。部隊裡還是有一些好人與勇士，冷靜的人與講理的人，他們都該順順利利的。不過這一場大戲再也與我無關，我希望這該死的火車可以載我到梅斯特雷，讓我大吃一頓，別再想東想西。我不能再想了。

我被槍斃了。皮亞尼一定會這樣跟部隊回報。把人槍斃後，他們會檢查死者身上的口袋，把證件拿走。他們手上沒有我的證件，也許會把我當成溺斃了。真不知道我的死訊傳回美國時死因會是什麼？因為受傷陣亡，還有其他死因。天啊，我好餓。不知道食堂那位神父後來怎麼了。還有里納迪。要是部隊沒有往更遠的地方撤退，他也許在波代諾內。好吧，這下我再也無法見到他了。我再也見不到部隊裡認識的那些人。我的軍旅生涯已經結束。我不認為他有梅毒。大家都說只要及時服藥，那種病沒什麼大不了的。但他還是擔心。要是我得了梅毒也會擔心。誰都會擔心。

我天生就不愛想東想西，我天生愛吃。天啊，沒錯。跟凱薩琳一起吃吃喝喝，在床上纏綿。也許今晚吧。不，那不可能。不過明晚可以，先飽餐一頓然後蓋被子睡覺，再也別離開，除非是跟她一起離開。也許我得趕快離開。她會離開。我知道她會離開。我們什麼時候離開？這該好好想一下。天色漸暗，我躺在那裡想著我們可以去哪裡。有許多地方可以去。

# 33

黎明前火車緩緩開進米蘭車站，我也下了車。我跨越鐵軌，從幾棟建築之間的間隙鑽出來，接著就走上街道。有家酒鋪開了，我進去喝點咖啡。在店裡我聞到早上的清爽氣味、掃街時塵土飛揚的味道，還有咖啡杯裡的湯匙、葡萄酒杯留下的潮溼印子，都各有不同味道。老闆站在吧檯後，兩位士兵坐在一張桌邊。我站在吧檯前喝咖啡、吃麵包。咖啡加奶後變成灰色，我用一小塊麵包把咖啡上那一層牛奶薄膜抹掉。老闆看著我。

「想喝杯格拉帕白蘭地？」

「謝了，不用。」

「我請客，」他說完後倒了一小杯，推過來給我：「前線的戰況怎樣？」

「我不知道。」

「他們倆喝醉了。」他一邊說一邊把手指向那兩位士兵。他說的應該沒錯。他們看來喝醉了。

「說吧，」他說：「前線的戰況怎樣？」

「我不知道前線的狀況。」

「我看見你從車站出來。應該是剛下火車。」

「就大撤退啊。」

「我有在報紙上看到。怎麼回事？戰爭結束了嗎？」

「我認為沒有。」

他從一個矮瓶子把格拉帕白蘭地倒進酒杯裡。

他說：「如果你惹上了麻煩，我可以收留你。」

「我沒惹上麻煩。」

「如果你惹上了麻煩，待我這裡吧。」

「有地方可以借住？」

「就在這樓房裡。很多人都借住這裡。惹上麻煩的人都住在這裡。」

「很多人惹上麻煩？」

「那得要看什麼叫做惹麻煩。你是南美人？」

「不是。」

「會說西班牙語？」

「一點點。」

他擦起了吧檯。

「現在想離開這國家很難，但絕對還是可能的。」

「我不想離開。」

「你想在我這裡待多久都可以。你會看出我是哪種人。」

「今天早上我得去別的地方，但我會記得有地方可以投靠。」

他搖頭說：「如果你這麼說，那就是不會回來了。我猜你惹上大麻煩了。」

「我沒有。但我很珍惜伸出援手的朋友。」

我擺了一張十里拉的紙鈔在吧檯上，用來付咖啡的錢。

我說：「跟我喝一杯格拉帕白蘭地。」

「沒必要。」

「喝一杯吧。」

他倒了兩杯酒。

他說：「別忘了，你可以來這裡，還有別被抓進牢裡啊。你在這裡很安全。」

「肯定的。」

「你能確定？」

「嗯。」

他嚴肅了起來。「那聽我的勸吧。別穿著那件外套走來走去。」

「為什麼？」

「任誰都看得出你的袖子上本來有星星臂章。那個部分的顏色不一樣。」

我不發一語。

「如果你沒有文件，我可以幫你弄到。」

「什麼文件？」

「休假證明。」

「我不需要文件。我自己就有文件了。」

「好，」他說：「不過，如果你需要文件，我可以幫你弄到。」

「要多少錢才能弄到那種文件？」

「那得看是哪一種文件。保證價格合理。」

「現在我沒需要。」

他聳聳肩。

我說：「我沒事。」

我要走出門時，他說：「別忘記，我是你的朋友。」

「不會忘。」

他說：「我會再跟你見面的。」

「好喔。」我說。

走出店外，因為火車站有憲兵巡邏，所以我找了個遠一點的地方，在某個小公園的邊緣叫了計程車。我把醫院地址告訴司機，到院後我直接去門房的住處。他老婆抱抱我，他跟我握握手。

「你回來了。你平安無事。」

「是啊。」

「吃早餐沒？」

「吃了。」

他老婆問道：「中尉，你好嗎？沒什麼事吧？」

「還好。」

「你不跟我們一起吃早餐？」

「不，謝了。巴克利小姐現在在醫院嗎？」

「巴克利小姐？」

「那位英格蘭護士。」

他老婆說：「他女朋友啦。」她拍拍我的手臂，面帶微笑。

「不在，」門房說：「她暫時不在。」

我的心往下沉。「你確定？我是說那個高挑年輕的金髮英格蘭護士。」

「我確定。她去斯特雷薩渡假了？」

「什麼時候去的？」

「兩天前，跟另一位英國護士去的。」

我說：「了解。想拜託你一件事。請別跟別人說你見過我。這很重要。」

門房說：「我不會跟任何人說。」我給他一張十里拉紙鈔，他推辭了。

「我說話算話，」他說：「不用給我錢。」

他老婆問道：「中尉，我們可以幫你什麼忙？」

我說：「只有那個忙就好。」

門房說：「我們的嘴巴很緊，如果需要幫忙，你會跟我們說？」

我說：「會。再見，我會再來。」

他們站在門邊，看著我離開。

我叫了一輛計程車，跟司機報了席蒙斯的地址。他是我朋友，正在義大利學唱歌劇。

席蒙斯住的地方很遠，在市中心靠紅門區[1]那一帶。我上門時他還在床上睡覺。

他說：「亨利，你也太早起床了吧。」

「我搭早班火車進城的。」

「這次大撤退到底是怎麼一回事？那時候你在前線嗎？來根菸？菸在桌上的盒子裡。」他的房間很大，牆邊擺了一張床，另一頭有鋼琴、梳妝台和桌子。我坐在床邊椅子上，席蒙斯靠著枕頭坐起來，抽著菸。

我說：「席姆，我遇上麻煩了。」

「我也是，」他說：「我的麻煩不斷。你不抽菸？」

我說：「不抽。如果想去瑞士，有什麼管道？」

「你嗎？義大利佬不會讓你離開的。」

「嗯。我也知道。不過，瑞士人會怎樣？」

「會拘留你。」

「我知道。但整個流程是怎樣？」

「不怎麼樣。很簡單。你還是可以自由活動。我認為你只需要跟官方報備或什麼的。怎麼了？你在躲憲兵？」

「情況還不怎麼明確。」

「如果不想說，就別跟我說。但如果你願意講，應該會挺有趣的。這裡完全沒有新鮮事。我在皮亞琴察的登台演出實在爛透了。」

「我很遺憾。」

「噢，是啊。我的表演很糟，不過歌唱得很好。我會在城裡的里瑞可歌劇院再試試看。」

「我想去當觀眾。」

「你太客氣了。你沒有闖下什麼大禍吧？」

「我不知道。」

「如果不想說，就別跟我說。你怎會剛好離開那該死的前線？」

「我認為我已經受夠這戰爭了。」

「好小子。我就知道你是個有腦子的人。我能幫上什麼忙嗎？」

「可是你好忙。」

「親愛的亨利，我忙什麼？一點也不忙。無論要我幹嘛，我都很樂意。」

「你的身材跟我差不多。能否拜託你出去幫我買一套平民的服裝？我自己有衣服，但都在羅馬。」

「你還真的住過羅馬喔。那是個很骯髒的地方。你怎麼會去住那裡？」

「本來我打算當建築師。」

「去那裡也學不好建築。不用買衣服了，你想要什麼我都給你。我會幫你好好打扮，讓你變帥。去更衣室吧，裡面有個衣櫥。你要什麼就拿走。我親愛的朋友，你不用買衣服。」

「我寧願自己花錢買，席姆。」

「我親愛的朋友，與其要我出去幫你買，還不如讓我直接給你比較容易。你有護照嗎？如果沒有護照，你沒辦法自由行動的。」

「有。護照還在我身上。」

「那就去換衣服吧，我親愛的朋友，然後就去古國赫爾維夏[2]吧。」

「沒那麼簡單。我得先去一趟斯特雷薩。」

「那更簡單，我親愛的朋友。到了斯特雷薩，你只要划船就可以到瑞士了。要不是得要表演，我自己會跟你去一趟。我還沒去過呢。」

「你可以去學唱瑞士山歌。」

「我親愛的朋友，我會找一天去學。不過我的確會唱歌呢，這真是奇怪。」

「你肯定會。」

他在床上往後一靠，繼續抽菸。

「也別太肯定了。但我的確會唱。這真他媽奇怪，不過我真是會唱。我想唱一下，你聽聽看。」他高聲唱起了《非洲女人》[3]，脖子變粗，連血管都浮了起來。他說：「我能唱，無論觀眾喜不喜歡。」

我看著窗外說：「我先下樓去叫我的計程車離開。」

「我親愛的朋友，你上來後我們一起吃早餐。」他走下床，站直身體，深呼吸，然後開始做伸展操。我下樓去付了計程車費。

# 34

穿上平民服裝讓我感覺像在參加化妝舞會。我穿軍服有好一段時間了，所以還滿懷念軍服緊緊包住身體的感覺。平民的長褲穿起來覺得鬆鬆垮垮。我買了一張米蘭前往斯特雷薩的火車票，也添購了一頂新帽子。席姆的帽子與我尺寸不合，但衣服倒是還可以。衣服有菸草味，我坐在車廂裡往窗外看，感覺那帽子很新，衣服很舊。窗外倫巴底[1]溼漉漉的鄉野看來跟我一樣悲傷。車廂裡的幾位飛行員並不怎麼注意我。他們盡可能不看我，而且看不起我這年紀的平民。我沒有感覺受辱。要是在以前，我早就出口辱罵他們，故意生事幹架了。他們在加拉拉鐵[2]下車，我很高興可以獨處。我手上有報紙，但沒有拿起來讀，因為不想看任何有關戰爭的東西。我打算忘掉這戰爭。我已經在自己心底簽下停戰和約。我感到異常寂寞，等火車到了斯特雷薩才高興起來。

到站時我本來預期會有很多飯店搬運員為了攬客來幫忙搬行李，但卻一個也沒有。旅遊旺季已經結束很久了，所以沒有人來等火車。下車後我提著行李，那是我跟席姆借來的行李袋，非常輕便，因為裡面只有兩件襯衫。火車繼續行駛，我在雨中的屋簷下站著。我終於在車站裡見到一個人，問他是否知道有哪家飯店在營業。伯羅梅群島大飯店[3]正在營業中，還有幾家旅館一年到頭都開著。我手拿行李，在雨中開始徒步前往伯羅梅群島大飯店。一輛馬車從街上開來，我對車夫招手。搭馬車去好多了。車子開到豪華飯店入口，門房打著傘出來接我，非常殷勤。

我挑了一個好房間。房間很大，採光好而且可以眺望馬焦雷湖[4]。湖面上有雲朵在低空盤踞，但等到太陽出來就會變得很美。我說，我的妻子會來跟我會合。房裡有一張義大利人說的 *letto matrimoniale*，也就是加大雙人床，套著緞布床罩。這是一家豪華大飯店。我沿著長廊往下走，從寬闊的階梯下樓，經過一個個房間後來到酒吧。酒保是舊識了，我坐在高腳椅上品嘗加鹽杏仁還有馬鈴薯片。馬丁尼調酒喝起來倍覺清冽。

「你怎麼會穿著便服來這裡？」酒保幫我調了第二杯馬丁尼後問道。

「我在放假。是病假。」

「根本沒有人來玩。真不知道飯店為什麼要營業。」

「你有釣魚嗎？」

「我釣到幾尾很漂亮的魚。在這個時節總是能夠釣到肥美的魚。」

「有收到我寄給你的菸絲嗎？」

「有才怪。你有收到我的卡片嗎？」

我笑了起來。我想幫他弄到菸絲，但一直沒辦法。他想要的是美國製的菸斗用菸絲，但我的親戚沒再寄給我，也有可能是被部隊攔截下來，總之我沒弄到手。

我說：「我會再想辦法幫你弄到一點菸絲。我想問你，有沒有在城裡看過兩個英國女孩？」

「她們沒有住在這飯店。」

「她們是護士。」

「我有見過兩位護士。給我點時間，我可以幫你打聽到她們在哪裡。」

我說：「其中一位是我老婆，我來這裡找她的。」

「另一個是我老婆。」

「我沒在跟你開玩笑。」

「抱歉，我的笑話太愚蠢，」他說：「剛剛我真以為你在開玩笑。」他離開了好一陣子。我吃著橄欖以及加鹽杏仁與薯片，看著吧檯後方鏡中穿著便服的自己。酒保回來對我說：「她們住在火車站附近那家旅館。」

「能來點三明治嗎？」

「我馬上打電話幫你點。你也知道，現在沒有遊客，所以這飯店也什麼都沒有。」

「真的沒有半個人嗎？」

「還是有房客，但沒幾個。」

三明治送來後我吃了三個，又喝了兩杯馬丁尼。我沒喝過那麼清冽的東西。喝了馬丁尼讓我有種重回文明世界的感覺。我實在喝太多紅酒、格拉帕白蘭地和難喝的咖啡，吃太多麵包和起司了。我坐在高腳椅上，身前是用黃銅及鏡子裝飾，賞心悅目的桃花心木吧檯。我刻意放空腦袋，不去想事情。酒保問了我一些問題。

我說：「別聊戰爭了。」我已經離戰爭太遠太遠，也許這時根本沒有戰爭了。這裡就沒有戰爭啊。接著我才明瞭，對我來講戰爭算是已經結束了，但我還沒有那種戰爭真正結束的感覺。我就像是個已經逃學的學童，心裡卻還掛念著學校的狀況如何。

我到達那間旅館時，凱薩琳與海倫．佛格森正在吃晚餐。我站在走廊上看見她們坐在餐桌邊。凱薩琳的臉沒有面對我，但我看得見她的髮絲與臉頰，還有她俏麗的肩頸。佛格森正在講話，一看見我走過去就停了下來。

「天啊！」她說。

我說：「嗨！」

凱薩琳說：「你怎麼在這！」她的臉亮了起來。她看起來好像太過高興，才會難以置信。我親了凱薩琳，她臉紅了。接著我坐在桌邊。

佛格森說：「你這個惹禍精，你在這裡幹嘛？吃過晚餐了嗎？」

「還沒。」女服務生走進來，我要她拿個餐盤給我。凱薩琳一直看我，她眉開眼笑。

佛格森問道：「你怎麼沒穿軍服？」

「我加入了內閣。」

「你看起來真糟。」

「別這樣，小佛。妳就不能高興點嗎？」

「見到你讓我高興不起來。我知道你害這女孩惹上什麼麻煩。你不是我想見的人。」

凱薩琳對我微笑，在桌底下用腳碰碰我。

「沒有人害我，小佛。我是自作自受。」

「我受不了他，」佛格森說：「他對妳一點好處也沒有，只是用那些義大利人偷雞摸狗的伎倆毀了妳。美國人比義大利人還爛。」

凱薩琳說：「蘇格蘭人品格高尚。」

「我沒說自己多高尚。但他真的跟義大利人一樣偷雞摸狗。」

「小佛，我怎麼偷雞摸狗了？」

「你有，而且比偷雞摸狗還糟。你像是蛇，一條穿著義大利軍服的蛇，脖子上還穿著斗篷。」

「現在我沒有穿義大利軍服。」

「這再次證明了你有多偷雞摸狗。你談了一整個夏天的戀愛，把這女孩的肚子搞大了，我猜現在你應該會偷溜吧。」

我和凱薩琳相視而笑。

她說：「我們會一起溜走。」

「你們倆是王八配綠豆，」佛格森說：「凱薩琳．巴克利，妳不害臊嗎？妳沒有羞恥心，也不在乎自己的名節，妳跟他一樣偷雞摸狗。」

「別這樣，小佛。」凱薩琳說，還拍拍她的手。「別這樣罵我。妳知道我們是知心好友。」

佛格森說：「把妳的手拿開。」她滿臉漲紅。「如果妳有羞恥心，我也不至於這樣。但天知道妳現在已經有幾個月身孕，然後還不把這當一回事，現在看到勾引妳的人來了居然還能眉開眼笑。妳真是無恥又無感。」她開始哭，凱薩琳走過去用一隻手抱住她。凱薩琳站著安慰佛格森，但我看得出她的表情沒有改變。

佛格森啜泣著說：「我不管啦，這件事真是爛透了。」

「別這樣，別這樣，小佛，」凱薩琳安慰她：「我會覺得羞恥，可以嗎？別哭，小佛。別哭，我的好小佛。」

佛格森啜泣道：「我沒哭，我沒哭。只是為妳惹上的爛事感到難過。」她看著我，說道：

「我討厭你。這她可管不了。你這偷雞摸狗又下流的假義大利人。」她的眼鼻都哭到紅了起來。

凱薩琳對我微笑。

「我不准妳抱著我對他微笑。」

「妳真是不講理，小佛。」

「這我也知道，」佛格森啜泣道：「別理我，你們倆都是。我只是太難過。我不講理。這些我都知道。我希望你們倆都能幸福。」

凱薩琳說：「我們很幸福，親愛的小佛。」

佛格森又哭了起來。「你們這樣算是哪門子的幸福？怎麼不結婚？你不會是已婚了吧？」

我說：「沒有。」凱薩琳笑了起來。

「這有什麼好笑的？」佛格森說：「很多已婚男人會出來亂搞啊。」

凱薩琳說：「我們會結婚的，小佛，如果這樣能讓妳開心起來的話。」

「不要為了取悅我而結婚。你們本來就應該想要結婚啊。」

「我們太忙了。」

「是，我知道。忙著生小孩。」我以為她又要哭了，但她只是用酸楚的語氣接著說：「我猜妳今晚就要跟他走囉？」

凱薩琳說：「嗯，如果他要我走的話。」

「那我呢？」

「妳害怕自己一個人嗎？」

「我怕。」

「那我就留下來陪妳。」

「算了，跟他去吧。現在就跟他去。你們倆讓我看了就討厭。」

「我們最好先把晚餐吃完。」

「不用了，馬上走。」

「小佛，講理一點。」

「我說馬上離開，你們倆都走吧！」

我說：「那我們就走了。」小佛已經讓我受夠了。

「所以妳真的要走？妳看看，妳居然想要把我丟在這裡，讓我自己一個人吃晚餐。來義大利湖區觀光一直是我的夢想，結果卻被妳搞砸了。喔，喔。」她邊啜泣邊講，看著凱薩琳之後又抽抽噎噎哭起來。

凱薩琳說：「那我們就待到吃完晚餐，還有，如果妳希望我作陪，我也不會丟下妳。我不會獨留妳一個人的，小佛。」

「不，不，我要妳走。我要妳走。」她擦擦淚眼。「是我自己不講理，別理我。」

送餐的女服務生也被她哭得心煩。當她送來下一道菜時看見情況好轉，似乎也鬆了一口氣。

那天我們在飯店過夜，房間外的長廊空蕩蕩，兩個人的鞋擺在房門外，房間裡鋪著厚厚地毯，窗外下著雨，室內明亮、溫馨、歡快，熄燈後我們在光滑的被子和舒服的床鋪上甜甜蜜蜜，我們有了回家的感覺，不再孤單，半夜醒來發現另一半就在身邊，而不是遠在他方。此時除了彼此，其餘一切彷彿都不是真實的。累了我們就睡，只要有一個人醒了，另一個也會醒來，所以兩人都不會孤單。通常男人想會獨處，女人也希望清靜一下，如果男女兩人墜入愛河，只要有一方能夠獨自一人，就會讓另一方嫉妒，但說真的我們倆從來沒有那種感覺。我們在一起時還是能夠感到孤單，但那是共同自外於世的孤單。這種感覺我只經歷過一次。過去我曾跟很多女孩在一起，我總是感到孤單，而且那是最令人感到寂寞的方式。不過跟凱薩琳在一起時不曾孤單，不曾害怕。我知道夜裡跟白天不一樣：所有的事物截然不同，夜裡會出現很多無法在白天解釋的東西，因為那些東西在白天根本不存在。而且一旦開始感到寂寞了，寂寞的男女可能會覺得夜晚很可怕。不過跟凱薩琳在一起，日夜幾乎沒有差別，甚至夜晚比白天更美好。如果有人誕生時帶著太多勇氣，這世界只有殺了他們才能挫挫他們的銳氣，所以當然說殺就殺。這世界會打擊所有人，不少人在受挫後會變得堅強。但凡有誰不被擊倒，就會被這世界殺死。這世界尤其偏好殺死特別好、特別溫柔與特別勇敢的人。如果你不好、不溫柔也不勇敢，雖然終有一死，但不會是優先目標。

到現在我還記得自己在那天早上醒來。凱薩琳還在睡，晨光從窗戶灑進來。雨已經停了，下床後我走到房間另一頭的窗邊。下面是花園，此時儘管光禿禿一片，但卻有種整齊的美，此外還有一條條礫石小徑，處處是樹林，湖邊矗立著一道石牆，湖面在陽光下波光粼粼，還有遠方的群山。我站在窗邊眺望外面，轉身時發現凱薩琳醒了，正看我。

她說：「你好嗎，親愛的？今天多美好啊，你說是不是？」

「妳覺得怎樣？」

「感覺很棒。昨晚很美妙呢。」

「想吃早餐嗎？」

她想吃，我也想。我們坐在床上，大腿上擺著早餐餐盤，在從窗戶灑進來的十一月晨光中吃早餐。

「你不想看報嗎？在醫院時你總是想要看報，不是嗎？」

我說：「不，現在我不想看報了。」

「狀況糟到你連報紙都不想看了嗎？」

「我不想看報導。」

「真希望當時我也在那裡，這樣我就了解了。」

「如果能把頭緒理清楚，我就會告訴妳。」

「不過，如果軍方抓到你沒穿軍服，不會逮捕你嗎？」

「可能會槍斃我。」

「那我們就別繼續待著。離開這國家吧。」

「這我也想到了。」

「我們走吧。親愛的，可別心存僥倖，那太傻了。告訴我，你是怎麼從梅斯特雷來到米蘭的？」

「搭火車。當時我還穿著軍服。」

「那時候你不危險嗎？」

「還好。我還有一張先前留下來的調動令。我在梅斯特雷填上了日期。」

「親愛的，你隨時隨地都有可能被逮捕。我不能接受。這樣實在太傻了。要是他們逮捕了你，我們該怎麼辦？」

「我們別想那麼多。這件事讓我想到厭煩了。」

「如果有人來逮捕你，你會做什麼？」

「開槍殺人。」

「你看你多傻。除非是要離開義大利，否則我不會讓你離開這飯店。」

「我們要去哪？」

「別那樣，親愛的。你說要去哪我們就去。不過你要趕快找個我們可以去的地方。」

「瑞士就在湖的另一邊，我們可以去那裡。」

「那很棒啊。」

外面開始烏雲密布，湖區天色變黑。

我說：「我希望我們不用老是過這種跟罪犯一樣的日子。」

「親愛的，別那樣。你當逃犯還沒有很久，我們也不會永遠都過逃犯的生活。我們的生活會美好愜意。」

「我感覺自己像個罪犯。我犯了逃兵罪。」

「拜託！親愛的你要講講理。你沒有犯下逃兵罪，只是離開義大利軍隊而已。」

我笑著說：「你是個好女孩。我們回床上去睡覺吧。我覺得在床上很舒服啊。」

過一陣子凱薩琳說：「你沒有覺得自己是逃犯吧？」

我說：「沒有，跟妳在一起時不會。」

「你真是個傻小子，」她說：「但我會好好照顧你。親愛的，真是太棒了，我居然沒有晨吐呢！」

「好極了。」

「你不知道我這老婆有多好。不過我不在乎。我要帶你去一個沒有人會逮捕你的地方，然後在那裡好好過日子。」

「那我們說走就走吧。」

「親愛的，我們這就走。你什麼時候想去哪裡，我都配合。」

「我們別想東想西了。」

「好吧。」

# 35

凱薩琳沿著湖畔走回那家旅館去看佛格森，我則坐在酒吧裡看報紙。我坐在酒吧的舒適皮椅上讀報，直到酒保進來。結果義大利部隊並沒有在塔利亞門托河建立防線，而是繼續撤退到皮亞韋河[1]。我還記得皮亞韋河。鐵路會在聖多納[2]附近跨河通往前線。那一帶的河道又深又窄，水流緩慢。下游有一些蚊蚋叢生的沼地，還有幾條運河。美麗的別墅處處可見。在大戰爆發前，有一次為了到北邊的山城科爾蒂納丹佩佐[3]，我在山區沿著皮亞韋河走了好幾個小時。山區的河段看起來就像鱒魚優游的小河，岩石下方往往有淺灘與水潭。山路緊跟著皮亞韋河延伸，兩者在卡多雷[4]才分開。真不知道義大利的軍隊要怎樣才能從那山區下來。酒保走了進來。

他說：「葛瑞菲伯爵想見你。」

「誰？」

「葛瑞菲伯爵。先前你來的時候也待在酒吧的那位老先生。你記得嗎？」

「他在飯店？」

「對，跟姪女一起來的。我跟他說你也在。他想跟你一起打撞球。」

「他在哪？」

「在散步。」

「他還好嗎？」

「彷彿比以前更年輕了。昨晚他在晚餐前還喝了三杯香檳雞尾酒。」

「他撞球技術怎樣？」

「好啊，他還打敗過我。我說你在這裡，他很開心。這裡沒人陪他打。」

葛瑞菲伯爵已經高齡九十四。他跟梅特涅[5]是同一個時代的人，是個白髮白鬚，風度翩翩的老人。他曾經在奧地利與義大利兩國的外交界服務過，每次他舉辦生日派對都是米蘭的社交盛事。看來他就要成為人瑞了，而且打起撞球來身手敏捷流暢，身子骨一點也不像九十四歲的人。過去我曾在斯特雷薩與他有一面之緣，那時候是觀光淡季，我們一邊打撞球一邊喝香檳。我覺得這是個很棒的習慣。那次跟他打球，他每一百分都讓我十五分，結果還是打敗我。

「先前你怎麼沒跟我說他在這裡？」

「我忘啦。」

「還有誰在？」

「沒有你認識的人。房客總共也才六人。」

「那你現在忙嗎？」

「不忙。」

「那就跟我出去釣魚吧。」

「我可以溜班一小時。」

「走吧。記得帶著釣魚線。」

酒保穿上外套，我們一起出去。下樓後我們去弄了艘船，我負責搖槳，酒保坐在船尾負責把釣線放出去，線上有用來拖釣湖中鱒魚的沉重鉛錘，還有一個旋轉式假餌。船沿著湖畔前進，酒保手拿釣線，偶爾把線往前拉動一下。從湖上光景看來，斯特雷薩真的是人跡罕見。只有一排排蕭瑟的樹矗立著，還有大飯店與許多門戶緊閉的別墅。我把船划到湖上另一頭的貝拉島，貼近小島邊緣的岩壁，那裡的水非常深，只見一大片岩壁斜斜地往清澈的湖水裡延伸，接著我繼續往北划到漁人島。一朵雲遮住太陽，冷冽的湖水顏色深暗，湖面平靜無波。雖然我們看見魚兒浮上水面後留下的一些漣漪，但沒有釣到魚。

接著我划到漁人島對面，那是人們拖小船過去停泊，還有修補漁網的地方。

「要不要喝杯酒？」

「也好。」

我把小船划往石造碼頭，酒保把釣線拉上來捲成一圈，放在船底，將魚餌掛在船舷上。我走下去把船綁好。我們進去一家小酒館，坐在一張簡樸的木桌邊，點了兩杯苦艾酒。

「划累了嗎？」

「不會。」

他說：「回程我來划船。」

「我喜歡划船。」

「要是你拿釣線，說不定我們手氣會變好。」

「也好。」

「說說看戰況怎樣吧。」

「爛透了。」

「我超齡了，不用當兵。葛瑞菲伯爵也是。」

「搞不好你也得去。」

「明年軍方會徵召我這年齡層的人，但我才不會去。」

「那你要怎麼辦？」

「離開義大利。我才不會上戰場。我曾經去阿比西尼亞[6]打過仗。要我再去打仗，門都沒有。當初你為什麼要上戰場？」

「我不知道。那時候太傻。」

「再喝一杯苦艾酒？」

「好啊。」

回程換酒保划船。我們往斯特雷薩以北的湖面划行，然後又往南折返，在距離湖畔不遠處拖釣。我拉著緊實的釣線，因為假餌在水底旋轉，隱約可以感覺到線在晃動，同時我也看著十一月的深暗湖水與杳無人跡的湖岸。酒保是用長划的方式划船，小船不斷向前行進，釣線也隨之跳動。有一次我釣到魚，釣線突然緊繃起來，被往後拖，我往回一拉，感受到鱒魚活跳跳的重量，接著釣線又恢復先前的微微震動。魚逃掉了。

「感覺很大隻嗎？」

「超大。」

「有一次我自己到湖上拖釣，用牙齒咬著釣線，結果有魚上鈎，差點把我的嘴撕爛。」

我說：「最好是把釣線纏繞在大腿上，有魚上鈎就能感覺到，也不至於被扯掉牙齒。」

我把手伸進湖水裡。湖水冷冽，船幾乎已經划到了大飯店的對面。

酒保說：「我得回去了，十一點前要上工，那是*L'heure du cocktail*（餐前雞尾酒時間）。」

「好吧。」

我把釣線拉回來，纏繞在一根兩端都有凹口的棍子上。酒保把小船停在島邊石壁的停泊區，用鍊條和掛鎖鎖起來。

他說：「你什麼時候想到湖上划船就來找我，我會給你鑰匙。」

「謝了。」

我們往上走到飯店，去了酒吧。我不想一大早就喝酒，所以先回樓上房間。飯店女傭剛剛把房間清理完，凱薩琳還沒回來。我躺在床上，試著不胡思亂想。

凱薩琳一回來，我就不怕自己亂想了。她說佛格森在樓下。她來吃午餐。

凱薩琳說：「我知道你不會介意。」

我說：「不會。」

「親愛的，怎麼了？」

「我也搞不清楚。」

「我很清楚。因為你沒事做。你只有我了，但我又不在你身邊。」

「沒錯。」

「親愛的你真可憐。突然沒有事情可以做，你的心情一定很糟吧。」

我說：「過去我的人生什麼都有，現在如果妳不在我身邊，我在這世界上就一無所有。」

「但我會跟你在一起。我只是出去兩個小時而已。你沒有什麼事可以做嗎？」

「我跟酒保出去釣魚。」

「不好玩嗎？」

「好玩。」

「我不在你身邊時，你就先別想我啊。」

「我在前線時就是這樣。不過那時候我還有事情可以做。」

「你像失業的奧賽羅[7]，」她取笑我。

我說：「奧賽羅是個老黑，更何況，我沒像他那麼會猜忌。我因為一心一意愛妳，所以不會有別的想法。」

「那你可以乖乖的，對佛格森好一點嗎？」

「我對佛格森總是很好啊，除非她咒罵我。」

「對她好一點。我們倆擁有一切，她卻什麼都沒有。你光是想著這點就可以了。」

「我可不覺得她想要我們擁有的一切。」

「親愛的，你不是很聰明嗎？怎麼連這都不懂。」

「我會對她好。」

「我知道你會。你最善解人意。」

「吃完飯她不會留下來吧？」

「不會。我會想辦法把她甩掉。」

「然後我們就回樓上來。」

「當然。不然你以為我想幹嘛？」

我們下樓去跟佛格森一起吃午餐。這飯店與華麗的餐廳令她印象深刻。我們共進美味午餐，喝了兩瓶卡布里白酒。葛瑞菲伯爵走進餐廳，對我們鞠躬。他的姪女也在他身邊，長得有點像我祖母。我向凱薩琳、佛格森介紹他，佛格森讚嘆不已。這飯店又大又華麗，整間空蕩蕩的，不過食物倒是很棒，葡萄酒又香醇，尤其最後的酒讓我們都覺得很盡興。凱薩琳自然不需要讓心情好起來，她本來就很高興。但是連佛格森都變得興高采烈。我自己也是情緒高昂。午餐後佛格森就回去她下榻的旅館。她說她飯後想要躺一下。

到了下午已經不早了，有人敲我們的房門。

「誰？」

「葛瑞菲伯爵想知道您是否會與他一起打撞球。」

先前我把手錶拿下，放在枕頭下。這時拿出來看幾點了。

凱薩琳低聲說：「親愛的，你非去不可嗎？」

「我認為我最好去一下。」手錶的時間是四點十五分。我大聲說：「請轉告伯爵，五點鐘我會在撞球間。」

四點四十五分時我吻別凱薩琳，走進浴室著裝。我打好領帶，看著鏡子裡穿著平民服裝的自己，覺得陌生。我一定得記得去多買一些襯衫和襪子。

凱薩琳問我：「你會離開很久嗎？」她在床上看起來嬌媚可愛。「可以把梳子拿給我嗎？」

我看著她梳頭髮。她把頭歪一邊，讓所有頭髮都往那一側垂下。外面天色已黑，床頭燈打在她的秀髮還有肩頸上。我走過去親她，握住她拿著梳子的手，她的頭往枕頭倒回去。我親親她的肩頸。我實在好愛她，愛得連我自己都有種微醺的感覺。

「我真不想離開。」

「我也不希望你離開。」

「那我就不走囉。」

「別這樣，你還是走吧。只是去一下下，你馬上就回來了。」

「那我們在樓上吃晚餐。」

「趕快打一打就回來喔。」

到撞球間時我發現葛瑞菲伯爵已在裡面練習擊球。在撞球檯上面燈光的照射下，他看來非常脆弱。撞球檯再過去一點的牌桌上，擺著一個銀色冰桶，兩瓶香檳酒的瓶頸、瓶塞露出桶外。我朝撞球檯走過去之際，葛瑞菲伯爵把身子站挺，向我走過來。他伸手對我說：「幸會啊，感謝你來陪我打球。」

「哪裡，能受邀是我的榮幸。」

「你身體還好嗎？聽說你在伊松佐河河畔受傷了。希望你能康復。」

「我已經康復了。您身體好嗎？」

「噢，我總是很硬朗。但就是年紀愈來愈大。現在我也注意到自己出現老態了。」

「我才不相信。」

「是真的。要我舉個例子嗎？現在我常常不經意說出義大利語。我都刻意不講義大利語，但現在只要是累了，就很容易脫口而出。所以我知道自己一定是變老了。」

「我們可以用義大利語聊天。我也有點累。」

「噢，但如果你累了應該是脫口說出英語才對。」

「是美語。」

「對，美語。那請你說美語吧。那是一種令人愉悅的語言。」

「我很少遇見美國人。」

「你肯定很想念他們。任誰都會想念自己的祖國同胞，尤其是女性同胞。我是過來人。我們要打球嗎，還是你太累就算了？」

「其實我不累，只是在說笑。您要讓我幾分呢？」

「你最近常打撞球嗎？」

「完全沒打。」

「你的技術很好。每一百分讓十分？」

「您太抬舉我了。」

「十五分？」

「還可以，不過這樣我就不是您的對手了。」

「我們該下賭注嗎？先前你總是希望能用撞球賭錢。」

「我認為我們最好下一點賭注。」

「那好啊。我讓你十八分，然後每分一法郎。」

他打了很漂亮的一局，即便他讓我十八分，打到五十分的時候我也只是領先四分而已。葛瑞菲伯爵按下牆上按鈕，把酒保叫來。

他說：「請開一瓶酒。」然後對我說：「我們喝點酒來助興。」葡萄酒喝來冷冽，是甜度最低的，非常香醇。

「我們可以用義大利語交談嗎？你在意嗎？這現在已經是我的一大弱點。」

我們繼續球局，輪到對方打球就喝喝酒，改用義大利語交談，但話不多，只是專注在球局上。伯爵先拿下一百分，即便他讓了分，我還是只有九十四分而已。他露出微笑，拍拍我的肩膀。

「現在我們就來喝另一瓶酒，你跟我說說戰況。」他等著我坐下。

我說：「除了戰況都可以聊。」

「你不想談戰爭？也好。你最近都讀些什麼？」

「沒讀什麼，」我說：「看來我真的很無趣。」

「沒那回事。不果你真該讀點書。」

「戰時還有人出書嗎？」

「有法國作家巴比塞寫的《戰火》，還有《布里特林先生看透一切》。」[8]

「不，他沒有。」

「什麼？」

「他沒有看透一切。醫院裡有這兩本書。」

「所以你有在讀書？」

「有，但沒有讀到好書。」

「我本來認為《布里特林先生看透一切》把英國中產階級的靈魂剖析得很透徹。」

「我對靈魂一無所知。」

「可憐的孩子。這世界上沒有人真正了解靈魂。你信教嗎？」

「只有晚上。」

葛瑞菲伯爵露出微笑，用手指轉動一下酒杯。

「本來我以為自己年紀愈大會變得愈虔誠，但不知為何，我並沒有，」他說：「真是太可惜了。」

「您想在死後繼續活下去嗎？」這關於死亡的問題一出口，我就覺得自己很蠢。但他不忌諱那個字。

「那要看怎樣過活。如果活得痛快，那我就會想要永生，」他微笑道：「我已經很接近永生了。」

我們坐在那種很深的皮椅裡，香檳擺在冰桶裡冰鎮著，兩個杯子擺在我們倆之間的桌上。

「如果你能活到我這年紀，就會目睹各種怪象。」

「您從來不顯老。」

「是我的身體老了。有時候我很害怕會像折斷粉筆那樣折斷自己的手指頭。而且我的精神雖然沒有變老，但也沒有更睿智。」

「您很睿智。」

「不，有人總是說老人很睿智，那真是大錯特錯。人的智慧不會隨著年紀增長，只是變得更細心而已。」

「也許那就是智慧。」

「那是很沒有吸引力的智慧。你最看重什麼？」

「我愛的人。」

「跟我一樣。不過這並非智慧。你看重生命嗎？」

「嗯。」

「我也是。因為我只有一條命。除此之外我還有生日派對，」他笑著說：「也許你比我更有智慧。你不會辦生日派對。」

我們倆都舉杯喝酒。

「說真的，你對這戰爭有何看法？」

「我覺得很愚蠢。」

「哪一方會贏？」

「義大利。」

「為什麼？」

「因為比較年輕。」[9]

「比較年輕的國家總是能夠勝出嗎？」

「有一段時間他們比較容易勝出。」

「然後呢？」

「然後他們就變老了。」

「看吧，您還說您不睿智。」

「親愛的孩子，這不是睿智。這只是會耍嘴皮。」

「但我聽起來覺得您很睿智。」

「沒有特別了不起。我可以引述反面的許多論點給你聽。不過能有這本事也不算差就是了。我們喝完香檳了嗎？」

「快喝完了。」

「我們該多喝點酒？那我就得換衣服。」

「也許下次吧。」

「你確定不想多喝點酒？」

「嗯。」他站起來。

「我希望你能過得幸福又快樂，非常非常健康。」

「謝謝您。祝您長命百歲。」

「謝謝，我已經快當人瑞了。還有，如果有一天你成為虔誠教徒，而我又死了，就請你為我禱告吧。我已經拜託了幾位友人。我曾以為自己會變成虔誠教徒，但還沒有。」我覺得他的微笑帶著一絲傷感，但無法確定。他已經老到滿臉皺紋，所以微笑起來會牽動許多皺紋，無法區分表情是悲是喜。

我說：「我有可能會變成虔誠教徒。總之，我會為您禱告的。」

「我總是以為自己會變虔誠教徒。我所有的家人在去世時都是。但不知為何我自己還不是。」

「因為時間還早。」

「也有可能是太遲了。也許我已經活到了不會有宗教情懷的年紀。」

「我自己則是到晚上才有宗教情懷。」

「那表示你同時也是在戀愛中。別忘了，愛情也是一種宗教情懷。」

「你相信？」

「當然。」他朝桌子走一步。「你真好，願意陪我打撞球。」

「榮幸之至。」

「我們一起走樓梯上樓吧。」

# 36

那天晚上風大雨大，我醒來時聽見雨打在窗戶玻璃上的聲音。窗戶沒關，還有雨打了進來。有人敲門，我深怕吵醒凱薩琳，躡手躡腳走到門邊，開門後看見酒保站在門口。他身穿大衣，手裡拿著已經溼掉的帽子。

「中尉，方便跟你談一談嗎？」

「怎麼了？」

「事關重大。」

我四下張望，房間裡一片闃黑，我從窗戶看見地板上的積水。我說：「進來吧。」我拉著他的手臂走進浴室，鎖門開燈後坐在浴缸邊緣上。

「怎麼了，艾米里歐？你惹上麻煩了嗎？」

「不，中尉。是你惹上麻煩了。」

「是嗎？」

「明天一早他們要來逮捕你。」

「是嗎？」

「我是特地來告訴你的。先前我去城裡，在咖啡館裡聽見有人在聊這件事。」

「了解。」

他站在那裡，外套全溼了，手裡拿的帽子也溼了，不發一語。

「為什麼要逮捕我？」

「罪名跟戰爭有關。」

「你知道是什麼罪嗎？」

「不知道。但據我所知，你先前來這裡時還穿著制服，顯然是個軍官，但這次卻沒穿。這次撤退過後軍方要展開大規模逮捕行動了。」

我思考了一下。

「他們什麼時候會來逮捕我？」

「早上，但不知道幾點。」

「你說我該怎麼辦？」

他把帽子擺在洗手槽。那帽子剛剛就一直往地板上滴水，完全溼透了。

「如果你沒什麼好怕的，遭逮捕也不會怎樣。但被逮捕總是壞事，現在這時機尤其糟糕。」

「我不想被逮捕。」

「那就去瑞士吧。」

「怎麼去？」

「划我的小船。」

我說：「現在風大雨大。」

「暴風雨過去了。天候還是不佳，不過你們不會有事的。」

「我們該什麼時候走？」

「馬上。他們可能一大早就來了。」

「那我們的行李怎麼辦？」

「趕快打包，叫你老婆起來換衣服。行李我負責。」

「你會在哪裡？」

「我會在這裡等。我不想別人看到我待在外面走廊上。」

我開門後關門，走進臥室。凱薩琳醒了。

「親愛的，怎麼了？」

「沒事，小貓咪，」我說：「可不可以請妳立刻換衣服，跟我一起划船到瑞士？」

「你想去瑞士？」

我說：「我也不想，我寧願回床上睡覺。」

「那這是怎麼回事？」

「酒保說早上有人要來逮捕我。」

「那酒保瘋了嗎？」

「沒有。」

「那拜託動作快點，親愛的，換衣服後我們就動身。」她在床邊坐起來，還是很睏。「酒保在浴室？」

「對。」

「那我就不梳洗了。親愛的，請你把頭轉過去，我很快就會把衣服換好。」

我看見她脫掉衣服後露出白色美背，依她的要求把頭轉過去。因為懷孕她開始變得大腹便便，所以不想讓我看到她那模樣。我一邊換衣服一邊聽著打在窗戶上的雨聲。我沒什麼東西要打包的。

「小貓咪，如果妳有需要，我的行李袋還可以裝很多東西。」

她說：「我幾乎打包好了。親愛的，我問個笨問題。酒保怎麼會在浴室裡？」

「她……他在那裡等著幫我們把行李拿下樓。」[1]

「他人超好。」

我說：「他是老朋友了。有一次我還寄了菸絲給他，只可惜沒寄到。」

我從打開的窗戶往外看著夜空。我看不見馬焦雷湖，四處一片漆黑，還下著雨，不過風已經比較平靜了。

凱薩琳說：「我準備好了，親愛的。」

「好的。」我走浴室門口。我說：「艾米里歐，行李袋在這裡。」酒保拿走那兩個袋子。

凱薩琳說：「你真好心，居然這樣幫我們。」

「這沒什麼，小姐，」酒保說：「只要不讓我自己捲入麻煩，我都很樂意幫你們。聽好了，」他對我說：「我會拿著行李從員工專用的樓梯下樓，到我的小船邊。你們只要裝成要去散步的模樣就好。」

凱薩琳說：「這真是適合散步的美好夜晚呢。」

「這晚的天氣爛透了。」

凱薩琳說：「幸好我有一把雨傘。」

我們沿著走廊走，接著從那鋪著厚厚地毯的寬闊階梯下樓。到了樓梯底部，只見門房坐在門邊的櫃檯後。

他見到我們有點詫異。

他問道：「先生，你們兩位要出去？」

我說：「是的，我們想去看看風雨交加的湖畔。」

「先生，你們沒有傘嗎？」

我說：「沒有，這外套是防水的。」

他半信半疑地看著我的外套。他說：「先生，我幫你們弄一把雨傘。」離開一下又回來，他手上拿著一把大傘。他說：「先生，這把傘有點大。」我給他一張十里拉的紙鈔。他說：「噢，先生，您太好了。非常謝謝你。」他幫忙開門，我們走到下雨的室外。他對凱薩琳微笑，她也對他微笑。他說：「別待在暴風雨裡，你們會弄溼身體的，先生與小姐。」他只是飯店的資淺門房，英語生硬。

我說：「我們去去就回。」我們撐著那把大傘，沿小徑往下走，穿越一片漆黑的花園來到大路上，跨越路面，來到那條沿途有棚架的湖畔小路。這時風吹向湖面。這陣十一月的風又溼又冷，我知道山區一定下雪了。我們沿著碼頭往下走，經過一個個停泊區，停了許多上了鎖鍊的小船，來到酒保泊船的地方。與岸邊石頭相較，湖水顯得一片黑漆漆。酒保從一排樹後面走出來。

他說：「行李袋都在小船上。」

我說：「我想把小船的錢給你。」

「你有多少錢？」

「不多。」

「你可以稍後再把錢寄給我。無所謂。」

「寄多少？」

「看你。」

「說個數字。」

「如果你逃到了瑞士，那就寄五百法郎給我。如果沒有，那我猜你也管不了那麼多了。」

「好。」

「這裡有三明治。」他遞了一包東西給我。「我把酒吧裡的東西都弄來了。都在這裡面。這裡還有白蘭地跟葡萄酒各一瓶。」我把東西都擺在行李袋裡。「至少先讓我付這些東西的錢。」

「好，那你給我五十里拉。」

我把錢給他。他說：「這罐白蘭地是好酒，不用擔心，儘管給你老婆喝。她最好趕快上船。」他扶著船，船身在泊船處的石牆邊起起伏伏，我把凱薩琳牽進小船裡。她坐在在船尾，我幫她把身上的披肩圍緊。

「你知道要往哪裡去？」

「往北，湖的另一邊。」

「你知道有多遠？」

「過了盧伊諾。」

「過了盧伊諾、坎內羅、坎諾比奧、特朗札諾。要等到抵達布里薩戈，才算是在瑞士境內。[2]途中還要經過塔瑪拉山[3]。」

「現在幾點了？」凱薩琳問道。

我說：「才十一點。」

「要是你划個不停，應該可以在明早七點抵達瑞士。」

「這麼遠？」

「有三十五公里。」

「我們該怎麼走？雨下得那麼大，我們需要羅盤。」

「不需要。先划到貝拉島，接著到母親島的東側之後，順著風航行就可以。順著風就會到帕蘭扎。你們會見到燈光，然後就沿著湖岸往北走。」

「也許風向會改變。」

他說：「不會，風會照這方向吹三天。這是直接從馬特羅內山吹下來的。小船上有個罐子可以用來舀水。」

「我先付一點船錢給你。」

「不用，我寧願碰運氣。如果你真的到了瑞士，看你能付多少錢再給我吧。」

「也好。」

「我不覺得你們倆會淹死啦。」

「那很好。」

「隨著風往湖的北邊航行。」

「好。」我走進船上。

「你有留住宿費在飯店嗎？」

「有。在房間的一個信封裡。」

「好。中尉，祝好運。」

「祝好運。感激不盡。」

「如果溺死就不用感激我啦。」

凱薩琳問：「他說什麼？」

「他說祝好運。」

「祝好運，」凱薩琳說：「非常感謝你。」

「你們準備好了嗎？」

「好了。」

他彎下腰幫我們把船推開岸邊。我用槳划水，然後單手揮別酒保，他也依依不捨地揮手跟我們道別。我看著飯店的燈光，朝湖面往外划，直到看不見燈光。湖水滔滔，但我們正順直風向航行。

# 37

我在黑暗中划水，風持續往我的臉吹來。雨已經停了，只是偶爾還有陣雨。天色極黑，湖風冷冽。我可以看見坐在船尾的凱薩琳，但看不見槳葉下水的地方。小船的槳很長，沒有裹著防止槳滑出去的皮革。我把槳往回拉後舉高，身體往前傾斜，讓槳下水後又往回拉，就這樣用最不費力的方式重複划船的動作。把槳拉出水面時我沒有讓槳葉維持水平，因為我們是順風航行。[1]我知道我的手終究會起水泡，但希望能盡量撐久一點，不要那麼快就出現。船身很輕，很容易就能划得動。我在闃黑的湖面上持續划槳，看不見任何東西，只盼著我們能很快就抵達那一片可以看見帕蘭扎的湖面。

但我們始終沒看見帕蘭扎。風往湖的北邊吹，我們經過了在黑暗中擋住帕蘭扎的岬角，所以一直沒有看見燈光。等到燈光出現時，我們已經來到湖的更北邊、靠近因特拉[2]的岸邊。但有很久一段時間我們看不見任何燈光，湖岸也不在視野裡，僅能在黑暗中持續隨著水波划動前行。有時候一陣浪打過來把船身高高抬起，所以我的槳並未碰到水面。波濤洶湧，但我持續划個不停，直到我們突然逼近了湖岸，只見一片岩岬在我們身邊高高聳立。水波打在岩岬上往高處沖上去，然後又落下。我把右舷長槳用力一拉，用左舷長槳把水往後撥，再次讓船回到湖上。岩岬消失在視野中，我們繼續往北邊湖面前行。

「我們已經到了湖的另一邊。」我對凱薩琳說。

「我們不會見到帕蘭扎了嗎？」

「我們錯過了帕蘭扎。」

「親愛的你還好嗎？」

「還好。」

「我可以幫忙划一會。」

「不用，我還好。」

「可憐的佛格森，」凱薩琳說：「到了早上她會去飯店，結果發現我們已經離開了。」

我說：「現在我擔心不了那麼多。我最怕的是在天亮前我們還沒辦法抵達瑞士境內的湖面，讓義大利財稅警察[3]給逮著。」

「還有很遠嗎？」

「從這裡算起還有大約三十公里。」

我划了一整晚，雙手痠痛到幾乎無法緊握槳柄。我們曾經數度差點撞上湖岸。我讓船始終沿著湖岸前行，因為我深怕在湖面上迷航，為此浪費時間。有時候我們近到可以看見岸邊的一排樹，沿岸的路與更遠處的群山。雨已經停了，風把雲朵吹散，讓月光灑了下來，所以回頭我可以看見那一片又長又黑，位於卡斯塔紐拉[4]的岩岬以及白浪滔滔的湖面，還有更遠處高掛於白雪群山之上的月亮。接著雲朵再次聚積起來，擋住月亮，我們又看不見群山與湖面了。不過，這時天色已經比先前稍亮，湖岸依稀可見。因為視線較佳，要是帕蘭扎的路上有財稅警察，我也可以把船划到湖上遠處，以免被看見。等到月亮再次現身，只見湖岸山坡上樹木遍布，林木之間顯露出一間間白色別墅。我持續划個不停。

湖面變得更寬闊，遠處湖岸上，在山腳下我們看見一些燈火，那裡應該就是盧伊諾了。我看見對岸的兩座山之間有一個楔狀缺口，心想那裡肯定就是盧伊諾。如果是，那我們的航速算是很快。我把兩支槳拉上來，躺在座位上。划船實在讓我筋疲力盡。我的雙臂、肩膀與背部疼痛不已，雙手痠痛。

凱薩琳說：「我可以把傘撐起來，這樣我們就可以乘風前進。」

「妳會掌舵嗎？」

「我覺得可以。」

「妳把這根槳拿過去，夾在腋下，緊靠著船舷，把槳當船舵來用，我來撐傘。」我回到船尾，示範如何拿槳給她看。我拿著門房幫我們弄到的大傘，面對船頭坐著，把傘打開。傘啪一聲打開，我用大傘把手鉤住座位，跨坐在把手上。傘的內側灌飽了風，我死命拉住傘的左右邊緣，感覺到船正被風往前推動。風用力拉扯著大傘，小船快速移動著。

凱薩琳說：「船移動得挺快。」我只看得見傘骨，風把傘吹得緊繃，用力拉扯，我感覺到我們正隨著風在移動。我的雙腳前頂，身子向後撐住，但突然間傘彎掉，我感覺到有一根傘骨打中我的額頭。我嘗試抓住隨風彎折的傘頂，但整支傘變得歪七扭八，從裡往外翻；我原本操作著吃滿風的帆，變成開了花的破傘。我把勾在座位的傘把拿下來，將傘擺在船頭，回到凱薩琳身邊拿槳。她正在笑。抓住我的手笑個不停。

「笑什麼啊？」我把船槳拿過來。

「你拿著那把破傘的模樣好好笑。」

「我想也是。」

「親愛的，別生氣。真的很好笑。你抓著那把傘兩側的時候看起來大概有二十英尺寬，而且感覺好可愛喔——」她笑到沒能把話說完。

「我來划船。」

「休息一下，喝點酒。今晚我們真是了不起，居然能航行那麼遠。」

「我得顧船，避免把船開進波谷裡。」

「我拿酒給你喝。親愛的，然後你得休息一下。」

我把船槳舉起來，讓船隨波逐流。凱薩琳正在打開行李袋。她把那瓶白蘭地遞給我。我用隨身小刀把瓶塞拔掉，喝了一大口。酒的口感滑順，喝起來辣辣的，讓我感到全身一陣熱辣，頓時暖了起來，精神抖擻。我說：「這白蘭地真好喝。」月亮又躲進雲裡，但我看得見湖岸。好像又有一片往湖裡延伸的長長岩岬。

「妳冷不冷，小貓咪？」

「我好得很，只是身子有點僵硬。」

「把船底的水舀掉，妳就可以把腳放下來。」

接著我繼續划船，聽見槳架發出的聲音，還有從船尾座位下傳來的舀水聲，以及罐子的摩擦聲。

我說：「妳可以把罐子拿給我嗎？我想喝點水。」

「罐子很髒呢。」

「沒關係，我會洗一洗。」

我聽見凱薩琳把罐子放在船舷沖洗的聲音。然後她裝了滿滿一罐子的水給我。喝了白蘭地後我口渴，那水非常冷冽，冰得我牙疼。我往湖岸看過去。我們與那長長岩岬的距離拉近了。前方的湖灣有燈光。

「謝謝。」說完我把錫罐遞回去給她。

「不用客氣，」凱薩琳說：「想喝的話還有很多。」

「妳不想吃點東西？」

「不。過不久我就會餓了，我們留著，到時候再吃。」

「也好。」

結果前方那看似岩岬的地方其實是一個又高又長的陸岬。我得要朝湖面往外划才能繞過那陸岬。這時湖面變得遠比先前狹窄。月亮又出來了，要是財稅警察持續緊盯著水面，很可能會看見我們的船影。

我問道：「妳怎樣，小貓咪？」

「我沒事。我們到哪裡了？」

「我猜我們只剩下大約不到八英里的距離。」

「不過要划起來還是很累人，可憐的寶貝。你累死了吧？」

「不，我沒事。只是我的雙手痠痛而已。」

我們繼續在湖面上往北移動。在我右手邊的岸上有一處山間的缺口，一道平坦的低平湖岸線，我覺得應該就是坎諾比奧的所在地。我刻意遠離湖岸，因為這是我們最容易遭財稅警察發現的危險時刻。前方不遠處，另一端的岸上有一座圓頂高山。我累了。接下來要划行的距離不算長，但在體力不濟時，就會感覺很遠。我知道在抵達瑞士的水域之前，我還得要划過那座山，然後往北繼續划至少五英里。月亮幾乎已經要下沉，但這時天空又變得雲朵密布，天色陷入一片漆黑。我讓船持續在湖岸遠處的湖面上前行，每划一會就休息片刻，休息時也舉著船槳，讓風吹打槳葉。

凱薩琳說：「讓我划一陣子。」

「我覺得不應該讓妳划船。」

「別傻了。這對我反而有好處，可以讓我的身體別那麼僵硬。」

「小貓咪，我覺得你不該划船。」

「胡說。只要動作別太大，划船對孕婦是很有益的運動。」

「好吧，那妳輕輕划。我先到船尾去，妳往前走起身的時候要扶著兩側的舷邊。」

我坐在船尾，穿起外套，把衣領拉了起來，看著凱薩琳划船。她划得很棒，但船槳太長，讓她有點困擾。我打開行李袋，吃了兩個三明治，喝了一口白蘭地。這下我感覺好多了，然後再喝一口酒。

我說：「累了就告訴我。」不久後我又說：「小心，可別被槳柄打到肚子。」

凱薩琳趁划槳的空檔說：「如果真的打到了，那我們的人生就會變簡單得多囉。」

我又喝了一口白蘭地。

「妳的狀況還好嗎？」

「還好。」

「想停手就說一聲。」

「好的。」

我再喝了一口白蘭地，然後手扶兩側舷邊，往前移動。

「你別過來，我划得正順手。」

「回船尾去吧，我休息夠久了。」

在白蘭地的加持下，有一陣子我划得又順又穩。然後我開始屢屢把槳往水裡插得太深[6]，很快變成只是在水裡亂划一氣，而且因為喝酒後划得太賣力，嘴裡開始隱約感覺到逆流膽汁的苦味。

我說：「弄點水給我喝好嗎？」

「舉手之勞。」凱薩琳說。

天亮前開始下起毛毛雨。風速減弱了，也有可能是湖灣邊的群山幫我們把風擋住。知道天色快要變亮了，我便好好坐穩，卯足全力划船。我不知道我們的位置，只是一心想著必須抵達瑞士境內的湖面。天色開始變亮時我們非常接近湖岸，岩岸與樹木依稀可見。

凱薩琳說：「那是什麼聲音？」我倚著船槳休息，仔細聆聽。是汽艇在湖上航行發出的嘎嘎聲響。我把船划往靠近湖岸的地方，默不作聲。聲響愈來愈近，接著我們在雨中看見船尾不遠處出現一艘汽艇。四名財稅警察站在船尾，頭頂的阿爾卑斯山式警帽壓得低低的，斗篷的領子往上翻起，斜揹著卡賓槍。因為是一大早，他們看起來都很睏。我可以看見他們警帽上黃色的部分，還有斗篷領子上的黃色徽章。那艘汽艇持續發出嘎嘎聲響，最後在雨中消逝無蹤。

我把船划往湖面。如果已經那麼靠近邊境了，我可不想被道路上的哨兵喝止。我把船的位置維持在可以隱約看見湖岸的距離，然後繼續在雨中划了四十五分鐘。我們再次聽見汽艇聲響，但我只是默不作聲，直到引擎消失在湖面的另一頭。

我說：「我認為我們已經到了瑞士，小貓咪。」

「真的嗎？」

「但得要等到看見瑞士部隊才能確定。」

「你是說瑞士海軍。」

「瑞士海軍可不是開玩笑的。剛剛我們聽見的可能就是瑞士海軍的汽艇聲響。」

「如果我們已經到瑞士了，就來吃一頓豐盛的早餐吧。瑞士捲的內餡無論是奶油或果醬都棒極了。」

這時已天光明亮，但仍細雨濛濛。湖畔外的湖面上仍往北吹著風，我們可以看見白色浪濤逐漸遠離我們，往北邊湖面席捲而去。我確定這時我們已經在瑞士境內。岸上的樹林後面有許多房舍，更北邊的岸上有一個石屋林立的村落，山間有一些別墅和一間教堂。從剛剛開始我就持續盯著環繞湖岸的那條路上是否有衛兵，但沒見到半個。現在這條路離湖岸很近，我看見有個士兵從路邊一家咖啡館走出來。他身穿灰綠軍服，戴著一頂德軍樣式的鋼盔。從臉看來他很健康，留著一小撮牙刷似的八字鬍。他看著我們。

我對凱薩琳說：「對他揮揮手。」她揮揮手，那士兵尷尬地微笑著，也揮手回應。我把划船的速度放慢，我們正在經過村落的濱水區。

我說：「我們一定是已經深入瑞士境內了。」

「這可得要搞清楚，親愛的。要是他們把我們遣送回國界那就糟了。」

「國界在我們後方遠處。我猜這應該就是海關所在的城鎮。我非常確定這裡就是布里薩戈。」

「那裡會不會有義大利人？只要是海關所在的城鎮，總是都會有兩個國家的人員。」

「戰時就不會。我不覺得他們會讓義大利人跨越國界。」

那是個充滿迷人風情的小鎮，許多漁船沿著碼頭停泊，漁網攤開擺在架子上。正下著十一月的細雨，但在雨中小鎮仍是一副歡快整潔的模樣。

「我們上岸去吃早餐好嗎？」

「也好。」

我把左槳用力一拉，靠岸划過去，然後在接近碼頭時將船身打橫，把船靠在碼頭邊。我把船槳收回船裡，拉住一個鐵環，雙腳踏上溼滑的石造碼頭，抵達瑞士國土。我把船綁好，把手伸下去牽凱薩琳。

「上來吧，小貓咪。感覺太痛快了。」

「行李袋怎麼辦？」

「先留在船上。」

凱薩琳也上了岸，我們一起在瑞士境內。

她說：「真是個可愛的國家。」

「很棒吧？」

「我們先去吃早餐！」

「這國家棒不棒？我連踩著這片土地，都覺得腳下那種感覺很美妙。」

「我身體太僵硬，感覺有點遲鈍。但感覺起來這個國家非常美好。親愛的，我們已經到了瑞士，離開那個許多人流血犧牲的地方。你知道嗎？」

「我知道。我真的知道。以前我什麼都不懂。」

「看看那些房舍。那個廣場多美？那裏有個可以吃早餐的地方。」

「這裡連雨都很美。義大利的雨從來不是這樣的。這裡的雨讓人精神抖擻。」

「啊，我們真的到了！親愛的！你知道嗎？」

我們走進咖啡館，在一張乾淨的木桌旁坐下。我們興奮到有點飄飄然了。有個身穿圍裙，看起來清爽潔淨的女士過來幫我們點餐。

凱薩琳說：「果醬瑞士捲，還有咖啡。」

「很抱歉，因為是戰時，我們沒有瑞士捲。」

「那就麵包吧。」

「我可以幫你們烤幾片吐司。」

「很好。」

「我還想要一些煎蛋。」

「先生要幾個煎蛋？」

「三個。」

「那就四個吧，親愛的。」

「四個煎蛋。」

那位女士走開。我親吻凱薩琳，緊緊抱住她。我們在那咖啡廳裡四目對望。

我說：「棒透了。」

「親愛的，親愛的，很棒吧？」

「我不介意吃不到瑞士捲，」凱薩琳說：「昨天我整晚都在想瑞士捲。但我不介意。我完全不介意。」

「我覺得我們很快就會被逮捕。」

「別想那麼多，親愛的。我們先吃早餐。吃過早餐後就算被捕，也會無所謂。而且他們也不能對我們怎樣吧。我們可是清清白白的英國和美國公民。」

「妳有護照，對吧？」

「當然。噢，我們別講那些。先開心一會。」

我說：「我開心到極點啦。」一隻尾巴彷彿羽毛般高高翹著的灰色肥貓從另一邊地板走過來我們的桌子，把身體貼在我小腿邊磨蹭，一邊蹭一邊發出呼嚕嚕叫聲。我彎腰伸手摸摸牠。凱薩琳愉悅地對我微笑。她說：「咖啡來了。」

早餐後我們被捕。我們在小鎮裡稍微散一下步，然後才走下碼頭去拿行李袋。一位士兵站在小船邊看守著。

「這是你們的船？」

「是。」

「你們打哪裡來的？」

「湖的另一邊。」

「那就請你們跟我走一趟。」

「行李袋怎麼辦？」

「你們可以帶著。」

我拿著行李袋，凱薩琳跟我並肩走著，士兵跟在後面，我們來到了一間老舊的海關房舍。在海關房舍裡，一位看起來軍人架子十足的削瘦中尉負責盤問我們。

「請說出你們的國籍。」

「美國與英國。」

「讓我看看你們的護照。」

我拿我的給他，凱薩琳也從手提包裡拿出她的。

他仔細看了很久。

「你們為什麼會划船到瑞士來？」

「我是個運動員，」我說：「划船是我拿手的運動。我只要有機會就會划船。」

「你們來這裡的目的是什麼？」

「為了冬季運動而來。我們是觀光客，我們想來這裡運動。」

「這裡不是做冬季運動的地方。」

「我們知道。我們想要去有冬季運動的地方。」

「之前你們在義大利做什麼？」

「我去學建築。我表妹學藝術。」

「你們為什麼離開那裡？」

「我們想要做冬季運動。因為戰爭沒完沒了，我也沒辦法繼續學建築了。」

那中尉說：「請你們待在這裡。」他拿著我們的護照走進裡面。

凱薩琳說：「你真厲害，親愛的，你就繼續堅持這套說詞。說你想要做冬季運動。」

「妳懂藝術嗎？」

「魯本斯[7]。」凱薩琳說。

我說：「高大肥胖。」

「提香[8]。」凱薩琳說。

我說：「淡紅色頭髮。那曼帖那[9]呢？」

凱薩琳說：「別問那麼難的，不過對他我算是略知一二——作品看來都很痛苦。」

「很痛苦，」我說：「被釘出很多洞。」[10]

凱薩琳說：「你看，我夠格當你的好老婆吧，我可以跟你的顧客聊藝術。」

我說：「他來了。」那削瘦的中尉從屋內遠遠的另一頭走來，手持我們的護照。

「我必須把你們送往羅加諾[11]，」他說：「你們可以叫一輛馬車，有一位士兵會陪你們去。」

我說：「好，那小船怎麼辦？」

「我們把小船充公了。你們的行李袋裡有些什麼？」

他翻查了兩個行李袋，高舉那瓶只剩四分之一的白蘭地。

「你想跟我喝一杯嗎？」

「不，謝了。」他挺直身子。「你們有多少錢？」

「兩千五百里拉。」

看得出來他對我們的印象變好了。「你表妹呢？」

凱薩琳有一千兩百多里拉。中尉很高興。他的態度也不像先前那麼高傲。

他說：「如果你們想做冬季運動，那就該去溫根[12]。我父親在那裡有一間很棒的飯店。一年四季都有營業。」

我說：「那太棒了，你可以告訴我名字嗎？」

「我會寫在一張卡片上。」他很客氣地把卡片遞給我。

「那位士兵會帶你們去羅加諾。他會幫你們保管護照。很抱歉，但這是必要的。到了羅加諾，我覺得他們很可能會給你們簽證或者警察發的居留証明。」

他把兩本護照交給那士兵，我們開始走到小鎮上去叫馬車。「嘿！」中尉對那士兵叫一聲。他用某種德語方言對士兵交代了兩句話。士兵揹起步槍，把行李袋接過去。

我對凱薩琳說：「這真是很棒的國家。」

「很實際。」

我對中尉說：「感激不盡。」他揮揮手。

他說：「為您效勞！」我們跟著那衛兵走進小鎮。

我們搭乘馬車前往羅加諾，那士兵坐在前座車夫旁。到了羅加諾我們也沒被為難。有人偵訊我們，但口氣很有禮貌，因為我們有護照又有錢。我覺他們壓根不相信我的說詞，連我都覺得很蠢，但這不就跟法庭上演的戲碼一樣嗎？說詞不用合理，只要在法律上站得住腳，而且絕不改口，也不用白費唇舌解釋。我們就是有護照，也會在瑞士花錢。所以政府簽發臨時簽證給我們。這是隨時都有可能遭撤銷的簽證。我們不管去了什麼地方，都必須前往當地警察局報到。

我們想去哪裡都可以？對。那我們想去哪裡呢？

「妳想去哪，小貓咪？」

「蒙特勒[13]。」

「那裡很棒，」有位官員說：「我覺得你們會喜歡。」

另一位官員說：「羅加諾就很棒啦！我敢打包票，你們一定會很喜歡羅加諾。這裡是個很迷人的地方。」

「我們想要去可以做冬季運動的地方。」

「蒙特勒沒有冬季運動。」

「拜託喔，」第一位官員說：「我就是蒙特勒來的。蒙特勒到伯恩的高地鐵路[14]沿線有冬季運動的場地，這是很確定的。你如果否認，那就是在說假話。」

「我沒有否認。我只是說蒙特勒沒有冬季運動。」

「我提出質疑，」第一位官員說：「我對你這句話提出質疑。」

「我堅持我的話。」

「我質疑你的話。我自己就曾經溜著小雪橇到蒙特勒的大街上。而且不只一次，是好幾次。溜小雪橇當然是種冬季運動。」

另一位官員轉身面對我。

「先生，小雪橇是你所認定的冬季運動項目嗎？我跟您說，待在羅加諾很舒服的。您會覺得這裡的氣候有益健康，四周環境賞心悅目。您會很喜歡的。」

「這位先生已經表達了要去蒙特勒的意願。」

我問道：「什麼叫做小雪橇？」

「你瞧，他壓根沒聽過什麼叫做小雪橇！」

另一位官員覺得這句話對他很重要。他樂死了。

第一位官員說：「溜小雪橇就是溜平底雪橇。」

「恕我無法同意，」另一位官員搖頭說：「我必須再度提出異議。平底雪橇跟小雪橇根本截然不同啊。平底雪橇是加拿大製造的，底部有一塊木頭滑板。小雪橇是底部裝有刀刃的常見雪橇。」

我問道：「那我們不能溜平底雪橇嗎？」

「你們當然可以溜平底雪橇，」第一位官員說：「你們可以滑得很盡興。你們可以在蒙特勒買到品質優良的加拿大平底雪橇。奧赫兄弟公司有賣平底雪橇。他們賣的平底雪橇都是自家進口的。」[15]

第二位官員轉身過去說：「平底雪橇必須在某種特殊滑道上才溜得動。任誰都不可能在蒙特勒溜平底雪橇。你們會住哪裡？」

我說：「我們不知道，我們才剛剛搭車從布里薩戈過來。馬車還在外面。」

「去蒙特勒絕對錯不了，」第一位官員說：「你們會覺得那裡的氣候宜人溫和。想做冬季運動也不用大老遠前往其他地方。」

第二位官員說：「如果你們真的想要做冬季運動，你們得要去恩加丁[16]或牧倫。對於你建議他們去蒙特勒做冬季運動，我必須提出抗議。」

「蒙特勒附近山上的村莊勒薩方有各種好玩的冬季運動項目。」建議我去蒙特勒的官員瞪著他的同事。

我說：「兩位，恐怕我們得先走了。我表妹很累，我們會暫時先去蒙特勒。」

「恭喜你們。」第一位官員跟我握手。

「我相信你們會後悔自己離開羅加諾，」另一位官員說：「總之，到了蒙特勒你們必須去當地警局報到。」

「警方不會為難你們，」第一位官員向我保證：「你會發現當地居民都極為友善有禮。」

我說：「非常謝謝兩位，我們很感激你們倆的建議。」

凱薩琳說：「再見，感激不盡。」

他們一鞠躬，送我們到門邊，但建議我們留在羅加諾那傢伙的態度稍嫌冷淡。我們走下階梯，上了馬車。

「我的天啊，親愛的，」凱薩琳說：「難道我們不能早點擺脫那兩個傢伙嗎？」其中一位官員推薦某家飯店，我把名稱告訴車夫。他提起韁繩後啟程。

凱薩琳說：「你把那位士兵給忘了。」那士兵站在馬車旁。我給了他一張十里拉的鈔票。我說：「我身上還沒瑞士貨幣。」他謝謝我，敬禮後走開。馬車載我們去飯店。

我問凱薩琳：「妳是碰巧挑中蒙特勒嗎？妳真的想去那裡嗎？」

她說：「那是我能想到的第一個地方。那個地方還不算太差。我們可以在蒙特勒附近的山區找個住處。」

「妳睏嗎？」

「我現在已經睡著了。」

「我們要好好睡一覺。可憐的小貓咪，今晚真是夠妳受了。」

凱薩琳說：「我很開心呢，尤其是你在船上撐傘那時候。」

「妳知道我們現在的確在瑞士了吧？」

「不，我還是害怕醒來後發現這一切只是夢。」

「我也是。」

「這是真的吧，親愛的？我們不是在送你去米蘭火車站的馬車上吧？」

「希望不是。」

「別那麼說。我會害怕。也許我們就是要去那裡。」

我說：「我累死了，所以也不知道。」

「讓我看看你的手。」

我伸出雙手，兩手都因為起水泡而皮開肉綻。

我說：「我沒有肋傷[17]。」

「別褻瀆聖靈。」

我覺得非常累，腦袋糊里糊塗。因為興奮而冒出來的氣力也用光了。馬車沿著街道往下走。

凱薩琳說：「可憐的手啊。」

「別碰，」我說：「天啊，我連我們在哪裡都不知道。車夫，我們要上哪去？」車夫把車停下。

「去大都會飯店。您不想去那裡嗎？」

「想，」我說：「沒事，小貓咪。」

「沒關係，親愛的。別不開心。我們好好睡一覺，明天你就不會這樣昏昏沉沉了。」

我說：「我現在真是腦袋一團糨糊，今天我們簡直像在演喜歌劇[18]。也許我餓了。」

「你只是累了，親愛的。你會沒事的。」馬車停在飯店門口。有人出來幫我們拿行李袋。

我說：「我沒事。」下車後我們走過人行道，進入飯店。

「我知道你會沒事。你只是累了。你才睡一下就起床了。」

「總之我們到了。」

「對，我們真的到了。」

我們跟著那位幫忙拿行李的小夥子走進飯店。

# 38

那年的秋雪很晚才來報到。我們住在山邊松林裡的棕色木屋，每到晚間都會結霜，因此梳妝台上兩支水壺裡的水面上在晨間都留有一層薄冰。古廷根太太每天一大早進房間來把窗戶關上，在那高高的瓷爐裡生火。松木發出啪茲聲響，迸出星火，繼而在爐裡燃起熊熊烈火，接著古廷根太太第二次進來房間，她會帶著幾根大塊薪柴，還有一壺熱水。等到房間暖了，她會把早餐送進來。我們坐在床上吃早餐，觀賞著湖泊與對岸法國境內的群山。[1] 山頂白雪皚皚，一片鐵藍的湖面夾帶著灰色。

小屋前的路通往山上。路上的車轍與路邊田埂都因為結霜而變得硬如鋼鐵，道路在森林中持續往上攀升，環繞整座山，最後抵達一片片草場，坐落於樹林邊緣草場上的穀倉與小木屋可以眺望山谷。深谷底部有一條小河往下流淌，最後匯入湖中，每當有風吹過山谷，總能聽見小河流經岩堆的潺潺水聲。

有時候我們捨大路不走，走上一條穿越松林的小徑。森林的地面走起來感覺鬆軟，結霜的情況不如大路路面嚴重。但路面堅硬也無所謂，因為我們穿著釘靴，靴跟的釘子可以緊咬住結凍的車轍，穿著釘靴走路非常方便，讓人精神抖擻。不過在松林裡散步更是能讓我們怡然歡欣。

在我們住的木屋前方有一片從山上延伸下來的陡坡，直接通往湖泊沿岸的一小片平原，我們總是趁著陽光灑下時坐在門廊上欣賞那條從山邊蜿蜒而下的路，還有遍布在較低山丘的梯田狀葡萄園。因為這時是冬天，葡萄藤都已枯死，只見一片片田野以石牆分隔，葡萄園下方湖岸邊狹窄的平原上矗立著小城的房舍。湖裡有一座長著兩棵樹的小島，看來就像一艘雙帆豎立的漁船。湖泊的另一邊群山險陡，湖泊盡頭就是夾在兩座山脈之間的隆河河谷平原。河谷上方被正午牙峰[2]所阻隔。那是一座高聳的雪山，居高臨下，俯視著整個河谷，但也因為太遠，所以看不到山峰的陰影。

陽光燦爛時我們會在門廊享用午餐，平常則待在樓上的小房間裡用餐，房裡四面都是原木木板，角落有個大火爐。我們會到城裡買書刊，也買了一本霍伊爾[3]寫的紙牌遊戲指南，學了許多兩個人就可以玩的遊戲。我們的起居室就是這個有火爐的小房間。裡面有兩張舒適的椅子，和一張擺了很多書刊的桌子，把餐桌的東西都撤掉後我們就在上面玩紙牌遊戲。古廷根太太與她丈夫住在樓下，有時候晚間我們會聽到他們在聊天，這對夫婦的相處也是和樂融融。古廷根先生曾當過餐廳領班，當時他老婆也在同一家飯店當女傭，這間木屋是他們攢錢買下的。他們有個兒子正在學當餐廳領班，目前在蘇黎世一間飯店工作。他們把樓下客廳拿來當酒鋪，販售葡萄酒與啤酒，有時候在晚間我們會聽見馬車停在外面路上，接著是人們走上樓梯到酒鋪裡喝酒。

起居室外面走廊上有一箱薪柴供我拿來生火。但我們都不會太晚就寢。我們在闃黑的寬大臥室裡上床睡覺，脫了衣服後我總會開窗，看一眼黑夜裡的冷星和窗下的松林，然後就盡快上床。因為空氣冷冽清澈，窗外黑夜靜謐，在床上睡覺非常享受。我們總是睡得香甜，如果在夜裡醒來，我知道原因只有一個，於是便把羽被輕輕推開，以免吵醒凱薩琳，然後又回去睡覺，換蓋輕盈的薄被但還是很溫暖。戰爭似乎就像別人家大學的美式足球賽，已被我拋到九霄雲外。但從報上我還是看見雙方仍在山區激戰的消息，因為始終沒有下雪。

有時我們會下山到蒙特勒。有一條小徑可以下山，但因為太過陡峭，所以我們通常會走大路，先從穿越田野間堅硬而寬闊的道路往下走，然後從葡萄園的一道道石牆下走過，最後穿越過一棟棟村落房舍。當地有三個村莊，其中兩個叫做夏奈與方塔尼文，另一個的名字我已經忘記。接下來我們在路上會經過一座位於山邊岩架上的方形石造古堡，許多梯形葡萄園依山而建，每一條葡萄藤都攀附在一根棍子上，褐色葡萄藤皆已乾枯，一片大地正等待著瑞雪降臨，下方的鋼灰色湖面水波不興，一片平滑。古堡下方的路是一段長長的坡道，到了尾端向右轉，變成一條非常陡峭的鵝卵石路段，最後通往蒙特勒。

在蒙特勒我們不認識任何人。我們沿著湖畔散步，看見許多天鵝、鷗鳥與燕鷗，當你一靠近，牠們就會高高飛起，一邊鳴叫一邊俯視湖水。離岸較遠的湖面上棲息著一群群鸊鷉，看來又小又黑，游水時在湖面留下一道道尾跡。到城裡我們總是沿著最大那條街道閒逛，欣賞著店鋪櫥窗。有許多大飯店但都已關門，不過多數店鋪仍在營業，店家看見我們總是很開心。有一間髮廊很棒，凱薩琳總是去那裡做頭髮。髮廊女老闆生性活潑，是我們在蒙特勒唯一認識的人。凱薩琳去做頭髮時我總會去一家啤酒館，暢飲慕尼黑啤酒，看看報紙。我會看米蘭的《晚郵報》，還有從巴黎送來的英美報紙。所有報紙都禁止刊登廣告，應該是為了避免有人藉此通敵。看報總是讓人心情不佳。各地局勢都是每況愈下。我坐在角落的椅子上，身前擺著一大杯厚玻璃馬克杯黑啤酒，開了一包蠟光紙包裝的蝴蝶餅來吃，我喜歡餅乾的鹹味，它讓黑啤酒更好喝，不過報上所見盡是慘劇。我以為凱薩琳會來找我，但是沒有，所以我把報紙擺回架上，付了啤酒錢後上街去找她。那是個嚴寒的冬日，天色陰暗，連房舍上的石頭看起來都好冷。凱薩琳還在髮廊裡，女老闆正在幫她燙頭髮。我坐在一個小隔間裡看著。我看得津津有味，凱薩琳微笑著跟我聊天，我的聲音因為太興奮而有點沙啞。火鉗發出喀噠喀噠的悅耳聲響，我可以看見三面鏡子裡的凱薩琳，坐在那小隔間裡感覺舒適溫暖。頭髮燙好後，凱薩琳看看鏡子，稍微調整一下髮型，拿下一些髮夾，再夾上一些。接著她站起來說：

「我很抱歉花了那麼久的時間。」

「先生看得津津有味呢。先生，您說是吧？」

我說：「是啊。」

我們出了髮廊後沿著街道往下走。在那冷冽的冬日裡，冷風颼颼。我說：「噢，親愛的，我好愛妳。」

「我們過得好快活，不是嗎？」凱薩琳說：「走吧，我們別喝茶了，找個地方去喝啤酒。啤酒對小凱薩琳很好。這樣她就會一直很嬌小。」

我說：「小凱薩琳是個小懶蟲。」

「她一直很乖喔，」凱薩琳說：「很少惹麻煩。醫生說啤酒對我有益，會讓她一直很嬌小。」

「如果妳讓她一直很嬌小，結果生出來是個男孩，或許可以去當騎師。」

凱薩琳說：「我認為如果我們真的把這孩子生下來，還是得結婚。」我們坐在啤酒館角落的桌子邊。外面天色漸漸變暗。時間仍早，但天色陰暗，薄暮早早降臨。

我說：「我們現在去結婚吧。」

「不行，」凱薩琳說：「這個時間點太尷尬。我的模樣太明顯了。我絕不會挺著肚子在眾目睽睽下結婚。」

「要是我們已經結婚就好了。」

「我認為那的確會比較好。不過，親愛的，我們之前有機會結婚嗎？」

「我也不知道。」

「我知道一件事，那就是我不會在身體這麼胖的時候結婚。」

「妳不胖啊。」

「噢，我是胖啊，親愛的。髮廊老闆娘問我是不是第一胎。我撒謊，騙她說我們已經有兩男兩女。」

「那我們什麼時候要結婚？」

「等我瘦下來就隨時可以。我想要辦一場風風光光的婚禮，大家都覺得我們是俊男美女。」

「那妳不擔心？」

「親愛的，我幹嘛擔心？唯一讓我心情不好的經驗，就是那次在米蘭旅館裡覺得自己像個妓女，不過我也只是鬱悶了七分鐘，況且那都要怪旅館房間的裝潢。難道我不已經是你的好老婆了？」

「妳是我可愛的老婆。」

「那就不要拘泥結婚的形式了，親愛的。等到我變瘦就會立刻嫁給你。」

「也好。」

「你覺得我該再喝一杯啤酒嗎？醫生說我骨盆挺小的，所以最好要讓凱薩琳保持嬌小。」

「他還說了些什麼？」我擔心了起來。

「沒什麼。我的血壓很好，親愛的。他覺得我的血壓能維持那麼好，實在厲害。」

「關於妳骨盆太小這件事，他還說了什麼？」

「沒什麼。完全沒說什麼。他說我不該滑雪。」

「這就對了。」

「他說，要是我以前沒有滑過雪，這時候要開始就太晚了。如果我不會滑倒，才能滑雪。」

「他是個愛說笑的好人。」

「他真的很好。我們該請他幫忙接生。」

「你有沒有問他是否該結婚？」

「沒有。我說我們已經結婚四年了。親愛的，你懂嗎？如果我嫁給你就變成美國人，而無論我們何時結婚，根據美國法律我們的孩子都不會是私生子。」

「妳怎麼知道的？」

「因為我在圖書館看了紐約的《世界年鑑》。」

「妳這女孩可真了不起。」

「我很樂意當美國人，親愛的，到時候我們會去美國吧？我想去看看尼加拉大瀑布。」

「妳是個好女孩。」

「我還有其他想見識的地方，但現在想不起來。」

「屠宰場？」

「不是。我想不起來。」

「伍爾沃斯大樓[4]？」

「不是。」

「大峽谷？」

「不是。不過我的確想去看大峽谷。」

「那到底是什麼？」

「是金門大橋！我想去看金門大橋。在哪裡？」

「舊金山。」

「那我們就去吧。反正我本來就想去舊金山看看。」

「好啊，那我們就去那裡。」

「現在我們回山上吧。好嗎？我們可不可以搭高地鐵路的電車？」

「五點出頭有一班車。」

「我們就搭那一班。」

「好。不過先讓我再喝一杯啤酒。」

離開啤酒館後我們沿著街道往上走，從樓梯走上車站，這時天氣已經很冷。一陣冷風沿著隆河河谷吹過來。商店櫥窗都已點起燈，我們爬一段石階到高處的街道，再爬另一段階梯才進車站。那班電車已經在等待發車，所有燈都打開了。有一個時鐘顯示發車時刻，指針指向五點十分。我看著車站時鐘，還有五分鐘發車。上車後我看見司機與車掌從站內酒鋪裡走出來。我們坐下來，打開窗戶。車裡有靠電力供給的暖氣，空氣悶熱，但有冷冽清新的空氣從窗戶吹進來。

「妳累嗎，小貓咪？」

「不，我覺得很有精神。」

「路程不太遠。」

她說：「我喜歡搭電車。別擔心我，親愛的。我很好。」

直到聖誕節前三天，雪才下了起來。某天早上我們醒來時發現正在下雪。我們賴在床上，藉著火爐的熊熊烈火取暖，欣賞窗外雪景。古廷根太太把早餐的托盤收走，幫火爐裡添了薪柴。那場暴風雪很大。她說大概是午夜就開始下雪了。我走到窗邊往外看，但卻看不見街道另一頭。外頭風大雪大。我回到床上，我們躺著聊天。

凱薩琳說：「要是能滑雪就好了，不能滑雪也太糟糕。」

「我們可以弄一台大雪橇，從山路往下滑。這樣跟搭汽車也差不了多少。」

「不會很顛簸嗎？」

「滑了就知道。」

「希望別太顛簸。」

「待會我們去雪中散步。」

凱薩琳說：「午餐前吧，散完步胃口會比較好。」

「我總是很餓。」

「我也是。」

我們到雪地裡去，但雪大到我們無法走太遠。我走在前面，開出一條通往下方車站的路，但到了那裡我們就覺得已經走得夠遠了。風雪中我們幾乎什麼都看不見，所以就進去車站旁一家小客棧躲雪，用掃帚把對方身上的雪清掉，坐在長板凳上喝苦艾酒。

女酒保說：「這場暴風雪可真大。」

「是啊。」

「今年下雪下得很晚。」

「嗯。」

「我可以吃巧克力棒嗎？」凱薩琳問道：「還是已經接近午餐時間了。我總是肚子餓。」

我說：「想吃就吃一根啊。」

凱薩琳說：「請給我一根榛果巧克力棒。」

「榛果口味很棒，」年輕女酒保說：「是我的最愛。」

「我要再一杯苦艾酒。」

等我們離開客棧要往回走，我們的來時路已經遭積雪擋住。只隱約看得出剛剛的腳印。大雪直往我們臉上吹，吹到眼前幾乎什麼都看不見。我們先拍掉身上的雪才回屋裡吃晚餐。古廷根太太幫我們把午餐送來。

她說：「明天就可以滑雪了。亨利先生，您滑雪嗎？」

「不會。但我想學。」

「很容易就可以學會。我兒子會回來過聖誕節，他可以教你。」

「那好。他什麼時候回來？」

「明晚。」

午餐後在那小房間裡，我們坐在火爐旁眺望窗外雪景時，凱薩琳說：「親愛的，你要不要自己去哪裡玩，跟男士一起去滑雪？」

「不要。我幹嘛自己去玩？」

「我覺得有時候你應該想跟其他人見面。」

「那你想見其他人嗎？」

「不想。」

「我也不想。」

「我知道。但你不一樣啊。我現在有身孕，什麼都不做也不覺得怎樣。我知道我現在人笨笨的，話又很多，所以我認為你該離開一下，才不會覺得我很煩。」

「妳想要我離開嗎？」

「不想。我要你待在我身邊。」

「那我就待妳身邊。」

她說：「過來這裡，我想摸摸你頭上的腫塊。真是很腫呢。」她用一根手指去撫摸。「親愛的，你想留鬍子嗎？」

「妳希望嗎？」

「也許會有趣。我想看看你留落腮鬍的樣子。」

「那好。我就留鬍子。現在，這一刻就開始。妳的主意不錯。這樣我就有事可以做了。」

「你會擔心自己沒有任何事可以做嗎？」

「不會。我喜歡現在。我的生活很快樂。妳不也是嗎？」

「我也過得很愜意。但我害怕自己現在變胖了，也許會惹你厭煩。」

「噢，小貓咪。妳不知道我有多迷戀妳。」

「我那麼胖你還迷戀我？」

「我就愛妳這樣子。這段時間我很快樂。我們不是過得很快活嗎？」

「我是啊，但我覺得或許你會開始煩躁。」

「不會。但有時候我會想起前線，想起我認識的那些人，但我既不擔心也不太會想東想西。」

「你會想起誰？」

「想起里納迪和神父，也想起我認識的很多人。但我不會時常想起他們。我不願想起戰爭。我已經跟戰爭沒有瓜葛了。」

「現在你在想什麼？」

「沒什麼。」

「有，你在想事情。說吧。」

「我在想里納迪是不是得了梅毒。」

「就這樣？」

「嗯。」

「那他有梅毒嗎？」

「我不知道。」

「我很高興你沒有。你有沒有得過那種病？」

「我得過淋病。」

「我不想聽。親愛的，會很痛嗎？」

「超痛。」

「但願是我得，不是你。」

「別這麼說。」

「我是真心的。要是我也跟你一樣得過那種病就好了。要是我跟你那些女孩住在一起過就好了，這樣我就可以在你面前嘲笑她們。」

「那畫面一定很美妙。」

「你得淋病可不怎麼妙。」

「我知道。我們看雪吧。」

「我寧願看你，親愛的。你怎麼不把頭髮留長呢？」

「多長？」

「長一點就好。」

「現在就夠長了。」

「不，我就要你的頭髮再長一點，這樣我就可以把頭髮剪得跟你一樣長，只不過我們倆一個是金髮，一個是黑髮。」

「我不許妳把頭髮剪短。」

「一定會很有趣。現在長頭髮讓我好煩。晚上在床上時很討厭呢。」

「但我喜歡。」

「你不喜歡我留短髮嗎？」

「也許會喜歡。但妳現在這樣子我就很喜歡了。」

「或許我剪短髮很好看喔。我們的頭髮就會一樣長。噢，親愛的。我好愛你，愛到想要變成你。」

「妳是啊。我們是一體的。」

「我知道。在夜裡我們是那樣。」

「我們的夜晚多美麗。」

「我想要我們倆合而為一。我不希望你離開。我剛剛說了。如果你想去就去吧。不過要趕快回來喔。親愛的，沒有你我簡直活不下去。」

我說：「我再也不會離開妳，妳不在的話我也過不好。我會像個活死人。」

「我想要你好好過活。我想要你人生完滿。但我們會一起快活的，不是嗎？」

「說吧，妳希望我不要留鬍子，還是繼續留長？」

「繼續留。把鬍子留起來。一定會很有趣。也許你新年會有新氣象喔。」

「現在妳想下棋嗎？」

「我寧願跟你玩一玩。」

「先別玩。我們下棋吧。」

「下完棋再玩？」

「好。」

「沒問題。」

我拿出棋盤，擺好棋子。外面仍下著大雪。

夜裡有次我醒來，知道凱薩琳也醒著。皎潔月光照著窗戶，將窗格陰影投射在床上。

「親愛的，你醒著嗎？」

「嗯。你睡不著？」

「我剛醒，突然想到我初次認識你的時候幾乎瘋瘋癲癲。你記得嗎？」

「只有一點而已。」

「後來我再也沒那樣了。我現在很棒。當你說很棒時好甜美。說吧。」

「很棒。」

「噢，你真可愛。現在我不瘋了。我只是非常非常非常幸福。」

我說：「繼續睡吧。」

「好。我們在同一刻睡著吧。」

「好啊。」

但我沒有。有很長一段時間我都醒著，想東想西，看著凱薩琳睡覺的模樣，看著她月光下的臉龐。然後我也睡著了。

# 39

到了一月中我已經把落腮鬍留了起來，冬季的天氣已趨穩定，白日晴朗寒冷，夜晚嚴寒冷冽。我們又可以在大路上散步了。載運乾草和木柴的雪橇來來回回，山上原木持續往山下運送，因此將積雪輾壓得扎實平滑。整個鄉野變成一片雪國，積雪幾乎往下延伸到蒙特勒。日內瓦湖另一頭的群山變得白雪皚皚，隆河河谷也成為白雪籠罩的大地。我們從山的另一頭散步到阿里亞茲溫泉館[1]，走了很長一段路。凱薩琳腳穿釘靴，戴著披肩，手拿一根尾端尖銳，以鋼鐵為材質的登山杖。披肩遮掩住她的孕婦體態，我們沒有走得太快，每當她走累了就停下腳步，坐在路旁的原木上休息。

阿里亞茲溫泉館附近樹林裡有個樵夫會去暫歇小酌的客棧，我們坐在裡面的火爐旁取暖，喝著當地人所謂的*glühwein*，也就是加了香料及檸檬的熱紅酒。喝起來讓人全身發暖，是飲酒作樂時的好選擇。客棧裡昏暗氤氳，走出來後吸一口氣，冷冽空氣直接灌進肺裡，連鼻頭都麻了。我們回頭一看，只見客棧裡的燈光從窗戶流瀉而出，樵夫的馬兒在外面為了取暖不斷跺腳甩頭。牠們口鼻上的短毛都結了霜，呼吸也化為一片片霜霧。回程的路途有一小段路面平坦溜滑，因為馬的踩踏把白雪與黃土混在一起，雪地變成一片橙黃，直到運送原木的路線轉彎處。接下的路面又變成白淨扎實的積雪，我們的歸途穿越一片片樹林，晚間回家路上我們兩度看見狐狸。

那是一片絕美的鄉野，每次我們出遊都非常盡興。

「你現在留的落腮鬍可真帥，」凱薩琳說：「跟樵夫很像呢！你有看到那個戴著小小金耳環的人嗎？」

我說：「他是山羚獵人，據說他們是為了讓聽力更敏銳而戴耳環。」

「真的嗎？我才不信。我猜他們只是為了強調山羚獵人的身分。這附近有山羚嗎？」

「有，在過了雅芒峰[2]那一帶。」

「看到狐狸可真有趣。」

「牠們睡覺時會用尾巴裹住自己保暖。」

「感覺一定很舒服。」

「我一直很希望有那種尾巴。要是我們有狐狸尾巴，應該很有趣吧？」

「要穿衣服應該很困難。」

「我們可以穿特製的衣服，或者是住在一個大家見慣不怪的國家。」

「我們現在住的這個國家就是大家見慣不怪啊。現在幾乎不會遇見任何我們認識的人，多棒啊！妳也不想見到別人吧，親愛的？」

「不想。」

「我們可以在這裡坐一會嗎？我有點累。」

我們一起坐在原木上。前方是一條往下穿越森林的大路。

「她不會影響我們的關係吧？我是說這個小淘氣。」

「不會的。我們不會受影響。」

「我們的錢夠用嗎？」

「還有很多。我用最後一張支票兌換了錢。」

「既然你的家人已經知道你在瑞士，難道他們不會試著來找你？」

「可能吧。我會跟他們聯絡。」

「你沒寫信給他們？」

「沒有。只要了支票。」

「謝天謝地，還好我不是你的家人。」

「我會打電報回國。」

「你一點也不在乎他們嗎？」

「我在乎過，但後來吵得很凶，感情自然就淡了。」

「我覺得我會喜歡他們。我可能會非常喜歡他們。」

「我們就別聊我的家人了，否則我都要開始擔心他們了。」過一陣子我又說：「如果妳休息夠了，我們就繼續上路吧。」

「我休息夠了。」

我們繼續踏上歸途。這時天色已黑，我們靴下的雪地發出吱吱聲響。夜裡又乾又冷，空氣清新。

凱薩琳說：「我好喜歡你的落腮鬍，很適合你呢！鬍子看起來硬挺又有威嚴，但摸起來很軟，而且好好玩。」

「妳比較喜歡我有鬍子？」

「我覺得是。親愛的，我啊，打算在小凱薩琳出生前都不剪頭髮。我看起來太胖，太媽味了。不過等到她出生，我瘦下來，就會把頭髮剪了，然後我就會以全新樣貌出現在你眼前，變成完全不同的漂亮女孩。我們可以一起去剪頭髮，或者我自己去，回家後給你個驚喜。」

我不發一語。

「你不會不准吧？」

「不會。我覺得應該會很有趣。」

「噢，你好貼心。親愛的，也許我看起來會又瘦又可愛，讓你被電到，再愛上我一次。」

「電到個鬼，」我說：「我現在愛妳還愛得不夠？妳想怎樣？毀了我？」

「對，我要毀了你。」

我說：「好吧，那我只好聽妳的。」

# 40

我們過得愜意快活。整個冬天都非常美好，我們快樂無比，一月、二月就這樣過去了。陣陣暖風吹起時有一段短暫的融雪期，雪軟化了，感覺起來空氣裡瀰漫著春天的氣息，但酷寒清澈的冷空氣總是會回來報到，寒冬再度降臨大地。到了三月，冬天的天氣初次改變，某天夜裡開始下雨。雨接著下了一整個早上，原本的皚皚白雪變成一片軟爛，山邊的景色慘不忍睹。湖泊與山谷上空雲朵密集，高山上也下著雨。凱薩琳穿著沉重罩靴，我穿著古廷根先生的橡膠雨靴，共撐一把傘走到車站，一路上踩著軟爛的積雪，只見雨水不斷往下流，把路面上結的冰沖刷殆盡。午餐前我們在一家酒吧暫歇，喝杯苦艾酒，聆聽著外面的啪噠雨聲。

「妳覺得我們該搬到鎮上嗎？」

凱薩琳問道：「你的想法呢？」

「如果冬天結束了，春雨下個不停，那山上也就不好玩了。小凱薩琳還有多久要來報到？」

「大約一個月。又或許一個多月。」

「我們可以下山，待在蒙特勒。」

「我們為什麼不去住在洛桑[1]？醫院在那裡。」

「也可以。不過我覺得那城市或許太大了。」

「就算在比較大的城鎮我們還是可以過著兩人世界的生活，而且洛桑可能不錯喔。」

「我們該什麼時候動身？」

「我都可以。你想走我們就走，親愛的。你不想走，我就不想。」

「我們再看看天氣會變怎樣。」

結果雨接連下了三天。這時車站下方山邊的積雪已完全融化消失。雪水與泥巴混在一起，不斷沿著大路往下奔流。天氣太溼，地面泥濘，我們無法出遊。等雨下到第三天，我們在早上決定要下山遷居城裡。

「沒關係，亨利先生，」古廷根說：「你們不用提前通知我。現在天氣變糟了，我本來就覺得你們不會繼續住這裡。」

「為了我太太著想，我們必須住在醫院附近。」

「我了解，」他說：「將來你們還會回來住一段時間嗎？帶著小傢伙。」

「當然，如果你們有空房的話。」

「春暖花開時你們可以來享受山居生活。我們可以安排小傢伙和褓姆住在現在暫時關閉的大房間，你和太太照舊，住在可以眺望湖景的那個房間。」

我說：「要來之前我會先寫信給你。」我們打包行李，午餐後搭乘電車下山。古廷根夫婦倆跟我們一起下去車站，古廷根先生駕駛雪橇，在泥濘的雪地中幫我們載行李下去。在車站旁，他們站在雨中跟我們揮手道別。

凱薩琳說：「他們夫婦倆好貼心。」

「他們對我們很好。」

我們從蒙特勒搭電車前往洛桑。眺望車窗外，我們看不到自己住了好幾個月的地方，因為雲霧繚繞著群山。電車在沃韋[2]暫時停靠後繼續行駛，從車廂往外看，一邊是連綿不絕的湖景，另一邊則是潮溼的褐色田野，光禿禿的樹林，還有溼漉漉的房舍。到了洛桑後我們住進一家不大不小的飯店。我們搭著馬車穿越一條條街道，來到飯店的馬車專用入口，雨還是不停下著。在古廷根夫婦的山屋住了那麼久，這飯店的一切，無論是衣領上掛著黃銅鑰匙的門房、電梯、鋪著地毯的地板、水龍頭閃閃發亮的潔白洗手台、黃銅床架或舒適寬敞的房間，看來都是如此豪華。從房間窗戶往外看，只見下面的花園一片溼漉漉，花園盡頭的牆壁頂端有鐵圍籬籠罩著。牆外的街道是陡峭斜坡，街道另一頭的飯店有相似的牆壁與花園。我看著窗外的雨持續落入花園的噴水池裡。

凱薩琳把所有的燈打開，開始將行李中的東西都拿出來。我點了一杯威士忌蘇打，躺在床上讀起了先前在車站買的報紙。那是一九一八年三月，德軍開始在法國發動攻勢。[3] 我一邊喝酒一邊讀報，凱薩琳則是持續整理行李，在房裡走來走去。

她說：「親愛的，我得去買東西。」

「買什麼？」

「嬰兒服。像我這樣已經快要臨盆，但卻還沒買嬰兒用品的人應該不多。」

「妳可以去買啊。」

「我知道。那是我明天要做的事。我來研究一下哪些東西是必要的。」

「妳應該知道啊。妳不是當過護士？」

「但是在醫院裡還能讓人生小孩的傷兵可沒幾個。」

「我就是。」

她拿起枕頭砸過來，害我的威士忌蘇打都灑了。

「酒都灑出來了，真抱歉，」她說：「我點一杯賠你。」

「本來就只剩下一點。到床上來陪我躺一下。」

「不行。我得試著讓這房間看起來比較像樣。」

「像什麼樣？」

「像我們的家。」

「把協約國的國旗掛出來。」

「噢，別貧嘴。」

「再說一遍。」

「別貧嘴。」

我說：「妳的語氣好客氣，好像妳不想得罪任何人似的。」

「我的確不想。」

「那就到床上來。」

「好吧。」她來床上坐著。「我知道你現在不覺得我有趣了，親愛的。我活像個超大麵粉桶。」

「不，妳不是。妳甜美可愛。」

「我只是你醜陋笨拙的老婆。」

「不，妳不是。妳總是愈來愈美。」

「不過啊，我就要瘦下來了，親愛的。」

「妳現在就很瘦了。」

「你一定是喝多了。」

「我只喝了威士忌蘇打。」

「另一杯馬上送來了，」她說：「然後我們是不是該叫晚餐來房裡吃呢？」

「很好啊。」

「那我們就不用出去了吧？今晚我們就窩在房裡。」

我說：「好好玩樂一下。」

「我要喝點葡萄酒，」凱薩琳說：「喝點葡萄酒對我沒有壞處。也許這裡可以喝到以前常喝的卡布里白酒。」

我說：「我知道我們可以，這飯店規模不算小，應該會有義大利葡萄酒。」

服務生敲門。他用盤子端來一杯加冰的威士忌酒，旁邊擺了一瓶蘇打水。

我說：「謝謝，放著就好。麻煩你幫我們點兩人份晚餐，送到樓上來，還有兩瓶甜度最低的卡布里白酒。」

「您在用餐前要先喝湯嗎？」

「小貓咪，妳想喝湯嗎？」

「好喔。」

「那就送一份湯過來。」

「先生，謝謝您。」他出去時帶上門。我繼續讀報，關心戰況，把蘇打水緩緩倒入加冰的威士忌裡。下次我得要吩咐他們，別直接把冰塊放在威士忌裡。送來時冰塊應該分開放。

這樣才能看得出本來杯裡有多少威士忌，加了蘇打水之後才不會突然讓酒味變得太淡。我會自己去弄一瓶威士忌，請人送冰塊和蘇打水過來就好。這樣比較有道理。好喝的威士忌讓人神清氣爽。是人生樂趣的一部分。

「你在想什麼，親愛的？」

「想威士忌。」

「威士忌怎麼了？」

「威士忌很好喝。」

凱薩琳做個鬼臉。「好吧。」她說。

我們在飯店住了三週。那段時間還不賴，樓下餐廳通常空無一人，我們晚上經常在房裡吃飯。我們會在洛桑市區四處閒逛，或是搭乘齒軌火車南下烏契[4]，在日內瓦湖畔散步。天氣變得非常溫暖，就像春天一樣。我們原本想回到山上，但春天的天氣只持續了幾天，然後冬天的刺骨寒風又回來了。

凱薩琳在城北買了她需要的嬰兒用品。我到拱廊街的一家體育館練拳，當作運動。通常我都是趁凱薩琳還在睡覺時過去，她睡到比較晚。春天要來不來的那幾天，天氣非常宜人，練拳後我去沖個澡，走在街頭聞著春天的氣息，接著坐在咖啡館喝苦艾酒，看人或讀報。然後我往南走，回到飯店跟凱薩琳一起吃午餐。體育館裡的拳擊教練留著八字鬍，出拳看來又快又準，但如果真的開始跟他認真對打，他就招架不住了。但待在體育館還是挺有趣的。場館裡空氣流通，燈光明亮，我練拳非常認真，除了跳繩、打空拳，躺在地板上練仰臥起坐，讓陽光穿過敞開窗戶灑在身上，偶爾還會在對打時把教練嚇一跳。剛開始，我很不習慣站在窄窄的長鏡前打空拳，因為看到留落腮鬍的人打拳感覺很奇怪。但後來我終究只是覺得很好笑而已。一開始打拳時我就想要把落腮鬍刮掉了，只是凱薩琳不肯。

有時候凱薩琳和我會搭馬車到鄉間出遊。天氣和煦時搭馬車真舒服，而且我們找到兩個我們可以搭馬車過去吃飯的好地方。這時凱薩琳已經走不了太遠了，而且我真的很喜歡和她一起搭馬車到鄉間路上兜風。天氣好時我們都能玩得很開心，從來沒有掃興過。我們知道寶寶已經快要報到了，而這讓我們倆都有一種急切感，彷彿兩人世界的時間所剩無幾，絕對不能有絲毫浪費。

# 41

某天凌晨三點，因為聽見凱薩琳在床上翻來覆去的聲音，我就醒了。

「妳還好嗎，小貓咪？」

「親愛的，我痛了好幾次。」

「間隔時間很規律嗎？」

「沒有，不怎麼規律。」

「如果很規律，那我們就得去醫院了。」

我很睏，所以就又睡了。過不久我再度醒來。

「我想你最好打電話把醫生叫醒，」凱薩琳說：「我覺得應該是時候到了。」

我走到電話旁打給醫生。他問道：「陣痛的間隔時間多長？」

「小貓咪，妳每隔多久陣痛一次？」

「我覺得大概是相隔十五分鐘。」

醫生說：「那你們該去醫院了，我換個衣服，也會馬上過去。」

我掛掉電話，接著打電話給火車站附近的計程車站，想叫一輛車。等了很久都沒人接電話。最後終於有個男人接起電話，答應會立刻派車過來。凱薩琳正在換衣服。她把自己到醫院時需要的東西，還有各種嬰兒用品都打包好了。我到走廊上去叫電梯上來。沒有人回應，所以我自己走下樓。除了夜班人員，樓下沒有其他人。我自己操作電梯上樓，把凱薩琳的行李包放進電梯，她走進去後我們一起下樓。夜班人員為我們開門。通往車道的階梯旁邊，是石板鋪成的地面，我們坐在那裡等計程車。夜空晴朗，天上繁星點點。凱薩琳很興奮。

她說：「真高興，我終於要生了。過不久這一切就會結束了。」

「妳是個勇敢的好女孩。」

「我不害怕。不過，我就擔心計程車不會來。」

我們聽見計程車開過來的聲音，看見了車頭燈。車子轉進車道，我扶凱薩琳上車，司機幫我們把行李包放在前座。

我說：「去醫院。」

出了車道後，車子開始往山丘開。

到了醫院後我們一起進去，我拿著行李。門口櫃台有個女人幫凱薩琳把她的姓名、年齡、地址、宗教信仰以及有哪些親屬，都登記在一本簿子裡。凱薩琳說她沒有信教，那位女士在宗教的欄位畫了一條線。她說自己叫做凱薩琳・亨利。

女士說：「我會帶你們上樓到病房去。」我們搭電梯上樓，她把電梯停下後我們走出去，跟著她沿走廊前往病房。凱薩琳緊抓著我的手臂。

「這就是病房了，」女士說：「可以請妳換衣服後躺上床嗎？這件睡袍給妳。」

凱薩琳說：「我自己有帶睡袍。」

「穿這件病人服比較好，」女士說。

我走到外面，坐在走廊的一張椅子上。

女士站在門口對我說：「你可以進來了。」凱薩琳已經換上一件剪裁簡單的樸素病人服，躺在窄床上。那病人服的布料看來像粗糙床單。她對我微笑。

她說：「我好痛喔！」女士握著凱薩琳的手腕，正在用手錶計算陣痛的間隔時間。

凱薩琳說：「這次可真痛啊！」從表情可以看出她有多痛。

我問那位女士：「醫生呢？」

「他還在睡覺。有需要的話，他會過來。」

「現在我必須幫你太太做一件事，」那護士說：「可否麻煩你再出去？」

我走到外面，只見大廳空蕩蕩，只有兩個窗戶，走廊上的每一扇門都是關上的。四處瀰漫著醫院的味道。我坐在椅子上看著地板，為凱薩琳祈禱。

那護士說：「你可以進去了。」我走進去。

「嗨，親愛的。」凱薩琳說。

「妳的身體怎樣？」

「陣痛的間隔時間縮短了。」她的臉先是一陣緊繃，然後露出微笑。

「這次真的痛死了。護士小姐，可以請妳再把手擺在我的背上嗎？」

護士說：「要是對妳有幫助的話。」

「你出去吧，親愛的，」凱薩琳說：「出去弄點東西吃。護士小姐說，我這樣可能會持續很久。」

護士說：「第一次分娩總是會拖很久。」

「拜託你出去吃東西吧，」凱薩琳說：「我真的沒事。」

我說：「我再待一會。」

陣痛已經相當頻繁，痛過後又緩解。凱薩琳很興奮，每當她痛得厲害，她就說痛得好啊，但等到痛感消失，她反而感到失望與羞恥。

「親愛的，你出去吧，」她說：「我覺得你只會讓我感到不自在。」她的臉糾結在一起。「好了，現在我好多了。我真的很想當你的好老婆，順利生下這孩子，不要犯傻。請你出去吃點早餐再回來，親愛的。我不會太想念的。護士小姐對我很好。」

那位護士說：「你有很多時間可以吃早餐。」

「那我先出去一下。待會見，親愛的。」

「待會見，」凱薩琳說：「吃一頓豐盛的早餐，連我那份也吃掉。」

我問護士：「我可以去哪裡吃早餐？」

她說：「沿著街道往下走，廣場上有間咖啡館，現在應該已經開了。」

外頭天色已漸漸變亮。我沿著空蕩蕩的街頭走向那咖啡館。從窗口看見一盞燈亮著。進去後我站在檯面銀亮的吧檯前，有個老人端了白酒與布里歐[1]給我。我把這塊昨天做的布里歐麵包沾白酒吃掉，又喝了杯咖啡。

那老人問道：「怎麼會這麼早就出門？」

「我老婆在醫院，就要生了。」

「原來。祝順利啊。」

「再來杯白酒。」

他幫我倒酒時稍微滿出來，流了一點到吧檯上。我喝完酒，付帳後就離開。外面街上許多家戶門口都擺著垃圾桶等人來清運。有隻狗在垃圾桶邊聞來聞去。

「你在聞什麼？」我問牠，看看垃圾桶裡有沒有東西可以幫忙拿出來，但除了咖啡渣、塵土和一些枯死的花，什麼也沒有。

我說：「狗狗，沒東西啦。」那隻狗穿越街道到對面去。到了醫院我走樓梯到凱薩琳待的那層樓，沿著走廊走到她的病房。我敲敲門，沒人回應。開門後我發現房裡空無一人，只有凱薩琳的包包在椅子上，她的病人服吊在牆面的掛鈎上。走出病房後我到走廊上想找人詢問，見到一位護士。

「亨利太太去哪了？」

「有一位女士剛剛進了產房。」

「在哪？」

「我來帶路。」

她帶我走到走廊盡頭，只見產房的門半遮半掩。我可以看見凱薩琳躺在一個檯面上，身上蓋了一條被單。那位護士與凱薩琳的醫生分別站在檯子的兩側，醫生身旁有幾個鋼瓶。醫生手裡拿著一個接上管子的橡膠面罩。

那護士說：「我拿一件隔離衣給你穿，你就可以進來了，請來這裡。」

她幫我穿上一件白色隔離衣，用一根安全別針在我後頸部把隔離衣別起來。

她說：「現在你可以進去了。」我進了產房。

「嗨，親愛的，」凱薩琳用有氣無力的聲音說：「我沒什麼進展。」

醫生問道：「你是亨利先生？」

「我是。醫生，現在情況怎樣？」

「很順利，」醫生說：「進來產房是為了方便用麻醉氣體幫她止痛。」凱薩琳說：「現在我想吸一下。」醫生把橡膠面罩擺在她臉上，打開控制開關，只見凱薩琳快速深呼吸。然後她把面罩拿開，醫生把活栓關上。

「這次不算很痛。不久前那次真的痛死人。醫生想辦法讓我完全不痛，是吧，醫生？」她的聲音聽來奇怪，講到最後的「醫生」兩字，音調拉高。

醫生露出微笑。

凱薩琳說：「我想再吸。」她把橡膠面罩緊緊蓋在臉上，快速吸了起來。我聽見她小聲呻吟了一下。然後她把面罩拿開後露出微笑。

「這次真痛，」她說：「非常痛。別擔心，親愛的。你可以先離開，再吃一次早餐。」

我說：「我要留下來，」

我們是在凌晨三點來到醫院的，但直到中午凱薩琳還待在產房裡。陣痛再次緩了下來，這時她看起來非常疲憊憔悴，不過還是有說有笑。

「我真是差勁，親愛的，」她說：「真抱歉。我還以為會很容易就生了呢。啊，又來了——」她伸手去拿面罩，蓋在臉上。醫生調了一下控制開關，看著她。過沒多久陣痛又結束了。

凱薩琳說：「這次不怎麼痛。」她露出微笑。「我吸上癮了。真棒。」

我說：「我們可以弄一點帶回家。」

「又來了。」凱薩琳用很急的語氣說。醫生扳動控制開關，看看手錶。

我問道：「現在間隔多久？」

「大約一分鐘。」

「你不想去吃午餐嗎？」

他說：「再一會我馬上去。」

「醫生，你一定要吃點東西，」凱薩琳說：「抱歉喔，我居然拖了那麼久。不能讓我丈夫幫我調開關就好嗎？」

醫生說：「好啊，如果妳希望那樣的話。請你把開關調到數字二的地方。」

我說：「了解。」鋼瓶錶盤上有數字，轉動開關指針就會跟著跑。

凱薩琳說：「趕快給我。」她把面罩緊緊蓋在臉上。我把開關開到數字二的地方，等凱薩琳拿掉面罩就關掉。醫生真是好心，這時候我寧願有件事可以做。

凱薩琳問道：「你開了嗎，親愛的？」她拍拍我的手腕。

「當然。」

「你真可愛。」因為吸了麻醉氣體，她有點迷迷糊糊。

醫生說：「我會用托盤拿午餐到隔壁房間吃，隨時可以叫我。」時間一分一秒過去，我看著他吃午餐，不久後只見他躺下來抽了一根菸。凱薩琳逐漸變得很累。

她問道：「你覺得我能把這寶寶生下來嗎？」

「能，妳當然可以。」

「我已經拚命嘗試。我試著往下面用力，但那感覺總是會跑掉。又來了！趕快給我！」

到了下午兩點我外出吃午餐。咖啡館裡面有幾個男人坐著喝咖啡，其中有人桌上擺著幾杯櫻桃白蘭地或果渣白蘭地。我在一張桌子旁坐下。我問服務生：「有東西吃嗎？」

「已經過了午餐時間。」

「有沒有不限時間供應的食物？」

「你可以吃德式酸菜。」

「那給我德式酸菜和啤酒。」

「小杯或大杯？」

「小杯淡啤酒。」

服務生端來一盤德式酸菜，葡萄酒浸泡著溫熱的甘藍菜，裡面埋了一根臘腸，上頭蓋著一片火腿。非常飢餓的我吃掉德式酸菜，喝了啤酒。我看著咖啡廳裡坐在桌旁的客人。其中一桌正在玩牌。隔壁桌的兩個男人正在聊天抽菸。整個咖啡館裡一片氤氳。先前我吃早餐的銀亮吧檯後面這時站著三個人，包括那個老人，一個深穿黑洋裝的豐滿女人，她坐在櫃台後把端上桌的東西都記下來，還有個身穿圍裙的小伙子。我心想，真不知道那女人生了幾個孩子，當年生孩子情況怎樣。

吃完德式酸菜後我回到醫院。這時街道已經恢復清爽，垃圾桶都已收回屋裡。多雲天陰，但太陽正試著露臉。我搭電梯上樓，出來後沿著走廊到了凱薩琳的病房，因為離開前我把白色隔離衣留在那裡。穿上後我在後頸的部位用別針固定。看著鏡子，我的模樣就像是個留著落腮鬍的冒牌醫生。我又沿著走廊走往產房。我敲敲關著的門。沒人應門，所以我轉動門把開門走進去。醫生坐在凱薩琳身邊。那位護士在產房的另一頭做事。

醫生說：「妳丈夫來了。」

「噢，親愛的，我有個超棒的醫生，」凱薩琳用奇怪的聲音說。「他跟我講的故事好精采，要是陣痛太厲害了，他就會讓我暫時失去知覺。他很棒。你很棒喔，醫生。」

我說：「妳迷迷糊糊的。」

凱薩琳說：「我知道，但你不該說出來。」接著她又說：「趕快給我！趕快給我！」她緊抓著面罩短促地深呼吸，氣喘吁吁，把呼吸器震到喀噠作響。然後她嘆了一大口氣，醫生伸出左手把面罩揭開。

「這次真的很痛，」凱薩琳用很奇怪的聲音說：「親愛的，現在我死不了。我已經撐過去了。你高興嗎？」

「妳可不能再差點死掉喔。」

「我不會。但我也不怕。我不會死，親愛的。」

醫生說：「妳才不會幹那種傻事。妳不會撒手死去，獨留妳丈夫。」

「噢，不會。我不會死。傻瓜才會死。又痛了。趕快給我！」

過一會兒醫生說，「亨利先生，請你出去一下。我要診察一下。」

凱薩琳說：「他想看看我現在狀況怎樣。等等你可以回來，親愛的。醫生，可以吧？」

「可以，」醫生說：「等到他可以回來了，我會叫人通知他。」

我走出房外，沿著走廊前往凱薩琳生完孩子後要住的病房。我坐在椅子上看著房裡。外套口袋裡擺著我外出吃午餐時買的報紙，我拿出來看。天色開始變黑，我開燈讀報。不久後我放下報紙，把燈關掉，看著外面漸黑的天色。為什麼醫生沒派人叫我回去？我開始感到納悶。也許我不在場比較好。可能他希望我暫時離開一下。我看看手錶。如果十分鐘內他再不派人來叫我，我還是會自己回去。

可憐的小貓咪，真可憐。這就是睡在一起後必須付出的代價。這就是掉入陷阱的下場。這就是與人相愛的報應。總之，因為有麻醉氣體，還是要感謝天主。在麻醉術發明以前，肯定很慘吧。一旦陣痛開始，孕婦的痛感就像水車的水流那樣停不下來。凱薩琳懷孕期間倒是沒有受什麼罪，狀況還不錯。她幾乎沒有害過喜。直到最後她才感到非常不舒服。所以她終究還是逃不掉。該來的就是會來，沒人逃得掉。逃什麼？逃個鬼！就算我們結婚五十次，情況還是會一樣。要是她死了怎麼辦？都什麼年代了，應該不會有難產而死那種事了吧。我猜每個丈夫都是這麼想的。是這樣沒錯，但如果她還是難產而死呢？她只是暫時難過一陣子而已。第一次分娩的時間總是會拖長。難過只是暫時的。事後我們會說，那時候好痛苦喔，接著凱薩琳會說，說真的也沒那麼糟糕。但如果她還是死了呢？我對自己說：她可不能死。你這個笨蛋。她只是暫時難受而已。受這種罪是自然而然的。只是因為第一次分娩才會這樣，時間幾乎總是會拖那麼久。沒錯，但她要是死了怎麼辦？她可不能死。她為什麼要死？有什麼理由她非死不可？這只是我們在米蘭夜夜春宵的副作用，只不過是有個小孩必須出生而已。小孩帶來麻煩，生下後父母總得要好好照顧，而且也許會喜歡他們。但她要是死了怎麼辦？她不會。但她要是死了怎麼辦？她不會。她沒事的。但她要是死了怎麼辦？她不會。但她要是死了怎麼辦？嘿，怎麼辦？她要是死了怎麼辦？

醫生走進病房。

「醫生，情況如何？」

他說：「行不通。」

「這是什麼意思？」

「就是我說的那樣。我診察了一下——」他詳述診察結果。「看完後我又觀察了一陣子，但還是不行。」

「你建議怎麼做？」

「有兩種處理方式。一種是高位產鉗分娩[2]，不過這方法除了對孩子可能有害，或許也會造成撕裂傷，還滿危險的。另一種就是剖腹產。」

「剖腹產的風險是什麼？」她要是死了怎麼辦！

「風險並不會高於自然生產。」

「如果是你自己遇到這狀況，會選擇剖腹產嗎？」

「會。我得準備器具，把需要的助手找來，可能要一個小時。也許不到一個小時。」

「你覺得呢？」

「我建議剖腹產。如果是我老婆，我會選擇剖腹產。」

「有哪些後遺症？」

「沒有。只是會留下疤痕。」

「感染的風險呢？」

「沒有高位產鉗分娩來得高。」

「要是繼續等待，什麼也不做呢？」

「終究還是得要想辦法處理。亨利太太已經快要氣力放盡了。我們愈快動刀愈安全。」

我說：「那就請你盡快動刀吧。」

「那我先去吩咐大家做準備。」

我走進產房。護士陪著躺在床上的凱薩琳。蓋著被單的她看起來大腹便便，臉色慘白，非常疲累。

「你跟他說他可以剖腹了嗎？」

「嗯。」

「好棒喔。這下再過一小時就能結束了。我就差點要死翹翹了，親愛的。我快要不行了。趕快給我！沒用。噢，麻醉也沒用了！」

「深呼吸。」

「我有啊。噢，麻醉也沒用。麻醉沒用了！」

我對護士說：「換一瓶。」

「這瓶就是剛換的。」

凱薩琳說：「我真是個笨蛋，親愛的。不過連麻醉也沒用了。」她開始哭了起來。「噢，我好希望把寶寶生下來，不要惹上任何麻煩，但我現在好累好崩潰，麻醉又沒有用。噢，親愛的，麻醉一點也沒有用。真希望不要再痛了，就算死掉我也無所謂。噢，拜託，親愛的，拜託讓我別再痛了。又痛了！喔喔喔！」她的臉蓋著面罩，一邊喘氣一邊啜泣。「沒有用。沒有用。沒有用。別理我，親愛的。拜託別哭。別理我。只是我已經崩潰了。你可憐的寶貝。我好愛你，我會好起來的。這次我會好起來的。他們不能給我點什麼嗎？要是他們能給我點什麼就好。」

「我會讓麻醉有效的。我來把劑量開到最大。」

「現在就幫我開。」

我把開關開到底，她用力深呼吸，拿著面罩的手才鬆懈下來。我把麻醉氣瓶關起來，幫她拿掉面罩。她恍惚了好一陣子才清醒過來。

「真舒服啊，親愛的。噢，你對我真好。」

「妳要勇敢一點，因為我不能一直把劑量開到最大。可能會要了妳的命。」

「我再也不勇敢了，親愛的。我已經累垮了。陣痛把我擊垮了。現在我懂了。」

「大家都是這樣。」

「但這真是糟糕。陣痛只會愈來愈痛，直到把人搞到崩潰。」

「再一個小時就結束了。」

「那不是很棒嗎？親愛的，我不會死，對吧？」

「不會。我保證。」

「我不想死，因為不想離開你，但我實在撐不住了，有一種快要死掉的感覺。」

「胡說。大家都有那種感覺。」

「有時候我知道自己快死了。」

「妳不會死。妳不能死。」

「但如果我真要死了，怎麼辦？」

「我不會讓妳死的。」

「趕快讓我吸一下。趕快幫我開！」

接著她又說：「我不會死的。我不會任由自己死掉。」

「妳當然不會。」

「你會陪我？」

「我不會看著妳被剖腹。」

「不，我只要你在旁邊就好。」

「當然。我會一直在旁邊。」

「你對我真好。好了，幫我開吧。再幫我開。沒有用！」

我把錶盤上的度數開到三，然後再開到四。真希望醫生趕快回來。度數開太大讓我感到害怕。

另一個醫生終於帶著兩位護士來了，他們把凱薩琳弄上輪式擔架，我們開始沿著走廊往手術房移動。輪式擔架走得很快，推進電梯後因為空間太小，大家都得要往旁邊擠。上樓後門打開，我們出了電梯，在走廊上擔架滑著橡膠輪子來到手術室。原來那位醫生戴著手術帽跟口罩，所以我沒認出他。還有另一位醫生跟另外幾位護士。

「他們一定要給我點什麼，」凱薩琳說：「他們不能給我點什麼。噢，拜託了，醫生，趕快給我一點有效的東西吧！」

其中一位醫生把面罩蓋在她臉上，我從門外往裡看，只見那小小的劇場式手術室[3]非常明亮。

一位護士對我說：「你可以從另一個門進去，坐在看台上。」明亮的燈下是白色手術台，手術台旁的欄杆後面是一排排長板凳，看手術的人可以坐在那裡。我看著凱薩琳，這時她臉上蓋著面罩，整個人安靜下來了。他們把輪式擔架往前推。我轉身後沿著走廊往下走。兩個護士急急忙忙走向手術室的看台區。

其中一個護士說：「是剖腹產，他們要動剖腹產手術。」

另一個笑著說：「我們剛好趕上。運氣很好吧？」她們走進通往看台的門。

另一個護士走過來，也是急急忙忙。

她說：「直接進去就是了，直接進去。」

「我要留在外面。」

於是她匆匆進門。我在走廊上來回踱步，不敢進去。我從窗戶往外看，天色一片漆黑，但是藉著室內燈光我可以看出正在下雨。走廊另一頭有個房間，我走進去看著玻璃櫃裡許多瓶罐上的標籤。然後我又走出來，站在空蕩蕩的走廊上，盯著手術室的門。

一位醫生走出來，身後跟著一位護士。他的手裡捧著的東西看來就像剛剛剝了皮的兔子。他衝過走廊，進了另一扇門。我走到他進去那個門口，發現他們在那房間裡處理一個新生兒。醫生把他抱起來給我看。醫生從腳跟把他倒著抓起來，拍拍他的屁股。

「他沒事嗎？」

「他很棒。重量應該有五千克喔。」

我對他完全沒感覺。他看起來就像跟我一點關係也沒有。我沒有初為人父的喜悅。

我那護士問：「你不為這兒子感到驕傲嗎？」他們幫他清洗身體，用東西把他包起來。我看著他深色的小臉與小手，但看他完全沒有動作，也沒聽見他哭。醫生又在他身上弄來弄去，看起來有點苦惱。

我說：「不。他差點害死自己的母親。」

「不能怪這個小傢伙。你不想要兒子嗎？」

我說：「不。」醫生正忙著弄他。醫生從雙腳把他抓起來，再打打屁股。我沒有留下來看結果怎樣，直接走出去到走廊上。這時我可以進去看了，所以走到門裡面，沿著走廊稍微往下走。坐在欄杆上的幾位護士對我做手勢，要我過去她們那裡。我搖搖頭。從我所在的地方看就夠了。

我以為凱薩琳死了。她看起來毫無生氣。我可以看到她的一部分的臉，看來臉色灰白。看台下，只見醫生正在手術燈下動手縫合，她那用鉗子撐開過的傷口又大又長，從邊緣看來很深。另一個戴口罩的醫生正在幫凱薩琳痲醉。兩個戴口罩的護士忙著把器具拿給醫生。眼前的景象彷彿是一幅描繪宗教法庭以酷刑逼供的圖畫。看到這畫面時我感到很高興，幸好我沒有觀看剖腹的過程。到現在我還是覺得自己不忍目睹他們下刀剖腹，但我很慶幸自己見識了醫生那彷彿鞋匠的快手縫法，看來技藝超群，傷口縫起來後高高隆起，紅紅腫腫。縫好後我走到走廊上，來回踱步。不久後有個醫生走出來。

「她還好嗎？」

「她沒事。你剛有旁觀嗎？」

他看起來很累。

「我看見你在縫合。切口看起來很長。」

「你覺得很長？」

「嗯。疤痕會消下去嗎？」

「噢，會的。」

不久後他們把輪式擔架推出來，從走廊上快速推往電梯。我也跟著進去，站在旁邊。凱薩琳呻吟著。下樓後他們把她安置在病房裡。我坐在床腳的一張椅子上。病房裡有個護士。我起身站在床邊。房間裡不太亮。凱薩琳伸出手對我說：「哈囉，親愛的。」她的聲音聽來極度虛弱疲累。

「嗨，寶貝。」

「男的還是女的？」

「噓——先別說話，」那護士說。

「是個男嬰。他長得高高胖胖，皮膚黝黑。」

「他沒事嗎？」

我說：「嗯，他沒事。」

我看見那護士用奇怪表情盯著我。

凱薩琳說：「我好累好累，而且快痛死了。親愛的，你還好嗎？」

「我沒事，妳先別說話。」

「你對我好好喔。噢，親愛的，我好痛。他看起來怎樣？」

「他的身體看起來像是一隻剝了皮的兔子，臉卻跟老人一樣皺巴巴。」

護士說：「你不能待在病房裡，亨利太太不可以講話。」

「我會待在外面。」

「去吃點東西吧。」

「不，我會在外面。」我親親凱薩琳。她看起來臉色灰白，很是虛弱疲憊。

我對護士說：「我可以跟妳談一談嗎？」她跟著我走到走廊上。我走到離病房稍遠的地方。

我說：「嬰兒怎麼了？」

「你不知道嗎？」

「不知道。」

「他沒活下來。」

「死了嗎？」

「他們沒辦法讓他呼吸。好像是臍帶纏住他的脖子之類的。」

「所以他死了。」

「是。真可惜。他是個長得很漂亮的胖小子。我還以為你知道。」

我說：「不知道。你最好回去陪我太太。」

我坐在椅子上，我身前桌子的側邊擺著護士的報告，都夾在夾板上。往窗外望去，我只能看到雨滴不斷穿透從窗戶射出的室內燈光。所以，就是因為嬰兒死了，那醫生才會看來這麼疲累。為什麼他們在房間裡還要大費周章，對他做那些事呢？可能他們以為他會醒來，開始呼吸吧？我沒有信教，不過我知道該讓他受洗。但如果他從來沒有呼吸過呢？他沒有。他生下來就死了。但在凱薩琳腹中的確是活的，因為我常摸到他踢來踢去。但過去一週以來一直沒摸到。也許他一直都被臍帶勒著。可憐的孩子。該死的，要是我當年也那樣被勒死就好了，但我沒有。要是我死了，也不會讓他們母子倆在生死關頭徘徊。這下連凱薩琳也要走了。人就是這樣。死掉的時候壓根不知道緣由。根本沒有時間得知。就像棒球，我們糊里糊塗就被趕鴨子上架，有人告訴我們規則，但只要第一次被抓到離壘過遠就遭觸殺出局。但也有可能像阿依莫那樣，莫名其妙就死掉。要不然就像里納迪，倒楣得了梅毒。但無論怎樣終究都是一死。這是可以百分之百確定的。只要活過，最後難免死去。

有次露營時我拿著一根裡面有很多螞蟻的原木在火上烤。原木燒起來時蟻群爭先恐後衝出來，一開始逃往原木中段，但那裡有火，所以牠們往回折返，跑向尾端。最後因為尾端有太多螞蟻，一部分跌入火堆中。有的逃了出來，燒得焦頭爛額，身體扁平，不知道該往哪裡去。但大多數還是往有火的中段跑，接著轉過頭來逃往尾端，擠在沒有火燒的地方，但終究還是掉入火堆裡燒死。到現在我還記得，那時候我心裡想著：這就是世界末日的景象吧，也是我扮演彌賽亞[4]的大好時機。我大可以把原木拿開火堆，丟出去後讓蟻群從地上逃走。但我沒那麼做，只是把錫杯裡的水澆在原木上，這樣才能空出杯子來倒威士忌，接著加水進去。我覺得，在燃燒的原木上澆水只是徒然讓蟻群遭熱氣燙死而已。

所以這時我坐在走廊上，等著聽凱薩琳的消息。護士沒有出來，所以過一會我走到門邊，輕輕打開後往裡面看過去。一開始我看不見，因為走廊裡的燈光太強，而病房裡黑漆漆的。然後我看見護士坐在床邊，凱薩琳的頭靠在枕頭上，在薄被下躺平著。護士用一根手指做出禁聲的動作，然後站起來走向門邊。

我問道：「她的狀況怎樣？」

「沒事，」護士說：「如果你想去吃晚餐就去，吃完再回來。」

我沿著走廊走，下樓梯後從醫院大門出去，走在雨中的陰暗街道上，來到咖啡廳。裡面燈火通明，很多人在吃飯。我沒看到可以坐的地方，有個服務生走過來把我的潮溼衣帽拿過去，帶我走向一張桌子，另一頭有個老先生正在喝啤酒看晚報。我坐下來，問服務生當日特餐是什麼。

「小牛肉砂鍋——不過已經賣完了。」

「那我有哪些東西可以吃？」

「火腿蛋、起司蛋、或德式酸菜。」

我說：「今天中午我已經吃過德式酸菜。」

「沒錯，」他說：「沒錯欸，你今天中午就是吃德式酸菜。」他是個頭頂已經禿掉的中年男子，把頭髮梳過去，蓋在禿頭的部位。他的臉很和善。

「那你想吃什麼？火腿蛋或起司蛋？」

我說：「火腿蛋，還有啤酒。」

「小杯淡啤酒？」

「嗯。」我說。

他說：「我還記得，今天中午你就是喝小杯淡啤酒。」

我吃火腿蛋，喝啤酒。火腿蛋用一個圓盤送上來，火腿鋪在下面，上面擺蛋。火腿蛋很燙，所以吃了第一口後我必須喝口啤酒，讓嘴巴涼一下。我很餓，所以跟那服務生又要了一客。我喝了幾杯啤酒，完全沒有在思考，只是看著對面那位老人的晚報。報上有英軍陣地遭德軍突破的報導。他發現我在讀他晚報背面的新聞，就把報紙摺了起來。我想叫服務生送一份報紙過來給我看，但其實我無法專心。咖啡館裡很熱，空氣不佳。店裡的很多顧客彼此都認識。有好幾桌都在玩牌。服務生正忙著把酒從吧檯端到桌上。兩個人走進來，找不到地方可以坐。他們站在我那桌的另一頭，就在我對面。我還沒打算離開。這樣就回醫院也太快了。我試著別想東想西，把心靜下來。那兩個人四處換位子站，但都沒有人要離開，所以他們就走了。我又喝了一杯啤酒。這時我身前的桌面上已經堆了好幾個小碟子。坐我對面那位老人已經把眼鏡拿下，放回盒裡，把報紙摺好，放進口袋，這時坐在那裡手拿烈酒杯，看著咖啡廳。突然間我意識到我該回去了。我叫服務生過來，付了帳單，穿上外套後戴好帽子，走出咖啡廳的門。我沿著下雨的街道走回醫院。

到了樓上我遇見護士從走廊上走過來。她說：「我剛剛打電話回去飯店給你。」聽到這句話後我心頭一沉。

「有問題嗎？」

「亨利太太剛剛大出血了。」

「我可以進去嗎？」

「不，還不行。醫生正在處理。」

「有生命危險嗎？」

「非常危險。」護士走進病房把門關上。我坐在外面走廊上。我心裡有一種空掉的感覺。我沒思考，也沒辦法思考。我知道她就要死了，但我還是祈禱她不要離我而去。她可不能死啊。噢，主啊，拜託別讓她死去。要是祢能讓她不死，我願意為祢做任何事。拜託，拜託，拜託，親愛的主啊，別讓她死去。親愛的主啊，別讓她死去。拜託，拜託，拜託，別讓她死去。主啊，請救救她。如果祢能讓她不死，祢說什麼我都願意去做。祢已經帶走了寶寶，但別讓她死去。祢帶走寶寶沒關係，但別讓她死去。拜託，拜託，拜託，親愛的主啊，別讓她死去。

護士打開門，用手指示意我過去。我跟著她走進病房。我進去時凱薩琳並未抬起頭。我走到床邊。醫生在床的另一邊站著。凱薩琳看著我，露出微笑。我把身體靠在床上，開始哭了起來。

凱薩琳氣若游絲地說：「親愛的你好可憐。」她看起來臉色灰白。

我說：「沒事了，小貓咪。妳會沒事的。」

她說：「我就要死了，」她頓了一下，接著說：「真討厭。」

我抓起她的手。

她說：「別碰我。」我把她的手放開。她微笑說：「可憐的親愛的。想摸我就摸吧。」

「妳會沒事的，小貓咪。我知道妳會沒事的。」

「我怕自己會發生不測，本來想給你寫封信的，但還是沒寫。」

「妳想要我幫妳叫神父，或什麼人過來看看妳嗎？」

她說：「我只要你。」不久後她又說：「我不怕，只是很討厭。」

那醫生說：「妳不能講那麼多話。」

「好吧。」凱薩琳說。

「小貓咪，妳想要我做什麼嗎？有什麼需要我弄來給妳的？」

凱薩琳微笑說：「沒有。」稍後她又說：「妳不會跟其他女孩做我們做過的那些事，對她說我們說過的那些話吧？」

「絕對不會。」

「不過我還是希望你能繼續交女朋友。」

「我不想了。」

「妳講太多話了，」那醫生說：「妳不能再說話。亨利先生必須先出去。等一下再回來。妳不會死的。妳不可以這麼傻。」

凱薩琳說：「好吧，我會回去陪你的，每天晚上都會陪你。」她講話時非常吃力。

醫生說：「拜託，先出去吧。」凱薩琳對我眨眨眼，她的臉色灰白。我說：「我就在外面。」

凱薩琳說：「別擔心，親愛的，我一點也不害怕。這只是個下流的騙局。」

「親愛的寶貝，妳最勇敢了。」

我在外面走廊上等。我等了好久。護士走到門邊，走過來我這裡。她說：「恐怕亨利太太真是快不行了。我很為她擔心。」

「她走了嗎？」

「沒有，但她失去意識了。」

看來她不斷大出血。他們無法幫她止血。我走進病房，在凱薩琳斷氣前都陪著她。她始終沒有恢復意識，沒多久她就去世了。

出了病房，在走廊上我對醫生說：「今晚有什麼事是我可以做的嗎？」

「沒有。你什麼都不需要做。要我帶你回飯店嗎？」

「不，謝謝你。我要在這裡待上一會。」

「我知道我說什麼都沒用。我無法用言語表達——」

我說：「不用，你什麼都不用說了。」

他說：「晚安，不用我帶你回去飯店嗎？」

「不，謝謝你。」

他說：「唯一的方式就是剖腹，事實證明，手術——」

我說：「我不想談那件事。」

「我想要帶你回飯店。」

「不，謝謝你。」

他沿著走廊往下走。我走到病房門邊。

其中一位護士說：「現在你不能進去。」

我說：「我就是要進去。」

「你還不能進去。」

我說：「妳出去吧，另一位也出去。」

但就算我把她們趕出去，閉門關燈，什麼也沒改變。我就像在跟一尊雕像告別。不久後我離開病房，從醫院走回旅館，任由雨水一陣陣打在身上。[5]

# 歷代相關重要文獻之檢討與重要研究書目提要

陳榮彬

## 海明威進入學術殿堂

在文學界，海明威的文學聲譽是很早就確立了，大約從他的第一、二本作品，也就是從《在我們的時代》與《太陽依舊升起》出版後就定了基調。瀏覽學者邁爾斯（Jeffrey Meyers）所編的《海明威作品評論選集》（*Ernest Hemingway: The Critical Heritage*）一書，我們可以看出幫他寫過書評（或導讀）的人裡面不乏二十世紀的文學大家，包括英國小說家伍爾芙（Virginia Woolf）、D．H．勞倫斯（D. H. Lawrence）、格雷安．葛林（Graham Greene），美國評論家艾德蒙．威爾遜、孟肯（H. L. Mencken）、崔靈（Lionel Trilling），光是《戰地春夢》，就有多斯．帕索斯、英國小說家福特．麥達克斯．福特（Ford Madox Ford）、亞諾．班奈特（Arnold Bennett）幫他寫過書評或導讀。[1]如同學者蘇珊．畢格（Susan F. Beegel）所說，這一切的確有助於確立海明威的文學大家地位，進而邁向典律化。[2]

如前所述，一九五〇年代才真正是海明威進入學術殿堂的時代，此一濫觴可見於知名哈佛文學教授亨利・列文（Harry Levine）於一九五一年在學術季刊《墾吟評論》（*Kenyon Review*）[3]上發表的知名論文：〈關於海明威文風的一些觀察〉（"Observations on the Style of Ernest Hemingway"）。身為比較文學美國學派的開創者之一，列文在文章結尾處不只把海明威回溯到十九世紀美國戰爭小說的傳統，指出《戰地鐘聲》與十九世紀末美國小說家的克萊恩（Stephen Crane）戰爭小說經典《紅色英勇勳章》（*The Red Badge of Courage*）的相似性，甚至與俄國小說家托爾斯泰的《戰爭與和平》（*War and Peace*）也有可以類比之處。列文肯定海明威小說的文學性，甚至誇讚他是個詩人。[4]

緊接著更深入討論、詮釋、與評論海明威的學者，除了上述的普大教授卡洛斯・貝克在一九五二年推出海明威的專書《海明威：如同藝術家的作家》之外，還有賓州大學的菲利浦・楊恩（Philip Young）也在同一年出版《厄內斯特・海明威》，提出「創傷理論」（"wound theory"）與「典型硬漢」（"code hero"）的概念，是比較偏向心理分析的詮釋。[5]雖說楊恩後來又在一九六八年推出續作《重新評估海明威》（*Ernest Hemingway: A Reconsideration*），強調《戰地春夢》的「戰爭小說＋浪漫小說」的雙重主軸，並且強調凱薩琳・巴克利是海明威筆下第一位堅強成熟的女主角，[6]但他對海明威研究的貢獻主要是在開創心理分析的道路，後來一九六三年又有學者傑克森・班森（Jackson J. Benson）出版了《海明威：作家的自我防衛藝術》（*Hemingway: The Writer's Art of Self-Defense*）[7]，六〇年代末期學者理查・霍韋（Richard Hovey）也推出了《海明威：內心的平原》（*Hemingway: The Inward Terrain*）[8]。一九五四年，耶魯大學的查爾斯・芬頓（Charles A. Fenton）的《海明威早年寫作生涯養成》（*The Apprenticeship of Ernest Hemingway: The Early Years*）[9]則是著重於海明威早年擔任戰地救護車駕駛與記者生涯，對他日後小說藝術的影響，對於他在《堪薩斯星報》與《多倫多星報》的記者生涯有很多精采分析，也聚焦討論海明威在芝加哥、巴黎兩地居住時的寫作活動。[10]貝克、楊恩與芬頓等三位在寫海明威專書時都是年輕的名校教授，風華正茂，充滿創作活力，尤其是貝克更成為美國學術界與讀者心目中公認的海明威專家，日後也出版了更多海明威的相關著作，其中以文學傳記《海明威的人生故事》（*Hemingway: A Life Story*）[11]最具代表性。這些作品都可說是後面的研究作品得以推出的基礎。在《海明威：如同藝術家的作家》的第五章〈山岳與平原〉（"The Mountain and the Plain"）裡，貝克提出他深具洞見的主張，指出從第二卷男女主角待在一家米蘭的旅館時，突然間開始下起雨，之後雨不斷出現，接下來義大利部隊在大雨中撤退、男主角亨利變成逃兵，直到他與凱薩琳重逢後雨才停，後來他們搭小船渡湖，又遇到大雨，海明威似乎刻意用這天氣元素來強調兩人「在掙扎與逃亡過程中的困惑與驚詫」（emphasize climatically their "confused alarms of struggle and flight"）。[12]

海明威研究的後續發展，可說與英美學術史的演進亦步亦趨，這種趨勢在一九六〇、七

○年代尤其明顯。約翰・紀林傑（John Killinger）於一九六○年推出《海明威與諸神之死》（*Hemingway and the Dead Gods: A Study in Existentialism*）一書，從存在主義的角度廣泛地討論詮釋海明威各時期的長短篇小說。約翰・紀林傑的創見在於進一步討論雨水的象徵作用，提出另一種看法：雨水不只象徵著死亡與災禍，也預示著存在主義英雄的再生。無論是《戰地春夢》，甚或後來的《戰地鐘聲》，劇情都建立在一種「降水—死亡—再生」的整體劇情結構上（前者是降雨，後者是降水）。[13] 這種存在主義的詮釋非常適用於討論海明威的作品，直到二○一三年都有西班牙學者荷西・古爾佩圭（José Antonio Gurpegui）推出《海明威與存在主義》（*Hemingway and Existentialism*）。[14] 跟存在主義同樣於一九六○年代大行其道的還有英美的新批評（New Criticism）學派，該派代表人物之一，耶魯大學教授克林斯・布魯克斯（Cleanth Brooks）於一九六三年推出他的代表作《隱身的上帝》（*The Hidden God: Studies in Hemingway, Faulkner, Yeats, Eliot, and Warren*）[15]，其中收錄了一篇〈厄內斯特・海明威：凡人如何呈現比他崇高的道德者〉（"Ernest Hemingway: Man on His Moral Uppers"），採用「細讀」（close reading）的方式去分析海明威小說中關於上帝的意象與象徵。從宗教角度討論《戰地春夢》的作品還有詹姆斯・萊特（James F. Light）於一九六一年發表的〈《戰地春夢》裡的「死之宗教」〉（"The Religion of Death in *A Farewell to Arms*"），發表在極具影響力的期刊《現代小說研究》（*Modern Fiction Studies*）。[16] 到了一九八○年代初，學界甚至從電影研究的角度，討論海明威小說改編成好萊塢電影的相關問題。這個研究視角是很有意義的，因為在一九三○年代經濟大蕭條期間，很多作家西進好萊塢去當編劇，例如海明威的小說《雖有猶無》被改編成電影時，編劇就是跟他齊名的小說家福克納。另外，《戰地春夢》也被好萊塢改編拍攝兩次，甚至後來海明威也曾當過電影《老人與海》的拍攝顧問。在這方面的專門著作包括吉恩．菲利普斯（Gene D. Phillips）於一九八○年推出的《海明威與電影》（*Hemingway and Film*）[17]，還有法蘭克．勞倫斯（Frank M. Laurence）於隔年出版的《銀幕裡外的海明威》（*Hemingway and the Movies*）[18]。勞倫斯討論海明威與電影的方式尤其徹底：他除了討論短篇故事〈兩個殺手〉（"The Killers"）的多個電影版本、《戰地春夢》的兩個電影版本、小說《雖有猶無》、短篇小說集《在我們的時代》等作品的電影版改編之外，也討論海明威寫小說時的「電影風格」（"Hemingway's Cinematic Style"，該書第八章）、海明威的傳記電影等主題。因為甘迺迪總統圖書館（J. F. K. Library）收藏了許多海明威史料與資料，該館甚至於一九八一年五月在波士頓舉辦了一個名為"A Moving Picture Feast: The Filmgoers' Hemingway"學術研討會。後來研討會論文集《海明威的電影饗宴》（*A Moving Picture Feast: The Filmgoers' Hemingway*）也在一九八九年出版，[19]收錄了十五篇論文，有些討論被改拍好幾次的海明威作品（例如《雖有猶無》與短篇故事〈兩個殺手〉），比較不同版本的改編方式，甚至也有文章討論海明威於西班牙內戰期間拍攝的紀錄片《西班牙大地》（*The Spanish Earth*）。由於海明威小說改拍而成的電影不斷推陳出新，直到近年來仍有人以此為主題進行研究，相當具有代表性的是二〇一四年由學者坎登絲・葛瑞森（Candace Ursula Grissom）出版的《銀幕上的費茲傑羅與海明威》（*Fitzgerald and Hemingway on Film: A Critical Study of the Adaptations, 1924-2013*）一書。[20]

## 關於《戰地春夢》的歷代重要文獻檢討與重要書目提要

第一位把《戰地春夢》當成學術研究文本的，應該是美國「新批評」學派的另一位代表性人物：耶魯大學教授羅伯・潘恩・華倫（Robert Penn Warren），他的〈海明威〉（"Hemingway"）[21]一文跟亨利・列文的〈關於海明威文風的一些觀察〉一樣發表在《墾吟評論》上，但時間上早四年，也就是在一九四七年就推出了。這篇文章後來還成為一九四九年版《戰地春夢》小說前面的導讀，後來並且由張愛玲翻譯成〈論「戰地春夢」〉，收錄在今日世界出版社於一九七二年出版的湯新楣譯本前面（頁一－三八）。他在這篇論文中幫海明威辯護，認為他寫的並非不道德的猥褻作品，也沒有與社會脫節，並且與現代思想息息相關。華倫應該是從學術觀點肯定《戰地春夢》的藝術價值的第一人。

從過去將近百年來的學術研究成果看來，《戰地春夢》的確是最常被研究的海明威長篇小說之一，處理這作品的專書不少。一九七五年，位於麻州沃爾瑟姆（Waltham, Massachusetts）美國國家檔案館分館把典藏的將近兩萬頁海明威手稿，還有大量信件公開給大眾閱覽。[22]這讓學術界對於海明威的研究更能言之有物，有理有據，許多學者也能開始檢閱海明威的長短篇小說草稿：其中當然也包括《戰地春夢》。因此，在北卡羅萊納州州立大學任教的知名海明威研究專家麥可・雷諾茲（Michael S. Reynolds）也根據那些大量資料分析海明威的寫作過程，撰寫《海明威的第一場戰爭：《戰地春夢》如何成形》（*Hemingway's First War: The Making of A Farewell to Arms*）。雷諾茲的創舉在於他以第四頁的第一次世界大戰義大利前線地圖，讓讀者意識到一件過去很少人注意過的事：《戰地春夢》所描繪的前線戈里齊亞，其實相距他本人受傷的皮亞韋河畔將近兩百公里。[23]雷諾茲在該書的結論指出，過去幾十年研究海明威的學者過於濫用心理分析，總是認為海明威把自己投射在筆下人物身上，這對當時的學術環境造成災難性的影響。他認為，做研究必須立基在大量手稿、信件之上，也要了解海明威讀了哪些資料、他創作時的社會氛圍如何，還有他的生平細節。[24]南康乃狄克州大學的教授伯納・歐爾西（Bernard Oldsey）也在一九七九年推出《隱密的海明威寫作手法：論〈戰地春夢〉的創作》（*Hemingway's Hidden Craft: The Writing of A Farewell to Arms*），採用古典悲劇的結構來分析《戰地春夢》。[25]第三本關於《戰地春夢》的專論是羅伯・路易斯（Robert Lewis）也在一九九二年推出的《〈戰地春夢〉的言語之爭》（*A Farewell to*

*Arms: The War of Words*）[26]，這本書全面性地分析了該小說的時代背景、思想淵源、文學濫觴以及男女主角的用語、對話所反映出來的文學主題，並從各方面論述小說的經典特質。紐約州立大學賓罕頓（Binghamton）分校教授謝爾頓・葛伯斯坦（Sheldon Norman Grebstein）寫的《海明威的小說技藝》（*Hemingway's Craft*）雖然並非關於《戰地春夢》的專論，但透過大量的文本分析闡述了該小說的結構、主題（戰爭與愛情之間的張力）、敘事聲音、對話技巧以及對於細節描述的應用，書末附錄以十七頁的篇幅討論了《戰地春夢》與《戰地鐘聲》的手稿，極具參考價值。[27]知名海明威學者琳達・華格納－馬丁（Linda Wagner-Martin）所撰寫的《海明威的〈戰地春夢〉參考指南》（*Ernest Hemingway's A Farewell to Arms: A Reference Guide*）[28]，從創作脈絡、思想、敘事藝術、出版後的各種評論等角度來討論這本小說，非常值得一讀。

最早在一九二五年，保羅・羅森菲爾（Paul Rosenfeld）就曾於《新共和》雜誌上發表〈堅硬大地〉（"Tough Earth"）一文來說明海明威的小說技法與立體派繪畫藝術之間的關係，[29]之後就出現許多研究從藝術作品角度分析海明威的寫作風格，主要聚焦在〈大雙心河〉（"Big Two-Hearted River"）等短篇小說上。一九六九年賴瑞・湯姆森（Larry Cole Thompson）的碩士論文〈海明威的印象派風格〉（"Ernest Hemingway's Impressionist Style"）[30]，還有席奧多・蓋拉德二世（Theodore L. Gaillard, Jr.）於一九九九年發表的論文〈塞尚對海明威的啟發：一些新觀點〉（"Hemingway's Debt to Cézanne: New Perspectives"），都提及《戰地春夢》的敘述技巧與塞尚的「重複」（recurrence）筆法頗為相似，後者更以小說第一章對於河流與道路的描述來闡述海明威如何使用塞尚風景化的對比技巧（paralleling）。[31]不過，在這個研究領域中最具代表性的應該是艾蜜莉・華茲（Emily Stipes Watts）寫的專書《海明威與藝術》（*Hemingway and the Arts*），鉅細靡遺地分析了海明威的風格與各種藝術風格的相似之處，包括立體主義、表現主義、印象派，甚至於建築藝術等等。[32]鑽研二〇、三〇年代美國文學的學者隆納德・伯曼（Ronald Berman）也針對海明威與塞尚的「重複」筆法寫了專文〈海明威與塞尚的「重複」筆法〉（"Recurrence in Hemingway and Cézanne"）。[33]

從戰爭小說角度進行的《戰地春夢》研究自然不能缺席，而且這一類研究有兩大特色：一方面聚焦在海明威與其他戰爭小說家（如費茲傑羅、福克納，甚至寫越戰小說的提姆・歐布萊恩〔Tim O'Brien〕）的比較研究，另外一方面也將戰爭小說跟性別研究結合在一起（例如學者艾立克斯・維儂〔Alex Vernon〕與奇斯・甘達爾〔Keith Gandal〕在這方面的傾向特別明顯），不少研究聚焦在女主角凱薩琳・巴克利的女性與戰地護士雙重身分上。主要的研究成果如下：

I. 二〇〇四年：Alex Vernon 著，*Soldiers Once and Still: Ernest Hemingway, James Salter & Tim O'Brien*。[34]

II. 二〇〇八年：Keith Gandal 著，*The Gun and the Pen: Hemingway, Fitzgerald, Faulkner, and the Fiction of Mobilization*。[35]

III. 二〇〇〇年：Jennifer A. Haytock, "Hemingway's Soldiers and their Pregnant Women: Domestic Ritual in World War I" in *Hemingway Review* 19.2 (Spring 2000): 57-72。[36]

IV. 二〇〇二年：Linda Wagner-Martin 著，"The Romance of Desire in Hemingway's Fiction" in *Hemingway and Women: Female Critics and the Female Voice*, eds. Lawrence R. Broer and Gloria Holland (Tuscaloosa: University of Alabama Press, 2002), 54-69。[37]

V. 二〇一四年：Kim Moreland 著，"Hemingway and Women at the Front: Blowing Bridges in *A Farewell to Arms*, *The Fifth Column*, and *For Whom the Bell Tolls*"。[38]

VI. 二〇一六年：Michelle N. Huang, "In Uniform Code: Catherine Barkley's Wartime Nursing Service in *A Farewell to Arms*" in *Twentieth-Century Literature* 62.2 (2016): 197–222。[39]

此外，從一九七〇年代開始，許多學者陸續編了很多本關於《戰地春夢》的研究論文集，顯示出這本小說歷久彌新的價值，有愈來愈多學者希望能從各種不同的主題與批判角度去進行研究，其中最主要的論文集大致上為以下六本：

I. 一九七〇年：Jay Gellens 編，*Twentieth Century Interpretations of A Farewell to Arms: A Collection of Critical Essays*。[40]

II. 一九七一年：John Graham 編，*The Merrill Studies in A Farewell to Arms*。[41]

III. 一九八七年：Harold Bloom 編，*Modern Critical Interpretations: Ernest Hemingway's A Farewell to Arms*。[42]

IV. 一九九〇年：Scott Donaldson 編，*New Essays on A Farewell to Arms*。[43]

V. 一九九四年：George Monteiro 編，*Critical Essays on Ernest Hemingway's A Farewell to Arms*。[44]

VI. 二〇〇〇年：Gary Wiener 編，*Readings on A Farewell to Arms*。[45]

最後，關於《戰地春夢》的研究，一九九〇年以降的一個重大發展是，學界開始把海明威早期在義大利的經歷當成研究焦點，結合義大利的史地與文化細節，還有海明威早期作家生涯的寫作藝術養成過程，出版了三本重要論文集，主要聚焦在海明威的《戰地春夢》與《渡河入林》，還有一些短篇小說的研究與詮釋。甚至，海明威於義大利期間的愛人艾格妮絲・馮・庫洛斯基去世後，她的後人也授權出版了她的日記、書信，另外也有一些專書是聚焦在海明威早年在義大利擔任救護車駕駛的經驗，在此羅列如下：

I. 一九九〇年：Agnes von Kurowsky 著，*Hemingway in Love and War: The Lost Diary of Agnes von Kurowsky, Her Letters, and Correspondence of Ernest Hemingway*。[46]

II. 一九九〇年：Robert W. Lewis 編，*Hemingway in Italy and Other Essays: Critical Approaches*。[47]

III. 二〇〇五年：Rena Sanderson 編，*Hemingway's Italy: New Perspectives*。[48]

IV. 二〇一四年：Steven Florczyk 著，*Hemingway, the Red Cross, and the Great War*。[49]

V. 二〇一七年：Mark Cirino 與 Mark P. Ott 編，*Hemingway and Italy: Twenty-First-Century Perspectives*。[50]

VI. 二〇一七年：James McGrath Morris 著，*The Ambulance Drivers: Hemingway, Dos Passos, and a Friendship Made and Lost in War*。[51]

## 二十一世紀如何重讀海明威與《戰地春夢》

即使到了二十一世紀，關於海明威的各種傳記還是每一、兩年就會問世，而且世人總是能夠找到不同的角度來重新看待這位人生經歷非常特別的作家。小說家琳賽・胡柏（Lindsey Hooper）於二〇二一年五月推出小說作品《海明威的貓》（*Hemingway's Cats*），[52]結果法國與德國也都在隔年陸續推出譯本，這在相當程度上說明海明威的地位在讀者心中可謂歷久未衰。海明威有四任妻子，但他和美國護士艾格妮絲・馮・庫洛斯基與義大利少女雅德里亞娜・伊凡奇克（Adriana Ivancich）之間的情緣雖說短暫，她們卻都跟他的妻子一樣能夠扮演他的繆思女神的角色，所以這些女性自然成為理解海明威的某種切入角度。例如，義大利記者安德烈亞・迪・羅比蘭特（Andrea di Robilant）寫的《威尼斯之秋：海明威與他最後一位繆思女神》（*Autumn in Venice: Ernest Hemingway and His Last Muse*）[53]所敘述的就是海明威與雅德里亞娜在一九四八年秋天的短暫邂逅，而且因為她對海明威晚期作品如《渡河入林》等影響深遠，類似作品當然有閱讀與研究的價值。

除了非虛構類的作品之外，二十一世紀的海明威傳記書寫領域也發展出許多虛構作品，開其先河的非寶拉・麥克蓮（Paula McLain）於二〇一一年出版的小說《我是海明威的巴黎妻子》（*The Paris Wife: A Novel*）莫屬，[54]故事以海明威和第一、二任妻子海德莉、寶琳之間的三角戀為焦點。到了二〇一四年，小說家娜歐蜜・伍德（Naomi Wood）也以同樣題材寫了一本小說，名為《海明威太太》（*Mrs. Hemingway*），[55]故事也是同一段三角戀。二〇一八年，學者史考特・唐諾森（Scott Donaldson）寫的《巴黎丈夫：海明威與海德莉婚姻的真相》（*The Paris Husband: How It Really Was Between Ernest and Hadley Hemingway*）[56]則是標榜真實性，頗有與寶拉・麥克蓮叫陣的意味。二〇一八年，寶拉・麥克蓮推出了第二本跟海明威婚姻有關的小說，名為《愛戀與毀滅》（*Love and Ruin: A Novel*），[57]故事聚焦在海明威與第四任妻子瑪莎・葛宏那一段來得快，去得也快的愛戀與婚姻。除此之外，二十一世紀出版的以海明威的戀情、婚姻為主題的書籍還包括以下幾本：

I. 二〇一一年：喬雅・迪利貝托（Gioia Diliberto）著，《說不盡的巴黎：海明威第一任妻子的真實故事》。[58]

II. 二〇一二年，露絲．霍金斯（Ruth A. Hawkins）著，《極度的快樂與最後的悲傷》。[59]

III. 二〇一六年，詹姆斯．哈奇森（James M. Hutchisson）著，《海明威新傳》。[60]

IV. 二〇一六年，A．E．哈奇納（A. E. Hotchner）著，《戀愛中的海明威：哈奇納說出不為人知的故事》。[61]

此外，到了二十一世紀，也有愈來愈多海明威家族的成員出版關於海明威與家族的回憶錄。首先打破沉默者之一，應該是海明威的姪女希拉蕊．海明威（Hilary Hemingway，弟弟萊斯特的女兒），她在二〇〇〇年出版了《與海明威一起狩獵》[62]。隨後，海明威三子葛雷哥萊的前妻兼海明威晚年的祕書瓦勒莉．海明威（Vallerie Hemingway）寫了一本名為《隨牛狂奔：我在海明威一家人身邊的日子》[63]，於二〇〇五年出版。海明威的孫子約翰．海明威（John Hemingway，二子派崔克之子）不久後也在二〇〇七年出版了家族回憶錄：《海明威家族的厄運：一部家族回憶錄》[64]。海明威的外曾孫女克莉絲汀．海明威．傑恩斯（Cristen Hemingway Jaynes）也寫了一本《恩尼斯特之道：海明威生平的國際旅程》[65]，許多內容取材自家族軼事與不為外人知曉的掌故。海明威次子派崔克已經高齡九十三，是海明威家族仍在世者中輩分最高，且是海明威三個兒子中唯一仍存活的，他與父親之間的書信選即將在二〇二二年六月出版，書名為《親愛的老爹：派崔克與海明威的書信選集》[66]。這些作品都有助於釐清（甚或強化）有關於海明威以及其家族的許多迷思。

關於海明威的一般傳記持續推陳出新，二〇一六年有弗娜・卡萊（Verna Kale）寫的《八分之七的冰山：海明威傳》[67]出版，二〇一七年出版的《海明威傳》[68]由瑪莉・迪爾本（Mary Dearborn）撰寫，篇幅多達六百多頁，是一本從海明威出生寫到他自殺身亡的傳記，頗有參考價值，除了是迄今第一本由女性作者執筆的海明威傳記之外，作者參考過去被忽視的材料，諸如醫療紀錄、FBI的海明威檔案等，為世人建構出「硬漢」（code hero）之外的海明威形象。直到二〇二〇年，仍有理查・布瑞佛德（Richard Bradford）寫的《心不在焉的人：海明威傳》[69]出版——不過，可以確定的這絕對不是最後一本海明威的傳記。除了上述幾本一般傳記之外，到了二十一世紀，研究海明威的視角大概可以分為以下幾類，每一類都各有幾本代表作：

### （一）關於他的早年生涯：

I. 二〇一〇年：麥可・費德史比爾（Michael R. Federspiel）著，《海明威的密西根：圖文集》。[70]

II. 二〇一七年：史蒂夫・保羅（Steve Paul）著，《十八歲的海明威：一位美國傳奇人物的關鍵養成年》。[71]

III. 二〇一七年：萊絲莉・布魯姆（Lesley M. Blume）著，《整個巴黎屬於我》。[72]

（二）關於他在美國中西部的狩獵、寫作活動：

I. 二〇一七年：賴瑞・莫里斯（Larry E. Morris）著，《海明威與賈利・古柏在愛達荷州：一段永誌不渝的友誼》。[73]

II. 二〇一九年：克里斯多夫・麥爾斯・華倫（Christopher Miles Warren）著，《海明威在黃石國家公園旁的荒野》。[74]

III. 二〇二〇年：菲爾・哈斯（Phil Huss）著，《海明威的太陽谷》。[75]

IV. 二〇二一年：妲拉・沃登（Darla Worden）著，《荒唐又快樂：海明威與寶琳在懷俄明州度過的那些夏日》。[76]

（三）關於他在西礁島與古巴地區的活動：

I. 二〇〇三年：希拉蕊・海明威與卡琳・布瑞南（Carlene Brennen）著，《海明威在古巴》。[77]

II. 二〇〇九年：泰瑞・莫特（Terry Mort）著，《海明威巡航：追獵德國U型潛艇的海明威》。[78]

III. 二〇〇九年：寇克・克納（Kirk Curnutt）與蓋爾・辛克萊爾（Gail Sinclair）編，《重

新評估西礁島時代的海明威》。[79]

IV. 二〇〇九年：湯瑪斯．范胥（Thomas Fensch）著，《海明威、古巴、聯邦調查局與騙子工廠：〈灣流中的島嶼〉背後的故事》。[80]

V. 二〇一七年：尼可拉斯．雷諾茲（Nicholas Reynolds）著，《作家、水手、士兵、間諜：海明威的祕密歷險——一九三五到六一年》。[81]

VI. 二〇一九年：安德魯．費爾德曼（Andrew Feldman）著，《恩尼斯托：海明威在古巴革命時期的軼事》。[82]

### （四）關於他的戰爭經驗

I. 二〇〇六年：彼得．莫瑞拉（Peter Moreira）著，《海明威親赴中國戰場：二戰期間他與瑪莎．葛宏的間諜任務》。[83]

II. 二〇一一年：艾力克斯．維農（Alex Vernon）著，《海明威經歷的第二場戰爭：見證西班牙內戰》。[84]

III. 二〇一六年：泰瑞．莫特（Terry Mort）著，《戰場上的海明威：二戰期間海明威擔任戰地記者的冒險》。[85]

最後，在這二十一世紀幾乎已經過了四分之一的當下，我們到底該怎樣看待《戰地春夢》

這本戰爭小說？第一種方式，是把它當成戰爭文學經典，與其他戰爭文學經典進行對讀。根據菲利浦．海格（Philip E. Hager）與戴斯蒙．泰勒（Desmond Taylor）合編，於一九八一年出版的《一次大戰小說書目與注解》[86]，其中獲選為最優秀作品的包括雷馬克的《西線無戰事》、蘇聯諾貝爾文學獎得主蕭洛霍夫（M. A. Sholokhov）的小說《靜靜的頓河》（*And Quiet Flows the Don*，於一九二五到三二年之間出版）、捷克作家雅洛斯拉夫．哈謝克（Jaroslav Hašek）的《好兵帥克》（*The Good Soldier Švejk*，一九二一到二三年之間出版），多斯．帕索斯的小說《三個士兵》與海明威的《戰地春夢》。前述三本作品，分別代表德國、蘇聯與捷克三國人民對於一次世界大戰的看法，而且非常令人慶幸的是，在台灣也都已經分別推出由原文翻譯的譯本，[87]但較為可惜的是多斯．帕索斯的《三個士兵》迄今仍無人翻譯，讓台灣大多數讀者始終與其緣慳一面。

另一本值得注意的一戰小說經典是好萊塢知名編劇道爾頓．杜倫波（Dalton Trumbo）的唯一長篇小說《強尼上戰場》（*Johnny Got His Gun*）。[88]杜倫波曾為《出埃及記》（*Exodus*）、《萬夫莫敵》（*Spartacus*）與《羅馬假期》（*Roman Holiday*）等經典美國電影寫過劇本，但他還有個敏感身分是美國共產黨黨員，因此於二戰之後的「麥卡錫主義」時代曾長期受迫害，也因此樹立了敢於與體制對抗的道德形象，連帶讓《強尼上戰場》成為反體制、反政府、反戰的文學經典。小說於一九三九年九月三日出版，兩天後德軍進攻波蘭，導致二次大戰正式爆發，也讓小說大賣。由於反戰立場，這本小說多次遭查禁以至於絕版，但歷來在美國參與越戰、伊拉克戰爭期間都成為社會大眾一再憶起的反戰文學代表作。二〇一五年，台灣的麥田出版社推出《強尼上戰場》的中譯本[89]，這也反映出戰爭文學的譯介推廣在台灣始終未曾中斷：例如，時報出版社推出英國女性小說家派特・巴克（Pat Barker）的《重生》三部曲[90]：包括第一部《重生》（*Regeneration*）、第二部《門中眼》（*The Eye in the Door*）與第三部《幽靈之路》（*The Ghost Road*）——推出這部作品的理由，除了其中《幽靈之路》榮獲一九九五年英國布克獎之外，也是因為出版這三部曲的時機是二〇一四年，即一次大戰一百週年之際。

眾所皆知的是，《戰地春夢》反映出的是一位美國救護人員對於第一次世界大戰的觀點：在這個以戰爭加愛情為公式的故事裡，主角歷經了戰爭的混亂與荒謬，還有心理上的幻滅以及身心的雙重創傷，而其實這些也是許多經典戰爭小說的要素，例如都是以美國南北戰爭為背景的小說：史蒂芬・克萊恩的《紅色英勇勳章》（*The Red Badge of Courage*）[91]，還有瑪格麗特・米契爾（Margaret Mitchell）的《飄》（*Gone with the Wind*）[92]，以及越戰為題材，由提姆・歐布萊恩（Tim O'Brien）創作的經典小說《負重》（*The Things They Carried*）[93]。至於蘇俄作家瓦西里・格羅斯曼（Vasily Grossman）的小說《生活與命運》（*Life and Fate*）[94]則是著眼於二次大戰期間蘇聯人民的體驗。還有加拿大小說家麥可・翁達傑（Michael

Ondaatje）榮獲布克獎的小說作品《英倫情人》（*The English Patient*）[95]也是聚焦二戰戰場，不過跟《戰地春夢》一樣，談的是戰火下的男女情愛。

近幾十年來，因為美國持續介入世界各地的戰爭，文學界始終持續在反省戰爭現象，而且台灣的出版界對於這種現象也是亦步亦趨，各家出版社都能把握時機，推出值得譯介的作品。例如，由凱文・鮑爾斯（Kevin Powers）創作的《黃鳥》（*The Yellow Birds*）[96]與班・方登（Ben Fountain）創作的《半場無戰事》（*Billy Lynn's Long Halftime Walk*）[97]同樣以伊拉克戰爭為題材，在相當程度上也跟《戰地春夢》一樣聚焦人類歷經戰火後所遭受的身心創傷，也對戰爭的荒謬提出控訴。越南裔美國小說家阮越清（Viet Thanh Nguyen）被譯介到台灣來的兩本小說，包括《同情者》（*The Sympathizer*）[98]與《流亡者》（*The Refugees*）[99]，都鑲嵌了越戰的大量歷史與記憶在故事背景裡，而那些與逃難相關的情節尤其容易讓人聯想到《戰地春夢》第三卷義大利軍民撤退的不幸遭遇。

從二〇一〇年代的幾本出版作品看來，時報出版社對於戰爭文學似乎情有獨鍾：除了上述的《英倫情人》、《重生》三部曲、《半場無戰事》之外，該出版社推出的戰爭小說還有安東尼・馬拉（Anthony Marra）的《生命如不朽繁星》（*A Constellation of Vital Phenomena: A Novel*）[100]、安東尼・杜爾（Anthony Doerr）的《呼喚奇蹟的光》（*All the Light We Cannot See*）[101]，以及理查・費納根（Richard Flanagan）的《行過地獄之路》（*The Narrow Road to the

*Deep North*）[102]。這最後三本小說也反映出戰爭小說的多樣性：《生命如不朽繁星》是以第一次車臣戰爭為故事背景；《呼喚奇蹟的光》與《行過地獄之路》皆以二次大戰為故事背景，且都榮獲重要文學獎（前者獲得二〇一五年普立茲獎，後者則是二〇一四年布克獎），但不同之處在於故事一個發生在歐洲戰場，另一個則是東南亞。如此看來，《戰地春夢》的重新譯注除了可以再次確定其一戰小說經典的地位，也可以把這本小說重新放入一個百家爭鳴的二十一世紀戰爭文學發展與譯介潮流中，激發出更多比較、分析與文學想像。

| 年份 | 歲數 | 海明威生平大事記 | 世界文化、歷史事件 |
|---|---|---|---|
| 1999年 | | 7月7日<br>海明威的非洲狩獵小說《曙光示真》（*True at First Light*）出版，由二子派崔克撰寫導讀。<br>7月21日<br>海明威的三個兒子齊聚父親的出生地（橡樹園鎮的老家），慶祝海明威的百歲冥誕。 | |
| 2012年 | | 7月10日<br>史氏出版社出版了《戰地春夢》特別版，由海明威的孫子西恩（Seán Hemingway）編輯，收錄了海明威為這小說寫的四十七種結局（他生前曾宣稱自己為這本小說寫了三十九種結局）。 | |

| 年份 | 歲數 | 海明威生平大事記 | 世界文化、歷史事件 |
|---|---|---|---|
| 1976年 | | 8月<br>瑪莉的自傳《前塵往事》（*How It Was*）出版，但出版商並非史氏出版社，因為她拒絕修改書中部分內容。 | |
| 1979年 | | 1月23或24日<br>海明威的第一任妻子海德莉在佛羅里達州去世，享壽八十七歲。 | |
| 1984年 | | 11月25日<br>海明威在義大利期間的情人艾格妮絲在佛羅里達州去世，享耆壽九十二歲。 | |
| 1985年 | | 6月24日<br>海明威的第二本鬥牛散文集《危險之夏》（*The Dangerous Summer*）由史氏出版社出版。 | |
| 1986年 | | 5月<br>史氏出版社出版了海明威的小說《伊甸園》（*Garden of Eden*），內容經過大幅刪減。<br>11月26日<br>海明威的第四任妻子瑪莉在紐約市去世，享壽七十八歲，歸葬於愛達荷州凱泉鎮，跟丈夫一樣長眠於太陽谷旁。 | |
| 1998年 | | 2月15日<br>因為不堪卵巢癌、肝癌與視力退化的折磨，海明威的第三任妻子瑪莎於倫敦選擇服過量安眠藥自殺，享壽八十九歲。 | |

| 年份 | 歲數 | 海明威生平大事記 | 世界文化、歷史事件 |
| --- | --- | --- | --- |
| | | 3月<br>焦慮症狀復發，且伴隨著更嚴重的憂鬱症。<br>5月13日<br>海明威好友賈利．古柏因為癌症病逝好萊塢。<br>7月2日<br>晨間7點30分，妻子瑪莉發現海明威用獵槍自殺身亡。<br>7月5日<br>埋葬於凱泉鎮，並未舉行公開葬禮。<br>7月底-8月<br>瑪莉飛往古巴與卡斯楚會面，決定將瞭望山莊捐給古巴人民。7月21日，古巴政府舉行開幕儀式，正式將瞭望山莊定名為海明威博物館（Museo Hemingway）。 | |
| 1964年 | | 4月10日<br>海明威巴黎文學生涯回憶錄《流動的饗宴》的一部分率先由《生活》週刊刊登。<br>5月5日<br>瑪莉親自編輯的《流動的饗宴》由史氏出版社出版。 | |
| 1970年 | | 10月6日<br>史氏出版社出版了海明威的小說《灣流中的島嶼》（*Islands in the Stream*）。 | |

| 年份 | 歲數 | 海明威生平大事記 | 世界文化、歷史事件 |
|---|---|---|---|
| | | 稿，即該雜誌「小說藝術」（The Art of Fiction）訪談系列第21號。<br>10月7日<br>電影版《老人與海》首映。 | |
| 1959年 | 60歲 | 1月<br>海明威決定在愛達荷州凱泉鎮定居。 | 1月1-2日<br>古巴的巴蒂斯塔軍政府遭馬克思主義者卡斯楚（Fidel Castro）推翻。 |
| 1960年 | 61歲 | 8-9月<br>海明威擔心自己會精神崩潰，而且常常做噩夢。<br>11月30日<br>用假名入住明尼蘇達州羅徹斯特市（Rochester）的知名醫學中心梅奧診所（Mayo Clinic），治療高血壓、肝腫大、偏執症、憂鬱症等多重身心症狀。醫生選擇以電擊療法治療，療程從12月持續到隔年1月。 | |
| 1961年 | 62歲 | 1月12日<br>總統當選人甘迺迪（JFK）邀請海明威至華府參加就職典禮並為其撰寫講稿，但海明威發現自己只寫得出一句話。拒絕參加典禮。<br>1月22日<br>離開梅奧診所，飛往愛達荷州。 | |

| 年份 | 歲數 | 海明威生平大事記 | 世界文化、歷史事件 |
|---|---|---|---|
| | | 4月底<br>與瑪莉一起前往秘魯，幫助《老人與海》劇組拍攝捕捉巨大馬林魚的畫面。但最後以失敗告終，劇組必須製作一條機械式的假魚來拍攝。<br>11月到年底<br>住在巴黎麗池酒店，酒店老闆查爾斯．麗池（Charles Ritz）提醒海明威，他還有一個LV手提箱存放在酒店地下室。結果手提箱裡裝有海明威在1920年代撰寫的一批手稿，記載大量他與當時巴黎文學圈主要人物的軼事。這些手稿後來整理改寫成為《流動的饗宴》（*A Moveable Feast*）。 | |
| 1957年 | 58歲 | 8月23日<br>小說《太陽依舊升起》首度被搬上大銀幕。<br>9月<br>海明威開始著手整理去年底在巴黎麗池酒店發現的手稿。<br>12月14日<br>小說《戰地春夢》第二度被搬上大銀幕。 | |
| 1958年 | 59歲 | 4月<br>知名文學雜誌《巴黎評論》（*Paris Review*）春季號刊登作家喬治．普林普頓（George Plimpton）採訪海明威的訪問 | |

| 年份 | 歲數 | 海明威生平大事記 | 世界文化、歷史事件 |
|---|---|---|---|
| | | 飛機到一片山脊上去過夜。有飛機經過目睹殘骸，但沒見到海明威與其他人，因此報上出現海明威夫婦墜機身亡的頭條新聞。<br>1月24日<br>海明威一行人獲救後，要搭機前往恩德培市（Entebbe），但飛機在起飛失敗後墜毀，所有人順利逃出，海明威受傷。<br>1月25日<br>《生活》週刊刊登海明威寫的〈非洲狩獵〉（“Safari”），並以他為封面人物。<br>2月2日<br>在營地休養時，為協助撲滅灌木叢大火，海明威遭二級燒傷。<br>10月28日<br>得知獲得了諾貝爾文學獎。他把受獎講稿寄給美國大使，請他於12月11日代為致詞與受獎。<br>12月13日<br>再度登上《時代》雜誌封面，該雜誌讚許其為「美國的故事大師」（“A American Storyteller”）。 | |
| 1956年 | 57歲 | 4月<br>完成第二本非洲狩獵散文，也就是他死後將近三十年才於1999年出版的《曙光示真》（*True at First Light*）。 | |

| 年份 | 歲數 | 海明威生平大事記 | 世界文化、歷史事件 |
| --- | --- | --- | --- |
| | | 先刊登於該刊，同時每月一書俱樂部（Book-of-the-Month Club）也選上這本小說。<br>9月1日<br>《生活》週刊刊登《老人與海》，這一期賣出五百多萬冊。<br>9月8日<br>史氏出版社出版《老人與海》，首刷五萬本。<br>9月17日<br>短篇故事〈雪山盟〉被搬上大銀幕（"The Snows of Kilimanjaro"）。 | |
| 1953年 | 54歲 | 4月4日<br>《老人與海》電影在哈瓦那開拍。海明威獲得兩萬五千美元的權利金，另外兩萬五千美元是聘請他擔任拍攝顧問的費用。<br>5月4日<br>海明威接獲《老人與海》得到普立茲小說獎的喜訊，當時他與瑪莉正在海上航行。<br>8月6日<br>從馬賽港搭船前往肯亞。<br>9月1日<br>展開非洲狩獵之旅。 | |
| 1954年 | 55歲 | 1月23日<br>搭機前往烏干達的默奇森瀑布（Murchison Falls），但飛機勾到電線後墜毀，所有人員離開 | 8月<br>福克納小說《寓言》（*The Fable*）出版，隔年獲得普立茲獎與國家圖書獎。 |

| 年份 | 歲數 | 海明威生平大事記 | 世界文化、歷史事件 |
|---|---|---|---|
| | | 6月28日<br>接獲家鄉打來的電報，得知高齡七十九歲的母親過世。當時她並非住在橡樹園，而是獨居於田納西州的孟斐斯市。<br>10月1日<br>海明威與寶琳在電話上因為三子葛雷哥萊行為不檢的問題爭論。講完電話後，當晚寶琳被送醫緊急開刀，結果凌晨四點在手術台上死亡，病因是腎上腺髓質長了腫瘤，享年五十六歲。<br>12月9日<br>賓州大學菲利浦．楊恩（Philip Young）教授預計寫一本關於海明威的心理分析專書，但海明威拒絕他引用小說內文。不過，楊恩仍於1952年1月出版了《厄內斯特．海明威》（*Ernest Hemingway*）。 | |
| 1952年 | 53歲 | 2月11日<br>史氏出版社老闆查爾斯．史克里伯納（Charles Scribner）心臟病發去世，享壽六十二歲。<br>3月6日<br>《生活》週刊提出以高額權利金購買《老人與海》（*The Old Man and the Sea*）的刊登權。<br>5月<br>《生活》周刊同意給付四萬美金，《老人與海》將於9月率 | 3月10日<br>古巴軍事強人巴蒂斯塔（Rubén Fulgencio Batista y Zaldívar）發動軍事政變，取得政權。<br>9月<br>約翰．史坦貝克的小說《伊甸園之東》（*East of Eden*）出版。 |

| 年份 | 歲數 | 海明威生平大事記 | 世界文化、歷史事件 |
| --- | --- | --- | --- |
| | | 版，引發廣泛惡評。儘管與第四任妻子瑪莉的關係持續惡化，但他還是把這本書獻給瑪莉。 | *Collected Stories of William Faulkner*）出版，隔年獲得國家圖書獎。 |
| 1951年 | 52歲 | 1月12日<br>拒絕幫助杜克大學教授查爾斯·芬頓（Charles A. Fenton）撰寫以自己的早年寫作生涯為題的寫作計畫。不過，這本定名為《海明威早年寫作生涯訓練》（*The Apprenticeship of Ernest Hemingway: The Early Years*）的書還是於1954年3月出版，並在《大西洋月刊》（*Atlantic Monthly*）上連載。<br>2月17日<br>完成《老人與海》的初稿，總計兩萬六千多字。<br>2月17日<br>拒絕幫助普林斯頓大學英語系教授卡洛斯·貝克（Carlos Baker）撰寫自己的傳記，但是鼓勵貝克可以針對他的小說進行學術性研究。貝克的海明威專書《海明威：如同藝術家的作家》（*Hemingway: The Writer as Artist*）於1952年10月出版。後來在1969年，史氏出版社又出版了貝克寫的海明威權威性傳記《海明威的人生故事》（*Hemingway: A Life Story*）。 | 9月<br>福克納小說《修女安魂曲》（*Requiem for a Nun*）出版。 |

| 年份 | 歲數 | 海明威生平大事記 | 世界文化、歷史事件 |
|---|---|---|---|
| 1946年 | 47歲 | 3月14日<br>與瑪莉在哈瓦那結婚。<br>6月13日<br>在古巴的美國大使館接受銅星勳章，理由是於1944年在歐洲幫盟軍進行新聞報導。<br>6月17日<br>海明威的編輯柏金斯因肺炎猝逝，享壽六十二歲。 | 8月<br>錢德勒原著，福克納改編的電影《大眠》（*The Big Sleep*）上映。 |
| 1948年 | 49歲 | 12月初<br>在義大利東北小鎮拉蒂薩納（Latisana）初識十八歲義大利少女雅德里亞娜·伊凡奇克（Adriana Ivancich）。雅德里亞娜堪稱海明威畢生最後一位謬思女神，後來也成為他小說《渡河入林》（*Across the River, into the Trees*）裡少女蕊娜塔（Renata）的原型——男主角理查·坎特威爾上校的原型則是他的二戰「戰友」查爾斯·蘭罕上校。 | 12月<br>艾略特獲頒諾貝爾文學獎。 |
| 1949年 | 50歲 | 2月<br>《柯夢波丹》（*Cosmopolitan*）月刊開始連載《渡河入林》，分五期刊出。該刊編輯哈奇納（A. E. Hotchner）也因為前往哈瓦那當面跟海明威邀稿而與他成為忘年之交。 | 12月<br>福克納獲得諾貝爾文學獎。 |
| 1950年 | 51歲 | 9月7日<br>海明威小說《渡河入林》出 | 1月<br>福克納《短篇小說集》（*The* |

| 年份 | 歲數 | 海明威生平大事記 | 世界文化、歷史事件 |
| --- | --- | --- | --- |
| | | 武器等罪名，美軍要求他前往位於法國東部南錫市（Nancy）第三陸軍法庭報到，為自己辯護。<br>10月11日<br>由福克納編劇的改編電影《雖有猶無》上映。<br>10月27日<br>獲悉長子約翰參戰時失蹤的訊息。後來確認已經淪為德軍戰俘，遭囚禁於德國東部萊比錫附近的梅澤堡（Merseburg）戰俘營。 | |
| 1945年 | 46歲 | 4月30日<br>長子約翰獲釋。<br>5月2日<br>瑪莉來到瞭望山莊定居。<br>6月初<br>從德軍戰俘營獲釋不久的約翰與兩個弟弟一起來瞭望山莊度假。<br>11月<br>賣出〈兩個殺手〉（"The Killers"）與〈法蘭西斯·馬康伯快樂而短暫的一生〉（"The Short Happy Life of Francis Macomber"）兩個短篇故事的改編拍攝權，獲十一萬兩千美金。<br>12月21日<br>與瑪莎的離婚正式生效。 | 4月30日<br>希特勒自殺。<br>9月2日<br>日本簽署降伏文書，第二次世界大戰正式終結。 |

| 年份 | 歲數 | 海明威生平大事記 | 世界文化、歷史事件 |
|---|---|---|---|
| | | 5月24-25日<br>海明威在倫敦發生車禍後入院。<br>5月28日<br>瑪莎前往醫院探視海明威，發現他居然在飲酒作樂，於是當面跟他說兩人以後不用見面了。海明威的第三樁婚姻就此告終。<br>6月5日<br>海明威搭乘特派記者專用船艦，前往諾曼第採訪盟軍於隔天發動的登陸作戰。<br>6月7日<br>瑪莎偷偷溜上一艘開往歐瑪哈海灘（Omaha Beach）的醫療船，幾天後才遭盟軍逮捕，送回英國。<br>7月28日<br>跟隨查爾斯．蘭罕上校（Charles Lanham）指揮的第二十二軍團（隸屬於美軍第四步兵師）逗留歐洲戰區，進行採訪。<br>8月25-26日<br>抵達巴黎，幫助盟軍解放了麗池酒店，到莎士比亞書店的舊址與雪薇兒．畢奇重逢，幫當地居民清除德軍。<br>10月3月<br>針對海明威曾參與作戰與攜帶 | |

| 年份 | 歲數 | 海明威生平大事記 | 世界文化、歷史事件 |
| --- | --- | --- | --- |
| | | *Stories of All Time*）出版，選集篇幅長達一千餘頁，獲選作家包括俄國大文豪托爾斯泰（Leo Tolstoy）、英國首相邱吉爾（Winston Churchill）、福克納（William Faulkner），史帝芬·克萊恩的《紅色英勇勳章》（*Red Badge of Courage*）都完整地收錄了進去。 | |
| 1943年 | 44歲 | 7月25日<br>瑪莎獲《科利爾》週刊聘為歐戰特派員，她希望海明威能跟她一起去。<br>10月25日<br>瑪莎抵達葡萄牙里斯本。 | |
| 1944年 | 45歲 | 4月23日<br>海明威取代了瑪莎，成為《科利爾》的歐洲戰區特派員。<br>5月13日<br>瑪莎失去特派員身分，沒有飛機可搭，仍設法搭上了一艘沒有救生艇且載滿炸藥的挪威籍貨船，千辛萬苦抵達倫敦。<br>5月17日<br>海明威搭機飛往倫敦，住進多徹斯特飯店（Dorchester Hotel），大約在這時認識了美國女記者瑪莉·威爾許（Mary Welsh）。不久後瑪莉成為他的第四任妻子。 | |

| 年份 | 歲數 | 海明威生平大事記 | 世界文化、歷史事件 |
|---|---|---|---|
| | | 評價已經是十一年前《戰地春夢》出版時。<br>10月25日<br>派拉蒙電影公司提議以十萬美金買下《戰地鐘聲》的改編拍攝權。<br>11月4日<br>海明威與寶琳正式離婚。<br>11月20-21日<br>海明威與瑪莎離開愛達荷州太陽谷，預計前往紐約，途中在懷俄明州首府夏安市（Cheyenne）公證結婚。<br>12月28日<br>海明威以一萬兩千五百美元買下瞭望山莊。 | 發，於好萊塢逝世。 |
| 1941年 | 42歲 | 2月11日<br>從夏威夷前往香港，在香港等待進入中國。瑪莎趁進入中國以前隻身前往滇緬公路視察，接著再回到香港。<br>3月24日<br>與瑪莎一起飛往粵北小鎮南雄，在戰時中國各地參訪數週，直到4月。4月中旬曾在重慶與中共領導人周恩來密會。 | 11月<br>費茲傑羅未完成小說《最後的大亨》（*The Last Tycoon*）出版。 |
| 1942年 | 43歲 | 10月<br>幫紐約的王冠出版社（Crown Publishers）編輯、撰寫序言的戰爭小說集《戰爭中的人：史上最佳的戰爭故事集》（*Men at War: The Best War* | 華萊士・史蒂文斯（Wallace Stevens）創作的現代詩〈論現代詩〉（“Of Modern Poetry”）問世。 |

| 年份 | 歲數 | 海明威生平大事記 | 世界文化、歷史事件 |
|---|---|---|---|
| | | 篇小說集與劇本《第五縱隊》，命名為《第五縱隊與最初的四十九篇短篇小說》（*The Fifth Column and the First Forty-Nine Stories*）。 | 者》（*The Unvanquished*）出版 |
| 1939年 | 40歲 | 2月7日<br>海明威寫信給編輯柏金斯表示他想要寫一個故事，描述一位老漁夫與一尾劍魚搏鬥四天四夜，結果劍魚被鯊魚群吃掉的故事。<br>2月18日<br>瑪莎抵達哈瓦那。最後以一百美元的月租金租下哈瓦那城外的瞭望山莊（Finca Vigia）。<br>3月1日<br>海明威動筆開始創作他的西班牙內戰小說《戰地鐘聲》（*For Whom the Bell Tolls*）。直到8月，大多待在瞭望山莊寫作。<br>12月19日<br>回到西礁島，發現寶琳已經關閉宅邸，把孩子都帶往紐約。海明威開始打包個人物品、書籍、稿件，運往古巴。與寶琳的婚姻名存實亡。 | 3月27日<br>佛朗哥將軍率領的法西斯叛軍攻入馬德里。英法承認法西斯政權。教廷也於隔日跟進，西班牙內戰形同結束。<br>4月1日<br>西班牙共和政府的部隊投降，佛朗哥宣布內戰結束。美國承認法西斯政府。<br>5月<br>喬伊斯的長篇小說《芬尼根守靈記》（*Finnegans Wake*）出版。<br>5月<br>福克納小說《野棕櫚》（*The Wild Palms*）出版。<br>9月1日<br>德軍入侵波蘭，第二次世界大戰爆發。 |
| 1940年 | 41歲 | 3月7日<br>《第五縱隊》在百老匯開演，但評價極差。<br>10月21日<br>《戰地鐘聲》出版，獲得各界好評，海明威上一次獲得此種 | 3月<br>美國黑人作家理查・萊特的小說《本土之子》（*Native Son*）出版。<br>12月<br>海明威好友費茲傑羅心臟病 |

| 年份 | 歲數 | 海明威生平大事記 | 世界文化、歷史事件 |
|---|---|---|---|
| | | （American Writer's Congress）上以〈法西斯主義是謊言〉（"Fascism Is a Lie"）為題發表演說，這篇講稿後來於6月22日發表在《新群眾》（*New Masses*）雜誌上。<br>7月8日<br>與瑪莎和《西班牙大地》的荷蘭籍導演尤里斯·伊文思（Joris Ivens）一起到白宮觀見小羅斯福總統伉儷，參加這部紀錄片的首映典禮。<br>7月10日<br>與伊文思一起飛往好萊塢宣傳《西班牙大地》並募款。費茲傑羅去參加放映會與會後派對，海明威離開後，他還發一封電報表示：「電影還有你的表現都令人讚不絕口。」<br>10月15日<br>海明威小說《雖有猶無》（*To Have and Have Not*）出版，評價好壞參半。海明威繼續留在馬德里撰寫他以西班牙內戰為背景的唯一劇本《第五縱隊》（*The Fifth Column*）。<br>10月18日<br>《時代》雜誌選擇海明威為封面人物。 | |
| 1938年 | 39歲 | 10月14日<br>史氏出版社出版海明威的短 | 2月<br>福克納的短篇小說集《不敗 |

| 年份 | 歲數 | 海明威生平大事記 | 世界文化、歷史事件 |
|---|---|---|---|
| | | 明威前往古巴，幫兩位志願到西班牙從軍的人士支付交通費，也捐了一千五百美金，讓西班牙共和政府購買兩輛救護車。<br>12月底<br>在西礁島的邋遢喬酒吧（Sloppy Joe's Bar）初遇未來的第三任妻子瑪莎·葛宏（Martha Gellhorn）。 | |
| 1937年 | 38歲 | 3月16日<br>搭機飛往西班牙的瓦倫西亞。<br>3月17日<br>瑪莎以《科利爾》週刊（*Collier's*）特派記者的身分啟程前往西班牙報導內戰。<br>3月30日<br>海明威與瑪莎、約翰·多斯·帕索斯都住在馬德里的佛羅里達飯店（Hotel Florida）。<br>4月<br>積極參與西班牙內戰紀錄片《西班牙大地》（*The Spanish Earth*）的製作與拍攝（製作費一萬八千元美金，其中有五千元是海明威出資），為西班牙共和政府進行國際宣傳。在4月的最後一週與瑪莎一起前往內戰前線視察。<br>6月4日<br>受前往紐約，在美國作家大會 | 2月<br>約翰·史坦貝克的小說《人鼠之間》（*Of Men and Mice*）出版。<br>6月<br>畢卡索完成了以西班牙內戰為主題的油畫《格爾尼卡》（*Guernica*）。 |

| 年份 | 歲數 | 海明威生平大事記 | 世界文化、歷史事件 |
| --- | --- | --- | --- |
| | | | 6月<br>葛楚．史坦的《愛麗絲．B．托克勒斯的自傳》（*The Autobiography of Alice B. Toklas*）出版。 |
| 1934年 | 35歲 | 4月4日<br>訂購了一艘遊艇，其中部分款項來自海明威幫《君子雜誌》（*Esquire*）寫稿的預付款。後來這艘遊艇根據寶琳的小名命名為「琵拉號」。 | 4月<br>費茲傑羅的第四本小說《夜未央》（*Tender Is the Night*）出版，但銷量不如預期，致使他無法東山再起，恢復暢銷作家的地位。 |
| 1935年 | 36歲 | 5月<br>《史氏雜誌》開始連載海明威的非洲狩獵散文集《非洲的青山》（*Green Hills of Africa*）。<br>10月<br>《非洲的青山》出版，評價好壞參半。 | 10月<br>福克納小說《押沙龍，押沙龍！》（*Absalom, Absalom!*）出版。 |
| 1936年 | 37歲 | 4月<br>《君子雜誌》刊登了海明威的短篇小說〈蔚藍水面上：一封灣流信函〉（"On the Blue Water: A Gulf Stream Letter"），後來這故事發展成他最有名的小說《老人與海》（*The Old Man and the Sea*）。<br>11月<br>北美報業聯盟（NANA）聘請海明威撰寫西班牙內戰的報導。11月底到12月初之間，海 | 7月<br>費茲傑羅前往好萊塢發展，獲聘為米高梅電影公司的編劇。<br>7月17日<br>西班牙內戰爆發，戰事將持續到1939年4月。 |

| 年份 | 歲數 | 海明威生平大事記 | 世界文化、歷史事件 |
| --- | --- | --- | --- |
| | | 「獻給葛斯・菲佛」。<br>11月12日<br>海明威三子葛雷哥萊（Gregory Hemingway）誕生。 | 3月<br>賽珍珠（Pearl S. Buck）的小說《大地》（*The Good Earth*）出版。<br>4月9日<br>紐約帝國大廈落成。<br>4月11日<br>西班牙第二共和國建立。 |
| 1932年 | 33歲 | 9月<br>海明威鬥牛散文集《死在午後》（*Death in the Afternoon*）出版。這本散文集讓海明威第一次遇到好壞參半的評論，但這本書中也是他第一次闡述了最有名的小說創作觀：冰山理論。<br>12月<br>《戰地春夢》在這一年首次被改拍成電影上映，男女主角分別為賈利・古柏（Gary Cooper）與海倫・海斯（Helen Hayes）。海明威與古柏後來成為莫逆知交，常一起去打獵。 | 2月<br>赫胥黎（Aldous Huxley）小說《美麗新世界》（*Brave New World*）出版。<br>3月<br>中國左翼作家聯盟在上海市成立。<br>10月<br>福克納的小說《八月之光》（*Light in August*）出版，他也在這一年的5月7日首次前往好萊塢發展，擔任電影編劇。<br>11月8日<br>小羅斯福（Franklin D. Roosevelt）當選美國總統。 |
| 1933年 | 34歲 | 11月22日<br>從法國馬賽港出發，前往非洲肯亞進行為期十週的狩獵活動。狩獵活動所需的兩萬五千美金由寶琳的叔叔葛斯支付。肯亞之行持續到隔年2月。 | 1月<br>阿道夫・希特勒（Adolf Hitler）就任德國總理。<br>2月<br>西班牙法西斯組織長槍黨（Falange Española de las JONS）成立。 |

| 年份 | 歲數 | 海明威生平大事記 | 世界文化、歷史事件 |
| --- | --- | --- | --- |
| | | 11月12日<br>《戰地春夢》累計賣出四萬五千本。 | 11月<br>英國詩人兼小說家羅伯·葛瑞夫斯（Robert Graves）的自傳《告別那一切》（*Good-Bye to All That*）出版，一戰期間擔任軍官的葛瑞夫斯於這本書中詳述了他親眼見識的可怕壕溝戰與毒氣戰。 |
| 1930年 | 31歲 | 在這一年，海明威的短篇故事獲選收錄於四本選集中，這證明他從六年前沒沒無聞的巴黎記者兼作家已經搖身一變為知名暢銷作家。<br>9月<br>劇作家勞倫斯·史多林斯（Lawrence Stallings）把《戰地春夢》改編為舞台劇，在紐約上映。不過只演出了三週。<br>11月15日<br>派拉蒙電影公司以八萬美元的代價向海明威購得《戰地春夢》的改編拍攝權，不過扣除出版社與經紀人的費用，海明威實際只拿到兩萬四千美元。 | 德國反戰小說《西線無戰事》（*Im Westen nichts Neues*）改拍而成的同名電影榮獲奧斯卡金像獎的最佳影片、最佳導演獎。<br>2月。<br>多斯·帕索斯出版《北緯四十二度》（*The 42nd Parallel*），開啟了他的「美國三部曲」（*U.S.A.*）小說系列，大膽採用「攝影機視角」（camera eye）等各種實驗性的敘事手法。<br>10月<br>福克納的小說《出殯現形記》（*As I Lay Dying*）出版。 |
| 1931年 | 32歲 | 4月<br>寶琳的叔叔葛斯·菲佛造訪西礁島，為的是拿錢給海明威夫婦購買島上懷海德街（Whitehead Street）907號的宅邸，總共耗費八千美元。《戰地春夢》扉頁上的題詞就是 | 西班牙畫家薩爾瓦多·達利（Salvador Dalí）推出超現實主義畫作《記憶的堅持》（*La persistencia de la memoria*）。<br>2月<br>福克納的小說《聖殿》（*The Sanctuary*）出版。 |

| 年份 | 歲數 | 海明威生平大事記 | 世界文化、歷史事件 |
|---|---|---|---|
| | | 12月7日<br>父親的死因經驗屍官確認：用手槍自殺。海明威的父親晚年飽受病痛與財務問題折磨，最後選擇走上絕路。 | |
| 1929年 | 30歲 | 1月22日<br>《戰地春夢》打字稿完成，但結局未定，海明威寫了四十幾種結局。<br>2月1日-8日<br>在海明威的邀請之下，柏金斯親自前往西礁島取稿，順便釣魚。<br>2月13日<br>返回紐約後提出一萬六千美金的連載稿費。<br>5月<br>《戰地春夢》開始在《史氏雜誌》（*Scribner's Magazine*）月刊上連載，分六期刊出。<br>6月21日<br>因為連載《戰地春夢》，《史氏雜誌》在波士頓遭禁，理由是內容淫穢。<br>9月27日<br>《戰地春夢》在紐約出版。<br>10月22日<br>《戰地春夢》累計賣出三萬三千本，成為海明威的第一本暢銷小說。 | 1月<br>德國小說家雷馬克（Erich Maria Remarque）的反戰小說《西線無戰事》（*Im Westen nichts Neues*）出版，大受各界好評。<br>福克納以一次世界大戰為背景的戰爭小說《沙多里斯》出版（*Sartoris*）出版。<br>9月<br>英國詩人兼小說家理查·奧丁頓（Richard Aldington）推出小說處女作《英雄之死》（*Death of a Hero*），因為反映戰爭的諸多問題而遭英國政府查禁。<br>維吉尼亞·吳爾芙的散文集《自己的房間》（*A Room of One's Own*）出版。<br>10月7日<br>福克納的代表作《聲音與憤怒》（*The Sound and the Fury*）出版，是一部大量使用意識流技巧的實驗性小說。<br>10月24日<br>紐約股市崩盤，美國與全世界都出現經濟大蕭條。 |

| 年份 | 歲數 | 海明威生平大事記 | 世界文化、歷史事件 |
|---|---|---|---|
| | | 3月6、7日之間<br>放棄已經寫了二十章的《剛遭殺害的騎士》，專心撰寫一部新的戰爭小說，也就是後來的《戰地春夢》。<br>3月17日<br>海明威與第二任妻子寶琳從巴黎啟程。他們先到古巴，繼而遷居美國佛羅里達州西礁島。在這天海明威寫信給他的編輯麥斯威爾・柏金斯，表示他新創作的戰爭小說（《戰地春夢》）已經寫了兩週之久，寫得「沒完沒了，不亦樂乎」。<br>6月27-28日<br>寶琳歷經十八個小時陣痛，最後以剖腹產方式生下二子派崔克（Patrick）。這實際體驗也讓海明威寫入了《戰地春夢》。<br>8月20-22日<br>《戰地春夢》初稿完成。<br>12月6日<br>海明威正帶著兒子約翰準備從紐約搭火車返回西礁島的家，途中他接獲父親自殺身亡的電報，情急之下因缺錢而發電報給柏金斯、費茲傑羅跟幾個朋友，向他們調頭寸。費茲傑羅花兩個小時車程驅車前往費城北區車站（North Philadelphia Station），親自把錢送過去。 | |

| 年份 | 歲數 | 海明威生平大事記 | 世界文化、歷史事件 |
|---|---|---|---|
| | | 陽依舊升起》（*The Sun Also Rises*）於紐約出版。<br>11月16日<br>海德莉提前放棄，答應離婚。<br>11月18日<br>海明威答應把《太陽依舊升起》的版稅當贍養費給海德莉。<br>12月8日<br>海明威向法國法院訴請離婚。 | |
| 1927年 | 28歲 | 5月10日<br>海明威與寶琳在巴黎結婚。<br>10月1日<br>開始寫新的小說《剛遭殺害的騎士》（*A New Slain Knight*）。<br>10月14日<br>海明威的短篇小說集《沒有女人的男人》（*Men without Women*）出版。<br>11月2日<br>在信中告訴費茲傑羅，他的新小說《剛遭殺害的騎士》已經寫了五萬字。 | 1月<br>德國大導演弗里茨・朗（Fritz Lang）的電影作品《大都會》（*Metropolis*）上映。<br>4月<br>福克納的第二本長篇小說《蚊群》（*Mosquitoes*）由波尼和里福萊特出版社出版。<br>5月<br>維吉尼亞・吳爾芙（Virginia Woolf）的《燈塔行》（*To the Lighthouse*）出版。 |
| 1928年 | 29歲 | 3月4日<br>海明威在巴黎家中發生天窗玻璃砸落額頭的意外，傷口很深，大量出血，但這件事提醒他應該把一次大戰期間在義大利受傷的經過發展成為小說。 | 3月<br>英國小說家D.H.勞倫斯（D. H. Lawrence）的作品《查泰萊夫人的情人》（*Lady Chatterley's Lover*）在義大利出版。 |

| 年份 | 歲數 | 海明威生平大事記 | 世界文化、歷史事件 |
|---|---|---|---|
| | | | （Langston Hughes）發表爵士詩歌〈厭倦的藍調〉（“The Weary Blues”）。<br>約翰・多斯・帕索斯的小說《曼哈頓轉運站》（*Manhattan Transfer*）出版。<br>5月14日<br>維吉尼亞・吳爾芙（Virginia Woolf）的《戴洛維夫人》（*Mrs. Dalloway*）出版。<br>12月21日<br>蘇俄大導演艾森斯坦（Sergei Eisenstein）的電影作品《波坦金戰艦》（*Battleship Potemkin*）上映。 |
| 1926年 | 27歲 | 2月11日<br>到紐約的史氏出版社與編輯麥斯威爾・柏金斯（Maxwell Perkins）見面，確認了《春潮》（*The Torrents of Spring*）與《太陽依舊升起》（*The Sun Also Rises*）兩本小說的合約。<br>5月28日<br>第一本長篇小說《春潮》於紐約出版。<br>9月24日<br>妻子海德莉提議，如果海明威能夠與婚外情對象寶琳分開一百天不見面，那她就願意離婚。<br>10月22日<br>海明威的第二本長篇小說《太 | 2月25日<br>在前輩小說家舍伍德・安德森的介紹之下，威廉・福克納（William Faulkner）的第一本長篇小說《士兵的報酬》（*Soldiers' Pay*）由紐約的波尼和里福萊特出版社出版，小說描繪美國軍人在歐洲參加第一次世界大戰身心受創，返國後遇到種種問題。<br>4月25日<br>義大利作曲家賈科莫・普契尼（*Turandot*）作曲的歌劇《杜蘭朵》（Giacomo Puccini）在米蘭斯卡拉大劇院首演。 |

| 年份 | 歲數 | 海明威生平大事記 | 世界文化、歷史事件 |
| --- | --- | --- | --- |
| | | 2月17日<br>在美國詩人龐德（Ezra Pound）的介紹之下，海明威開始擔任現代主義重要文學雜誌《大西洋兩岸評論》（*The Transatlantic Review*）的助理編輯，主編是英國小說家福特·麥達克斯·福特（Ford Maddox Ford）。<br>3月中<br>威廉·伯德（William Bird）開設的三山出版社（Three Mountains Press）出版了海明威的《在我們的時代：極短篇》（*in our time*）。 | 6月4日<br>E.M.福斯特的小說《印度之旅》（*A Passage to India*）出版。<br>10月15日<br>安德烈·布賀東（André Breton）的《超現實主義宣言》（*Manifeste du surréalism*）出版。<br>11月<br>湯瑪斯·曼的小說《魔山》（*Der Zauberberg*）出版。 |
| 1925年 | 26歲 | 1月<br>海明威夫婦在巴黎的宴會上認識了《時尚》雜誌（*Vogue*）的編輯寶琳·菲佛（Pauline Pfeiffer）。<br>4月<br>費茲傑羅與海明威於巴黎的瘋子酒吧（Dingo American Bar）初次見面。<br>10月5日<br>紐約的波尼和里福萊特出版社（Boni & Liveright）出版了海明威的短篇故事集《在我們的時代》（*In Our Time*）。 | 1月<br>前一年幫海明威出版《在我們的時代：極短篇》的三山出版社幫美國詩人龐德出版了《詩章十六首草稿》（*A Draft of XVI Cantos*）。<br>2月<br>哈洛德·羅斯（Harold Ross）創辦《紐約客》（*the New Yorker*）雜誌。<br>4月10日<br>史考特·費茲傑羅的第三本長篇小說《大亨小傳》（*The Great Gatsby*）出版，雖然不如以往暢銷，但這作品日後成為美國現代主義的經典之作。<br>5月<br>非裔美國詩人蘭斯頓·休斯 |

| 年份 | 歲數 | 海明威生平大事記 | 世界文化、歷史事件 |
|---|---|---|---|
| | | 接著重遊他於一戰期間曾待過的斯基奧、福薩爾塔、威尼斯等地，並為《多倫多星報》寫了一篇名為〈老兵重返前線〉（“Veteran Visits the Old Front”）的報導，7月22日刊登在報上。<br>9月25日<br>前往君士坦丁堡報導第二次希土戰爭（the Greco-Turkish War），10月14日見到希臘部隊與難民的大撤退場景，把那景象記錄在短篇小說集《在我們的時代》（*In Our Time*）裡面，同時也成為他撰寫《戰地春夢》第三卷卡波雷托大撤退場面的素材。 | |
| 1923年 | 24歲 | 8月13日<br>海明威的《三個故事與十首詩》（*Three Stories and Ten Poems*）問世，他第一次有作品獲出版社出版，出版商是他朋友羅伯・麥克阿蒙（Robert McAlmon）在巴黎開設的接觸出版社（Contact Publishing Company）。<br>10月10日<br>長子邦比誕生。 | 10月25日<br>曾於一次世界大戰期間於法國擔任救護車駕駛的詩人康明斯（e.e. cummings）推出第一本詩集《鬱金香與煙囪》（*Tulips and Chimneys*）。<br>12月<br>愛爾蘭的現代主義詩人葉慈（William Butler Yeats）獲頒諾貝爾文學獎。 |
| 1924年 | 25歲 | 1月初<br>辭去《多倫多星報》的工作，專心進行小說創作。 | 1月<br>福克納詩作《大理石牧神雕像》（*The Marble Faun*）出版。 |

| 年份 | 歲數 | 海明威生平大事記 | 世界文化、歷史事件 |
| --- | --- | --- | --- |
| | | 薦信，海明威夫婦搭乘李奧波狄娜號（*Leopoldina*）前往法國西北部的勒阿弗爾港（Le Havre），20日抵達。海明威這時已獲聘為《多倫多星報》旗下《多倫多星報週刊》的海外特派員，負責報導歐洲各國新聞。夫婦倆定居巴黎，一開始住在巴黎第六區，位於塞納河左岸雅各街（Rue Jacob）的某家旅館。接下來的二十個月內，總計為《星報》撰寫八十八篇報導。<br>12月28日<br>海明威帶著安德森的推薦函去找雪薇兒・畢奇，這時莎士比亞書店已經遷往劇院街（rue de l'Odéon）十二號。 | 兵》（*Three Soldiers*）出版。 |
| 1922年 | 23歲 | 1月<br>海德莉花錢提高自己的莎士比亞書店會員級別，讓她跟海明威可以借更多書。<br>2月8日<br>海明威夫婦前往葛楚・史坦位於巴黎花街（rue de Fleurus）二十七號的公寓，史坦於隨後幾年間一直是海明威的文學導師，也是他的長子邦比（John "Bumby" Hemingway）的教母。<br>6月<br>海明威帶著海德莉重返米蘭， | 2月21日<br>在雪薇兒・畢奇的資助下，喬伊斯的小說《尤利西斯》（*Ulysses*）於巴黎由莎士比亞書店出版。<br>3月4日<br>費茲傑羅的第二本長篇小說《美麗與毀滅》（*The Beautiful and Damned*）出版。<br>12月<br>艾略特的長詩《荒原》（*The Waste Land*）出版。 |

| 年份 | 歲數 | 海明威生平大事記 | 世界文化、歷史事件 |
| --- | --- | --- | --- |
| | | 10月<br>海明威與母親發生衝突，遷居芝加哥，結識了年長他二十三歲的小說家舍伍德．安德森。<br>10月底，他認識了來自聖路易市，年長他八歲的海德莉．理查遜（Hadley Richardson），兩人開始魚雁往返與交往。<br>12月<br>暫時定居芝加哥，開始幫中西部農民合作運動組織的周刊《農民合作共和國》（*Co-operative Commonwealth*）擔任編輯兼作者。 | （*Treaty of Versailles*），正式結束第一次世界大戰。<br>3月26日<br>美國小說家史考特．費茲傑羅（F. Scott Fitzgerald）的第一本長篇小說《塵世樂園》（*This Side of Paradise*）由紐約史氏出版社（Scribner's）出版。出版後非常暢銷，費茲傑羅也在一夜間變成美國最暢銷的小說家之一。<br>8月26日<br>《美國憲法》第十九條修正案通過，確保美國女性的選舉權。<br>11月<br>英國小說家D.H.勞倫斯（D. H. Lawrence）的作品《戀愛中的女人》（*Women in Love*）在紐約出版。 |
| 1921年 | 22歲 | 3月11日<br>海明威前往聖路易造訪理查遜家，待了三週。<br>6月14日<br>海德莉正式跟家人公布自己即將與海明威結婚的喜訊。<br>9月<br>與海德莉在密西根州的霍頓灣（Horton Bay）成婚，新婚期間兩人住在芝加哥的公寓。<br>12月8日<br>帶著舍伍德．安德森寫的推 | 5月9日<br>義大利劇作家皮蘭德婁（Luigi Pirandello）的作品《六個尋找作者的劇中人》（*Sei personaggi in cerca d'autore*）在羅馬首演。<br>夏天<br>西班牙畫家畢卡索完成立體主義畫作《三個音樂家》（*Nous autres musiciens*）。<br>9月<br>約翰．多斯．帕索斯（John Dos Passos）的小說《三個士 |

| 年份 | 歲數 | 海明威生平大事記 | 世界文化、歷史事件 |
| --- | --- | --- | --- |
| | | 3月底<br>海明威接獲艾格尼絲從義大利寫給他的信，表示已經與一位義大利軍官結婚，因此解除兩人婚約。海明威深受打擊，為此病倒。海明威與艾格尼絲的短暫戀情並未開花結果，但她卻成為小說《戰地春夢》（*Farewell to Arms*）女主角凱薩琳·巴克利（Catherine Barkley）的原型人物。 | Act），規定隔年1月16日開始在美國執行禁酒令，就此展開長達十三年的禁酒令時期。<br>4月28日<br>國際聯盟（League of Nations）於日內瓦成立。<br>5月<br>美國小說家舍伍德·安德森（Sherwood Anderson）的代表作《小鎮畸人》（*Winesburg, Ohio: A Group of Tales of Ohio Small-Town Life*）出版。<br>8月<br>美國知名雜誌《新共和》（*The New Republic*）刊登福克納的詩作〈牧神的午後〉（“L'Après-midi d›un Faune”），是他第一次作品獲得刊登<br>11月7日<br>來自美國的三十二歲女士雪薇兒·畢奇（Sylvia Beach）在巴黎第六區開設了莎士比亞書店（Shakespeare and Company），地址為杜普特倫路（rue Dupuytren）八號，這家店後來成為許多英美現代主義作家的聚集地，海明威遷居巴黎期間也是該書店的主顧之一。 |
| 1920年 | 21歲 | 1月<br>開始幫《多倫多星報》與該報旗下《多倫多星報週刊》寫稿。 | 1月<br>美國禁酒令時代正式開始。國際聯盟在日內瓦召開第一次會議，簽署《凡爾賽和約》 |

| 年份 | 歲數 | 海明威生平大事記 | 世界文化、歷史事件 |
| --- | --- | --- | --- |
| | | 威因為幫助撤離其他傷勢更嚴重的義大利士兵而獲頒銀質英勇勳章（Medaglia d'Argento al Valore）。<br>7月14日<br>席奧多·布朗貝克寫信向海明威的爸媽報告他的傷勢，表示他的雙腿將能完全復原，沒有大礙。<br>7月16日<br>比海明威大七歲，來自美國費城的護士艾格尼絲·馮·庫洛斯基（Agnes von Kurowsky）從米蘭總醫院（Ospedale Maggiore）轉往米蘭的美國紅十字會醫院服務。<br>7月27日<br>海明威抵達米蘭的美國紅十字會醫院。認識艾格尼絲·馮·庫洛斯基，兩人談起戀愛，甚至論及婚嫁。<br>8月10日<br>海明威動膝部手術，取出225片迫擊砲碎片與2顆機槍彈頭。<br>12月31日<br>海明威與艾格尼絲一起前往米蘭，這是他離開美國前兩人最後一次見面。 | |
| 1919年 | 20歲 | 1月4日<br>海明威啟程返回美國，1月21日抵達紐約。總計在義大利只待了七個多月時間。 | 1月16日<br>《美國憲法》第十八修正案通過，後來又在10月28日通過《沃爾斯泰德法》（Volstead |

| 年份 | 歲數 | 海明威生平大事記 | 世界文化、歷史事件 |
|---|---|---|---|
| | | | 10日，義國軍隊的殘部終於渡過皮亞韋河，在河畔重新建立防線。<br>11月7日<br>俄國爆發十月革命（根據俄國曆法為十月），沙皇遭推翻。 |
| 1918年 | 19歲 | 4月30日<br>與《星報》任職期間結識的朋友席奧多・布朗貝克（Theodore Brumback）一起報名加入美國紅十字會的救護車隊，兩人於這一天前往紐約接受體檢。<br>5月23日<br>搭乘芝加哥號（Chicago）輪船前往法國，在巴黎短暫逗留後被派往義大利東北部山區小鎮斯基奧（Schio），開啟了他短短三十四天的紅十字會救護車隊服役經歷。<br>6月22日<br>海明威志願前往前線擔任發送香菸、巧克力、明信片的補給工作。<br>7月8日<br>在威尼斯東北方二十英里處福薩爾塔（Fossalta di Piave）附近的皮亞韋河畔遭到奧地利部隊的戰壕迫擊砲攻擊，膝部嚴重受傷，部隊將其後送至米蘭的美國紅十字會醫院。海明 | 7月15日<br>第二次馬恩河戰役（Second Battle of the Marne）爆發，德軍最後一次發動大規模攻擊的戰役，法軍於8月4日獲勝。<br>8月8日<br>英軍坦克部隊突破德軍西部防線（the Western Front）。<br>9月<br>薇拉・凱瑟（Willa Cather）的小說《我的安東妮亞》（*My Ántonia*）出版。<br>11月11日<br>德國和法國簽署停火協議，第一次世界大戰結束。 |

| 年份 | 歲數 | 海明威生平大事記 | 世界文化、歷史事件 |
| --- | --- | --- | --- |
| | | | Joyce）出版短篇小說集《都柏林人》（*Dubliners*）。<br>8月<br>英國先後向德國、奧匈帝國宣戰，第一次世界大戰爆發。 |
| 1916年 | 17歲 | 2月<br>海明威在高中校刊《白板》（*Tabula*）上發表了第一篇短篇小說〈天神的審判〉（“The Judgment of Manitou”），故事以兩位獵人為主角，風格頗具契柯夫式的轉折，也顯示他從青少年時期的創作就聚焦在死亡、背叛、人性衝突等激烈的主題上。這一年他又繼續在《白板》發表了兩篇短篇故事和一首詩。 | 12月29日<br>喬伊斯出版長篇小說《青年藝術家的畫像》（*A Portrait of the Artist as a Young Man*）。 |
| 1917年 | 18歲 | 6月<br>海明威自橡樹園高中（Oak Park and River Forest High School）畢業。<br>10月<br>海明威遷居密蘇里州堪薩斯城，因為叔叔泰勒（Tyler Hemingway）的朋友是當地《堪薩斯星報》（*The Kansas City Star*）的社論主筆，把海明威介紹到該報社擔任菜鳥記者（cub reporter），負責報導該市聯合車站、總醫院與第十五分局等地點的社會新聞，因此他常搭乘警車到犯罪現場。 | 3月8日<br>俄國爆發二月革命（根據俄國曆法為二月）。<br>4月6日<br>美國對德國宣戰，正式加入第一次世界大戰戰局；同年12月，美國對奧匈帝國宣戰。<br>10月24日<br>義大利軍隊與奧德聯軍在義大利東北部卡波雷托（Caporetto）交戰，結果義軍戰敗，損失慘重。《戰地春夢》第三卷的重點，就是描寫卡波雷托戰役後義大利部隊戰敗後撤退的慘狀。11月 |

# 海明威生平年表[1]

| 年份 | 歲數 | 海明威生平大事記 | 世界文化、歷史事件 |
|---|---|---|---|
| 1899年 | 0歲 | 7月21日<br>海明威出生於美國伊利諾州芝加哥市郊區橡樹園鎮（Oak Park），是家中第二個孩子，上面還有大她一歲半的姊姊瑪瑟琳（Marcelline）。 | 1月17日<br>芝加哥黑手黨大亨艾爾・卡彭（Al Capone）誕生<br>2月3日<br>中國小說家老舍（原名舒慶春）誕生<br>4月22日<br>俄裔美國作家納博科夫（Vladimir Nabokov，1940年才遷居美國）誕生<br>6月14日<br>日本小說家川端康成誕生 |
| 1914年 | 15歲 | 弟弟萊斯特（*Leicester Hemingway*）誕生。 | 3月<br>瑪格麗特・安德森（Margaret C. Anderson）在芝加哥創立文藝雜誌《小評論》（*The Little Review*，三年後遷往紐約），對英、美、法三國的現代主義發展產生巨大影響。<br>6月<br>愛爾蘭小說家喬伊斯（James |

1 本年表的參考資料包括：Brewster Chamberlin, *The Hemingway Log: A Chronology of His Life and Times* (Lawrence: University Press of Kansas, 2015); Michael S. Reynolds, *Hemingway: An Annotated Chronology* (Detroit: Omnigraphics, Inc., 1991); "Hemingway Chronology" in Charles M. Oliver, *Critical Companion to Ernest Hemingway: A Literary Reference to His Life and Work* (New York: Facts On File, Inc., 2007), 567-586。

*Factory* (New York: Universe, 2009)。

81 Nicholas Reynolds, *Writer, Sailor, Soldier, Spy: Ernest Hemingway's Secret Adventures, 1935-1961* (New York: William Morrow, 2017)；中譯本：馬睿譯，《作家、水手、士兵、間諜：歐內斯特．海明威的祕密歷險記，1935-1961》（北京：社會科學文獻出版社，2018年）。

82 Andrew Feldman, *Ernesto: The Untold Story of Hemingway in Revolutionary Cuba* (New York: Melville House, 2019)。

83 Peter Moreira, *Hemingway on the China Front: His WWII Spy Mission with Martha Gellhorn* (Washington, D. C.: Potomac Books, 2006)。

84 Alex Vernon, *Hemingway's Second War: Bearing Witness to the Spanish Civil War* (Iowa City: University of Iowa Press, 2011)。

85 Terry Mort, *Hemingway at War: Ernest Hemingway's Adventures as a World War II Correspondent* (New York: Pegasus Books, 2016)。

86 *The Novels of World War I: An Annotated Bibliography*, eds. Philip E. Hager and Desmond Taylor (New York: Garland, 1981)。

87 王兆徽譯，《靜靜的頓河》（台北：遠景，1992年）；顏徽玲譯，《西線無戰事》（台北：好讀，2014年）；蔣承俊與徐耀宗譯，《好兵帥克》（台北：麥田，2018年）。

88 Dalton Trumbo, *Johnny Got His Gun* (Philadelphia: Lippincott, 1939)。

89 楊芩雯譯，《強尼上戰場》（台北：麥田，2015年）。

90 宋瑛堂譯，《重生》三部曲（台北：時報，2014年）。

91 陳榮彬譯，《紅色英勇勳章》（台北：群星，2016年）。

92 龐元媛、林曉欽、黃鴻硯譯，《飄》（台北：麥田，2015年）。

93 章晉唯譯，《負重》（台北：遠流，2014年）。

94 力岡譯，《生活與命運》（台北：新雨，2017年）。

95 景翔譯，《英倫情人》（台北：時報，2010年）。

96 景翔譯，《黃鳥》（台北：衛城，2013年）。

97 張茂芸譯，《半場無戰事》（台北：時報，2015年）。

98 顏湘如譯，《同情者》（台北：馬可孛羅，2018年）。

99 劉曉樺譯，《流亡者》（台北：馬可孛羅，2018年）。

100 施清真譯，《生命如不朽繁星》（台北：時報，2014年）。

101 施清真譯，《呼喚奇蹟的光》（台北：時報，2017年）。

102 何穎怡譯，《行過地獄之路》（台北：時報，2017年）。

Ballantine Books, 2005)。

64 John Hemingway, *Strange Tribe: A Family Memoir* (New York: Lyons Press, 2007)；中譯本：王莉娜與苗福光譯，《海明威家族的厄運：一部家族回憶錄》（上海：三聯書店，2016年）。

65 Cristen Hemingway Jaynes, *Ernest's Way: An International Journey Through Hemingway's Life* (New York: Pegasus, 2019)。

66 Patrick Hemingway and Ernest Hemingway, *Dear Papa: The Letters of Patrick and Ernest Hemingway* (New York: Scribner, 2022)。

67 Verna Kale, *Ernest Hemingway* (London: Reaktion Books, 2016)；中譯本：周琳琳譯，《八分之七的冰山：海明威傳》（北京：中央編譯出版社，2019年）。

68 Mary Dearborn, *Ernest Hemingway: A Biography* (New York: Alfred Knopf, 2017)。

69 Richard Bradford, *The Man Who Wasn't There: A Life of Ernest Hemingway* (London: Tauris Parke, 2020)。

70 Michael R. Federspiel, *Picturing Hemingway's Michigan* (Detroit: Painted Turtle, 2010)。

71 Steve Paul, *Hemingway at Eighteen: The Pivotal Year That Launched an American Legend* (Chicago: Chicago Review Press, 2017)。

72 Lesley M. Blume, *Everybody Behaves Badly: The True Story Behind Hemingway's Masterpiece The Sun Also Rises* (Boston: Mariner Books, 2017)；中譯本：袁子奇譯，《整個巴黎屬於我》（北京：中信出版社，2019年）。

73 Larry E. Morris, *Ernest Hemingway & Gary Cooper in Idaho: An Enduring Friendship* (Charleston: The History Press, 2017)。

74 Christopher Miles Warren, *Ernest Hemingway in the Yellowstone High Country* (Helena: Riverbend Publishing, 2019)。

75 James M. Hutchisson, *Hemingway's Sun Valley: Local Stories behind his Code, Characters and Crisis* (Charleston: The History Press, 2020)。

76 A. E. Hotchner, *Hemingway in Love: The Untold Story* (New York: Picador, 2016)。

77 Hilary Hemingway and Carlene Brennen, *Hemingway in Cuba* (New York: Rugged Land, 2003)。

78 Terry Mort, *The Hemingway Patrols: Ernest Hemingway and His Hunt for U-Boats* (New York: Scribner, 2009)。

79 *Key West Hemingway: A Reassessment*, eds. Kirk Curnutt and Gail D. Sinclair (Gainesville: University Press of Florida, 2009)。

80 Thomas Fensch, *Behind Islands in the Stream: Hemingway, Cuba, the FBI and the Crook*

45 *Readings on A Farewell to Arms*, ed. Gary Wiener (San Diego: Greenhaven Press, 2000)。

46 Agnes von Kurowsky, *Hemingway in Love and War: The Lost Diary of Agnes von Kurowsky, Her Letters, and Correspondence of Ernest Hemingway*, James Nagel ed. (Boston: Northeastern University Press, 1990)。

47 *Hemingway in Italy and Other Essays: Critical Approaches*, ed. Robert W. Lewis (New York: Praeger, 1990)。

48 *Hemingway's Italy: New Perspectives*, ed. Rena Sanderson (Baton Rouge: Louisiana State UP, 2005)。

49 Steven Florczyk, *Hemingway, the Red Cross, and the Great War* (Kent: Kent State University Press, 2014)。

50 *Hemingway and Italy: Twenty-First-Century Perspectives*, eds. Mark Cirino and Mark P. Ott (Gainesville: UP of Florida, 2017)。

51 James McGrath Morris, *The Ambulance Drivers: Hemingway, Dos Passos, and a Friendship Made and Lost in War* (Philadelphia: Da Capo Press)。

52 Lindsey Hopper, *Hemingway's Cats* (New York: Kensington Books, 2021)。

53 Andrea di Robilant, *Autumn in Venice: Ernest Hemingway and His Last Muse* (New York: Alfred Knopf, 2018)。

54 Paula McLain, *The Paris Wife: A Novel* (New York: Ballantine Books, 2011)；中譯本：郭寶蓮譯，《我是海明威的巴黎妻子》（台北：麥田，2012年）。

55 Naomi Wood, *Mrs. Hemingway* (New York: Penguin Books, 2014)。

56 Scott Donaldson, *The Paris Husband: How It Really Was Between Ernest and Hadley Hemingway* (New York: Simply Charly, 2018)。

57 Paula McLain, *Love and Ruin: A Novel* (New York: Ballantine Books, 2018)。

58 Gioia Diliberto, *Paris Without End: The True Story of Hemingway's First Wife* (New York: Harper Perenial, 2011)。

59 Ruth A. Hawkins, *Unbelievable Happiness and Final Sorrow: The Hemingway-Pfeiffer Marriage* (Fayetteville: University of Arkansas Press, 2012)。

60 James M. Hutchisson, *Ernest Hemingway: A New Life* (University Park: Penn State University Press, 2016)。

61 A. E. Hotchner, *Hemingway in Love: The Untold Story* (New York: Picador, 2016)。

62 Hilary Hemingway, *Hunting with Hemingway: Based on the Stories of Leicester Hemingway* (New York: Riverhead Books, 2000)。

63 Valerie Hemingway, *Running with the Bulls: My Years with the Hemingways* (New York:

30 Larry Cole Thompson, "Ernest Hemingway's impressionistic style," Master's Theses of the University of Richmond, 1969。

31 Theodore L. Gaillard, Jr., "Hemingway's Debt to Cézanne: New Perspectives" in *Twentieth Century Literature* vol. 45.1 (Spring, 1999), pp. 65-78。

32 Emily Stipes Watts, *Hemingway and the Arts* (Urbana: University of Illinois Press, 1971)。

33 Ronald S. Berman, "Recurrence in Hemingway and Cézanne" in *Modernity and Progress Fitzgerald, Hemingway, Orwell* (Tuscaloosa: Alabama University of Alabama Press, 2011), pp. 67-82。

34 Alex Vernon, *Soldiers Once and Still: Ernest Hemingway, James Salter & Tim O'Brien* (Iowa City: University of Iowa Press, 2004)。

35 Keith Gandal, *The Gun and the Pen: Hemingway, Fitzgerald, Faulkner, and the Fiction of Mobilization* (Oxford: University of Oxford Press, 2008)。

36 Jennifer A. Haytock, "Hemingway's Soldiers and their Pregnant Women: Domestic Ritual in World War I" in *Hemingway Review* 19.2 (Spring 2000): 57-72。

37 Linda Wagner-Martin, "The Romance of Desire in Hemingway's Fiction" in *Hemingway and Women: Female Critics and the Female Voice*, eds. Lawrence R. Broer and Gloria Holland (Tuscaloosa: University of Alabama Press, 2002), 54-69。

38 Kim Moreland, "Hemingway and Women at the Front: Blowing Bridges in *A Farewell to Arms*, *The Fifth Column*, and *For Whom the Bell Tolls*," in *War + Ink: New Perspectives on Ernest Hemingway's Early Life and Writings*, eds. Steve Paul et. al. (Kent: Kent State University Press, 2014)。

39 Michelle N. Huang, "In Uniform Code: Catherine Barkley's Wartime Nursing Service in *A Farewell to Arms*" in *Twentieth-Century Literature* 62.2 (2016): 197–222。

40 *Twentieth Century Interpretations of A Farewell to Arms: A Collection of Critical Essays* ed. Jay Gellens. (Englewood Cliffs: Prentice-Hall, 1970)。

41 *The Merrill Studies in A Farewell to Arms*, ed. John Graham (Columbus: Merrill, 1971)。

42 *Modern Critical Interpretations: Ernest Hemingway's A Farewell to Arms*, ed. Harold Bloom (New York: Chelsea House, 1987)。

43 *New Essays on A Farewell to Arms*, ed. Scott Donaldson (Cambridge: Cambridge UP, 1990)。

44 *Critical Essays on Ernest Hemingway's A Farewell to Arms*, ed. George Monteiro (New York: G.K. Hall, 1994)。

pp. 416-417。不過，貝克也在注釋中表明，指出小說中天氣的象徵作用並非他的創舉，早在1944年出版的《海明威文集》（*The Portable Hemingway*），編者馬爾康・考利（Malcolm Cowley）便於導讀裡提及，算是最早注意到這件事的人之一。

13 John Killinger, *Hemingway and the Dead Gods: A Study in Existentialism* (Lexington: University of Kentucky Press, 1960), pp. 46-48。

14 José Antonio Gurpegui, *Hemingway and Existentialism* (València: Universitat de València, 2013)。

15 Cleanth Brooks, *The Hidden God: Studies in Hemingway, Faulkner, Yeats, Eliot, and Warren* (New Haven: Yale UP, 1963)。

16 James F. Light, "The Religion of Death in *A Farewell to Arms*" in *Modern Fiction Studies* 7.2 (Summer, 1961), pp. 169-173。

17 Gene D. Phillips, *Hemingway and Film* (New York: Ungar, 1980)。

18 Frank M. Laurence, *Hemingway and the Movies* (Cambridge: Da Capo, 1981)。

19 Charles Oliver, *A Moving Picture Feast: The Filmgoers' Hemingway* (New York: Praeger, 1989)。

20 Candace Ursula Grissom, *Fitzgerald and Hemingway on Film: A Critical Study of the Adaptations, 1924-2013* (Jefferson: McFarland, 2014)。

21 Robert Penn Warren, "Hemingway," *Kenyon Review* 9.1 (1947): pp. 1-28。

22 Susan F. Beegle, "Conclusion: The Critical Reputation of Ernest Hemingway," in *Cambridge Companion to Ernest Hemingway*, ed. by Scott Donaldson (Cambridge: Cambridge UP, 2005), p. 283。

23 Michael S. Reynolds, *Hemingway's First War: The Making of A Farewell to Arms* (Princeton: Princeton UP, 1976), p. 4。

24 同上，頁283。

25 Bernard Oldsey, *Hemingway's Hidden Craft: The Writing of A Farewell to Arms* (State College: Penn State UP, 1979) , pp. 63-66。

26 Robert Lewis, *A Farewell to Arms: The War of Words* (New York: Twayne Publishers, 1992)。

27 Sheldon Norman Grebstein, *Hemingway's Craft* (Carbondale: Southern Illinois University Press, 1973)。

28 Linda Wagner-Martin, *Ernest Hemingway's A Farewell to Arms: A Reference Guide* (Westport: Greenwood Press, 2003)。

29 Paul Rosenfeld, "Tough Earth" in *New Republic* 45 (November 1925): pp. 22-23。

不肯多說一字，免得流露內心痛苦正是原作的目的。唯有這樣才能表達出這『迷失的一代』的悲劇經驗。」請參閱：林以亮，〈介紹『戰地春夢』的新譯〉，《幼獅文藝》，34卷6期（1971），頁41-42。

## 歷代相關重要文獻之檢討與重要研究書目提要

1 Jeffrey Meyers, *Ernest Hemingway: The Critical Heritage* (New York: Routledge, 2005), pp. 92-117。

2 Susan F. Beegle, "Conclusion: The Critical Reputation of Ernest Hemingway," in *Cambridge Companion to Ernest Hemingway*, ed. by Scott Donaldson (Cambridge: Cambridge UP, 2005), p. 270。

3 該刊創辦於1939年，一直是新批評學派（New Criticism）的大本營。

4 Harry Levine, *Context of Criticism* (Cambridge: Harvard UP, 1969), p. 167。

5 Philip Young, *Ernest Hemingway* (New York: Rinehart, 1952)。

6 Philip Young, *Ernest Hemingway: A Reconsideration* (University Park: Pennsylvania State University Press, 1968), pp. 88-95。

7 Jackson J. Benson, *Hemingway: The Writer's Art of Self-Defense* (Minneapolis: University of Minneapolis Press, 1963)。

8 Richard Hovey, *Hemingway: The Inward Terrain* (Seattle: University of Washington Press, 1968)。

9 芬頓引用與海明威一起到義大利當美國紅十字會救護車駕駛的朋友席奧多·布朗貝克（Theodore Brumback）寫給海明威父親的信件，表示海明威只在前線陣地待了六天，那六天都只是分送巧克力、香菸、雪茄與明信片，因為他想「直接到戰壕去，藉此做出更多貢獻」。但也就是憑藉著那區區六天的戰地體驗，他才能夠在接下來的十五年內創作出《戰地春夢》以及許多跟義大利戰地直接或間接相關的短篇小說。芬頓也提及，海明威受傷的經驗重要無比，所以他才能夠創作出《戰地春夢》男主角亨利在義大利、奧地利兩國部隊交火時受傷的情節。請參閱：Charles A. Fenton. *The Apprenticeship of Ernest Hemingway: The Early Years* (New York : Farrar, Straus & Young, 1954), pp. 64-66。

10 Charles A. Fenton, *The Apprenticeship of Ernest Hemingway: The Early Years* (New York: Farrar, Straus & Young, 1954) 。

11 Carlos Baker, *Hemingway: A Life Story* (New York: Charles Scribner's Sons, 1969) 。

12 Carlos Baker, *Hemingway: The Writer as Artist* (Princeton: Princeton UP, 1952), p. 106。事實上，這一章已於專書出版的前一年以論文形式發表，請參閱：Carlos Baker, "The Mountain and the Plain." *The Virginia Quarterly Review* 27.3 (1951),

年完工後成為世界上最高建築物，直到1929年才被克萊斯勒大樓（Chrysler Building）超越。

**39**

1 原文為Bains d'Alliez，但應該是Les Bains de l'Alliaz。歷史悠久的瑞士山區溫泉，位於蒙特勒東北方約十一、二公里處。

2 雅芒峰（Dent de Jaman）：原文誤寫為 Dent du Jaman。鄰近蒙特勒東邊的山區。

**40**

1 洛桑（Lausanne）：位於日內瓦湖北岸，今為瑞士第四大城。

2 沃韋（Vevey）：日內瓦湖北岸城鎮，鄰近洛桑。今為雀巢公司總部所在地。

3 1918年3月21日起，德軍開始在西線針對英法聯軍展開一連串攻勢，史稱「皇帝會戰」（Kaiser's Battle）。詳情請參閱：Martin Middlebrook, *The Kaiser's Battle* (London: Allen Lane, 1978)。

4 烏契（Ouchy）：日內瓦湖畔的港口及知名度假勝地。原是漁村，十九世紀中併入洛桑市。

**41**

1 布里歐（brioche）：一種法式奶油麵包。

2 高位產鉗分娩（high forceps delivery）：用產鉗夾住嬰兒的頭部，把嬰兒拖出來。

3 劇場式手術室（amphitheatre）：早期的手術室四周建有類似劇場的階梯看台，方便教學觀摩，故名。

4 彌賽亞（messiah）：指受上帝指派，來拯救世人的救世主。猶太教、基督教與伊斯蘭教皆有彌賽亞的概念。

5 譯者按：這句話算是海明威將「冰山理論」發揮極致，為這部經典小說畫下完美句點。這時的亨利心如槁木死灰，但卻大悲不言，沒有用任何話語來表達自己的極度悲慟。翻譯名家林以亮曾在〈介紹『戰地春夢』的新譯〉一文中批評林疑今不該將這句話翻為「過了一會兒，我走了出去，離開醫院，冒雨回到客棧。」理由是「只有怕雨淋溼身體時，才會冒雨而行；可是男主角軀體雖活著，心已死去，根本不在乎，也許根本不覺得有沒有雨，所以談不到『冒雨』而去」。至於湯新楣的譯文：「過了一會兒，我便離開了，出了醫院，在雨裡走回旅館去。」則是「規規矩矩地表達了原作。這種咬緊牙，

4 編按：此處可能是海明威的失誤，卡斯塔紐拉（Castagnola）不在馬焦雷湖畔，而是位於約三十公里外的盧加諾湖（Lake Lugano）。
5 坎諾比奧其實應該是位於小船的左岸，但由於亨利面向船尾划船，所以變成他的右手邊。
6 原文為“catch crabs”，意指槳划得過深，導致不能及時收起來划下一槳或者划空。此時亨利不是划累了，就是喝茫了。
7 魯本斯（Peter Paul Rubens）：十六、七世紀佛蘭德斯畫家，巴洛克藝術代表人物。
8 提香（Titian）：義大利名 Tiziano Vecelli，文藝復興時期威尼斯畫派畫家。
9 曼帖那（Andrea Mantegna）：十五世紀威尼斯畫家兼雕刻家。
10 曼帖那的很多作品都與宗教殉難的主題有關，其中最有名的畫作之一就是《殉難的基督》（*The Dead Christ*），耶穌手上、腳上有許多釘子穿過的洞。
11 羅加諾（Locarno）：位於馬焦雷湖北岸的瑞士城鎮，官方語言為義大利語。
12 溫根（Wengen）：瑞士中部少女峰（Jungfrau）山腳下的滑雪勝地。
13 蒙特勒（Montrolx）：位於日內瓦湖東岸，是歷史悠久的旅遊和療養勝地。
14 高地鐵路（Montreux Oberland Bernois railway，簡稱 MOB）：從蒙特勒通往伯恩（Bern）的山區電車。如今為知名的金色快車（GoldenPass Line）的路線之一。
15 關於奧赫兄弟公司（Ochs Brothers）的歷史與小雪橇（luge，又稱無舵雪橇）、平底雪橇（toboggan）之間的區別，請參閱：Miriam B. Mandel, *Reading Hemingway: The Facts in the Fictions* (Lanham: Scarecrow Press, 2002), p. 148。
16 恩加丁（Engadine）：位於瑞士東南部因河（Inn）河谷地區。
17 耶穌臨行前遭羅馬士兵以槍矛刺傷肋部，因為這典故甚至有天主教教會被命名為「耶穌肋傷會」(Missionary Sisters Del Sacro)。亨利是在開玩笑。
18 喜歌劇（Comic opera）：十七世紀後期自義大利發展起來的歌劇類型。通常有個快樂的結局。

**38**

1 這時亨利與凱薩琳住在蒙特勒，該城鎮位於瑞法邊境的日內瓦湖（法國人稱之為萊芒湖，lac Léman）東北岸。
2 正午牙峰（Dent du Midi）：瑞士西南部高山，海拔三千多公尺。整座山頂由七個小山峰組成，狀似牙齒（Dent）。
3 霍伊爾（Edmond Hoyle）：十八世紀英國作家，發明了許多紙牌遊戲。
4 伍爾沃斯大樓（Woolworth building）：位於紐約曼哈頓的摩天大樓，1913

*Von Kurowsky* (Boston: Northeastern University Press, 1989)。這本書的作者之一亨利·塞拉諾·維拉是海明威在米蘭醫院時的美國病友，本書從他的觀點述說當年的情況，同時也收錄了馮·庫洛斯基的日記與寫給海明威的大量個人書信。

2 聖多納：全名為皮亞韋河畔的聖多納（San Donà di Piave），歷史古城，在一戰期間曾遭到嚴重破壞。

3 科爾蒂納丹佩佐（Cortina D'Ampezzo）：位於義大利北部阿爾卑斯山南麓的冬季運動勝地。

4 卡多雷（Cadore）：義大利北部與奧地利接壤的山區，也是文藝復興時期知名畫家提香（Titian）的故鄉。

5 梅特涅（Klemens von Metternich）：十九世紀中的奧地利帝國首相，是拿破崙倒台後歐洲秩序的主導者。

6 阿比西尼亞（Abyssinia）：即衣索比亞（Ethiopia）的舊稱。1895年義大利曾入侵該國，史稱第一次義大利衣索比亞戰爭（First Italo-Ethiopian War）。

7 莎翁四大悲劇之一《奧賽羅》（*Othello*）的主角奧賽羅跟亨利一樣是軍人。奧賽羅因為猜忌而殺死妻子。

8 指法國作家亨利·巴比塞（Henri Barbusse）寫的《戰火》（*Le Feu*），還有英國小說家 H.G.威爾斯（H. G. Wells）寫的《布里特林先生看透一切》（*Mr. Britling Sees Through It*），兩者都帶有反戰色彩。

9 比較年輕：義大利遲至1871年才統一建國。

**36**

1 編按：此處的「她」非錯別字，原文為"Sh--he's waiting to take our bags down."。

2 依序為Luino、Cannero、Cannobio、Tranzano與Brissago，都是馬焦雷湖沿岸的城鎮。

3 塔瑪拉山（Monte Tamara）：位於馬焦雷湖東岸，在瑞士稱為Monte Tamaro。

**37**

1 如果是逆風航行，把槳葉舉出水面時就需要擺平槳面，以避免造成空氣阻力。

2 因特拉（Intra）：位於帕蘭扎東北方大約四公里處的小鎮。

3 譯者按：雖然義大利、瑞士之間並非相隔著海，但兩國國境還是都設有海關，所以原文是"custom guards"。但考慮到後面會出現義大利文"Guardia di Finanza"一詞來替代"custom guards"，所以前後全部統一翻譯為財稅警察。

7　譯者按：第三軍團也參與了卡波雷托戰役與大撤退，所以這些大砲是從前線撤回來的。從林疑今開始這句話就被誤翻為「我想一定是第三軍團送到前線去的」（頁262），接著馬彥祥譯為「我暗思著這些東西一定是自第三軍團送到前方去的」（頁118），湯新楣為「我想它們一定運給第三軍團的」（頁312），宋碧雲則是「我想大概是第三軍託運的」（頁239），所有譯本皆誤讀原文的意思。

**33**

1　紅門區（Porta Magenta）：名字源於舊城門，現為米蘭市中心的鬧區。
2　赫爾維夏（Helvetia），瑞士的拉丁文古名，迄今這個字仍會出現在瑞士的郵票、硬幣等事物上。
3　《非洲女人》：原文為“Africana”，即 *L'Africaine*。普魯士作曲家賈科莫·梅耶貝爾（Giacomo Meyerbeer）的最後一部歌劇作品。

**34**

1　倫巴底（Lombardia）：義大利最北部的大區（region），與瑞士接壤。米蘭即此區首府。
2　加拉拉鐵（Gallarate）：鄰近米蘭西北方的小鎮。
3　伯羅梅群島（Iles Borromées）：旅遊勝地。這群島位於馬焦雷湖，跟湖畔的斯特雷薩很近。
4　馬焦雷湖（Lago Maggiore）：在本書第二十二章，亨利與凱薩琳原本計畫在他病假期間去馬焦雷湖湖畔的另一個旅遊勝地帕蘭扎（Pallanza）度假。

**35**

1　1917年11月10日，義國軍隊的殘部渡過皮亞韋河（Piave River），在河畔重新建立防線，此處位於威尼斯市北方三十公里處。隨後 1918年6月，海明威以紅十字會救護車駕駛的身分抵達義大利，剛開始負責開救護車，後來改擔任前線後勤人員。7月8日午夜，他在皮亞韋河遭到奧地利部隊的戰壕迫擊砲攻擊，膝部嚴重受傷，部隊將其後送至米蘭，他才因此認識年長他七歲，來自美國費城的護士艾格尼絲·馮·庫洛斯基（Agnes von Kurowsky），兩人墜入愛河，甚至論及婚嫁，但海明威返國後接獲艾格尼絲的來信，表示已經與一位義大利軍官結婚，提出解除婚約。馮·庫洛斯基日後成為凱薩琳·巴克利的原型人物。關於海明威與馮·庫洛斯基之關係的更多資料，請參閱：Henry Serrano Villard and James Nagel, *Hemingway in Love and War: The Lost Diary of Agnes*

的過程，請參閱：James B. Meriwether, "The Dashes in Hemingway's A Farewell to Arms" in *The Papers of the Bibliographical Society of America* 58.4 (1964): pp. 449-57。

2 譯者按：「我殺了那個——中士」在法文譯本中並不是用"sergent"（中士），而是直接用"le bougre"（那個混蛋）（頁200）。因此，「我殺了那個混蛋」應該才是海明威的原意。

3 伊莫拉（Imola）：義大利北部城鎮，義大利早期最知名的社會主義者安德烈亞・科斯塔（Andrea Costa）就出生於此。請參閱：Nunzio Pernicone, *Italian Anarchism, 1864-1892* (Princeton: Princeton University Press, 1993), pp. 65-71。

**30**

1 小丘為烏迪內的著名地標，山丘上建有歷史建築烏迪內堡（Udine Castle），堡樓旁有兩座塔狀建築，分別為東側的教堂鐘樓，以及南側附有大時鐘的鐘塔。海明威在此處展現了非常驚人的寫實描述，從烏迪內東南端的鐵路往市中心的小丘望去，幾乎可一字不差地見到書中的景象。

2 坎波福米歐（Campo Formio）：鄰近烏迪內東南方的小鎮，原文筆誤為Campoformio。

3 軍官都去死吧：原文先寫了義大利語"*A basso gli ufficiali!*"，再用英文寫"Down with the officers"，兩句話的意思是相同的。

4 四分之三英里：約一千兩百公尺。

5 飛機帽：義大利憲兵戴的帽子很寬，因此被謔稱為「飛機帽」。

6 你他X的——：此處原文為"you --"，同樣以長破折號替代髒話。

**31**

1 拉蒂薩納（Latisana）：位在塔利亞門托河下游右岸的城鎮，此處有跨河的鐵道及公路橋梁。

2 聖維托（San Vito）：全名 San Vito al Tagliamento（塔利亞門托河畔的聖維托），位於塔利亞門托河左岸，距拉蒂薩納25公里。

3 指亞得里亞海。

4 旗站（flag-station）：只有打信號旗的時候火車才會停的車站。

5 波爾托格魯阿羅（Portogruaro）：威尼斯省的市鎮，鄰近拉蒂薩納。

6 即"gondola"，是一種敞篷貨車車廂，因為與威尼斯的「貢多拉船」是同一個字，因此音譯為「貢多拉」。根據網路版《牛津英語詞典》（OED），"gondola"是先在十六世紀於義大利出現，後來才被北美英語挪用，意指「火車的敞篷貨車車廂」。請參閱：https://www.lexico.com/en/definition/gondola。

錯，但太拗口，且將“trip”譯為「旅行」也是不恰當，畢竟軍隊正在撤退。

8 波代諾內（Pordenone）：位於烏迪內西方五十幾公里處。義大利軍方高層原本的命令是將全軍撤往塔利亞門托河（Tagliamento River）以西，而這波代諾內就是位於該河西岸。但後來因為德奧聯軍追擊，高層再度下令全軍渡過皮亞韋河。

9 譯者按：牛肉罐頭原文是“monkey meat”，一戰期間由法國部隊提供給美軍的配給食物，實際上是阿根廷生產的牛肉罐頭，但因為美軍士兵覺得味道太糟，將其戲稱為「猴子肉」。請參閱：John C. Fisher and Carol Fisher, *Food in the American Military: A History* (Jefferson: McFarland and Company, 2011), p. 125。馬彥祥不知此典故，將“monkey meat”直譯為「猴肉」（頁52）。

10 塔利亞門托河（Tagliamento River）：義大利東北部河流，源自阿爾卑斯山，於的里雅斯特與威尼斯之間注入亞得里亞海。

**28**

1 原文為“Blow, blow, ye western wind”，典故出自莎翁名劇《皆大歡喜》（*As You Like It*）第二幕的一首歌曲“Blow, Blow, Thou Winter Wind”。另外，英國浪漫主義詩人雪萊（Percy Bysshe Shelley）則是著有〈西風頌〉（*Ode to the West Wind*）。

2 譯者按：這句話原文為“ An army travels on its stomach”，意思是「部隊都是填飽肚子後才行動」，但如果這樣翻譯，中士就不會聽不懂了，所以將英文直譯，增強語言的陌生感。在這句話上面，我的處理方式比較接近林疑今（「軍隊趕路只靠肚子」，頁231）與宋碧雲（「軍隊靠肚子行進」，頁211）。湯新楣的翻譯(「整個軍隊都是餵飽肚子才能開動」，頁281）太過通順流暢，反而沒有那種讓人聽不懂的感覺。馬彥祥把這句話譯為（「一種行軍是要通過它的腸胃的」，頁71），則是完全不知所云。

**29**

1 譯者按：因為出版審查的緣故，此處原文以長破折號呈現髒話，我的譯文也參照原作以長破折號呈現。不過，1929 年英國版更是直接將長破折號省略。此外，在莫里斯—艾德加・寬德（Maurice-Edgar Coindreau）翻譯法文版 *A Farewell to Arms* 時，海明威親自將那些破折號取代的髒話加回去，“any —— cavalry”被改寫成“ces bougres de cavaliers”，意思是「那些混蛋騎兵」。請參閱：Ernest Hemingway, *L'adieu aus armes, trans. Maurice-Edgar Coindreau* (Paris: Gallimard, 2017), p.199。關於寬德翻譯法文版《戰地春夢》與海明威參與修訂

1580。

**27**

1 特爾諾瓦山脊：本段落包括拉夫內（Ravne）、洛姆（Lom）、特爾諾瓦山脊（Ternova ridge）等地，推測皆位於貝因西薩高原一帶（今斯洛維尼亞境內）。

2 布林迪西（Brindisi）：位於義大利東南端的港市。如果將義大利看作一隻長筒靴，布林迪西位置就接近於鞋跟底。

3 塔蘭多（Taranto）：鄰近布林迪西的港口。

4 這句話的原文是："I had seen nothing sacred, and the things that were glorious had no glory and the sacrifices were like the stock-yards at Chicago if nothing was done with the meat except to bury it"，許多譯者都誤解"meat"一字，才翻譯出不合理的譯文。我個人認為"meat"在此指屍體，但湯新楣卻翻譯為「那些犧牲像芝加哥屠場，假如屠場僅只把肉埋葬起來，不作他用」（頁263-264），顯然是把"meat"理解為屠場牲畜的肉，問題是屠宰場哪會把肉掩埋起來？他的翻譯也對後代許多譯本造成影響。關於此一翻譯問題，請參閱拙文：陳榮彬，〈資產或陰影？——論 *A Farewell to Arms* 的中譯〉，《翻譯學研究集刊》第 25輯，2022年，頁105-107。

5 卡波雷托戰役開始時，德奧聯軍從伊松佐河的兩側抵達卡波雷托，負責據守此防線的第二十七軍團之所以遭到擊潰，是因為守將彼得·巴多格里奧將軍（Pietro Badoglio）與砲兵隊失去聯繫，無法及時命令砲兵隊進行砲擊。這場戰役在1917年10月24日就展開，但身處烏迪內指揮總部的參謀總長卡多納將軍遲至26日晚間到27日凌晨之間才接獲戰敗的消息，27日下達撤退命令，導致義大利軍民（除部隊之外還有四十萬平民）於匆促之間從卡波雷托展開慘烈的大撤退行動。有關這場戰役的詳細經過，可參閱：Francesco Nicolini, *FORT VERENA, May 24, 1915, 04:00 – Trilogy of the Great War* (Modena: Edizioni Il Fiorino), 2016, pp. 324-328。

6 科內利亞諾（Conegliano）：威尼托大區（Veneto）的城鎮，以葡萄酒著稱。距亨利一行人所在的戈里齊亞至少有一百多公里。

7 譯者按：這句話是海明威玩的文字遊戲。"a hell of"同時可以指很棒或很糟，但馬彥祥將這句話譯成「我們會有一次像地獄般的旅行」（頁48），林疑今類似，也譯為「那恐怕是逛地獄吧。」（頁216），宋碧雲則為「我們路上一定像地獄。」（頁198）。三者都是直譯，沒有表達出"a hell of"這個片語的含意。湯新楣的翻譯是「咱們會有個可不好受的旅行。」（頁267）雖然意思沒此夏娃與亞當偷嘗禁果（蘋果），開始感受到羞恥心（即海明威所說的「理性」）而遭逐出樂園。在四個代表性譯本中，馬彥祥僅採取直譯方式，並未把《聖經》典故表現出來，但林疑今把"I am the snake of reason"譯為「樂園中那智慧的蛇」（頁195），增譯了「樂園」兩字；湯新楣的策略則是把前一句譯為「我是灌輸理智的蛇」，將"reason"譯為「理智」，但第二句"The apple was reason."則改譯為「蘋果才是使人墮落的理由」，增加了原文沒有的「墮落」兩字來表現《聖經》典故（頁246）；至於宋碧雲則分別把兩句譯為「我是蛇。理性之蛇。」／「你搞錯了。蘋果才代表理性。」接著在第二句後面於括號中加入譯注：「指亞當和夏娃被蛇引惑吃下智慧果的故事而言。」（頁179）由此看來林、湯兩者皆採用增譯策略，宋碧雲則是利用譯注。

6 第一件事指喝酒，第二件事則是嫖妓。

7 海明威用了另一個《聖經》典故：〈提摩太前書〉第五章第二十三節，聖保羅有言："No longer drink only water, but use a little wine for the sake of your stomach and your frequent ailments."，意思是聖保羅對提摩太說：因為你的胃不好，而且身體常常軟弱，不要單單喝水，可以稍微用點酒。請參閱：《聖經新譯本》（台北：環球聖經公會，2004），頁1900。

8 這裡一方面是指凱薩琳是個護士，但另一方面也與《舊約聖經》裡〈創世紀〉第十二章第十三節中亞伯拉罕的故事有關。亞伯拉罕因饑荒與妻子前往埃及避難，但害怕埃及人垂涎妻子的美貌，殺他奪妻，便請妻子謊稱自己是亞伯拉罕的姊妹。果然亞伯拉罕因此逃過一劫。請參閱：《聖經新譯本》（台北：環球聖經公會，2004），頁21。

9 禮拜五是天主教徒的齋戒日，戒吃肉。

10 灑爾佛散（salvarsan）：當時一種治療梅毒的特效藥。

## 26

1 譯者按：在這個段落中，海明威透過亨利與神父的對話反映出目前亨利的反戰心理狀態，因此關鍵在於"gentle"一詞該如何翻譯。馬彥祥翻譯成「文雅懇切」（頁29，且他將「少校」誤譯為「市長」），宋碧雲也類似，譯為「溫婉」（頁187），林疑今與湯新楣把則同樣譯為「溫和」（頁204；頁256），但這些譯法與兩人對話的脈絡皆不吻合，因此我改譯為「失去鬥志」。

2 波士尼亞（Bosnia）除外：波士尼亞人多信奉伊斯蘭教。

3 此典故出自《聖經》〈馬太福音〉第二十六章：耶穌與門徒彼得等人一起在果園中禱告，但猶大帶人來逮捕耶穌。被捕時彼得拔刀抵抗，但遭耶穌斥責。請參閱：《聖經新譯本》（台北：環球聖經公會，2004），頁 1579-

情人〉("To his Coy Mistress")。

**24**

1 小貓咪：凱薩琳的暱稱凱特（Kate）與 cat（貓咪）諧音，因此亨利稱她為"cat"。

2 布雷夏（Brescia）：義大利北部大城，距米蘭東方約九十公里處。

**25**

1 亨利先前屢屢把他跟好友里納迪居住的別墅稱為「家」（home），但這次從米蘭回來後，因為沒有凱薩琳相伴，又或者是因為對戰爭已經極度厭倦，所以「沒有回家的感覺」（It did not feel like a homecoming.）。

2 卡波雷托（Caporetto）：位於戈里齊亞北邊大約六十公里處，與戈里齊亞一樣，目前也是在斯洛維尼亞境內（已改名為 Kobarid）。1917年10月，義大利軍隊與奧德聯軍在卡波雷托交戰，結果義軍慘敗。*A Farewell to Arms* 第三卷的重點，就是描寫卡波雷托戰役後義大利部隊撤退的慘狀。據統計，此戰役後有三十萬義大利部隊投降，另有三十五萬失蹤或變成逃兵，一萬人陣亡，三萬人受傷，義國第二軍團形同瓦解。到了11月10日，義軍殘部終於渡過皮亞韋河（Piave River），在河畔重新建立防線。請參閱：M. Hughes and W. Philpott, *The Palgrave Concise Historical Atlas of the First World War* (Hampshire: Palgrave, 2005), p. 31。關於這場戰役的種種細節，可以參閱：Mark Thompson, "Caporetto: The Flashing Sword of Vengeance" in The White War: *Life and Death on the Italian Front 1915-1919* (New York: Basic Books, 2010), pp. 294-327。1949 年上海晨光出版公司出版了馬彥祥翻譯的 *A Farewell to Arms* 節譯本，題名為《康波勒托》，選譯的就是小說中描寫「卡波雷托大撤退」的第三卷，該譯本的扉頁寫道：「這是海敏威最著名長篇小說『再會吧，武器』（*Farewell To Arms*）中最著名的一節，寫康波勒托的撤退，是一篇可以獨立的中篇小說」。

3 海明威的用詞是"get the ashes dragged"，與俚語"get the ashes hauled"（相當於中文的「來一發」、「鬆一下」）有異。不過，他維持一貫的風格，只要提及性事，文字風格就會比較委婉。

4 前一句亨利說要拿里納迪的"sister"（姊妹）來開玩笑，愛打嘴砲的里納迪馬上回敬一句"And that about your sister"，但這個"sister"既可以指「姊妹」，也可以指英國護士凱薩琳，因為在英式英文中，護理長也被稱為"sister"，不過凱薩琳並非護理長，只是志願護佐。

5 蛇與蘋果的隱喻，出自《聖經．創世紀》：撒旦化身為蛇，引誘了夏娃，因

民權出版部，1917年），頁44。各代表性譯者之所以會有誤譯的情況，或許是較不熟悉國際政治事務所致。

3 匈人（Huns）：協約國對德軍的謔稱，源自德皇的「匈人演講」（Hun speech）。在一戰時，德軍士兵被貶抑為摧毀文明、慘忍好戰的野蠻人後代。

4 特倫蒂諾（Trentino）：義大利北部的一省。當時屬奧匈帝國領土。

5 《晚郵報》（*Corriere Della Sera*）：1876年於米蘭創立的重要日報。

6 芝加哥白襪隊於1917年奪得美國聯盟的冠軍。

7 貝比·魯斯（Babe Ruth）曾於1914到1919年之間在波士頓紅襪隊擔任投手兼打者，但在1919年年底遭紅襪隊老闆出售給紐約洋基隊，造就他後來成為美國大聯盟全壘打王的契機。

8 這句話引自莎翁名劇《凱撒大帝》（*Julius Caesar*），是凱撒遇刺身亡前的經典名言，但原文應該是“A coward dies a thousand times before his death, but the valiant taste of death but once.”。

9 這裡的翻譯問題，請參閱本書的〈新譯導讀〉。

## 22

1 馬焦雷湖（Lago Maggiore）：位於義大利、瑞士邊境，呈南北向，長約66公里的湖泊。

2 帕蘭扎（Pallanza）：位於馬焦雷湖中西岸的度假勝地。

3 斯特雷薩（Stresa）：位於馬焦雷湖西南岸，與鄰近的帕蘭扎隔湖相望。

## 23

1 牧倫（Mürren）：瑞士中南部的滑雪勝地，鄰近少女峰（Jungfrau）。

2 本書第六章曾經提及，軍官如果被憲兵看到沒配戴手槍，會遭到逮捕，所以里納迪戴著塞滿衛生紙的槍套做做樣子，不過亨利自己則是配戴真槍。

3 這裡的翻譯問題，請參閱本書的〈新譯導讀〉。

4 聖埃斯泰夫紅酒（St. Éstèphe）：產於法國波爾多的紅酒。

5 沙巴雍（zabaione）：一種用蛋黃，糖和甜酒製成的義大利甜點。

6 卡弗爾飯店（Hotel Cavour）：米蘭的知名飯店。本書第七章亨利有這麼一段內心獨白：「要是我跟她一起待在米蘭就好了。我想去柯瓦咖啡廳吃飯，在燠熱的夜裡沿著曼佐尼街散步，越過運河後離開曼佐尼街，沿著運河往下走，跟凱薩琳·巴克利一起去飯店。」（原文頁39-40）。這裡說的飯店就是指卡佛爾飯店。

7 詩句出自英國十七世紀詩人馬韋爾（Andrew Marvell）的愛情詩〈致他的羞怯

威似乎刻意用這天氣元素來強調兩人「在掙扎與逃亡過程中的困惑與驚詫」（emphasize climatically their "confused alarms of struggle and flight"）。請參閱：Carlos Baker. "The Mountain and the Plain." *The Virginia Quarterly Review* 27.3 (1951), pp. 416-417。同樣的觀點也出現在林以亮為湯新楣一本寫的〈介紹『戰地春夢』的新譯〉一文，他表示：海明威這作品「表面上是寫實主義的小說，實際上卻利用各種象徵手法，以達到暗示的效果。象徵手法包括了：天氣、人物和景緻。在天氣中，最重要的就是『雨』……海明威利用落雨來象徵災禍的降臨，只要一有雨，立刻就會有不幸的事情發生。所以雨不只是自然界的現象，而是與人生必然並存的『長恨』。」請參閱：林以亮，〈介紹『戰地春夢』的新譯〉，《幼獅文藝》，34卷6期（1971），頁42。

**20**

1 譯者按：這裡我選擇把"racing paper"翻譯成「馬報」，比林疑今（頁143）、宋碧雲（頁132）翻譯的「賽馬報紙」簡潔一點（余犀並未譯出這個詞），至於湯新楣的翻譯則充滿香港當地用語的色彩。他先把"went to the races"翻譯成「我們去跑馬」（頁195），"racing paper"則翻譯成「馬經」（頁196）。

2 聖西羅（San Siro）：位於米蘭市中心的西北方，當地有許多球場、體育場與賽馬場。

3 每下注十里拉只能贏得八點五里拉：賠率不到一賠二，果真給麥爾斯料中，義大利賽馬的確作弊作得很兇。

**21**

1 佛蘭德斯地區（Flanders）：荷蘭、比利時一帶的歷史通稱，一戰期間屬於西部戰線（the Western Front）。

2 譯者按：協約國（Allies）指第一次世界大戰期間，法國、俄羅斯、英國、日本、中國、義大利和美國組成的聯盟，與其敵對的同盟國（Central Powers）則是由德意志、奧匈、鄂圖曼等三大帝國與保加利亞王國組成。余犀把"Allies"譯為「聯盟軍」（頁137），林疑今誤譯為「同盟國」（頁150），湯新楣與林疑今近似，譯為「盟國」（頁202），宋碧雲則譯為「盟軍」（頁138）。利用 Google Books 網站以「協約國」與「同盟國」進行關鍵詞搜尋，可發現最早自1915年以降，《申報》、《東方雜誌》、《新青年》等報刊皆有這兩個固定譯名。另外，在游悔原所撰《中華民國再造史》一書裡，也有「自歐戰發生，國際間顯分協約同盟兩派，以個數論，在華勢力，協約國自較同盟國為優。」的說法，請參閱：游悔原，《中華民國再造史》（上海：

種口氣，彷彿你得讓我變成正經的女人。」（頁 119），後兩者對於原文的解讀較為正確。

**19**

1 譯者按：亨利從這裡開始在本章連續三度用“get home to the hospital”（回我在醫院的家）這個說法，感覺雖然奇怪（因為醫院最多只是住處，怎會是家？），但意思是他覺得醫院有如同妻子般的凱薩琳在等他，所以必須把“home”直譯。在四個代表性譯本裡面，只有余犀把這裡翻譯為「回醫院這個家去」（頁 120），後面兩處分別翻譯為「急於回到醫院那樣的家裏去了」（頁 120）與「抄近路回醫院裏」（頁 127），林疑今與湯新楣並未注意到這一層含意，因此都直接將“home”一字略去不譯，至於宋碧雲則是把此處譯為「回醫院老巢」（頁120），後面兩處譯為「急著趕回醫院」（頁121）與「由捷徑趕回醫院老窩」（頁127）。

2 貝因西薩高原（Bainsizza Plateau）：位於戈里齊亞北方，今屬斯洛維尼亞。1917 年 7 月，義、奧兩軍在此進行了第十一次伊松佐河戰役。

3 百年戰爭（Hundred Years' War）：英格蘭王國與法蘭西王國曾於1337至1453年之間斷斷續續進行超過百年的戰爭。

4 瑪薩拉紅酒（Marsala）：義大利西西里島出產的葡萄酒。

5 皮亞琴察（Piacenza）：米蘭東南方小城。

6 《托斯卡》（*Tosca*）：義大利音樂家普契尼（Giacomo Puccini）創作的歌劇，於1900年在羅馬首演。

7 摩德納（Modena）：義大利北方古城，擁有蓬勃的歌劇文化，今為汽車工業重鎮。

8 馬鈴薯搗碎器（potato masher）是英美部隊對德製柄式手榴彈（Stielhandgranate）的俗稱。

9 譯者按：在這部小說裡，雨不只是在男女主角聊天時提到，還是貫串著整個故事的主要意象，就像克莉絲汀．梅克萊恩（Christine Merklein）所說，雨象徵著死亡，預示著災難（例如，第二十七章，救護車隊的義大利軍官吉諾說：「但因為現在已經下雨了，傷者也會開始多起來。」），反映出主角對於未知的恐懼。請參閱：Christine Merklein, *Symbols in Farewell to Arms* (Munich: GRIN Verlag, 2003), pp. 4-6；另外，知名的海明威學者貝克（Carlos Baker）也在其代表性論文〈山岳與平原〉（The Mountain and the Plain）裡面主張，從這裡開始雨不斷出現，接下來義大利部隊在大雨中撤退、男主角亨利變成逃兵，直到他與凱薩琳重逢後雨才停，後來他們搭小船渡湖又遇到大雨，海明

4 羅穆盧斯（Romulus）：羅馬神話記載的羅馬城創建者。羅穆盧斯和攣生兄弟瑞摩斯（Remus）都是戰神之子，在嬰孩時被遺棄於台伯河（Tiber）河畔，由母狼哺育成人。

5 水晶宮（Crystal Palace）：最早且最知名的水晶宮建於 1851 年的倫敦世界博覽會，日後不少城市皆有名為水晶宮的建築，不過米蘭似乎沒有。

6 加里波底（Giuseppe Garibaldi）：義大利統一運動的核心人物，是該國民族英雄。

7 維辰札（Vicenza）：位於威尼斯西方六十公里處的城市，在威尼斯通往米蘭的火車路線上。

8 維洛納（Verona）：位在威尼斯通往米蘭的火車路線上的城鎮。

**13**

1 科莫湖（Lake Como）：位於義大利北部與瑞士接壤的邊境。

**15**

1 米蘭大醫院（Ospedale Maggiore）：英文即"general hospital"或"major hospital"，於文藝復興時期創辦的大型醫院。

2 資深上尉（first captain）：一種介於上尉與少校之間的義大利陸軍官階，義語為"primo capitano"。

**18**

1 佛瑞伊莎紅酒：即 Freisa，但作者筆誤為 Fresa。據說這種酒的名稱源自於拉丁文 fresia，即「草莓」。請參閱：Ian D'Agata, *Native Wine Grapes of Italy* (Berkeley and Los Angeles: University of California Press, 2014), pp. 295-297；這本書的作者特別指出 *A Farewell to Arms* 裡面有提及 Freisa 葡萄酒。

2 巴貝拉紅酒（barbera）：原產地在義大利西北部皮埃蒙特（Piemonte）大區的紅酒，酸度較高。

3 瑪歌紅酒（margaux）：原產地在法國波爾多的紅酒。

4 譯者按：亨利始終強調要給凱薩琳名分，似乎是擔心她若沒有名分，就會淪為世人眼中的壞女人。所以，凱薩琳回應說：「別說得好像你如果不娶我，我就是個壞女人。（Don't talk as though you had to make an honest women of me.）」林疑今譯為：「你說話可別裝著要改良我的腔調。我本是很規矩的女人」（頁 129）顯示他完全誤解這個句子的重點；湯新楣譯為「別說得好像你非跟我結婚以保全我的顏面似的。」（頁 181），宋碧雲譯為「心肝，別用那

7 *Dio te salve, Maria.*（萬福瑪利亞）即英文的"Hail Mary"。原文將"Dio te salve"誤植為"Dios te salve"。

8 *Portaferiti*（擔架兵）：原文誤植為"porta feriti"。

9 傳統玩偶（doll）的眼睛活動靠連接著雙眼的一小塊鐵塊控制。

10 1918年6月，海明威以紅十字會救護車駕駛的身分抵達義大利，剛開始負責開救護車，但他對於未能親赴前線的工作深感不耐，於是自告奮勇，改擔任前線後勤人員，負責騎著腳踏車在各個陣地遞送信件、巧克力等物品。7月8日午夜，他在皮亞韋河（Piave River）遭到戰壕迫擊砲攻擊，隨後在手術中從雙腿取出了225片迫擊砲碎片與2顆機槍彈頭。請參閱：Linda Wagner-Martin, *Ernest Hemingway: A Literary Life* (New York: Palgrave, 2007), pp. 10-11。

## 10

1 銀質英勇勳章（Medaglia d'Argento al Valore）：據說海明威在自己受傷後還救了一位身受重傷的義大利士兵，因此獲得此勳章。請參閱：Michael Reynolds, *The Young Hemingway* (New York: Norton, 1998), p. 19。

2 譯者按：余犀、湯新湄與宋碧雲的譯本都認為"operation"是「手術」（頁 64；頁 123；頁 65），但若從前後文看來，意思應該是指里納迪認為這次攻勢非常成功，因此軍方應該不介意多獎勵一些人員，所以林疑今的翻譯「況且這次進攻成功」才是正確的。

3 《刺胳針》（*The Lancet*）：創辦於 1823 年，是世界上歷史最悠久、最受重視的醫學期刊之一。

4 那個號碼：指安科納旅（Brigata Ancona）的第 69 步兵營。里納迪在此暗指亨利與神父使用「69式」，帶有性暗示意味。

## 11

1 梅斯特雷（Mestre）：義大利東北海濱城鎮，與威尼斯僅一水之隔，於 1926 年併入威尼斯。

## 12

1 美國於 1917 年 4 月 6 日對德宣戰，但對奧則是遲至同年 12 月才宣戰。

2 會有這笑話是因為「土耳其」跟「火雞」的英文相同，皆是 turkey，但義大利文的「火雞」是 tacchino（陽性名詞，陰性則為 tacchina），「土耳其」則為 Turchia，兩者並不相同，所以亨利才會說難以翻譯。

3 夏威夷於 1898 年成為美國的領地（territory），1959 年才成為美國的一州。

**9**

1 義大利的擲彈兵（單數 *granatiere*，原文 *granatieri* 為複數形）部隊對於成員的體格有嚴格限制，至少 175 公分者才能加入。請參閱：Miriam B. Mandel, *Reading Hemingway: The Facts in the Fictions* (Lanham: Scarecrow Press, 2002), p. 136。「只是長得高」，言下之意是既不勇敢也不聰明，所以是個笑話。

2 國王憲兵隊（V. E. soldiers）：義大利憲兵隊（*Carabinieri*）的別稱。V. E.是憲兵隊創始者伊曼紐一世（Vittorio Emanuele I）的縮寫。請參閱：Miriam B. Mandel, *Reading Hemingway: The Facts in the Fictions* (Lanham: Scarecrow Press, 2002), p. 160。

3 捷克佬（Tchecos）：指徵招自奧匈帝國戰俘的捷克裔士兵。湯新楣將 Tchecos 誤譯為「技術兵」（頁108）。

4 蒙法爾科內與的里雅斯特（Monfalcone and Trieste）：的里亞斯特（Trieste）是義大利東北方的港市，蒙法爾科內（Monfalcone）是位於的里亞斯特西北方約三十公里處的小城。這兩處在第一次世界大戰前都是隸屬於奧匈帝國，戰後才劃歸義大利。

5 薩伏依（Savoia）：義大利王國軍隊的精神口號，淵源自統一義大利的薩伏依王國。

6 譯者按：所有代表性譯本都未能正確理解這裡所謂"it had all been a mistake to think you just died"是什麼意思。這句話的關鍵在"you just died"三字，海明威寫得比較簡單，但從前後文看來，應該是指那種「人死後完全毀滅消失，沒有靈魂留下」的看法。這時主角亨利以為自己已經死去，但居然還能感覺到自己死了，所以是以為自己已經變成靈魂，才會說過往他會有那種想法是錯的（特別注意他是用過去完成式來表達："it had all been a mistake"，表示現在有了不同看法）。余犀譯為「然而你以為你自己是死了，這卻是錯誤」（頁55），林疑今略去「錯誤」，譯為「並不是剛剛死掉」（頁60），湯新楣譯為「如果以為自己剛死，那就錯了」（頁113），宋碧雲則是「竟以為現在才死，真是一大錯誤」（頁55）。從後來各個版本在這句話的詮釋上看來，許多譯者在翻譯時皆有參考舊譯本的習慣，只有2018年樓武挺的譯本正確地理解亨利在瀕死之際浮現了一個有了這個錯誤的念頭，所以他正確地將這句話翻譯並增譯為：「我意識到自己死了，也意識到自己過去的想法大錯特錯——過去，我以為人死了就是死了，不存在什麼靈魂」（頁56），帶出了"you just died"三字的弦外之音。關於這個翻譯問題，請參閱拙著：陳榮彬，〈資產或陰影？——論 *A Farewell to Arms* 的中譯〉，《翻譯學研究集刊》第25輯，2022年，頁103-104。

30），但余犀直譯為「我經歷了站著談很久的戀愛的男性的為難。」（頁30），湯新楣也是偏向於直譯：「我在經受男性站著很久求愛的困難。」（頁86），兩者都比較趨向於形式對等的異化翻譯。唯有林疑今的譯本讀來較符合這句話的情境：「叫男人站著做戀愛功課，太久可支持不住。」（頁32），不過，把"making love"譯為「做戀愛功課」也太過含蓄，意思其實就是「親熱」。

5 聖加百列山（Monte San Gabriele）：鄰近戈里齊亞東北方十公里處的小山丘，當時為奧匈帝國重要陣地，此處戰事激烈，義軍對其展開猛烈砲擊，將山丘炸得光禿禿。

6 譯者按：許多學者都明確指出這處名為"Villa Rossa"（「緋紅別墅」或「玫瑰別墅」）的地方是當地妓院，可參閱：Bernard Stanley Oldsey, *Hemingway's Hidden Craft: The Writing of A Farewell to Arms* (University Park: Pennsylvania State University Press, 1979), p. 49。在代表性譯本中，只有林疑今指出這是一家妓院（頁34），其餘如余犀、宋碧雲皆採音譯，而湯新楣譯為「玫瑰別墅」。

## 7

1 巴西利卡塔（Basilicata）：義大利南部大區，轄有波坦察（Potenza）和馬泰拉（Matera）兩省。

2 譯者按：這位得了疝氣的士兵用文法多處錯誤的英文說："I knew you was an American."，因此譯成「我知道你美國人」，並增譯「他的英語不太標準，少講了一個『是』。」

3 卡多納將軍（Luigi Cadorna）：義大利王國總參謀總長，他在卡波雷托戰役戰敗後被解除職務，不過日後墨索里尼執政時，於1924年晉升為陸軍元帥。

4 阿奧斯塔公爵（Duke of Aosta）：即國王伊曼紐三世的堂兄 Prince Emanuele Filiberto，海明威搞錯了他與國王的關係。公爵一戰時擔任義軍第三軍指揮官，戰後晉升為陸軍元帥。請參閱：Miriam B. Mandel, *Reading Hemingway: The Facts in the Fictions* (Lanham: The Scarecrow Press, 2001), p. 117。

5 哈茨山（Hartz Mountains）：德國中部山脈，是冬季滑雪勝地。

6 約翰·愛爾蘭（John Ireland）：明尼蘇達州聖保羅市的樞機主教，畢生積極投入多項社會改革事業，是十九、二十世紀美國天主教的代表性人物。

7 譯者按：在此作者玩起了"Ireland"跟"Island"的諧音，但如果直譯的話並無法達成原文想要傳達的效果，因此採取「重寫」（rewriting）的策略。

8 本書中的義大利人多以「佛德列可」（Frederico）稱呼主角佛德列克（Frederic）。

3 譯者按：煞車皮已經快要耗損殆盡：從余犀到宋碧雲的四個代表性譯本都誤解了所謂"metal-to-metal"，誤以為是指煞車裝置很好，或許是因為在"metal-to-metal"前面海明威加了一個"good"。即便2018年出版的樓武挺譯本，也翻譯成「救護車配的都是優質金屬剎車」，請參閱：樓武挺譯，《永別了，武器》（天津：天津人民出版社，2018年），頁23。事實上"metal-to-metal"是指煞車皮與來令片已經損耗殆盡，煞車時會發出尖銳的金屬吱嘎聲響。

4 憲兵：憲兵的義大利文是"carabinieri"，源自法文的"carabinier"，意思是手持卡賓槍的軍人。請參閱：Saul H. Rosenthal, *More French You Use Without Knowing It: More Stories of Fascinating Words* (Tucson: Wheatmark, 2010), p. 57。

5 志願護佐隊（V. A. D.）：即"voluntary aid detachment"，英國政府在大戰期間成立的女性護佐隊伍，但並非隸屬於軍方。請參閱：Thekla Bowser, *The Story of British V.A.D. Work in the Great War* (London: Imperial War Museum, 2003)。

6 發熱的狗：湯新楣把這句話翻為「你那股得意勁兒有點像春情發動的狗。」（頁82），宋碧雲類似，譯為「你具有懷春狗兒那種喜孜孜的氣息。」（頁26）。的確，"a dog in heat"或"a dog on heat"都是指「發情的狗」，但因為亨利聽不懂，所以不能把意思翻譯得太明白。余犀的直譯「你的高興像熱天的狗。」（頁25）反而比較合理。林疑今的翻譯「看你得意洋洋，好比一隻狗野性勃發。」（頁28）則是沒有反映出亨利剛剛談起戀愛的那種喜悅感。

7 在《戰地春夢》的草稿裡，這句話的原文是："You," I said, "have that pleasant air of a dog who takes no interest due to an operation."意思是「你看起來也很有趣，就像一條被閹過後失去性致的狗。」後因為不雅而遭刪除。請參閱：Sheldon Norman Grebstein, *Hemingway's Craft* (Carbondale: Southern Illinois University Press, 1973), p. 209。

**6**

1 比薩（Pisa）：義大利中西部古城。比薩大教堂廣場北邊有一座古老的比薩墓園（Campo Santo），其大理石建築恢弘雄偉。

2 熱那亞（Genoa）：義大利北部港口城市，為全國第六大城。

3 二十步：二十步大約為50英尺，相當於15.24公尺。

4 這句話（"I was experiencing the masculine difficulty of making love very long standing up."）是對照「異化翻譯」與「歸化翻譯」兩種策略之效果的最佳範例之一。在此之前，亨利已經問凱薩琳，「有什麼地方是我們可以去的嗎？」意思是想要找個隱密的地方親熱，不想一直站著。宋碧雲沒有正確理解這句話的脈絡，因此誤譯為「我像一般男人，很難讓愛情持久。」（頁

## 4

1 格拉帕白蘭地（Grappa）：也可譯成渣釀白蘭地或義式白蘭地，材料為釀製葡萄酒過程中剩餘的葡萄皮、葡萄梗與葡萄籽等。

2 譯者按：這句話林疑今譯成「他倒了兩杯酒，我倒碰一碰杯，翹起大拇指。」（頁15），而湯新楣顯然受到林疑今影響，誤把 first finger 理解為大拇指，以為是亨利與里納迪都「伸出大拇指比讚」（頁30）。宋碧雲則是誤把“touch”當成用食指沾酒，顯然也不對（頁15）。余犀的第一個中譯本大致上翻得沒錯，「他斟了兩杯，我們把食指伸出來碰杯。」（頁14）

3 索姆河（Somme）：索姆河之役是一次世界大戰期間的大規模會戰，交戰地點在法國北方的索姆河流域，德國與英法雙方傷亡共一百三十萬人，戰況慘烈為史上之最，也是人類歷史上第一次於實戰中使用坦克，所以亨利說那戰役太恐怖了。據聞7月1日開戰當天，英軍就有兩萬人陣亡。請參閱：T. C. Winegard, *For King and Kanata: Canadian Indians and the First World War* (Winnipeg: University of Manitoba Press, 2012), p. 88。關於索姆河之役的最早史料之一，則可參閱：J. Buchan, *The Battle of the Somme* (New York: George H. Doran, 1917)。

4 從前面「我大可以把自己獻給他的……」到這裡，巴克利都是在說自己後悔沒能在未婚夫陣亡前把自己的身體獻給他，但海明威的原文其實描述得很隱晦，似乎是因為當時的性觀念較為保守，所以話不能說得太明白。

5 意思是沒什麼太激烈的戰事。

6 亨利習慣把他跟里納迪位的宿舍稱為“home”，若按照一般說法，翻成「住處」較為合理，但後來亨利負傷前往米蘭療養，於第二十五章開頭再次回到戈里齊亞的“home”，他說了一句“ It did not feel like a homecoming”，意思是這次因為凱薩琳不在身邊，因此這住處不再讓他有歸屬感，沒有返家的感覺。

## 5

1 譯者按：“A rivederci”與“A rivederla”皆為義大利語的「再見」，但後者的語氣比前者更客氣、禮貌，因此在翻譯上後一句該加上「客客氣氣地」。但海明威在此把兩個字都寫錯了，應該分別為“Arrivederci”與“Arrivederla”才對。關於兩者的差別，請參閱：Marcel Danesi, Practice Makes Perfect: Italian Conversation (New York: McGraw Hill Professional, 2017), p. 3。

2 譯者按：余犀將這句話翻譯成：「那兒曾是座城，可是現在已坍毀一盡。所殘留的，只有一個火車站，和一架破碎的，因為太顯而易見而無用的，無需修理的鋼架鐵橋。」（余犀，頁21）這顯然是誤譯，並非這橋容易遭火力攻擊而無用，所以不修理，而是修理時容易遭火力攻擊，所以沒辦法修。

次世界大戰爆發。雖然出身自義大利熱那亞，但本篤十五世抱持和平主義原則，在一戰期間始終堅守中立，也許就是這樣被義大利軍官當成親奧人士。關於本篤十五世在一戰期間的作為，與對於參戰各方的批判，請參閱：John F. Pollard, *The Papacy in the Age of Totalitarianism*, 1914-1958 (Oxford: Oxford UP, 2017), pp. 36-74。

6 法蘭茲．約瑟夫（Franz Joseph）：奧匈帝國開國君主。他在1867年創建奧匈帝國，直到1916年駕崩，在位期間將近半世紀。法蘭茲．約瑟夫死後，其侄卡爾一世（Karl I）繼位。奧匈帝國在一戰戰敗後瓦解，卡爾一世遭奧地利議會廢黜，成為奧匈帝國的末代皇帝。

7 譯者按：這句話可說是 *A Farewell to Arms* 最為人知曉的經典名言之一，余犀（即徐遲）在節譯本《退伍》中譯為「凡有思想的人都是無神論者」（余犀，頁5）；林疑今譯為「有思想的人都是無神論者」（林疑今，頁7）；湯新楣譯為「凡是有思想的人都是不相信神的」（湯新楣，頁60）；宋碧雲譯為「一切有思想的人都是無神論者」（宋碧雲，頁6）。為了讓這句話較為簡潔有力，也符合軍人講話的風格，本書譯為「有腦袋的人都是無神論者」。

8 共濟會（freemasonary）：源自中世紀歐洲的秘密團體，字面意義為「自由石匠」（free mason）。共濟會包容無神論思想、崇尚共和體制，因此既不見容於天主教會，也不為王權擁護者所喜。

9 阿瑪菲（Amalfi）：義大利西南部小鎮，在那不勒斯南方不遠處。後文提及亨利的好友里納迪（Rinaldi）來自阿瑪菲，因此這位中尉或許就是中尉醫官里納迪。

10 阿布魯齊（Abruzzi）：位於義大利中部山區。

11 上尉是義大利人，應是為了嘲笑主角亨利的口音才故意用不純正的語調。

12 義大利語依序是：soto-tenente（少尉）、tenente（中尉）、capitano（上尉）、maggiore（少校）、tenentecolonello（中校）。

13 卡羅素（Enrico Caruso）：義大利著名男高音、歌劇演員，有「一代歌王」之美名。

**3**

1 海上：指義大利東邊的亞得里亞海（Adriatic Sea）。

2 兩度提到大砲更多了，還有更多房舍遭砲擊，表示戰事吃緊，但敘述者並未明講。

3 在這句話裡，亨利講到佛羅倫斯、那不勒斯時，是用義大利文 Firenze、Napoli，所以譯為翡冷翠、拿坡里。

*Army of World War I* (Oxford: Osprey Publishing, 2003), p. 8。

4 這段文字充分反映出海明威的「冰山理論」寫作風格：只把整件事的八分之一寫出來，其餘八分之七就像冰山一樣潛藏在水面下。看到這段文字後讀者不禁會在心裡追問：為什麼說「只死了七千人」？是因為以前死過更多人嗎？還是平民的死亡人數更多？抑或是因為戰爭死亡的人數更多，所以七千人才顯得微不足道？總之，這種描寫充滿著反諷意味，表面上看來只是對戰爭的描述，但其實充分展現出這本小說的質疑與反戰精神。關於第一次世界大戰期間霍亂在世界各地的疫情，請參閱：S.L. Kotar and J.E. Gessler, *Cholera: A Worldwide History* (Jefferson: McFarland & Co, 2014), pp. 257-62.

**2**

1 戈里齊亞（Gorizia）：位於阿爾卑斯山腳下的義、奧匈邊境城市，是重要的戰略據點，易守難攻。邱吉爾（Winston Churchill）的《第一次世界大戰回憶錄》（*The Story of the Great War*）第四卷如此寫道：「1915年8月，為了攻下卡索高原（Carso Plateau），義大利在伊松佐河前線日以繼夜地發動攻勢。事實證明，四周部署許多碉堡的戈里齊亞幾乎是不可能從北邊或西邊攻下的，因為它在北邊有高山屏障著，那就是位於伊松佐河右岸的薩巴提諾山（Monte Sabatino）與左岸的加百列山（Monte Gabrielle），它們像哨兵一般雄峙於戈里齊亞北方。至於西方則是有波德哥拉高原（Podgora），阻擋著從西方進入戈里齊亞的路⋯⋯」。請參閱：Winston Churchill. *The Story of the Great War*, Volume IV (New York: Collier, 1916), http://www.gutenberg.org/files/29340/29340-h/29340-h.htm. Accessed 29 Dec 2017。

2 譯者按：原文"one for troops and one for officers"，所謂"officers"包括"commissioned officer"（軍官）與"non-commissioned officer"（士官），所以應該譯為「軍官、士官」。大部分譯本都只是簡單地把"troops"翻譯成「士兵」，把"officers" 翻譯成軍官，但並未注意到士官這個軍階。湯新楣把"troops"翻譯成「兵士」，顯然包含了「士兵與士官」，是極少數注意到這個問題的譯本，但並未注意到士官其實應該也算是某種"officer"。請參閱：湯新楣譯，《戰地春夢》（香港：今日世界出版社，1970 年），頁57。

3 車速沒那麼快，暗示著戰況樂觀，國王並沒有急著要去視察。這又是海明威「冰山理論」寫作技巧的體現。

4 卡索（Carso）：卡索高原位於戈里齊亞的東南方，是一片石灰岩荒原，1917 年曾發生重要戰役。

5 教宗：指本篤十五世（Benedictus PP. XV），甫上任（1914年9月）就碰到第一

80 葉純譯，《戰地春夢》（台北：風雲時代，2011年）。
81 林以亮，〈介紹『戰地春夢』的新譯〉，《幼獅文藝》，34 卷 6 期（1971），頁30-42。
82 Ernest Hemingway, *A Farewell to Arms* (New York: Charles Scribner's Sons, 1929), p. 158。
83 林疑今譯，《戰地春夢》（上海：西風社，1940年），頁168。
84 湯新楣譯，《戰地春夢》（香港：今日世界出版社，1970年），頁220。
85 Ernest Hemingway, *A Farewell to Arms* (New York: Charles Scribner's Sons, 1929), p. 5。
86 同上，頁149。
87 請參閱「豆瓣讀書」網站搜尋結果：https://bit.ly/3pmwnJ5。
88 關於這個表所列出各種譯本翻譯品質的討論，請參閱拙文：陳榮彬，〈資產或陰影？——論 *A Farewell to Arms* 的中譯〉，《翻譯學研究集刊》第25輯，2022年，頁95-112。

**1**

1 知名海明威學者麥可·雷諾茲（Michael Reynolds）指出，所謂「那一年」是1915 年，而這裡提及的「河流」則是伊松佐河（Isonzo River；如今位於斯洛維尼亞境內，名為索查河[Soča River]）。從1915年5月到1917年9月之間，義大利部隊曾經在伊松佐河沿岸地區針對奧匈帝國的防線發動十一次攻勢，幾乎把防線攻破。不過，奧匈帝國向德國請求援助，德軍派出六個師，與奧匈帝國原有的九個師重整為十四軍團，由德國將軍奧托·馮·貝洛（Otto von Below）指揮，結果義大利防線反而在1917年10月遭奧德聯軍攻破，史稱卡波雷托戰役（the Battle of Caporetto）。請參閱：Michael Reynolds, *Hemingway: The Homecoming* (New York: Norton, 1999), p. 170; M. Hughes and W. Philpott, *The Palgrave Concise Historical Atlas of the First World War* (Hampshire: Palgrave, 2005), p. 31。
2 指義大利國王伊曼紐三世（Vittorio Emanuele III）。伊曼紐三世素有「參戰國王」（Il Re soldato）之稱，因為他的統治期間（1900到1946 年）橫跨兩次世界大戰。這裡提及國王幾乎每天都從軍隊總部驅車前往前線視察戰況，表示戰局失利，讓國王焦急不已。請參閱：Miriam B. Mandel, *Reading Hemingway: The Facts in the Fictions* (Lanham: Scarecrow Press, 2002), p. 160。
3 烏迪內（Udine）：義大利東北部城市，鄰近奧匈帝國邊界，一戰時義軍指揮總部所在地，與前線相距不到二十公里。請參閱：David Nicolle, *The Italian*

*sentimentale*同名。

65 同上，pp. 323-324。

66 Linda Wagner-Martin, *Hemingway's Wars: Public and Private Battles* (Columbia: University of Missouri Press, 2017), p. 82。

67 關於海明威各個譯本翻譯問題的討論，除了可參閱本段的說明與後面的各個譯注，也可以透過拙著了解 *A Farewell to Arms* 翻譯問題的全貌：陳榮彬，〈資產或陰影？——論 *A Farewell to Arms* 的中譯〉，《翻譯學研究集刊》第25輯，2022年，頁95-112。筆者在這篇論文中以描述性翻譯研究（descriptive translation studies）的方法視角來研究 *A Farewell to Arms* 代表性譯本（包括林疑今、湯新楣、宋碧雲）對於後世譯本的影響，並重新評價林疑今的譯本，透過許多譯例來主張：每個譯本各有其價值與長處，不須進行一面倒的批評或讚賞（例如，宋淇對於林疑今譯本的批判）。

68 請參閱：陳國球編。《香港文學大系1919-1949：評論卷I》（香港：商務印書館，2016年），頁518。

69 余犀譯，《退伍》（上海：啟明書局，1939年）。

70 樊善標，〈香港散文的生產與變遷〉，收錄於《香港文學大系1919-1949：導言集》，洪子平編（香港：商務印書館，2016年），頁67。

71 李歐梵，《上海摩登》（香港：牛津大學出版社，2015年），頁125。

72 徐遲，《我的文學生涯》（天津：百花文藝出版社，2006年），頁139。

73 余犀，〈小引〉，收錄於《永別了，武器》（上海：啟明書局，1939年），頁2-3。

74 關於林疑今的生平，可以參閱：陳智淦，〈林疑今早年生平史實辨析〉，《集美大學學報（哲學社會科學版）》22卷1期（2019），頁99-106。

75 林疑今，〈戰地春夢譯者序〉，收錄於《戰地春夢》（上海：西風社，1940年），頁I-II。

76 林疑今，〈序〉，收錄在楊仁敬編著《海明威研究在中國》（廈門：廈門大學出版社，1990年），頁2。

77 網址為：https://taiwanebook.ncl.edu.tw/en/book/NTL-9900014340/reader。

78 趙家璧，〈出版《美國文學叢書》的前前後後——一套標誌中美文化交流的叢書〉收錄於《編輯憶舊》（北京：三聯書店，1984年），頁493-508。

79 關於林疑今、馬彥祥兩人 *A Farewell to Arms* 翻譯活動背後的政治意識形態考量，請參閱拙著：Chen, Richard Rong-bin. “Translating Hemingway: A Case of Cultural Politics.” *The Wenshan Review of Literature and Culture*, Vol. 15, No. 1, 2021, pp. 115-145.

48 Michael S. Reynolds, *Hemingway: An Annotated Chronology* (Detroit: Omnigraphics, Inc., 1991), p. 59。

49 同上，pp. 133-134。

50 Charles M. Oliver, *Critical Companion to Ernest Hemingway: A Literary Reference to His Life and Work* (New York: Facts On File, Inc., 2007), pp. 113-114。

51 Audre Hanneman, *Ernest Hemingway: A Comprehensive Bibliography* (Princeton: Princeton University Press, 1967), p. 80。

52 Ernest Hemingway, *A Farewell to Arms* (London: Jonathan Cape, 1929)。

53 請參閱：Ernest Hemingway, *L'adieu aus armes*, trans. Maurice-Edgar Coindreau (Paris: Gallimard, 2017), p. 199。

54 《戰地春夢》的法譯過程與海明威扮演的角色，請參閱：James B. Meriwether, "The Dashes in Hemingway's *A Farewell to Arms*" in *The Papers of the Bibliographical Society of America* 58.4 (1964): pp. 449-57。

55 Sheldon Norman Grebstein, *Hemingway's Craft* (Carbondale: Southern Illinois University Press, 1973), pp. 202-218。

56 David A. Rennie, *American Writers and World War I* (Oxford: Oxford University Press, 2020), p. 29。

57 Linda Wagner-Martin, *Ernest Hemingway's A Farewell to Arms: A Reference Guide* (Westport: Greenwood Press, 2003), p. 44。這篇導讀其實就是華倫於1947年發表過的專文，請參閱：Robert Penn Warren, "Hemingway," *Kenyon Review* 9.1 (1947): pp. 1-28。

58 Ernest Hemingway, "The Author's 1948 Introduction to *A Farewell to Arms*" in *A Farewell to Arms: The Special Edition* (London: Vintage Books, 2013), pp. vii-viii。

59 Charles M. Oliver, *Critical Companion to Ernest Hemingway: A Literary Reference to His Life and Work* (New York: Facts On File, Inc., 2007), p. 441。

60 Ernest Hemingway, *A Farewell to Arms: The Hemingway Library Edition* (New York: Scribner, 2012), pp. 285-324。

61 Bernard Oldsey, *Hemingway's Hidden Craft: The Writing of A Farewell to Arms* (State College: Penn State UP, 1979), pp. 71-110。

62 James M. Hutchisson, *Ernest Hemingway: A New Life* (University Park: Pennsylvania State University Press, 2016), p. 102。

63 Ernest Hemingway, *A Farewell to Arms: The Hemingway Library Edition* (New York: Scribner, 2012), pp. 304-306。

64 與法國小說家福婁拜（Gustave Flaubert）1869年出版的小說*L'Éducation*

*Critical Reception*, ed. Robert O. Stephen (New York: Burt Franklin & Co. Inc., 1977), p. 77。

31 John Dos Passos, "The Best Written Book" in *New Masses* 5.8 (December, 1929): 16。

32 Edmund Wilson, "Hemingway: Gauge of Morale" in *The Wound and the Bow: Seven Studies in Literature* (Boston: Houghton Mifflin, 1941), pp. 221-222。

33 請參閱麥克・雷諾茲編輯的年表：Michael S. Reynolds, *Hemingway: An Annotated Chronology* (Detroit: Omnigraphics, Inc., 1991), pp. 118-120。

34 Charles A. Fenton. *The Apprenticeship of Ernest Hemingway: The Early Years* (New York : Farrar, Straus & Young, 1954)。

35 請參閱：Carlos Baker, *Hemingway: The Writer as Artist* (Princeton: Princeton UP, 1952)。後來在1969年，史氏出版社又出版了貝克寫的海明威權威性傳記《海明威的人生故事》（*Hemingway: A Life Story*）。請參閱：Carlos Baker, *Hemingway: A Life Story* (New York: Scribner's, 1969)。

36 Philip Young. *Ernest Hemingway* (New York: Rinehart, 1952)。

37 Kirk Curnutt, *Literary Topics: Ernest Hemingway and the Expatriate Modernist Movement* (Farmington Hills: The Gale Group, 2000), p. 149。

38 Carlos Baker, *Hemingway: The Writer as Artist* (Princeton: Princeton UP, 1952), p. 116。

39 Andrew Turnbull, *Scott Fitzgerald* (New York: Grove Press, 2001), p. 311。

40 Jeffrey Hart, *The Living Moment: Modernism in a Broken World* (Evanston: Northwestern UP, 2012), pp. 95-6。

41 George Plimpton, "Ernest Hemingway, The Art of Fiction, No. 21" in *Ernest Hemingway: The Last Interviews and Other Conversations* (New York: Melville House, 2015), p. 13。

42 Elizabeth Dewberry, "Hemingway's Journalism and the Realist Dilemma" in *The Cambridge companion to Hemingway*, ed. Scott Donaldson (Cambridge: Cambridge University Press, 1996), p. 19。

43 Ernest Hemingway, *Death in the Afternoon* (New York: Scribner, 1932), p. 192。

44 Ernest Hemingway, *A Farewell to Arms* (New York: Scribner, 1929), p. 4。

45 Ernest Hemingway, *In Our Time* (New York: Scribner, 2003), pp. 75-76。

46 Michael S. Reynolds, *Hemingway's First War: The Making of A Farewell to Arms* (Princeton: Princeton UP, 1976), p. 285。

47 Brewster Chamberlin, *The Hemingway Log: A Chronology of His Life and Times* (Lawrence: University Press of Kansas, 2015), pp. 93-94。

2006)。

15 Brewster Chamberlin, *The Hemingway Log: A Chronology of His Life and Times* (Lawrence: University Press of Kansas, 2015), p. 209。

16 引自海明威寫給藝術史家伯納德・貝倫森（Bernard Berenson）的信件，請參閱：Andrew Feldman, *Ernesto: The Untold Story of Hemingway in Revolutionary Cuba* (New York: Melville House, 2019), p. 246。

17 George Plimpton, "Ernest Hemingway, The Art of Fiction, No. 21" in *Ernest Hemingway: The Last Interviews and Other Conversations* (New York: Melville House, 2015), pp. 28-29。

18 Brewster Chamberlin, *The Hemingway Log: A Chronology of His Life and Times* (Lawrence: University Press of Kansas, 2015), p. 310。

19 同上，頁337。

20 Ernest Hemingway, *Selected Letters: 1917-1961* (New York: Scribner, 2003), p. 273。

21 Jeffrey Meyers. Introduction. *Ernest Hemingway: The Critical Heritage*, ed. Jeffrey Meyers (London: Routledge, 2005), p. 2。

22 海明威與約翰・多斯・帕索斯早年情誼甚篤，但在1930年代末期逐漸漸行漸遠，很大原因是西班牙內戰期間的齟齬不斷。關於兩人的關係可參閱：James McGrath Morris, *The Ambulance Drivers: Hemingway, Dos Passos, and a Friendship Made and Lost in War* (Boston: Da Capo Press, 2017)。

23 曾在巴黎與海明威密切來往的英國文人福特・麥達克斯・福特（Ford Maddox Ford）雖然更早創作戰爭小說，但他並無實際的戰場體驗，大戰爆發時他已經年過四十。他先在1915年發表戰爭小說《好兵》（*The Good Soldier*），繼而在1924到28年之間，發表戰爭小說四部曲《隊列之末》（*Parade's End*）。

24 請參閱：Henry Louis Mencken, "Portrait of an American Citizen," *Smart Set*, 69 (1922): pp. 140-2。

25 F. Scott Fitzgerald, *The Letters of F. Scott Fitzgerald* (New York: Dell Company, 1966), p. 470。

26 Ernest Hemingway, *Ernest Hemingway: Selected Letters* (New York: Charles Scribner's Sons, 1981), p. 19。

27 Ernest Hemingway, *In Our Time* (New York: Scribner, 2003), pp. 75-76。

28 T.S. Eliot, *The Waste Land and Other Poems* (Buffalo: Broadview Press, 2011), p. 66。

29 Malcolm Cowley, "Not Yet Demobilized" in *Ernest Hemingway: The Critical Reception*, ed. Robert O. Stephen (New York: Burt Franklin & Co. Inc., 1977), pp. 74-75。

30 T. S. Matthews, "Nothing Ever Happens to the Brave" in *Ernest Hemingway: The*

*of Success* (New York: Random House, 1978); *French Connections: Hemingway and Fitzgerald Abroad*, eds. J. Gerald Kennedy and Jackson R. Bryer (New York: St Martin's Scholarly, 1999); Scott Donaldson, Hemingway versus Fitzgerald: The Rise and Fall of a Literary Friendship (London: John Murray, 2000); Scott Donaldson, Fitzgerald & Hemingway: Works and Days (New York: Columbia University Press, 2009); Ronald S. Berman, *Fitzgerald, Hemingway and the Twenties* (Tuscaloosa: University of Alabama Press, 2014)。

7 兩部小說分別是2011年出版，由寶拉．麥克蓮（Paula McLain）創作的《我是海明威的巴黎妻子》（*The Paris Wife*），還有2014年出版，由娜歐蜜．伍德（Naomi Wood）創作的《海明威太太》（*Mrs. Hemingway*）。請參閱：Paula McLain, *The Paris Wife* (New York: Random House, 2011); Naomi Wood, *Mrs. Hemingway* (Basingstoke: Pan Macmillan 2014)。關於這段三角戀與海明威小說《太陽依舊升起》的創作過程，可以參閱：Lesley M. M. Blume, *Everybody Behaves Badly: The True Story Behind Hemingway's Masterpiece The Sun Also Rises* (Boston: Houghton Mifflin Harcourt, 2017)；還有論及海明威的母親、女友艾格妮絲、四任妻子，從女性觀點所撰寫的傳記：Bernice Kert, *The Hemingway Women* (New York: W. W. Norton, 1983)；專門為海德莉所寫的傳記則可參閱：Giola Diliberto, *Paris Without End: The True Story of Hemingway's First Wife* (New York: Harper Perennial, 2011)。

8 James McGrath Morris, *The Ambulance Drivers: Hemingway, Dos Passos, and a Friendship Made and Lost in War* (Philadelphia: Da Capo Press), pp. 107-171。

9 Ernest Hemingway, *The Letters of Ernest Hemingway, vol. 3: 1926-1929*, eds. Rena Sanderson et al. (Cambridge: Cambridge University Press, 2015), p. 375。

10 曾有學者統計過，直到1979年為止，海明威寫的109篇短篇小說裡面，總計有34篇曾經入選過短篇小說選集，而且總計有353次之多。請參閱："Introduction" in *The Short stories of F. Scott Fitzgerald: New Approaches in Criticism*, ed. by Jackson R. Bryer (Madison: University of Wisconsin Press, 1982), p. xi。

11 Martha Gellhorn, *The Trouble I've Seen* (New York: William Morrow and Co., 1936)。

12 Michael S. Reynolds, *Hemingway: An Annotated Chronology* (Detroit: Omnigraphics, Inc., 1991), p. 85。

13 Brewster Chamberlin, *The Hemingway Log: A Chronology of His Life and Times* (Lawrence: University Press of Kansas, 2015), p. 210。

14 關於這一次中國行，請參閱：Peter Moreira, *Hemingway on the China Front: His WWII Spy Mission with Martha Gellhorn* (Washington, D.C.: Potomac Books, Inc.,

# 注釋

## 新譯導讀

1　海明威不同時期的新聞作品主要呈現在三本選集裡。最早是學者威廉・懷特（William White）幫他編了一本新聞寫作選集，收錄了他1920到1956年之間的77篇作品，請參閱：Ernest Hemingway, *By-Line: Ernest Hemingway Selected Articles and Dispatches of Four Decades 1920–1956*, ed. William White (New York: Charles Scribner's Sons, 1967)。接著，知名的海明威學者馬修・布魯科利（Matthew J. Bruccoli）將他在《堪薩斯市星報》期間的報導收錄成冊出版，請參閱：Ernest Hemingway, *Ernest Hemingway, Cub Reporter: Kansas City Star Stories*, ed. Matthew J. Bruccoli (Pittsburgh: University of Pittsburgh Press, 1970)。後來威廉・懷特又另外編了一本選集，收錄了他在1920到24年期間為《多倫多星報》（*Toronto Star*）與《多倫多星報周刊》（*Toronto Star Weekly*）寫的新聞報導，請參閱：Ernest Hemingway, *Dateline: Toronto: The Complete Toronto Star Dispatches, 1920-1924*, ed. William White (New York: Charles Scribner's Sons, 1985)。另外，海明威之孫西恩（Seán Hemingway）也編輯了《海明威論戰爭》（*Hemingway on War*）一書，收錄了海明威於幾十年間陸續為第一次世界大戰、希土戰爭、西班牙內戰與第二次世界大戰寫的戰爭報導，請參閱：Ernest Hemingway, *Hemingway on War* (New York: Scribner, 2003)。關於海明威的二戰記者生涯，則是可以參閱：Terry Mort, *Hemingway at War: Ernest Hemingway's Adventures as a World War II Correspondent* (New York: Pegasus Books, 2016)。

2　"Introduction" in *The Short stories of F. Scott Fitzgerald: New Approaches in Criticism*, ed. by Jackson R. Bryer (Madison: University of Wisconsin Press, 1982), p. xi。

3　這篇作品後來被收錄在2017年出版的海明威短篇小說集，請參閱：Ernest Hemingway, "The Judgment of Manitou" in *The Short Stories of Ernest Hemingway: The Hemingway Library Edition*, ed. by Seán Hemingway (New York: Scribner, 2017), pp. 17-18。

4　F. Scott Fitzgerald, "Letter to Maxwell Perkins, October 10th, 1924" in F. Scott Fitzgerald and Maxwell Perkins, *Dear Scott/Dear Max: The Fitzgerald-Perkins Correspondence*, ed. John Kuehl and Jackson Bryer (London: Cassel, 1971), p. 78。

5　Ernest Hemingway, *A Moveable Feast* (New York: Charles Scribner's Sons, 1985), p. 125。

6　費茲傑羅與海明威之間的情誼非常複雜，可說愛恨交織。關於他們的關係可參閱：Matthew J Bruccoli, *Scott and Ernest: The Authority of Failure and the Authority*

經典文學 057

# 戰地春夢

## A Farewell to Arms

作者　海明威
譯者　陳榮彬
社長　陳蕙慧
副社長　陳瀅如
總編輯　戴偉傑
特約編輯　黃少璋
校對　沈如瑩
行銷企畫　陳雅雯、汪佳穎
封面設計　張巖
內頁排版　宸遠彩藝

出版　木馬文化事業股份有限公司
發行　遠足文化事業股份有限公司（讀書共和國出版集團）
地址　231 新北市新店區民權路 108 之 4 號 8 樓
電話　02-2218-1417
傳真　02-2218-0727
Email　service@bookrep.com.tw
郵撥帳號　19588272 木馬文化事業股份有限公司
客服專線　0800-221-029
法律顧問　華洋法律事務所　蘇文生律師
印刷　前進彩藝有限公司

初版一刷　2022 年 6 月
初版三刷　2023 年 11 月
定價　480 元

ISBN：9786263141872（紙本）
9786263141940（EPUB）
9786263141933（PDF）

科技部經典譯注計畫

國家圖書館出版品預行編目

戰地春夢 / 海明威著 ; 陳榮彬譯 . -- 初版 . -- 新北市 : 木馬文化事業股份有限公司出版 : 遠足文化事業股份有限公司發行, 2022.06

面 ; 14.8×21 公分 . -- ( 經典文學 ; 57)

譯自 : A farewell to arms

ISBN 978-626-314-187-2（平裝）

874.57 111006232